# noites do sertão

# joão guimarães rosa
## noites do sertão
## (corpo de baile)

São Paulo
2021

*Copyright* dos Titulares dos Direitos Intelectuais de JOÃO GUIMARÃES ROSA: "V Guimarães Rosa Produções Literárias"; "Quatro Meninas Produções Culturais Ltda." e "Nonada Cultural Ltda."
11ª Edição, Editora Nova Fronteira, Rio de Janeiro 2016
1ª Edição, Global Editora, São Paulo 2021

**Jefferson L. Alves** – diretor editorial
**Gustavo Henrique Tuna** – gerente editorial
**Flávio Samuel** – gerente de produção
**Juliana Campoi** – coordenadora editorial
**Fernanda Umile, Tatiana Souza e Thalita Pieroni** – revisão
**Ana Claudia Limoli** – diagramação
**Araquém Alcântara** – foto de capa (Fazenda Mangabal, Pantanal de Paiaguás (MS), 2014)
**Victor Burton e Anderson Junqueira** – capa
**Tathiana A. Inocêncio** – projeto gráfico

Agradecemos a Maria da Glória Bordini pela autorização de reprodução do texto "'Dão-lalalão' – assim é se lhe parece", que integra a obra *Corpo de baile: romance, viagem e erotismo no sertão*, coletânea de ensaios coordenada por Regina Zilberman e Maria da Glória Bordini e publicada, em 2007, pela editora ediPUCRS (Coleção Literatura Brasileira. Grandes Obras; 3).

**DADOS INTERNACIONAIS DE CATALOGAÇÃO NA PUBLICAÇÃO (CIP)**
**(CÂMARA BRASILEIRA DO LIVRO, SP, BRASIL)**

Rosa, João Guimarães, 1908-1967
  Noites do sertão: (corpo de baile) / Guimarães Rosa. – 1. ed. – São Paulo : Global Editora, 2021.

  ISBN 978-65-5612-096-6

  1. Ficção brasileira I. Título.

21-55885                          CDD-B869.3

**Índices para catálogo sistemático:**
1. Ficção : Literatura brasileira     B869.3

Aline Graziele Benitez - Bibliotecária - CRB-1/3129

**global** editora

**Global Editora e Distribuidora Ltda.**
Rua Pirapitingui, 111 — Liberdade
CEP 01508-020 — São Paulo — SP
Tel.: (11) 3277-7999
e-mail: global@globaleditora.com.br

(g) globaleditora.com.br    /globaleditora
blog.globaleditora.com.br    /globaleditora
/globaleditora    /globaleditora
(f) /globaleditora

Direitos reservados.
Colabore com a produção científica e cultural.
Proibida a reprodução total ou parcial desta obra sem a autorização do editor.

Nº de Catálogo: **4476**

Eugênio Silva/O Cruzeiro/EM/D.A Press

# Nota da Editora

A Global Editora, coerente com seu compromisso de disponibilizar aos leitores o melhor da literatura em língua portuguesa, tem a satisfação de ter em seu catálogo o escritor João Guimarães Rosa. Sua obra literária segue impressionando o Brasil e o mundo graças ao especial dom do escritor de engendrar enredos que têm como cenário o Brasil profundo do sertão.

A terceira edição de *Noites do sertão*, publicada pela Livraria José Olympio Editora em 1965, foi o norte para o estabelecimento do texto da presente edição. Mantendo em tela a responsabilidade de conservar a inventividade da linguagem por Rosa concebida, foi realizado um trabalho minucioso, contudo pontual, no que tange à atualização da grafia das palavras conforme as reformas ortográficas da língua portuguesa de 1971 e de 1990.

Como é sabido, Rosa tinha um projeto linguístico próprio, o qual foi sendo lapidado durante os anos de escrita de seus livros. Sobre sua forma ousada de operar o idioma, o escritor mineiro chegou a confidenciar em entrevista a Günter Lorenz, em Gênova, em janeiro de 1965:

> Nunca me contento com alguma coisa. Como já lhe revelei, estou buscando o impossível, o infinito. E, além disso, quero escrever livros que depois de amanhã não deixem de ser legíveis. Por isso acrescentei à síntese existente a minha própria síntese, isto é, incluí em minha linguagem muitos outros elementos, para ter ainda mais possibilidade de expressão.

Diante dessa missão que o autor tomou para si ao longo de sua carreira literária e que o levou a ser considerado, por muitos, um dos mais importantes ficcionistas do século XX, nos apropriamos de outra missão na presente edição: a de honrar, zelar e manter a força viva que constitui a escrita rosiana.

"Porque em todas as circunstâncias da vida real, não é a alma dentro de nós, mas sua sombra, o homem exterior, que geme, se lamenta e desempenha todos os papéis neste teatro de palcos múltiplos, que é a terra inteira."

Plotino

"Seu ato é, pois, um ato de artista, comparável ao movimento do dansador; o dansador é a imagem desta vida, que procede com arte; a arte da dansa dirige seus movimentos; a vida age semelhantemente com o vivente."

Plotino

"A pedrinha é designada pelo nome de *calculus*, por causa de sua pequenez, e porque se pode calcar aos pés sem disso sentir-se dor alguma. Ela é de um lustro brilhante, rubra como uma flama ardente, pequena e redonda, toda plana, e muito leve."

Ruysbroeck o Admirável

# Sumário

Os poemas:

Lão-Dalalão (Dão-Lalalão).................................... 15
Buriti .................................................................. 81

"Dão-lalalão" — assim é se lhe parece —
Maria da Glória Bordini ...................................... 229
Cronologia......................................................... 235

# noites do sertão

# Dão-Lalalão (O Devente)

*"Da mandioca quero a massa e o beijú,
do mundéu quero a paca e o tatú;
da mulher quero o sapato, quero o pé!
— quero a paca, quero o tatú, quero o mundé...
Eu, do pai, quero a mãe, quero a filha:
também quero casar na família.
Quero o galo, quero a galinha do terreiro,
quero o menino da capanga do dinheiro.
Quero o boi, quero o chifre, quero o guampo
do cumbuco, do balaio, quero o tampo.
Quero a pimenta, quero o caldo, quero o molho
— eu do guampo quero o chifre, quero o boi
Qu'é dele, o dôido, qu'é dele, o maluco?
Eu quero o tampo do balaio, do cumbuco..."*

(*Coco de festa*, do Chico Barbós', dito Chico Rabeca, dito Chico Precata, Chico do Norte, Chico Mouro, Chico Rita — na Sirga, Rancharia da Sirga, Vereda da Sirga, Baixío da Sirga, Sertão da Sirga.)

Soropita, a bem dizer, não esporeava o cavalo: tenteava-lhe leve e leve o fundo do flanco, sem premir a roseta, vezes mesmo só com a borda do pé e medindo mínimo achêgo, que o animal, ao parecer, sabia e estimava. Desde um dia, sua mulher notara isso, com o seu belo modo abaianado — o rir um pouco rouco, não forte mas abrindo franqueza quase de homem, se bem que sem perder o quente colorido, qual, que é do riso de mulher muito mulher: que não se separa de todo da pessôa, antes parece chamar tudo para dentro de si. Soropita tomara o reparo como um gabo; e se fazia feliz. Nem dado a sentir o frio do metal da espora, mas entendendo que o toque da bota do cavaleiro lhe segredasse um sussurro, o cavalo ampliava o passo, sem escorrinhar cócega, sem encolher músculo, ocupando a estrada com sua andadura bem balanceada, muito macia. Era pelo meio do dia. Saíam de Andrequicé.

Soropita ali viera, na véspera, lá dormira; e agora retornava a casa: num vão, num saco da Serra dos Gerais, sua vertente sossolã. Conhecia de cór o caminho, cada ponto e cada volta, e no comum não punha maior atenção nas coisas de todo tempo: o campo, a concha do céu, o gado nos pastos — os canaviais, o milho maduro — o nhenhar alto de um gavião — os longos resmungos da jurití jururú — a mata preta de um capão velho — os papagaios que passam no mole e batido voo silencioso — um morro azul depois de morros verdes — o papelão pardo dos marimbondos pendurado dum galho, no cerrado — as borboletas que são indecisos pedacinhos brancos piscando-se — o roxoxol de poente ou oriente — o deslim de um riacho. Só cismoso, ia entrado em si, em meio-sonhada ruminação. Sem dela precisar de desentreter-se, amparava o cavalo com firmeza de rédea, nas descidas, governando-o nos trechos de fofo chão arenoso, e bambeando para ceder à vontade do animal, ladeira acima, ou nos embrejados e estivados, e naquelas passagens sobre clara pedra escorregosa, que as ferraduras gastam em mil anos. Sua alma, sua calma, Soropita fluía rígido num devaneio, uniforme.

Por contra, porém, quando picavam súbitos bruscos incidentes — o bugiar disso-disto de um saguí, um paspalhar de perdiz, o guincho subinte de um rato-do-mato, a corrida de uma preá arrepiando em linha reta o capim, o suasso de asas de um urubú peneirante ou o perpassar de sua larga sombra, o devoo de um galo-do-campo de árvore alta para árvore baixa, a machadada inicial de um picapau-carpinteiro, o esfuzio das grandes vespas vagantes, o estalado truz de um beija-flor em relampejo — e Soropita transmitia ao animal, pelo freio, um aviso nervoso, enquanto sua outra mão se acostumara a buscar a cintura, onde se acomodavam juntos a pistola automática de nove tiros e o revólver oxidado, cano curto, que não raro ele transferia para o bolso do paletó. No coldre, tinha ainda um niquelado, cano longo, com seis balas no tambor. Soropita confiava neles, mesmo não explicando a rapidez com que, em caso de ufa, sabiam disparar, simultâneas, essas armas, que ele jamais largava de si.

Vez a vez, esbarrava, e atentava para a farfa da folhagem, esperando, vigiador, até que se esclarecesse o rebulir com que a movera algum bicho. Seus olhos eram mais que bons. E melhor seu olfato: de meio quilômetro, vindo o vento, capturava o começo do florir do bate-caixa, em seu adêjo de perfume tranquilo, separando-o do da flor do pequí, que cheirava a um nôjo gordacento; e, mesmo com esta última ainda encaracolada em botão, Soropita o podia. Também poderia vendar-se e, à cega, acertar de dizer em que lugar se achava, até pelo rumor de pisadas do cavalo, pelo tinir, em que pedras, dos rompões das ferraduras. Nessas direções cruzava, habitual: muita semana, vinha e ia até duas vezes. Durante a mocidade afeito a estar sempre viajando distâncias, com boiadas e tropas, agora que se fixara ali nos Gerais o espírito e o corpo agradeciam o bem daquelas pequenas chegadas a Andrequicé, para comprar, conversar e saber. Do povoado do Ão, ou dos sítios perto, alguém precisava urgente de querer vir — segunda, quarta e sexta — por escutar a novela do rádio. Ouvia, aprendia-a, guardava na ideia, e, retornado ao Ão, no dia seguinte, a repetia aos outros. Mais exato ainda era dizer a continuação ao Fraquilim Meimeio, contador, que floreava e encorpava os capítulos, quanto se quisesse: adiante quase cada pessôa saía recontando, a divulga daquelas estórias do rádio se espraiava, descia a outra aba da serra, ia à beira do rio, e, boca e boca, para o lado de lá do São Francisco se afundava, até em sertões.

Soropita pousava em Andrequicé na casa de Jõe Aguial, que se mudara para o Ão mas conservava aquela moradia ali, desocupada constantemente. Soropita lá deixava guardada sua rede. Sobre o seguro: casa antiga, mas de bôas portas, que se fechavam com tranca, tramela e chave. Tinha uns buracos, disfarçados — agulheiros, *torneiras* e portilhas — nos tremós e debaixo das janelas, por onde se pingar para fora o bico do revólver. Se, de noite, muitos a assaltassem, havia escape pelos quatro lados, a porta-da-cozinha dando para o bem sabido de um bamburral, que corria até à estrada. Tinha ganchos em todos os cômodos, num lugar diferente cada dia a rede podia se armar. Ainda que, por si, Soropita gostasse mais de dormir em jiráu ou catre. Mesmo com os sonhos: pois, em cama que a sua não fosse, costumeira, amiúde ele sonhava arrastado, quando não um pesadêlo de que pusera a própria cabeça escondida a um canto — depressa carecia de a procurar; e amanhecia de reverso, virado para os pés; de havia algum tempo, era assim.

Doralda, sua mulher, nunca pedira para vir junto. O mimo que alegava: — "Separaçãozinha breve, uma ou outra, meu Bem, é a regra de primor: tu cria saudade de mim, nunca tu desgosta..." Desconfiança dela, sem bases. Quisesse o acompanhar, ele fazia prazer. Todos no Andrequicé a obsequiavam, mostravam-lhe muito apreço, falavam antenome: "Dona Doralda". *Doralda* era formoso, bom apelativo. Uma criancice ela caprichar: — "Bem, por que tu não me trata igual minha mãe me chamava, de *Dola*?" Dizia tudo alegre — aquela voz livre, firme, clara, como por aí só as moças de Curvelo é que têm. O outro apelido — *Dadã* — ela nunca lembrava; e o nome que lhe davam também, quando ele a conheceu, de *Sucena*, era poesias desmanchadas no passado, um passado que, se a gente auxiliar, até Deus mesmo esquece.

Soropita na baixada preferia esperdiçar tempo, tirando ancha volta em arco, para evitar o brejo de barro preto, de onde o ansiava o cheiro estragado de folhas se esfiapando, de água pôdre, choca, com bichos gosmentos, filhotes de sapos, frias coisas vivas mas sem sangue nenhum, agarradas umas nas outras, que deve de haver, nas locas, entre lama, por esconsos. A nessas viagens, no chapadão, ou quando os riachos cortam, muita vez se tinha de matar a sede com águas quase assim, deitadas em feio como um veneno — por não sermos senhores de nossas ações. Mal mas o pior, que podia ser, de fim de um, era se morrer atolado naquele ascoso.

Doralda dizia que não, não vinha ao Andrequicé: que aluir dali, do Ão, só para cidade grande, Pirapora, Belorizonte, Corinto, com cinema, bom comércio, o chechêgo do trem-de-ferro. O resto era roça. — "Mas aqui eu estou de minha, Bem, estou contente, tu é companhia..." Falava sincera, não formava dúvida. A gente podia fiar por isso, o rompante certo, o riso rente, o modo despachado. Doralda não tinha os manejos de acanhamento das mulheres de daqui, que toda hora estão ocultando a cara para um lado ou espiando no chão. Sertaneja do Norte, encarava as pessoas, falava rasgado, já tinindo de perto da Bahia; nunca dizia "não" com um muxoxo. Ralhava que ele tomasse muito cuidado consigo, pelos altos, pelos matos. — "Tomo não, Bem. Um dia sucuriú me come..." — ele caçoava em responder. Doralda então ficava brincando de olhar para ele sem piscar, jogando ao sério: os olhos marrons, molhavam lume os olhos. Nesses brejos maiores de vereda, e nos corguinhos e lagôas muito limpas, sucurí mora. Às vezes ela se embalança, amolecida, grossa, ao embate da água, feito escura linguiça presa pelas pontas, ou sobeja serena no chão do fundo, como uma sombra; tem quem escute, em certas épocas, o chamado dela — um zumbo cheio, um ronco de porco; mas se esconde é mais, sob as folhas largas, raro um pode ver quando ela sai do pôço, recolhendo sol, em tempo bom.

Nem tudo era perigo: fazia um barulhinho, o cavalo mesmo tirava de banda, entortado, as orêlhas em amurcho, encostadas no pescoço — conhecia seu cavaleiro. E não era azo de coisa. Só somente uma pêga, que veio dar na ramada, espreguiçava as asas, pousou no gonçalo-alves, encarquilhando a cauda. Custou a se dizer, e piou pouco. — "Quase pássaro nenhum canta agora, na seca..." O cavalo era de fiança: um aviso bastava com ele antes se falar — e a gente podia desfechar tiro, a bala passando entre as orêlhas dele, que esperava, quieto, testalto, calmo, nem fitando. O braço de Soropita esbarrara num dos alforjes; estava bem abotoado, afivelado em seguro. Ali dentro, trazia para a mulher o presente que a ele mais prazia: um sabonete cheiroso, sabonete fino, cor-de-rosa.

Do cheiro, mesmo, de Doralda, ele gostava por demais, um cheiro que ao breve lembrava sassafrás, a rosa mogorim e palha de milho viçoso; e que se pegava, só assim, no lençol, no cabeção, no vestido, nos travesseiros. Seu pescoço cheirava a menino novo. Ela punha casca-bôa e manjericão--miúdo na roupa lavada, para exalar, e gastava vidro de perfume. Soropita achava que tanto perfume não devia de se pôr, desfazia o próprio daquela frescura. Mas ele gostava de se lembrar, devagarinho, que estava trazendo o sabonete. Doralda, ainda mal enxugada do banho, deitada no meio da cama. Tinha ouvido contar da casca da cabriúva: um almíscar tão forte, bebente, encamável, que os bichos, galheiro, porco-do-mato, onça, vinham todos se esfregar na árvore, no pé... Doralda nunca o contrariava, queria que ele gostasse mesmo de seu cheiro: — "Sou sua mulher, Bem, sua mulherzinha sozinha..." A cada palavra dela, seu coração se saía.

Ela tinha sempre um tento de estar perto, quando ele chegava de volta em casa. Não na porta-da-rua, nem em janela; mas também não se encafuava, na cozinha ou em quintal, nem se desmazelava, como outras, mesmo pouquinho tempo depois de casadas, costumavam ser. Que era dona-de-casa, quem referia era ele, que jurava. Comida gostosa, apimentada, temperos fortes. Para a saúde, vai ver não fosse bom, era reimoso; mas a mulher se ria, perto dela não se podia pensar em coisas mofinas. Achava fio de cabelo dela, não tinha repugnância, não se importava. — "Bem: eu cuspisse dentro da sopa, você tinha escrúpulo de tomar? Você gosta de mim de todo jeito?" Asco nenhum. O cuspe dela, no beijar, tinha pepêgo, regôsto bom, meio salobro, cheiro de focinho de bezerro, de horta, cheiro como cresce redonda a erva-cidreira. Antes nem depois, Soropita nunca tinha beijado em boca outra mulher nenhuma. Nem comer comida babujada. Voltar para casa, as horas correndo bem, era o melhor que havia.

Mas enjooso esse estirão de estradas de areia, espigão a fora, no cerrado: se sumiam os cascos, se enterrando, de eslôxo, com esforço o cavalo puxava, acacundado. Pior, porém, se traz o frio, o vento frio até no umbigo, desenrolado de ruim, que não esbarrava de ventar — a ver as árvores ali tremem sempre. Podia fazer mal, moleza maldita era a dum defluxo, o bambo que depois a gente ficava. Soropita sofreou, mexia na capanga dos remédios, que tinha comprado vários: láudano, bálsamo de unguento, desinfetante lisol. Doralda não tomava remédio, tinha embirrância. Vez que outra, com jeito, Soropita dava assim por entender que convinha se usar depurativos; mas ela fincava que não — nunca tinha tido nenhuma doença, não carecia. Mal havia? Praxe ali era mesmo as pessôas sãs comerem carne de gambá, saudável para o sangue; outros se remedeiam com águas de ervas, caroba-do-campo, caroba-do-brejo. Doralda gostava de bebidas de regalo. Se dava por um cálice de vinho. Queria uma garrafa de genebra; no Andrequicé não se achava. Mas Soropita trazia umas três, de conhaque bôa marca, que encomendara. Só às menos das vezes Soropita bebia qualquer espírito; tirava um prazer muito grande daquilo, da bebida, não devia-de. Mas, cheiro de cachaça, de distância de uns cinco palmos já o ofendia. Se lembrava do velho. Ainda era mocinho, primeira ocasião em que estava provando aguardente: num pouso, de manhã, com muito frio, já tinha botado no copo, quando o velho escarrou, mesmo encostado nele — até sua mão ficou respingada — uma escréia feia — eh, arrepiava, se encolhia. Ou, então, quando molhado de chuva, engolir a cachaça tapando nariz, para não sorver o cheiro — modo do seo Vivim, um medidor-de-terras, que já estava branco visível e magro de esfarinhar a pele, e não comia mais, nem tinha fome, e bebia o tempo todo, mas apertando o nariz, por ele mesmo, se o cheiro sentisse, não romitar a cachaça. Conhaque, tomava três dedos, com gengibre e leite, mas como remédio, por atalhar resfriado. Cordas de vento. Desembrulhou o bastãozinho, foi passando a manteiga-de-cacau nos beiços. Esfregava devagarinho, comprazido. o vento diabrava. Aquele ar, os frios mordem, era uma miséria, vinha da Serra Geral, de além, os ares.

    A palma-da-mão tocou na cicatriz do queixo; rápido, retirou-a. Detestava tatear aquilo, com seu desenho, a desforma: não podia acompanhar com os dedos o relevo duro, o encroo da pele, parecia parte de um bicho, se encoscorando, conha de olandim, corcha de árvore de mata. A bala o maltratara muito, rachara lasca do ôsso, Soropita esteve no hospital, em Januária. Até hoje o calo áspero doía, quando o tempo mudava. Repuxava. Mas doíam mais as da côxa: uma bala que passara por entre a carne e o couro, a outra que varara, pela reigada. Quando um estreito frio, ou que ameaçava chuva, elas davam anúncio, uma dôr surda, mas bem penosa, e umas pontadas. As outras, mais idosas, não atormentavam — uma, de garrucha, na beirada da barriga e no quadril esquerdo; duas no braço: abaixo do ombro, e atravessada de quina, no meio. Soropita levava a mão, sem querer, à orêlha direita: tinha um buraco, na concha, bala a perfurara; ele deixava o cabelo crescer por cima, para a tapar dum jeito. Que não lhe perguntassem de onde e como tinha aquelas profundas marcas; era um martírio, o que as pessoas acham de especular. Não respondia. Só pensar no passado daquilo, já judiava. "Acho que eu sinto dôr mais do que os outros, mais fundo..." Aquela sensiência: quando teve de aguentar a operação no queixo, os curativos, cada vez a dôr era tanta, que ele já a sofria de véspera, como se já estivessem bulindo nele, o enfermeiro despegando as envoltas, o chumaço de algodão com iodofórmio. A ocasião, Soropita pensou que nem ia ter mais ânimo para continuar vivendo, tencionou de se dar um tiro na cabeça, terminar de uma vez, não ficar por aí, sujeito a tanto machucado ruim, tanto desastre possível, toda qualidade de dôr que se podia ter de vir a curtir, no coitado do corpo, na carne da gente. Vida era uma coisa desesperada.

    Doralda era corajosa. Podia ver sangue, sem deperder as cores. Soropita não comia galinha, se visse matar. Carne de porco, comia; mas, se podendo, fechava os ouvidos, quando o porco gritava guinchante, estando sendo sangrado. E o sangue fedia, todo sangue, fedor triste. Cheiros bons eram o de limão, de café torrado, o de couro, o de cedro, boa madeira lavrada; angelim-
-umburana — que dá essência de óleo para os cabelos das mulheres claras. Por dizer que o cheiro do jatobá fedia seco, muitos companheiros homens dormindo juntos num rancho, em noite de meio calor. Mesmo a mulher não

indagava donde ele arranjara aqueles sinais de arma alheia; ela adivinhava que ele não queria. Mas, quando estavam deitados em cama, Doralda repassava as mãos nas grossas costuras, numa por uma, ua mão fácil, surpresas de macia, passava a mão em todo o corpo, a gente se estremecia, de cócega não: de ser bom, de ânsia. Mel nas mãos, nem era possível se ter um mimo de dedos com tanto meigo. Toda mulher gosta de espremer espinhas e cravos, tomar sorrateira conta de corpo de homem, da cara do homem. Doralda o respeitava: — "Um dia eu deixar de gostar de você, Bem, tu me mata?" "— Não fala tontagem, coisas com ponta..." — ele quase zangava. — "Então, Bem, não truge cara pra a tua mulherzinha, você é meu dono, macho... Eu precisar, tu pode dar em mim." Nisso não havia de pensar. Doralda parecia uma menina grande; menina ajuizada. Nunca estava amuada, nem triste. "Nunca um pensamento dela doeu em mim... Nunca me agrediu com um choro falso..." Uma mulher emburrada, que suspira, era coisa desgraçável: tinha visto, as de outros, quase todas; sina sem sorte, um se casar com mulher assim. Ela, Doralda, não: ela já vinha de olhos livres, coração contente. A hora que se sentia o coração dela bater até nas palmas de suas mãos, quando ele pegava, apertava, as mãos, por suave, finas, uma fazenda; e o pé encostava na perna dele, debaixo das cobertas: pé assim, liso, branquinho — quente ou frio — ela nunca tinha andado descalça. O que condenava, em gracejo, era ele não querer beber, vez em quando, nem um gole. — "É bom, Bem: faz um calor de se querer-bem mais vagaroso, mais encalcado..." Trejeitava. — "Tu põe a mão em mim, eu arrupêio toda. Eu viro água..." Ela queimava alecrim, caatiguá, cipó-de-sempre, no quarto, de noite, antes de irem se deitar. Quassava a chegadinha, para borrifar na roupa de cama, ou para fumigar. Outra ocasião, encomendava pitada de incenso ou resinas de breu-branco, que oficiava de arder em todos os cômodos: a levar do ar os quebrantos, qualquer pego de má-sorte; a casa almiscrava que nem igrejas, de remanente espairecendo santo assim, semana, pelos cantos. Um dia, falou no pozinho alvo que algumas pessoas na cidade chupavam pelo nariz, por prazeres.

— "Cocaína, meu Bem. Experimentei só uma vez, só umas duas vezinhas, na unha, açucaral, um tico. Tem gente que bota no cigarro. Boca fica um frio, céu-da-boca dormente, aquela cânfora boa. Dá vontades emendadas, não acaba..." Segredava a singeleza: — "... A gente provar, Bem, e eu te beijar tua língua, em estranho, feito um gelo..." Mas estava falando só por divertimento, de caçoada. Sabia que aquilo, ah, o vício, produzia mal, perigoso.

No curto dum prazo, nem não valia mais para o realce do efeito, umas mulheres terminavam até loucas, de morrer. Era uma pena... — "Mas, diz que tem um cinema..." Soropita não a encarava. Aí foi ela mesma que logo explicou — que tinha conhecido a cocaína na terra dela, nas Sete-Serras, perto de Canabrava, mais adiante do Brejo-das-Almas. Ah, mas pouco possível, então, naquele lugarejo distrito, sem civilização dessas coisas... — e fugia de Soropita a coragem de perguntar quem a ela tinha ensinado. Subentendia, até a frouxo, num perturbo, torvado de que ela fosse falando à tonta, dizer uma gravidade pior. Mas Doralda, que nunca tirava os olhos dele, acrescentou: que uma vizinha, senhora séria, dona viajosa, até casada... Mas Doralda não mentia, nunca houve, se algum fato ele perguntava. No que transformava a verdade de seus acontecidos, era para não ofender a ele, sabia como se ser.

— "Ainda é nada não, Caboclim. Vamos..." Juritî que passavoou, no arranco zumbido — sopro e silvo. Bando delas. Soropita aconselhava o cavalo. Roçagava-lhe o vazio com o ágil contacto furtado de roseta, Caboclim se estugava. Fim de pouco, findo o arenoso, desladeavam por um galho da estrada, caminho-de-tropeiro, mas que sentava bem, depois do cerradão de sucupiras. Caboclim timbrava na marcha viageira, subia suas patas. Num formo de mato como aquele, no estôrvo, sempre podia haver alguém emboscado, gente maligna, inveja do mundo é muita. Sujeitos que mamaram ruindade, escorpêiam, desgraçam — por via desses, viajar era sempre arriscado e enganoso. Uns que não acertavam com o mereço de acautelado viver, suas famílias, com seu trabalho. Doralda declarava que não tinha filho, por contrária natureza. Às vezes perguntava, com a atribulação: — "Mas tu queria? Tu quer que eu tenho?" Vigiava o fundo da resposta que ele ia responder. Aos nadas — que filho também, nenhum, não fazia sua falta. Doralda mesma enchia a casa de alegria sem atormentos, nem parecendo por empenho, só sua risada em tinte, seu empino bonito de caminhar, o envago redondado de seus braços. Não se denotava nunca afadigada de trabalho, jogava as roupas por aí, estava sempre fingindo um engraçado desprezo de todo confirmar de regra, como se não pudesse com moda nenhuma de sério certo. Mas, por ela, perto dela, tudo resultava num final de estar bem arrumado, a casa o simples, sem se carecer de tenção, sem encargo; mais não se precisava. Diversa de tantas mulheres, as outras viviam contando de doenças e remedando fastíos. Doralda tinha apetite contente em mêsa, com distintas maneiras. Soropita não aceitava carne assada malmal, fêbras vermelhas, sangue se vendo. Doralda guisava para ele tudo de que ele gostava, nunca se esquecia: — "Tu entende, Bem: comer é estado, daí vem uma alegria..." Mordia. Tinha aqueles dentes tão em ponta, todos brilhos, alimpados em leite — dentinhos de traíra rajadona.

Nem era interesseira, pedia nada. — "Não precisa, Bem, carece nenhum. Tua mulherzinha tem muita roupa. Carece de vestido não: eu me escondo em teus braços, ninguém não me vê, tu me tapa..." Ele ria, insistia. Doralda, aquela elegância de beleza: como a égua madrinha, total aos guizos, à frente de todas — andar tão ensinado de bonito, faceiro, chega a mostrar os cascos... — "Então, Bem, se tu quer que quer, traz. Mas não traz dessas chitas ordinárias, que eles gostam de vender, não. Roupa p'ra capiôa, tua mulherzinha ficava feia, tu enjôa dela. Manda vir fazenda direita, seda rasa. Olh', lança no papel, escreve; escuta..." Um dia Soropita levou ao Andrequicé um vestido dela, tirado do corpo, para servir de amostra. Dormiu abraçado com ele — o vestido durava o cheiro dela, nas partes, nas cavas das mangas — Soropita enrolara-o no rosto, queria consumir a ação daquele cheiro, até no fundo de si, com força, até o derradeiro grão de exalo. Custou pousar no sono, pelo que acima tressonhava.

Para ela trazia agora muitas coisas — se alegrando: o corte de molmol, os grampos, os ramos de pano para toalhas; uma miudeza ou outra, de casa. Mas os presentes, ah, por demais, eram de se ter o todo valor! Respirava. O aroma do capim apendoado penetrava no ar, vinha — nem se precisava de abrir os olhos, para saber das roxas extensões lindas na encosta — maduro o melosal. Chegar em casa, lavar o corpo, jantar. Da chegada, governando cada de-menor, ele ajuntava o reparo de tudo, quente na lembrança. O que ia tornar a ter. O advoo branco das pombas mansas. A paineira alta, os galhos só cor-de-rosa — parecia um buquê num vaso. O chiqueiro grande, a gente ouvindo o sogrunho dos porcos. O curralzinho dos bodes. Pequenino trecho de uma cerca-viva, sobre pedras, de flôr-de-seda e saborosa. E, quase de uma mesma cor, as romãzeiras e os mimos-de-vênus — tudo flores: se balançando nos ramos, se oferecendo, descerradas, sua pele interior, meia molhada, lisa e vermelha, a todos os passantes — por dentro da outra cerca, de pau-ferro.

Havia mais de três anos Soropita deixara a lida de boiadeiro; e se casara com Doralda — no religioso e no civil, tinha as alianças, as certidões. Se prezava de ser de família bôa, homem que herdou. Com regular dinheiro, junto com seus aforros: descarecia de saber mais de vida de viagens tangendo gado, capataz de comitiva. Adivinhara aquele lugar, ali, viera, comprara uma terra, uma fazenda em quase farto remedeio; dono de seus alqueires. E botara também uma vendinha resumida, no Ão — a única venda no arruado existente, com bebidas, mantimentos, trens grosseiros, coisas para o diário do pobre. Arranjara, com muita sorte, bons braços de eito, gente toda de se confiar. Todos o respeitavam, seu nome era uma garantia falável. E ainda havia de melhorar aquilo. — "Ninguém me tira do meu caminho. No eu começando, eu quero ir até na orêlha..." — rompia dizer. A mulher ouvia e senserenava, entusiasmada, espirituada: — "Eu também, Bem..." — e se pegando com abraço, brincando de morder. Sabia sumir um, nisso. Em vez, o que assentava menos, era quando ela se esquecia assim em frente de outras pessôas, ele parava vexado, destorcia seu acanho variando uma conversa. Mas não descampeava, nem ficava aborrecido por pouco: um não desfaz no carinho de quem a gente gosta, só por causa que os estranhos estando vendo.

Mais acontecia ele figurar de cansado, deixar que airassem. Assim estavam jantando, vinham os do povoado, receber a nova parte da novela do rádio. Solertes, citavam como a estória podia progredir por diante, davam uma conversação geral. A o certo ponto, ele promovia um porfim: cochilando, bocejando, viajado da viagem — dizia e repetia. Ajudavam com o bôa-noite, iam s'embora sensatamente. Gente bôa, a do Ão, lugar de lugar. Senhor Zosímo, o fazendeiro goiano, desarmou desdém, reconhecendo que se podia gostar demais dali. Esse tinha feito a Soropita, a sério, uma proposta: berganhar aquilo por sua grande fazenda, dele, cinco tantos maior, em Goiás, fundo de rumo de Planaltina. Orelhadas, porteiras fechadas — e ainda voltava dinheiro, para as mudanças. Um homem que correto; e o Jõe ouvira de um dos camaradas dele que tudo era o exato dito — as aguadas, terras de cultura de especial qualidade, o gado ganhante, os pastos bons. Sempre que o ponto distava dó de longe, muito sertão, num ermo só perto do constante de Deus, isso sim. O Campo Frio, se chamava. Num tão apartado, menino-pequeno de vaqueiro, em antes de aprender a falar, aprendia a latir, com os cachorros. Restavam matas-virgens, por avar, e estradas no escuro, por mesmo dentro das matas, com sóbes e desces, e pedregulho, por onde quando no raro passava uma tropa, ou um cavaleiro sozinho, súbito depois os coatís surgiam do mato, por trás, para remexer no estrume quente dos cavalos. Onde até as jiboias que iam atravessando o caminho reluziam a modo mimosas, semelhando que podiam machucar no aspro aquele corpo delas, desenhado colorido. Aí, o tom das ferraduras abria de repente o canto de passarinhos desconhecidos, no sombrio.

Ah, e lá, se estava morrendo no solto alguma rês ou um animal, urubú tinha de brigar, por inteiros dias, com o gavião-de-penacho e os lobos-do-campo.

Senhor Zosímo era homem positivo, tinha sido de tudo, até amansador de cavalos, peão. Agora ele passava de volta, dali a uns dias, de Corinto, tinha pedido, recomendado muito que Soropita resolvesse no negócio; queria sair de lá, do Campo Frio, por conta dos filhos, do ensino desses, e porque lá não tinha parente nenhum, tinha parentes em Curvelo, Angueretá, Pirapama, era mineiro também, arranjara aquela fazenda em Goiás por simpleza do destino. Tão distante solidão, longe do trem-de-ferro, dos outros usos. Todos achavam não valia a pena. Soropita não queria saber — só perguntava conselhos a Jõe Aguial. Nisso não tinha vontade naquilo. Doralda havia de se entristecer só com a ideia; Doralda dizia que era bonito a gente ver passar o trem-de-ferro, ficar olhando. Dali do Ão, algum dia, só para cidade grande, em sonho que fosse.

Chegava a casa, abria a cancela, chegava à casa, desapeava do cavalo, chegava em casa. A felicidade é o cheio de um copo de se beber meio-por--meio; Doralda o esperava. Podia estar vestida de comum, ou como estivesse: era aquela onceira macieza nos movimentos, o rebrilho nos olhos acinte, o nariz que bulia — parecia que a roupa ia ficando de repente folgada, muito larga para ela, que ia sair de repente, risonha e escorregosa, nua, de de dentro daquela roupa. Estavam deitados; um cachorro latia em alguma parte; Soropita tinha suas armas, o revólver grande debaixo da cama, o oxidado, o "crioulo", ou a automática, debaixo do travesseiro. Se era nas águas, chuviscava lá fora, a gente seguia o merecido empapar da terra, o demolhar das grandes folhagens. Agora, era a seca, o friinho feliz, que enrugava tudo. Doralda lá, esperando querendo seu marido chegar, apear e entrar. Ao que era, um pássaro que ele tivesse, de voável desejo, sem estar engaiolado, pássaro de muitos brilhos, muitas cores, cantando alegre, estalado, de dobrar. Chegar de volta em casa era mais uma festa quieta, só para o compor da gente mesmo, seu sim, seu salvo. De tão esplêndido, tão sem comparação, perturbando tanto, que sombreava um medo de susto, o receio de devir alguma coisa má, desastre ou notícia, que, na última da hora, atravessasse entre a gente e a alegria, vindo do fundo do mundo contra as pessôas.

O sobressonhar de Soropita se apurava, pesponto, com o avanço sem um tropeço naquele espaço calmo de estrada, Caboclim esquipando, reconhecendo o retorno. Vinham através de um malhador de pasto, a poeira vaporosa do esterco bovino chamava do sangue de Soropita um latejo melhor, um tempero de aconchêgo. Com o calor que o coxim da sela lhe passava para o fundo-das-costas — um calor grosso, brando, derramável, que subia às virilhas e se espalhava e enrijava — o bem do corpo tomava mais parte no pensado, o torneio das imagens se espessava. Também já trazia aquilo repetido na cabeça, o que mesmeava em todas as suas viagens.

O que era: um gozo de mente, sem fim separado do começo, aos goles bebido, matutado guardado, por si mesmo remancheado. Pelo assunto. Por quando, ao fim do prazo de trinta, quarenta dias, de viagem desgostosa, com as boiadas, cansativa, jejuado de mulher, chegava em cidade farta, e podia procurar o centro, o dôce da vida — aquelas casas. Os dias antes, do alto dos caminhos, e a gente só pensava naquilo, para outra coisa homem não tinha ideia. Montes Claros! Casas mesmo de luxo, já sabidas, os cabarés: um paraíso de Deus, o pasto e a aguada do boiadeiro — o arrieiro Jorge dizia. As moças bonitas, aquela roda de mulheres de toda parecença, de toda idade, meninas até de quatorze anos, se duvidar de menos. Meninas despachadas. — "Vai bebendo, eu pago..." Na Rua dos Patos, em Montes Claros. Todo o mundo se encontrava. Até boiadeiros ricos, homens de trato. Uma vez, estava lá o sr. Goberaldo, chefe político: — "Vim também, Soropita. Quando a gente está assim em estrada, todo santo é ora-pro-nóbis..." Tocavam música, se endançava. A prumo de chegado, e cumprido o trivial de obrigação, Soropita ardia de ir. Sabendo que podia passar muitos dias na cidade, primeiro molengava um engano de si mesmo: — "Tem tempo, amanhã vou; agora eu sesteio..." Não conseguia. Se abrasava. Mas gostava de ir sozinho, calado disfarçando, pela tarde. Prevenido. Ir de dia, que de noite convinha menos: muito povo vaporado, bêbados — vaqueiros, tropeiros, tangerinos, passadores-de-gado, rapaziada, vagabundos, gente da cidade; povos dos Estados todos. Armavam briga fácil, badernavam. Ao perigoso.

Mas um certo receio Soropita devia também às mulheres, um respeito esquisito, em lei de acanhamento. A lá vinha tanta gente bem arrumada, com todo luxo, bons trajes caros, sapato novo, gravata fantasia, coisas. Não queria que o achassem caipirado, jambrão. Aí então ele se produzia razão de desculpa: ia greste, não fazia a barba, não mudava roupa — preferia se mostrar assim, por seu querer, senhor de altos farrapos. "... P'ra ver se elas não me querem; é melhor, volto, fico sossegado..." — se dizia. Por em frente das primeiras casas, ia passando. Ah, elas chamavam. Ele queria ter o ar sério, a cara e jeito curto de um homem ocupado. — "Ô, entra, Bem. Chega aqui, me escolhe. Vem gozar a gente..." Ele se chegava, delongo, com rodeio, meio no modo de um boi arriboso. Era uma dúvida pesada, uma vergonha o enrolando, quase triste, um emperro: aquelas mulheres regiam ali, no forte delas, sua segura querência, não tinham temor nenhum, legítimas num amontoo de poder, e ele se apequenava; mulheres sensatas, terríveis. Então, fazia um esforço seco, falava de arranco, se subia: — "Tenho tempo hoje não, moça. Não perca seus agrados..." "— Não perco, não, Bem. Vem ver o escondido. Exp'rimenta, que tu gosta: eu sou uma novilhinha mansa de curral. Não vou esperdiçar um homem como você..." Ele ainda se escorava, meio provocado, meio incerto: — "É deveras, menina! Você quer se encostar por riba de uma poeira destas?! Tou sujo, tou suado... Vim amontando burro..." Mas já a moça se agarrava, de abraço, ia-o puxando, para o quarto. O corpo dele todo se amornava grande, sabia só de seu sangue mesmo bater, nada ouvia, não via. Lá a dentro de portas, se empeava um pouco, cismado outra vez, precalço. Ainda bem que a mulher tinha muita prática, acendia cigarro, pedia licença para mandar trazer bebida, indagava se a boiada tinha vindo com transtorno ou com vantagem, encorajava-o com um engambelo mimoso, e de repente já estava solta, nuinha como uma criança, até queria ajudar a ele fazer o mesmo. De fim, ia ficando avontadinho, sem vexame nenhum de pressa, tomando tento miúdo em tudo, apreciando de olhos abertos o fino da vida, poupando o bom para durar bem, se consentia. Umas mulheres eram melhores, contentamento dobrado. Que encontrasse de todas a melhor, e tirava-a dali, se ela gostasse, levar, casar, mesmo isso, se para a poder guardar tanto preciso fosse — garupa e laço, certo a certo.

    Um dia, sem saber os hajas, não pôde, não podia, afracara, se desmerecendo. Mulher perguntou se ele queria beber gol, se doente estava. Não que não. Faziam rumor, noutro quarto. Essa mulher tinha uma navalha. Soropita sem momento se escapava da cama, pressurado, foi-se vestindo. A mulher era até bonita, vistosa, se lembrava: um tim de ruiva, clara, com fino de sardas, salmilhada de sardas até no verde dos olhos, pingadinhos-de-mosquito de ferrugem, folha de jatobá. Revirou, ojerizada: — "Tu pode me desprezar? A grama que burro não comer, não presta mesmo p'ra gado nenhum. Mas tu acha que eu estou velha?! Muito engano: mulher só fica velha é da cintura para cima..." Som nem tom, ele meteu a mão na algibeira e pagou, mais do que o preço devido, ela não queria aceitar. Saiu desguardado, labasco, lá demorara menos que passarinho em árvore seca. A lanços, até hoje lhe fazia mal, o nome que aquela mulher disse, xingou aquilo como um rogo de praga. Na beira do Espírito-Santo, não longe do Ão, vivia um pobre de um assim, o senhor Quincôrno — ainda no viço da idade, mas sorvada sua força de homem, privo do prazer da vida. A mulher desse vadiava com muitos, perdera o preceito: — "Respeitar? Ele não dá café nem dôce..." — era o que ela demostrava do marido. — "Debaixo de cangalha, não se põe baixeiro..." O triste seo Quincôrno não esbarrava de tomar meizinhas, na esperança. Não resignava. Tomava pó de bico de picapau torrado, na cachaça, chá de membro de coatí, ou infuso, chá de raiz de verga-tesa — coisas de um nunca precisar, deus-livre-guarde. Mal a mal, com Doralda, uma vez, também tinha acontecido — felizmente foi só algum descáido de saúde, passageiro —; e foi um trago de sofrimentos. Tinha não podido, não, leso, leso, e forcejava por mandar em si, um frio que o molhava, chorava quase, tascava os freios. Doralda, bôazinha, dizia que às vezes era mesmo assim, não tinha importância, que nenhum homem não estava livre de padecer um dissabor desse, momentão; passava as mãos nele, carinhosa, pegava nele, Soropita, como se brinca. Mas ele não aceitava de ficar ali, fechando os olhos, num aporreado inteiro, pavoroso fosse mandraca, podia durar sempre assim, mas então ele suicidava; e sobre surdo passava o pensamento daqueles homens, no Brejo-do-Amparo, aqueles valentões, e os outros — ele não queria o reino dos amargos, o passado nenhum, o erro de um erro de um erro. Não queria, porque suportava. Já de manhã, no seguinte, ocultando caçou jeito de aprender a respeito daquelas matérias que se tomavam: bico de picapau, verga de coatí, catuaba — tudo o que era duro, rijo, levantado e renitente, isso carregava virtude. Melhor de todas, a verga-tesa: aquela plantinha rasteira do cerrado, de folhas miudinhas, estreitinhas, verde-escuro quase pretas, mostrava de Deus sua boa validade — podia a gente querer dobrar, amassar, diminuir, como se fizesse, que ela repulava sempre e voltava a se ser, mandante. Não precisou. A já na outra noite, ele se prezava de tudo, são de aço, aquela felicidade. Só muitos meses, adiante, a quebra de moleza quis voltar, mas que não foi grave. Ao que ele teve, para se salvar, no instante, a ideia de invenção de imaginar e lembrar as coisas impossíveis, mundo delas; e Doralda, a língua, arrepios no pescoço dele, nas orêlhas, como ela sabia — muito ditosamente que tudo se passou. A partir dali, nunca teve mais nenhum rebate. Precisava de tomar cassinga não; homem era homem até por demais, o que a Deus agradecia. Se não, por que e para que vivia um? Tudo no diário disformava aborrecido e espalhado, sujo, triste, trabalhos e cuidados, desgraceiras, e medo de tanta surpresa má, tudo virava um cansaço. Até que homem se recomeçava junto com mulher, força de fôgo tornando a reunir seus pedaços, o em-deus. Depois, se estava retranquilo, não carecia de pensar mais em demônios de caretas, nem no Carcará, não tinha culpa — na topada não se mira o brabo da rês, só se olha a ponta da vara. — "Mais ligeiro, Caboclim, vamos."

De agora, feliz de anjos de ouro no casamento, com Doralda, por tudo e em tudo a melhor companheira, ele nem era capaz de querer precisar de voltar a uma casa de bordel, aquilo se passara num longelonge. Mas, o manso de desdobrar memória — o regozo de desfiar fino ao fim o que um tempo ele tinha tido — isso podia, em seu escondido cada um reina; prazer de sombra. Que fora bom, quem fora. — "Você vai, Soropita?" — "Vou, demais." Soropita viajava como num dormido, a mão velha na rédea, mas que nem se fosse a mão de um outro. As laranjeiras-do-campo aviavam a choco seu odor magoado; depois as cagaiteiras — o cheiro assaz alegre, que se sentia mais na boca, no excelente; depois a flôr do meloso, animal e suave: e afa que esses perfumes sucessivos indicavam que tinham atravessado o cerradão, seguido de cerrado ralo e de uma pastagem; mas Soropita nem escutava a tino as pisadas de Caboclim, mãos no caminho —: agora o mundo de fora lhe vinha filtrado sorrateiro, furtivo, só em seus simples riscos de existível os ruídos e cheiros agrestes entravam para a alma de seu recordar.

Tinha havido, principal, uma rapariga bonita, clara, com os olhos que riam sozinhos — a boca não ria, uma boquinha grande, dadivada de vermelha — o afilado do nariz, um pingo de pontozinho preto por cima de um dos cantos da boca; essa se requebrava, talo de azedim, boneca de cinturinha; parecia que tinha derramado um vidro inteiro de perfume em si, encharcado no vestido, em seus cabelos: cabelo muito preto, muito liso — ela ficava ainda mais alva.

Cem e cento são as coisas que a gente tem de aprender, o que o mundo descobre e essas mulheres sabem; às vezes, de começo, perturbam, um homem simples se espantava. Aquela rapariguinha bonita, tão nova assim, e nem se dava ao respeito, tinha nôjo de nada, vinha trançando cócegas, afogo de bezerro buscando mãe, sua boquinha vermelha, sua língua pontuda. Soropita se esquivava — teve até receio. — "Você é bobo, Bem?" — ela rira. Vem daí, um dia — Soropita pensava baixinho, seus ombros recuavam, a cova das costas estremecia —... Sua recordação eram águas arrastadas. Com Doralda, uma noite, ele falou naquilo, na Rapariguinha bonita de pintinha preta por cima de canto da boca; nem sabia por que tinha falado, sem intenção razoável, mesmo sem querer falar, pois nunca ele conversava nos agravos de seus passados. Doralda escutou; de certo ela pensou que ele queria sem coragem de querer, e não respondeu com as palavras: gateava, sacudia os cabelos, sumiu o rosto, dito e feito a rapariguinha bonita; ele concordava corpo, se arrijava num suspenso, suas forças rebentavam. Tudo o que muda a vida vem quieto no escuro, sem preparos de avisar. Se deitavam na cama, luz apagou-se. Nesse tanto, não falavam. Doralda gostava dele, sincera. Todos no Ão, no Andrequicé, até na beira do Espírito-Santo, o respeitavam. — "Eles têm medo de você, Bem..." — Doralda afirmando. Mas Soropita sabia nisso só um carinho de o animar, quando ele mostrava qualquer insistido de incerteza.

Nem precisava de ter mais incerteza. Como que cerrando os olhos quase em camoeca, Soropita se entregava: repassava na cabeça, quadros morosos, o vivo que viera inventando e afeiçoando, aos poucos, naquelas viagens entre o Ão e o Andrequicé e o Ão, e que tomava, sobre vez, o confêcho, o enredo, o encerro, o encorpo, mais verdade que o de uma estória muito relida e decorada. Seu segredo. Nem Doralda nunca o saberia; mesmo quando ele invocava aqueles pensamentos perto. Dela, dele, da vida que separados tinham levado, nisso não tocavam, nem a solto fio — o sapo, na muda, come a pele velha. Era como se não houvesse havido um princípio, ou se em comum para sempre tivessem combinado de o esquecer. Também ele, por sim, não tinha apetites de voltar a ser boiadeiro andejo, nanja de retornar àquelas mulheres, à escortação naquelas casas, nas cidades, por esse bom Norte. Em sério, só sentia falta de Doralda, que o esperava, simples, muito sua, fora de toda desordem, repousada. Mas imaginar o que imaginava era um chupo forte, ardendo de então, como o que nunca se deve fazer. E em que só ele tinha poder: de sensim, se largava — um coleio de serras, verde sol azul, o longíssimo de outras paisagens, sombras de nuvens, frias águas. Mas uma representação certa, palpitando em todos seus gomos; e mais insinuante que um riacho de mata. A agulha fixa, se revolvendo em surdina nos sulcos. Soropita estava numa casa de mulheres.

Soropita estava no quarto, com uma mulher — rapariga de claridades, com lisos pretos cabelos, a pinta no rosto, olhos verdes ou marrons, e covinha no queixo e risada um pouco rouca — e que de verdade essa rapariga nunca tinha havido, só ele é que a tinha inventado. Casa de luxo, sem perigo nenhum, um sossego que não se atravessava. A rapariga se sentava nos joelhos dele, com namorice, faceirice: bebia, fumava, ria, beijava. O quarto era de paredes fortes, tranca na porta, ele tinha a chave na algibeira. A rapariga, da primeira vez, pegava na mão dele, via a aliança, brincava de a rodar. Piscolha, perguntava: — "Bem, tu é sério casado? Com quem?..." Ele fazia com a cabeça que sim, vexado. Gostava de principiar estando assim, sem nem ânimo para alto responder, sem encarar a rapariga; desse modo ouvia melhor real sua voz, respirava o poder de perfume que ela usava. Mas a rapariga o apertava, queria porque queria: — "Qual é a graça dela, de tua mulher? Fala! Divulga p'ra mim quem ela é..." E ele ia respondendo, tinha de dar respostas; homem, aquela rapariga sabia pôr a dizer. De então, a safada surpresa, o que ela exclamava: — "*Sucena*? A *Sucena*? Mas, essa?! Ah, pois conheço, Bem. Conheço, inteira: é da gandaia! A pois, vou te contar..." Arre de bandalha, a depravada, essa rapariga. Tinha sonsonete, tinha zombeta, tinha mengo, tinha momo. Relatava da vida de Doralda, contava de Doralda, devagar, coisinhas coisas, orgias e proezas. Expunha, rindo ou em siso, tomando calor. Às vezes se fingia de vergonhosa, mas era para logo depois ter impulso para falar mais fundo, mais certo. Perguntava, perguntava, queria saber de tudo agora, formava comparação. Aquelas palavras, debochadas, aqueles nomes, com pico de queimo, de sacudir o corpo; ele tinha de apartar os olhos, num arrefrio.

Soropita pausava. Soerguia a fantasia vibrada, demorava-a próprio uma má-saudade, um resvício. Se estirando com a rapariga, abraçados, falavam em Doralda, ele revia Doralda, em intensos. Só por um momento, murchava-lhe o manter acesa a visão em carne, arriava-se na esfalfa, o prolongamento comprava esforço. Mas a rapariga descrevia o assunto daquelas Mulheres, o mundo de belas coisas que se passam num bordel, a nova vida delas — mulheres assim leves assim, dessoltas, sem agarro de família, sem mistura com as necessidades dos dias, sem os trabalhos nem dificuldades: eram que nem pássaros de variado canto e muitas cores, que a gente está sempre no poder de ir encontrando, sem mais, um depois do outro, nas altas árvores do mato, no perdido coração do mundo. Se a gente quisesse, podia pôr nomes distraídos, elas estavam na alegria, esperando: — E você? — Eu sou Naninda... — Eu? Marlice... Lulilú, Da-Piaba, Menina-de-Todos... Dianinha, Maria-Dengosa... *Sucena*...

Sua delícia. Soropita reinava no quarto, com a rapariga, mais-viviam, de si variavam. Soropita sabia não-ser: intimava o escabro de outras figuras, o desenho do entremeado se enriquecia de absurdas liberdades. E seu corpo respondia ao violento instigo, subia àquele espumar grosso de pensamentos. Agora, ali naquela casa de luxo, estava era com Doralda. Ela era dele, só dele. Levava o sabonete cheiroso na capanga. Era bom, gostar dela assim, com aquela velhice de alma, com o coração preguiçoso. O cavalo se apressava, se sentindo sem lombo, trotava um trabêjo incômodo. Soropita descochilava. Sim, sim, chocalhava o freio, em tilinto — a barbela com frouxura. Piavam uns anús-pretos. Repunha-se Caboclim submisso, na marcha estradeira. Passavam pela Tapera da Sinhana Roxa: nem era um retiro — só os restos de uma casa-grande, virando monte de capim, à sombra de gameleiras; e um ranchinho em mau estado, mais recuado. De adiante, vinha um tropel de barulho, o trupe de vários cavalos.

De a de-meio, Soropita tirou o cavalo, rèsvés, quase oculto com o arvoredo. Se outro trilho houvesse, ele atalhava, ver e não ser visto por aquela gente, nunca se sabe; mas não havia tempo, despontava na curva um cavaleiro, um vaqueiro: montava um cavalinho queimado, vaqueiro moço — não conhecia; e os outros, grupo de quatro, entre encourados e empanados; o de camisa amarela cáqui rompia em direto, mirando, parecia até um vulto conhecido: — "Que mal pergunto?"

Soropita recuara o cavalo. O outro sorria um riso. Abriu os braços.

— É deveras! Surupita!?

— É o Dalberto...

Dalberto se chegava, estendendo a mão; e Soropita a seu encontro avançava demais a mão, e apertava a do outro, distante de si, demorado. O Dalberto — sacudido, mais trigueiro. Arma grande, na cintura. Uma flôr cravina enfeitava a testeira de sua mula rata. O Dalberto era uma bôa recordação, de testemunhos, de grandes passagens; parecia que dele nunca tinha deixado de estar perto. Amigo é: poucos, e com fé e escôlha, um parente que se encontrava. Um bom amigo vale mais do que uma bôa carabina. Se aproximavam, num meio abraço, as mãos se palmeando as costas.

— Diacho, um! Com' passou, Surupita... A gente vir se ver, trasmeio de tanto tempo, sem espera nenhuma, aqui neste acosto fora de todo rumo costumado...

O preto, com espingarda e capanga, remexia: tinha ali uma codorna, sapecada de pólvora, preta e sangrenta; Soropita desviou o olhar. Mas vigiava-os, de sosla: os em volta, mais afastados, fechando meia roda. O rapaz no cavalinho queimado, com chapéu-de-couro redondo, do feitio de Carinhanha. Um de roupa clara. Um de terno de couro, novo, dos comprados em Montes Claros. Gente de paz, em seu serviço, mas gente bem armada. Dalberto dava lugar para esses, na menção de apresentação: — "É o pessoal, parte dos companheiros: Rufino, o Iládio, Pe'-Pereira; José Mendes você deve de conhecer?" "— A meio, lembrado me parece..." (Aquele tinha sido puxador da madrinha e do cargueiro, na comitiva do Itelvim; homem dizedor, sujeito abelhudo.) "— Com' passou?" "— Com' passou?" "— Com' passou?" Espingarda de dois canos. O preto tinha espatifado a codorniz com chumbo grosso. Pe'-Pereira carregava um revólver enorme — um 44 comum, fora de uso, devia de ser, desses mais para dar tamanho, ainda que fosse porcaria... (O Robeval Gaúcho tinha um, mas tinha também o esmite, pequeno, que era o de potências: — "Siô, com este eu mato, siô! Com este daqui, eu enfio o subdelegado dentro dele...") Não descavalgavam. Catinga do preto, e da codorniz esrasgalhada, trescalavam, a léguas. Dalberto tirava cigarro da algibeira. — "Ah, você quase não fuma... Se alembra do Nhônho?..." (O Nhônho era o bom velhote do Serro, companheiro amigo deles, numas duas ou três boiadas. Enrolava cada cigarro desproposidado de comprido e de grosso, só fumo goiano, muito bom de primeira, e palha especial. Soropita não obedecia ao vício, mas gostava de estar perto, sentir o azul das baforadas: — "A fumaça do pito do Nhônho adoça o ar p'r' a gente..." — observava.) O Dalberto remoçava tudo. Perguntava o que era o antigo e o novo. Achava Soropita repastado, garboso, moderno, sem segundas mudanças. — "Ontem eu fiquei sabendo que você está sediado aqui, Surupita só tem um, ora, ora. Me contaram que você tinha passado, que retornava hoje do Andrequicé. Vim p'r'a estrada..." Estavam, havia uma semana: "...arranchados no — como eles dizem — no Azêdo: um retirinho mesmo aqui..." "— Sei adonde: antes do arame fechar, o arame do Doutor Adelfonso, com o do Suardo... eles fazem um bêco..." "— Bom, você é morador... Estamos em comitiva curta, por conta de Seo Remígio Bianôr. A gente estamos no diário de uma folga besta, esperando as ordens. Quem manda e paga, é que guarda ou que estraga... P'ra ir receber um gado, por aí arriba. Seo Remígio Bianôr ainda está no Corinto, no Curvelo tem uma exposição de animais. Só de amanhã a dois dias é que vai vir, de jipes ou no caminhão de creme."

Dalberto depunha o mesmo de sempre, o brando aprazível na fala, esse modo sincero no olhar, nos olhos grandes; a gente ia sentindo dele um arêjo de bondade, um alastro de sossego. — "Ora, ora, Surupita, a gente vir se encontrar, fim de tantos anos, sem combino algum, até sem notícia... Você então está assistindo por aqui, neste começo de Gerais? Imagina..." "— No Ão...." "— Eu sei." "— Pois então. Daqui lá, uma légua, p'ra dentro. Leguinha: é de cochicho..." "— A ver. Que não seja. Alegria minha é tanta, que o primeiro gosto era ir logo até lá, com você, agorinha..." "— A bom. Vamos." "— Não é dúvida? Vou, demais. Você me dá janta, posso voltar por dentro da noite, a lua está saindo lá p'las dez. Não empalho?" Dalberto não perdera o modo de dar um tapa na rédea. A mula rata era bôa, movia com rabo forte, arrancava bem, punha passo com avanço. Aquele preto Iládio, com a espingarda, golias de bruto, dava um risadão, ficava para trás, em bando com os outros. Soropita se desgostava, não podia deixar'de, se eles todos também viessem. Dalberto parecia que adivinhava: — "Os companheiros vêm com a gente até no cruzar da carroçável... Voltam p'ra o Azedo..." Que se chegassem, viessem, tinha jantar para todos... — Soropita convidava, não podia desfazer de si. Agradeciam, Dalberto dizia que p'ra outro dia ficava. Soropita não tinha por que se reprovar: Dalberto, sim, de si era um companheiro seguro, nem mesmo só por ser seu amigo, sempre lembrado. Mas não podia ter satisfação em levar o resto do pessoal, até ao Ão, para dentro de sua casa. Aquele preto Iládio, o José Mendes... Todos vinham vindo cavalgando por depois, a regra de distância. Nem isso era sofrível; preferia que tocassem adiante. Em ver, deviam de estar agora reparando no volume de suas armas, falando dele. Soropita não podia ouvir. Mas já de começo relanceara entre eles o alvoroço, o mutemute de uma conversinha acautelada.

(— "*Pss*! Pereira..." "— ...como beiço branco, Zé Mendes?" "— Espera, seô, espera, Iládio. Vocês sabem quem aquele é?: Surupita!" " — Surrupita?! *Gimaría!* Sur-ru-pi-ta!..." "— Surrupita!" "— Surrupita?" "— Ele, o diabo dele, santo Deus: quem é que a gente vem topar aqui neste lugar." " — É o Surupita, Rufino, o que matou Antônio Riachão e o Dendengo... O que matou João Carcará!" "— Ôx', Virgem! Pisei chão quente..." "— É machacá..." "— Já ouvi falar. Ah, uíxe, esse não esperdiça uma legítima-defesa!" "— O Pereira sabe..." "— Ara, se sei. Matou o Mamaluco, também. Respondeu júri no Rio Pardo..." "— Isso foi de outra, ferimentos leves..." "— E não foi pela morte do Mamaluco. O Mamaluco era cunhado do Dendengo, morreu com ele, junto, no fato... Mas Surrupita respondeu mais outros júris, em três comarcas. De quase todas as vezes, saiu absolvido...")

O Dalberto de começo nem podia bem emparelhar com Soropita: a mula rata se espassava com ligeireza querida, vencendo o meio da estrada. A camisa fofa do rapaz se enfunava. A besta levantava bôas orêlhas, e seu esquipado era um *z'zzuum*... Caboclim, mesmo upa no afã do regresso, tinha de segui-la. Dalberto se voltava, brincando mão nas franjas alaranjadas do pelego:

— Ah, hem, Surupita? Bom que isto é outra coisa, que aquela desgraça de passo em passo, a munha de se acompanhar boiada? Aquelas boiadas só de touros zebús, eles dormindo andando no vagaroso...

— É. A tourama se recebia em Pirapora...Vinham embarcados no trem-de-ferro.

— Uai, Surupita, isto aqui são campos bons...

Soropita volvia a cabeça, virava-se de transcosto, vigiando os quatro que vinham, agora mais atrasados. Sabia, sabia que estavam falando dele; sabia-o, como coisa de pega e pesa. E o firo daquilo o irritava.

(— "Surrupita, eta, ele empina! Quem vê e vê, assim não diz o relance desse homem." "— Teve também um jagunço, que ele arrebentou com uma bala no meio dos dois olhos, na Extrema. Aí, Surrupita pegou condenação — ano e meio. Mas nem chegou a cumprir. Foi indultado." "— Não, defesa apelou: saiu livre, no segundo. Falavam até que ele era mandado do Governo, p'ra acabar com os valentões daí do Norte. Que um sabe: por regra, Surrupita só liquidou cabras de fama, só faleceu valentões arrespeitados..." "— Também, qualquer um que matasse João Carcará e Antônio Riachão mais o Dendengo, tinha de sair livre, que estava matando em legítima defesa..." "— Foi não. Um chamado Enjo viu, p'la janela aberta, da banda de fora. Só que viu e se escapou no mundo, não gostava de servir de testemunha... Foi no Brejo-do-Amparo, adiante da Januária. Ninguém não conhecia esse Surrupita, chegado com tropa, estava sentado, num canto, comendo sua refeição. Diz que bem sossegado, devia de estar honesto com bôa fome. Na pensão, numa sala-de-jantar grande, dando p'r' a rua. Longe dele, noutra mêsa, Antônio Riachão estava com dois de seus homens, almoçando. Gente bruta... De repente, veio o rebuliz: entrou o Dendengo, feito pé-de-vento, com acompanhamento do Mamaluco e mais uns três — vinham feios, p'ra intimar discussão com o Antônio Riachão, e matar com urgência. A revira ia ser de onças comedeiras. Mas nem não tiveram tempo: o Surrupita, de lá do canto recanto, sem dizer mãe ou pai, sem tosse nem nem negaça, deu relâmpago e falou fôgo. Foi no cano-curto. Berrou bala

*Dão-Lalalão (O Devente)*

em todo o mundo — munição ele tinha! Caiu morto o Dendengo, o Antônio Riachão, o Mamaluco, um dos dois que estavam com Antônio Riachão, um outro dos companheiros do Dendengo. Inda houve feridos. Surrupita não erra tiro. Antônio Riachão se enrolo em debaixo de toalha, deu o couro às varas mordendo o pé da mesa. Cinco p'r' o bom cemitério! Surrupita saíu também levado carregado, foi p'r' a santa-casa, tiveram de fazer operação, tratar, antes que estivesse em estado de comparecer em tribunal..." "— Então, ele é pessoa que dá acesso?" "— É não. O que depois ele endeclarou, foi que aqueles todos eram homens terríveis, já estavam em mão de guerra lá dentro da sala, iam p'ra o afiafim de faca e tiroteio à tonta, e que ele, Surrupita, corria sérios perigos, ali encantoado: não teve tempo de espera, abriu caminho seguro, p'ra poder escapulir... Mas o povo da Januária e São Francisco, muitas pessoas, reuniram, achavam que ele tinha feito uma limpa boa, mesmo; pagaram advogado p'ra ele, até..." "— Às vez, quem sabe, ele é dôido-de-lua?" "— Diz que é frio, feito casca de abób'ra-d'água..." "— Dôido não é. E é até acomodado, correto. Tem malda, mas não é carranco. O que ele tem é que tem pressa demais — tem paciência nenhuma: não gosta de faca. Cheirou a briga possível, rompeu algum brabo com ar de fazer roda de perigo; e aquilo ele principêia logo, não retarda: dá nas armas. Pode até aturar dissabor, mas somente que seja de homem fraco ou desarmado. Agora: não entesta com ele, não facilita! Quem relar, encalcar, beliscou cauda de cobra..." "— E o João Carcará?" "— Diz que foi no Santo Hipólito, no ramal de Diamantina. Assim estavam numa roda, boiadeiros, vaqueiros, tais. João Carcará chegou, ele veio rosnado, leão-leão... João Carcará gostava de insultar, tinha a mania — chegou, xingou a mãe de um rapazinho, que estava. Parece que ele deu também alguma indireta, que podia servir de aplicar p'ra o Surrupita. E que mexeu na cintura, na garrucha — uns dizem que nem conseguiu tirar p'ra fora, ou mal chegou a tirar — só não sei. Surrupita foi na máuser: arrependeu ele logo daquilo! João Carcará, pelos tiros que levou, deve de ter morrido umas três vezes emendadas... Surrupita estava branco feito raiva de sapo, foi afinando de ódio, e num sofôgo. Adeclarou depois que o João Carcará tinha abocado mais primeiro a garrucha nele. Abocou foi uma nenhuma! — se diz..." "— Ei! Ouvi vento de bala!..." "— Amigo do Dalberto... Se viu, se vê. Não sei como se pode ser amigo ou parceiro de sonso-tigre. Como meu pai me dizia, de uns, menos assim: — Meu filho, não deixa a sombra dele se encostar na tua!...")

Soropita indicou a Dalberto que esperassem, e arredava o cavalo. Já não podia: enquanto aqueles viessem vindo depois deles, nem conseguia ter tento em conversa. Era como se o encostassem. Dalberto levantou mão, fez um sinal. Também, o galho para o Azêdo era ali adiante. Os outros entenderam, já vieram de corrimaça, passavam embolados, num meio-galope, que nem tropa de eguada. Ainda gritaram, se despedindo. Aquele negro Iládio se sacudindo as costas, preto enorme, brutão, espingarda transpassada. Com pouco, dentro da poeira, dobravam. Só se viam as cabeças, por cima da barra do cerrado fino. E sumiram. Naquele ponto, havia algum tempo, por uma estrada quase impossível, tinha chegado, enfeitado com ramagens de árvores e flores, o primeiro caminhão que foi até à beira do rio; mas, mesmo depois de muitas horas que ele tinha passado, os cachorros ignorantes vinham farejar demorado aquele rastro, que não entendiam existir, deixado pelas rodas; Soropita tinha visto, quando alguns uivavam.

Agora o Dalberto mesmo parecia mais presente, melhor em suas asas. Retinha perto de Soropita a mula rata, podiam ir a par. Qualquer modo, mais de cinco anos fazia, que não se encontravam. Se alembravam, tinham de saltar para trás tanto esse espaço, precisão de reconferir. Derradeiras vezes, vinham trazendo aquela zebuzama, só de touros do Triângulo — que iam sendo entregues devendidos, p'r'aqui e p'r'ali, comercial. Junto com os zebús, traziam também burrada, burros de bôa cria, de Lagôa Dourada, Itabira de Mato Dentro; chegavam embarcados, em Cordisburgo... — "Foi em 32?"

— 32 e 33, 34, 35... Mesmo depois... Vai tempo. Adeus, zebuada!

— Eh, Surupita, touros uns trezentos... Bom era o gyr pintado, a melhor caixa de carne. O nelore de orêlha miúda era bravo, duro, com um ameaço de poder: não respeitava fecho... O guzerá era o maior, mais dono. Bravo, mesmo, não; mas estranhador, principal. Estranhador — é isso... Pirapora, Vargem da Palma, Jequitaí, Água Bôa...

— Espera: ...Pirapora — Buriti das Mulatas —Vargem da Palma Lavadinho, fazenda — Fazenda do Cotovelo...

Para Soropita, tudo tinha de ser falado na forma, os pontos de trajeto faziam uma regra, decorada por uma vez. Não que gostasse, de-lembrança, daqueles lugares, simples etapas; mas era uma ordem de costume, evitava se estar tomando cabeça em escolher ou resolver o quê.

— ...Brejo das Almas — Dois Riachos — Barrocão — Fazenda da Piteira — Fazenda Jacaré...

— Onde se atravessa a Serra Mineira...

— ...Fazenda da Vacaria — Fruta de Leite...

— Um comercinho, no alto de uma serra!

— ...Salinas — Fazenda do Bananal — Cachoeira do Pajeú...

— Bom arraial, Surupita. Namorei, lá...

— ...Fortaleza — Estiva...

— Isso era uma fazenda.

— ...São Miguel de Jequitinhonha — Joaíma...

— Grande volta que se dava, ora, o diacho...

— ...Jacinto...

— Arraialzinho, comercinho!

— ...Salto Grande...

— Arraial. A pontezinha era a divisa com o Estado da Bahia...

Depois, já dentro da Bahia, esbarravam em Itabuna: — "Lugar feio, está sempre chuvoso, chuvoso no diário..." Vez ou vez, porém, chegavam até no Caetité: a fresca e temperada, no fim de um grotão formoso, o chão claro, a cidade melhor...

— Mas você, Dalberto, ainda vence nessa lida? É um traquejo!

— É. Mais uns tempos. Eu gosto e não gosto. Mas a gente diverte...

Um podia estimar o Dalberto, pois podia. Menos que fosse, por ser tão diferente dele, Soropita. Em tudo. Podiam chupar a mesma laranja, o gosto que cada um tirasse era diferente. Até as mulheres que escolhiam eram sempre diversas, cada um tinha sua preferência apartada. Dalberto podia ser um irmão seu, mais moço. Mesmo no ver o trivial da vida, eles descombinavam, amigos. Dalberto não tinha malícia, nem fome de tudo — de conhecer por dentro, — fome do miolo todo, do bagaço, da última gota de caldo.

— Desde estes dois anos, tenho pensado em guardar algum dinheiro... O diabo comigo é o jogo...

Dalberto falara com um riso apressante, sabia que o jogo Soropita reprovava, não gostava de malparar. E, de inesperado, deteve a mula. — "Vou dar p'ra você, ia me esquecendo. Você apreceia uma boa arma..." Era um revólver 41, em capa. — "Ganhei, por nove partidas, de um gaúcho, da xarqueada do Lé. O nome aí, de *Quaraím*, é o de um lugar na terra dele — o revólver é reiuno, foi dos da Polícia de lá. Aqui esta caixa de balas; no mais, munição dessa não se encontra difícil, é igual..." Olhava para Soropita, querendo que ele com o oferecido se alegrasse. Soropita era o amigo que ele mais prezara:

corajoso como um lufo de ventania, e calado, calado. Perto dele, sempre tinha o surdo palpite de que podia aprender alguma coisa.

E Soropita, a bem dizer, salvara a vida dele, na fúria daquela vaca achada, perto da Pedra Redonda, onde nasce o Rio Jequitinhonha. Quando ele Dalberto estava em perigo verdadeiro, Soropita pulou e se atravessou, sem vara em mão, foi até derrubado pela vaca. Felizmente não teve nada, só rasgou o paletó. Mas o resto do dia Soropita tinha passado de cama, tremia, tinha até febre.

Soropita sabia que todo revólver tem senha em sua história, marcado quase como pessôa. Só o Dalberto costumava inventar dessas lembranças de bom agrado. Dalberto, que agora o olhava com aqueles olhos muito abertos, o modo rompido e fingindo de aspro, de se vexar, aquela simpatia de cachorro. Mas que, quando lhe agradeceu, depressa desconversou:

— Ora, se diz, que: quem nasceu em debaixo do banco, nunca chega a se sentar. Mas agora eu melhorei — ah sou capataz de comitiva...

— Bom. Ainda vão vendendo zebú?

— Quase não. O bicho morreu de preço, os zês...

O Dalberto não abria estima por esses, não encostava o ouvido nos zebús, não entendia o encoberto deles. Soropita se esquecia no quieto movimento daquela malabarada pesada, quantidade de touros-das-índias, melhores no mais fácil de se conduzir do que uma boiada comum, porque pareciam uns meninos grandes, muito arrimados uns nos outros, reunidos tão em destino de mansos, vagarosos, num delongo, como nuvens — davam pena. Não se queixavam, não diziam diferenças, não vinham à beirada de si, nunca; aguentavam qualquer carecer. Semelho de que eles sabiam que, em algum tempo, tiveram de perder a herança de alguma coisa; mas podiam passar cobertos de flores. Em rota, sob sol, sede e caminhadas, muitas marchas, acompanhavam a gente, no mesmo moroso, no mesmo consolo, o quente de seus corpos, o cheiro grosso, inteiro, maior que a inocência. Azulêgos, baios, cor-de-fumaça, chitas, prateados, os chifres pretos, os cascos pretos — balançando os cupins, as largas barbelas, os umbigos pendurados; abanando as enormes orêlhas sem cabimento, levantando sempre as cabeças alteadas, por poderem espiar a gente de frente só por cima dos focinhos pretos; olhando desse jeito com os olhos entortados, ora adormecidos, deixados no cochilo de um aceitamento, mas esses olhos com um luarzinho cravado, luz que vinha de um longe adonde ninguém podia voltar. No meio deles, no passo, às vezes a gente se perdia, cismava até um medo, um respeito de tudo imenso — o bafo curto, os fungamentos, o urro tossido, e raro o berro triste, que não é berro; o silêncio entre si, como se falavam: tão corpulentos, tão forçosos, podiam, se quisessem, derrubar tudo. E bastava o segredo de uma palavra, a mão da gente escorregava a bom na pele deles, podia-se puxar o couro, dobrado de mole, como farinhado de tal que um unto, e macio, macio, — gemiam para dentro, só o sussurro de uma abelheira muito longe; e obedeciam a mando de homem, parecia que Deus tinha dado a eles, para sempre, uma benção de mor juízo. A gente se despedia deles, quando, de tarde, o gado viajado ia pastar. Comiam pouco; pouco dormiam. E ainda no escuro, no descambar da noite, estavam lá deitados, calados juntos, todos espiando para um lado só, esperando o romper da aurora. Esperavam sem esperanças.

— Surupita, você logo não me reconheceu?

— Mais foi pela voz, que eu reconheci...

— É, a voz. Voz, é engraçado, a estória do cego... Te contei, do cego? Pois eu estava no Grão-Mogol, o cego passou, pedindo esmolas, ele recitava uns versos, desses que só os cegos é que sabem. Dinheiro trocado eu não tinha, nem mantimento. Tinha um par de botinas, peguei e dei. Não falei com ele nada, de palavras nem umas dez. Agora, escuta: tempo depois de mais de dois anos, e longe de lá, no Rio Manso, quase perto de Diamantina — estavam fazendo uma festa de rua — e eu vejo: quem vinha andando? O cego. Era o mesmo, vi logo, com o cachorro preto-e-branco, e a viola pequena, aquele cego dos pés compridos, de alpercatas, com uma calça preta estreita no baixo das pernas, apertada demais. Só que dessa vez ele tinha outro menino-guia. E o que ele fraseava era o seguinte:

*"Com prendas e bem fazendas*
*e mil cruzados de rendas..."*

— ...Então eu cheguei bem na beira dele, dei um dinheiro na salva, e saudei: — "Meu amigo cego, como vão as coisas?" — falei dito, ou no mesmo rumo, só; acho também que ri. E ele, sabe o que ele fez? Ora, até contente, deu um exclamo: — "O homem das botinas! O homem das botinas!..." Ouviu, Surupita? E não é para se dizer?!

— Em certo. Mas você não perguntou a ele?

— Ora, ora. As botinas, ele tinha vendido. E o resto do disparate das rendas de mil cruzados, ele mesmo não sabia. Me ensinou outro, mais faceiro:

> *"Vi três marrecas nadando*
> *outras três fazendo renda;*
> *também vi uma perúa*
> *caixeirando numa venda..."*

O que Dalberto devia de ter perguntado — como era possível o cego guardar, prender uma pessôa pela voz, em sua cegueira fechada? Aquela voz devia de ser mexer, lá dentro, em muitas trevas, como muitas cobras brilhantes. Se ele podia reconhecer todas, as pessôas que ia encontrando por este mundo? Assim um cego, que não via e tudo sabia, e podia chegar, de repente, apontar com o dedo e gritar: — "Você é Soropita!" Então, por que é que um ficava cego? Deus podia ter botado os cegos no mundo, para vigiarem os que enxergavam. Esses cegos, como os brabos arruaceiros: os valentões, que eram mandados permitido como castigo de todos, para destruir o sensível do bom sossego. Pensar nesses, era como um garfo ringindo no fundo de um prato, raspava os nervos, feito se um estivesse sendo esfolado, aos tantos. Só de se escutar a fala de um valentão, discutindo, desafiando, era vergonha que a gente tinha de guardar no resto da vida, repuxão de gastura.

O Dalberto também devia de estar se pensando. Caboclim e a mula rata se compassavam, lado um do outro, não se sabiam. Às vezes uma das selas rangia. A alegria era o melhor do Dalberto: ria a simples, sua simpatia; assoviava bonito — assovio de tropeiro. De viver, cantava:

> *"Adeus, cidade de Uberaba,*
> *divisa de São Mateus!*
> *Vender boi ficou pecado,*
> *que será de mim, meu Deus?"*

— Surupita, quanto tempo tu não vai no Montes Claros, nem passa?
— Tempo.
— Ah, isto, sim, Surupita: Montes Claros! As mulheres...
— "Pasto bom e mulher — e o mais, se tiver..."
— Ora, ora, a vida do pobre é: beber, briga e rapariga... A gente viaja padecendo, pois é, pois. Tiro o menos por você, Surupita: para você tudo não parecia tão diabo e tão bobo. P'ra você, passar fome e sede não é nada, você arreséste a tudo que quer. Mas você aprova comigo: só quando se está com mulher é que a gente sente mesmo que está lorde, com todos os perdões...

Que é que se está vivendo, mesmo. Afora isso, tudo é poeira e palha, casca miúda. A gente vai indo, caçoando e questionando, agenciando, bazofiando, tendo medo, compra isto, vende aquilo... Como que na gente deram corda. Homem não se pertence. Mas, um chegou, viu mulher, acabou-se o pior. Começa tudo, se tem nova coragem... Léguas andadas, tem as cidades, a gente pousa perto... Mesmo por aí, Surupita, toda parte, lugar menor, a gente se arranja. Eu falo é de mulher provável, usável. Aqui no Norte, muita parda bonita: pedem só "uma nicla de serrinha" — prata e dez-tões, dois-milréis. Mas eu vi que é bom é aquele seu conselho que me deu: de quaresmar, até chegado no ponto de cidade grande. Que como você dizia: que nem cavalo ou burro em viagem, que não pode comer sal — enfraquece muito, dana numa bebeção d'água... Mas, Montes Claros! A já naquele tempo nosso, se alembra? Foi contado, Surupita: 1.600 mulheres na alegria... Se alembra do cabaré do Chico Peeiro? Uma cerveja custava a garrafa dois-milréis... Tantos cabarés, tantas casas: eta, escôlha. Cada um põe sua vela na arandela. Ô fim sem começo, toada boa! As baianinhas, hem? Cada baianinha — você se encostava nela, ela ficava mexendo toda, feito cobra na areia quente... Se lembra?

— Demais. Lugar de primazia...

— Derradeiramente agora, ainda está muito melhorado. Um progresso, como Deus ajuda. Surupita... E uma coisa, não lhe conto...

O Dalberto falava vizinhoso, sereno, não como quem conta desatinadas vantagens, mas como quem agasalha um esvoacim de saudade no covo da palma-da-mão. Vinha e veio, relatava: era a papafina de uma mulher, que ele tinha conhecido. Diziam até ela era filha de uma família muito bôa, e que começou de bem-casada, com um doutor bacharel; e era demais linda, e toda nova, mas resolveu e fugiu, para a vida maior, por de homens muito gostar... Que todos a queriam constantemente, mas mais ela simpatizava era com ele, Dalberto. Tinha uns olhos de fino verde, folha de avenca-rainha, com pestana ramalhuda — bonitas, eram até pestanas de propósito postiças... De um luxo, se via lá, vestidos caros, sapatinhos — ela rebrilhava, desabusada, por cima de tudo, aquilo desprezava, aquilo ficava sendo dela... Bebia pouco. Fumava. Pensava: num instantim, dava cabo de meio maço de cigarros... Dizia: — "Tu beija?" Sabe o que? Os pezinhos dela, as unhas pintadas de vermelho...

Um podia aceitar o Dalberto, até pelo esse jeito trivial de defalar com um amigo o por-meio de suas coisas, expor o vivido escondido. Ele Soropita não fiava esse assolto de se descobrir com ninguém: — a bilha tem pescoço fino, em bilha não se enfia copo. Dalberto, devagarinho, falava. Acendia um cigarro, e falava. Se repetia. Soropita de repente se lembrando do que se contava do em tempos falecido Major Brão — um grande fazendeiro louro, ramo de estrangeiro, que fora dono de enormes. Despropósito de riquezas, terras, gado. Tão tudo de rico, que não carecia de se importar com o que dele falassem. Major Brão vivia adamásio com uma moça, muito branca, muito linda, muito dama, que não tinha vergonha nenhuma. Os dois não tinham. Pelo que saíam, sol da manhã, num cavalo só, assim o Major montado, vestido composto, mas a mulher toda nua, abraçada nele, na garupa. Nua dada, toda viva, formosamente: era para todos verem o que em senhora nunca se pode ver. Isso sobreproduzia, para ela e para ele, o prazer do prazer, as delícias. Até ela se apeava, andava para ser olhada mais nua, assim, em movimentos, passeando aquela alvura em cima da grama verde, na várzea. Ela ia tomar banho, na Lagôa da Laóla, perto de onde morava tanta gente. Se alguém, homem ou mulher, via os dois passando, virava a cara, com medo de Deus, se estremecia. Diz que a moça avistava uma novilha mais bonita, nos pastos, em distância, e desejava: — "Eu quero daquela..." E o Major Brão matava a tiro a novilha, retalhava posta de carne, ali mesmo assavam. Os dois. Ao fim de um tempo, veio castigo. Se diz, incerto, que o Major terminou envelhecendo sem si mesmo, pobre pedinte...

— "Não era, Surupita? Era ou não era?..." Mas — quando o Dalberro gravava assim, forte de si, encalorando, o que minava na gente era o cismo, de supetão, de ser, vindo no real, tudo por contrário. De simples, todo o mundo farto sabia o que tinha também de nojento naquelas casas de bordel: brigas, corrumaça de doenças, ladroagem, falta de caráter. Alguém queria saber de sua mãe ali, sua filha, suas irmãs? Muitas mulheres falsas, mentirosas, em fome por dinheiro, ah vá. Aquelas, perdido seu respeito de nome e brio, de alforria, de pessôa: que nem se quisessem elas mesmas por si virar bichos, que qualquer um usava e enxotava — cadelas, vacas, eguada no calor... Mas, depois, afastado de lá, no claro do chamado do corpo, no quente-quente, por que é que a gente, daquilo tudo, só levantava na lembrança o que rebrilha de engraçado e fino bom, as migalhas que iam crescendo, crescendo, e tomavam conta? E ainda mais forte sutil do que o pedido do corpo, era aquela saudade sem peso, precisão de achar o poder de um direito bonito no avesso das coisas mais feias.

— "Não é não, Surupita?" Ah, não era o bom da vida? Aquela mulher, todos a tratavam de "Lila Ceroula-de-Homem", "A Mais-de-Todas"... — era como ela queria. Lila — o que dizia que se chamava. Mas a ele, Dalberto, ela contava, segredim de segredo, que o seu nome verdadeiro, com que tinha sido batizada, era o de Analma. De instruída, deixava-o até com vergonha — ser um pobre boiadeiro, dúvido de tão ignorante. Lia em livros. Sabia versos. Enquanto ele descansava, ela declarava um arreviro de coisas: — "Vem, Bem, deixa tua boca aqui no travesseiro... Me nana, me nina, me esconde, me cria... De homem e dôce bem feito, o quieto é que eu mais aproveito... Comigo é: pão-pão, beijo-beijo!..." Desenlouquecia.

Do relongo de reouvir e repensar, Soropita extravagava. Sim escorregava, somenos em si — voltava ao quarto com a rapariga inventada: as sobras de um sonho. Mais falavam em Doralda, se festejavam. A rapariguinha estava ali, em ponta de rua, felizinha de presa, queria mesmo ser quenga, andorinha revoando dentro de casa, tinha de receber todos os homens, ao que vinha, obrigada a frete, podia rejeitar nenhum... — "Até estou cansadinha, Bem..." E se despendurava de abraço, flauteira, rebeijando. Rapariga pertencida de todos... Ao ver, àquele negro Iládio, goruguto, medonho... Até o almíscar, ardido, desse, devia de estar revertendo por ali, não sendo o que aquela menina gastava em si um rio lindo de bom perfume... Ela tãozinha de bonita, simples delicada, branquinha uma princesa — e aceitando o preto Iládio, membrudo, franchão, possanço... Ah, esse cautério! — Soropita se confrangia.

— "Sabe, Surupita, eu tenho estima a ela. Não é que esteja caído de perdido..." Dalberto não gostava de paixa. Se divertia da silva, bandoleiro com muitas, comboiava aquele mulherío quase todo. Conhecia de sim a Liolina, a Mélia Cachucha, a Nhiinha, Maria-Mãe, a Estela, Dona Doní, a Prenda... A Analma mesma mandava ele saber as outras, poder ter vivido e comparar de todas ela era, mim assim, a mais, mulher do mundo...

...Soropita roubava a rapariguinha levantada da deslei daqueles homens — todos, lé e cré, que tinham vindo para gozar, fossar, babujar. Ela, morninha, o beijava na boca. Tinha de ter um nome: *Izilda...* — Izilda. Chamava-a, ela atendia. Mas era o ferroo de um pensamento, que gelava, que queimava, garroso como um carrapicho: o preto... Izilda entregue à natureza bronca desse negro! O negro não estava falando como gente, roncava e corria de mãos no chão, vindo do meio do mato, esfamiado, sujo de terra e de folhas... Tinha de a ela perguntar. Ela respondia: — "Bem, esse já me dormiu e me acordou... Foi ruim não. Tudo é água bebível..." —; e se ria, goiabadinha, nuela. Soropita a pegava, cheirava-a, fariscava seu pescoço, não queria encontrar morrinha do preto, o preto mutoniado, o tóro. Izilda ria mais, mostrava a ponta da língua, fazia uma caretinha, um quebro. E desaparecia. Aí, estava escuro. Soropita estava lá, involuntário. Assim, à porta de um quarto, cá da banda de fora. As coisas que ele escutava, que, dentro daquele quarto, por dentro trancado, aferrolhado, estavam se passando: chamego, um nhenhém dengoso, risadas; o barulho de dois se deitando, homem puxando a si a mulher, abraçados, o ruge-ruge do colchão de palha... Mas — não era Izilda, quem estava com o preto vespuço, com o Iládio... — a voz era outra: Doralda! Doralda, transtornados os olhos, arrepiada de prazeres... O preto se regalava, no forcejo daquele violo, Doralda mesma queria, até o preto mesmo se cansar, o preto não se cansava, era um bicho peludo, gorjala, do fundo do mato, dos caldeirões do inferno... Soropita atônito, num desacordo de suas almas, desbordado — e o que via: o desar, o esfrego, o fornízio, o gosmoso... Depois, era sempre ainda Doralda, na camisinha de cambraia, tão alva, estendida na cama larga, para se repousar; mas que olhava-o, sorrindo, satisfeita, num derretimento, no quebramento, nas harmonias! O preto, indecente, senhor de tudo, a babar-se fazendo xetas. Mas esse preto Iládio se previa p'ra bom fim um dia, em revólver; corjo de um assim, o sertão deixa muito viver não, o sertão não consente. P'ra não ser soez, ser bruge, não desrespeitar!... E o Dalberto, de contracurso o Dalberto contando, contando... Como se vendo e sabendo o pão do pensamento dele Soropita, como se tudo neste mundo estivesse enraizado reunido, uma escuridão clara, o caber das pessôas.

— Surupita, um não imagina o virgem do reporto das coisas que ela praz em me dizer! Assim por diante: — "Agora, querido, tu precisa de ir embora, me deixa sozinha por duas, três horas — agora vem vir fulano boiadeiro, que paga por sua regalia completa, me desrespeita muito... Tem dó de tua noivinha, que vai passar por coisas tão feias... Você está sofrendo? Quero que um sofrer, que penes... Vai, está na hora do boiadeiro, pra ele tenho de ficar bonita... Depois tu vem; vem? Amoroso, carinhoso, beijar de me consolar..." Dizia aquilo demordida, branca de fôgo, Surupita, me apertava o braço, de doer. Mas, no enquanto, volteava a verdade num brinquedo, homem via que ela se alegrava acinte com o que falava, no fêmeo vivo daquele frenesim... Ressabiava. — "Mas, tem horas, que eu penso que quem-sabe é pelo quindim dessas meias-doidices, mesmo, Surupita, que ela não sai da cabeça minha, que é mais um sabor..."

*Dão-Lalalão (O Devente)*

Soropita perdia a deixa. Só num lance de arroubo, seu pescoço se esquentando, o nhém nos ouvidos: que se um mundo de pássaros cantantes revoassem em cores do buritizal, no verdim da vereda à mão direita, onde arrozava um capim de fim — ... Doralda, pensava nela através do assunto, numa baldança... — à mão esquerda um gravará de flôr sangrenta, na grande mancha do campo limpo, cheirando a alfazema-brava e cidrilho; e o Dalberto que reperguntava: — "Que é o mel branco, damice de mulher, hem Surupita?..." De novo sonsa e solevada a mansidão das coisas, o farfalhar mudo das borboletas, um vago de perfume que não se acabava, aquela alegria vagarada, sem medo nenhum, ramo seco e flôr ficada, o tremor de um galho que passarinho deixa:

— Mas, Dalberto, por que é que você não se casa?

Simples que foi, numa volta de olhos. Mas Surupita não fazia de dizer por caçoadas; Surupita nunca não brincava. Será que vinha não prestando atenção ao conversado? Ou tinha falado com segundas vistas? O certo que era estúrdio.

— "Eu, casar? Você acha? Fusa e fubã, boi de sutrã... Macaco me ajude!" — o Dalberto gracejou.

O Dalberto olhava. Causa porque olhava. Dentro de si, Soropita vinha-se desdesenrolando, recolhendo, de detrás de môita para atrás de môita, se esfriava. Cacos e coisas que voltam dos ares. O morrão de uma vela se acabando no escuro. Se mordia a língua. Assunto verdadeiro, cada um guarda para si consigo. Cada qual seu rumo. Atravessar aquilo, se embebendo de água sozinha. — "Casamento dá juízo..." — disse isso baixo e mau som. O Dalberto em branco ficava.

Demorou para tornar a falar, em desconversa. Sabia pensar, tomar conta de si. No contempo, sua cabeça mesma o tirava para outro lado, qualquer assunto; gostava de pôr os olhos no verde. E tocava-o, a surdo, uma sombra de desgosto, que nem meio aviso, má coisa por vir, sem dessa poder renovar memória, mas mal desesquecida. Respondia às perguntas de Dalberto:

— O rio? É nove léguas por lá, descambando a Serra. Mas, neste tempo de frio, nunca tem peixe...

Só o esperto de tristonha, sem vão de motivo, de má traça. Não ventava frio, a mor dava um tempo bom, agora perto do sol se pôr. Esquerdeavam. Com pouco iam chegar em casa. Vinham as pessôas para escutar a novela. Se jantava. Aprovava que Dalberto voltasse no tarde da noite. Um amigo nunca estorva, mas a gente estava desacostumado de intímo de hóspedes. Com as horas, se cansava... O que não podia era se lembrar daquele negro. Sabia, se havia: se désse de frente com o preto, e o preto escarrasse de cavalo, que um ódio vinha, enxofre azul — com tal fero, que, para gastar essa raiva, muito precisava. Pensou tão forte, que olhou depois o Dalberto, como se o Dalberto pudesse ter ouvido.

— Ali é tremedal, Surupita?

— Tremedal, a próprio, não. Mas, atolar, atola. Vigia aquela, quase marimbú. Veia de vereda engole...

Se apeava, para ir abrir o pegador — não deixando o Dalberto, que queria se adiantar: dizia que Surupita estava impedido por demais, com as sacolas e outras bagagens, repletas as bolsas da sela. Só entregava a rédea de Caboclim ao Dalberto, que passava, adestreando o cavalo. Encostava o pegador. Podia imaginar o que o Dalberto devia de estar pensando, Dalberto cuspia no copo: — "... Casar com meretriz? É virada! Nem puxado por sete juntas de bois... Sei que uns fazem; pior p'ra o caráter deles..." Reamontava. — "...É baixo. P'ra pandegar, isto! Só p'ra pagode redobrado, aindas que com bolsa aberta e bom coração..." Dalberto assoviava.

— Pois, mesmo ali, onde a estrada torce, já é terras da gente. Regularzinho...

Mas ele mesmo escapulia escote de toda recordação de desagrado. Vida de um é caminhar por fora, beira pasto, só no traço de obrigação. Com menos, se chegava. Doralda já devia de estar atentando nessa demora de hoje. Um cheiro de moitinha de-vez de mata-barata. Ali não dava, mata-barata, só nas campinas altas, nos "alegres". Ou grão-de-galo; mas não era tempo. Soropita com as costas da mão se asseava o rosto, a cicatriz do queixo o acabrunhava. Volta de viagem, a gente está sempre suoso, desconfortado... Doralda era um consolo. Uma água de serra — que brota, canta e cai partida: bela, bôa e oferecida. A gente podia se chegar ao barranco, encostar a boca no minadouro, no barro peguento, amarelo, que cheira a gosto de moringa nova, aquele borbotão d'água grogolejava fresca, nossa, engolida.

— Não. Bem poucas. Quase não se mata...

Era um rastro de cobra, seu regozinho contornado na poeira, no descer para a grota. Do capim, uma codorniz envoou. O melosal já se bem molhava, de sereno. A mula rata soprou e esperou. Periquitos passavam, das veredas, pretos contra o poente, o dia deles tinha terminado. Os buritizais longe escureciam. O Dalberto havia de estimar Doralda. Quem como era o Dalberto, peito de bom amigo, extenso de correto. Só não ia dar os presentes a Doralda com ele vendo. Não ia dar o sabonete... Dalberro podia ver que ele tinha casado tão bem. Se... Esbarrou.

Só o triz de um relance, se acendeu aquela ideia, de pancada, ele se debateu contra o pensamento, como boi em laço; como boi cai com tontura do cabelouro, porretado atrás do chifre. Senseou oco, o espírito coagulado, nem podia doer de pensar em nada, sabia que tinha o queixo trêmulo, podia ser que ia morrer, cair; não respirava. As pernas queriam retombar de lado, os pés se retinham nos estribos, como num obstáculo. Soropita estava ficando de pedra. Mas seu corpo dava um tremor, que veio até aos olhos. — "Uai, câimbra, Surupita?" — "Mas melhorou..." Era aquela tremura nervosa, boi sonsado pelo calor. Curvo na sela. O coração tão pesado, ele podia encostar a cara na crina do animal. O Dalberto não tinha culpa... Mas, por que tinha vindo, tinha aparecido ali, para o encontrar como amigo, para vir entrar em casa, tomar sombra? E já estavam quase à porta. Fosse o que fosse, nada mais remediava. Mesmo enquanto, não podia se entregar àquele falecimento de ânimo. Mas a ideia o sufocava: quem sabe o Dalberto conhecia Doralda, de Montes Claros, de qualquer tempo, sabia de onde ela tinha vindo, a vida que antes levara?

Quem sabe até já estava informado, tinha ouvido de alguém por ali o nome dela — como a mulher de Soropita — e se lembrara, talvez mesmo por isso agora queria vir, ver com os olhos, reconhecer... E então a maior parte da conversa dele, na estrada, só podia ter sido de propósito, por regalo de malícia, para tomar o ponto a ele Soropita, devia de ter sido uma traição! Talvez, até, os dois já haviam pandegado juntos, um conhecia o outro de bons lazeres... Sendo *Sucena*, Doralda espalhava fama, mulher muito procurada... O Dalberto, moço femeeiro... Ai, sofrer era isso, pelo mundo pagava! O que adiantava ele ter vindo para ali, quase escondido, fora de rotas, começando nova lei de vida? E a consideração que todos mostravam por ele, aquele regime de paz e sossego de bondade, tão garantido, e agora ia-se embora... O Dalberto, por sério que quisesse ser, mesmo assim falava. Os vaqueiros, o pessoal todo, sabiam logo, caía na boca do povo. Notícia, se a boa corre, a ruim avôa... De hora p'ra outra, estava ele ali entregue aos máscaras, quebrado de seu respeito, lambido dos cachorros, mais baixo do que soleira de espora. Podiam até perder toda cautela com ele, ninguém obedecer mais, ofenderem, insultarem... Então, só sendo homem, cumprindo: mas matava! Rompia tudo, destro e sestro, rebentava!

— É bonito, onde você mora, Surupita. Tanta flôr...

E vinha mesmo uma saudade de parados recantos, sozinho, à sombra de velho engenho, bondosos dias, as águas do bicame rolando no barulho puro delas, um jorro branco... Desespero: se esconder de si só mesmo... Salvo que o Dalberto era amigo, podia respeitar o passado de outro amigo. Podia conservar dever de segredo. Mas não era merecido, não era possível! Se, no avistar Doralda, o Dalberto e ela exclamassem saudação de surpresa, se dessem qualquerzinho sinal de já serem conhecidos, de Montes Claros, da casa da Clema?... Lacráu que pica; era uma ferida. O Dalberto — quem o conhecia melhor, seu amigo mais amigo, que sabia tudo dele, acompanhara as grandes passagens de sua vida, respeitava seu preceito... Não podia! O pior, que não podia — era que o Dalberto soubesse. Por ele mesmo, Dalberto, por causa mesmo dele. Não podia, assim num momento, desvirar tudo, desmanchar aquela admiração de estima do Dalberto — então tudo o que ele Soropita tinha feito e tinha sido não representava coisa nenhuma de nada, não tinha firmeza, de repente um podia perder o figurado de si, com o mesmo ligeiro com que se desencoura uma vaca morta no chão de um pasto... Mas, então... Então matava. Tinha de matar o Dalberto. Matava, pois matava. Soropita bebeu um gole de tranquilidade.

Como se entrasse num mato de mata-virgem. O cheiro preto. A mata-virgem era uma noite, seu fresco. Cheiro verde e farfalhal, com cricrilos. Cheiro largo, gomoso, mole — liso, de jaboticaba molhada — ou de começo de espirro, vapor macio, fim de chuva, como o ralo desmaiado melodor de tachas, de longe, no frio da moagem, de por maio, por junho... Se via saindo daquela suspensão. Era um alívio estalado. Aceitava e estava tranquilo, que nem se tivesse, de saída para uma viagem, apalpado a algibeira e sentido o volume fiel do dinheiro, bastante para qualquer despesa. Como se põe um chinelo de borco, para um cão esbarrar de uivar. E nem precisava de pensar naquilo com fel frio. Guardava. Guardava como um gatilho armado, mola de cobra, tenção já vestida. O mundo reentrava em suas formas. Respirou bem. Se concertou na sela, pegou pouso. De aprumo. Caboclim soube de novo de sua mão a fora — beijou o freio e se embalançou mais, cavalo de rico dono. — E Soropita pigarreava e com entono prorrompia:

— Isto aqui, me atendem: sabem o certo! Todos me respeitam, fiando o fino, já aprenderam que eu não sou brinquedo. Sem-vergonhice, não tolero; não admito falatório — não estou para pândegas! Respeito honesto, comigo, minha casa, minhas coisas, tudo no direito...

— "Sabe, Surupita, você está me lembrando Seo Sulino Sidivó, no determinar o rejume da fazenda dele... Mas é o seguro!" — gracejava o Dalberto, não acostumado a ouvir assim o amigo enfunado em suas honras e autoridade.

Soropita não queria olhar para o Dalberto, imaginar seus olhos viventes, ver, num enquadrado, a arcadura larga de suas costas, confiadamente expostas sob o pando da camisa cáqui, que a brisa movia num agito como sacolêjo d'água, ondeada estremecendo.

Variavam pela mão esquerda, atalhando para não precisar de atravessar o arruado do Ão. O Dalberto não devia ter vindo. A vida era um cansaço. Mas já chegavam. Corriam os cachorros, se entremeando latindo. A casa, com as janelas abertas. A paineira era uma rosa enorme. O menino campeiro, que terminava de prender os bezerros, dizia de lá um louvo a Jesus Cristo. Soropita abria a cancela, esperou, retendo-a. Por um bento momento, se o Dalberto agora carecesse de ir embora, agorinha, sem delonga nenhuma, grande perdão, grande motivo, virava de rédea, na mula rata se ia indo, a toda lonjura... Tudo ficava um desate de sonho ruim, se desfumaçando. Ah, não. Junto de casa é que se via que era bem de tardinha, o fecho do dia. Uma certa claridade ainda repassava o ar, mas pouco e pouco fugindo, retirada, quase estremecente. As rolinhas ainda arrulhavam? Uma vaca, estrafinada, berrava, de algum ponto. Os animais pisavam um fofêjo de bagaço de cana e palha de milho. O Erém, o Zuz, o Moura, Pedro Paulo, estavam lá, no baixo da entrada. Vinham para ouvir a novela.

—Vamos desapear...

Mas a casa, mesma, até parecia vazia. O rapazinho campeiro tomava conta da besta e do cavalo. E o Dalberto nem tinha perguntado nada; e ele Soropita, no caminho, nem disse que estava casado, não pronunciara... O cheiro bom de casa, um remanso retardado. Como as pessôas vivas de conhecidas — Zuz, o Moura, Pedro Paulo, o Erém — no momento dum rodar mais forte da vida da gente perdiam de repente quase toda importância, estavam ali como se fossem umas crianças pequenas; para que serviam? Soropita se sentia bambo até das pernas, vinha a passos contados. O rapazinho, era para levar as coisas para dentro — entregar tudo direto a Dona Doralda... Descalçavam as esporas. O Dalberto fazia perguntas, sobre o gado, as terras. A essas horas de passar, correr o tempo, depressa, de um ou outro jeito estar tudo acabado. Entravam. E Doralda, fora do comum, não aparecia. Ele devia ir ao encontro dela, falarem. Não conseguia. Um pejo, um moroso de deixar tudo por si ser. O Dalberto aceitava de se sentar na rede; para ele, tudo normava, se via que estava em paredes amigas.

Ali, pela porta do corredor, Doralda vinha, não vinha. Ele não queria que ela o notasse inquieto; não perguntasse. E ele tinha também de se sentar: ficando em pé, sentia o sem-jeito de não ir logo lá dentro, no natural que seria — já que não estando cansado, e assim tão de-casa nos modos... Sentava-se, mesmo antes d'o Moura e do Zuz tomarem lugar. Aqueles do Ão, sempre moles, todos num desvalor de si, de suas presenças. Gente sem esforço de tempo, nem de ambição forte nenhuma, gente como sem sangue, sem sustância. Tudo que acontecesse ou não acontecesse em roda, esses boiavam a fora uma distancinha e voltavam para se recolar, que nem ruma de cisco em cima d'água. E parecia que, se eles não fossem assim, como que chamando que tudo de ruim pudesse vir e pousar, se eles não espalhassem no ar aquela resignação de aceitar tudo, aquela moleza sem nervo — que, então, no meio de pessôas duras e animosas, tudo andaria de outro modo, os possíveis corriam para entrar num molde limpo de vida certa!

E chegava também o Jõe Aguial, seu vezo de coçar a cabeça, ficava um tempo olhando a gente, olhando cada um de sua vez, e piscando, sem começar a falar. Tinha trazido a mulher, dizia, mas a mulher beirara por fora a casa, entrava pelos fundos. — "A Tiantônia veio ajudar..." Sabia que tinham hóspede. Como sabia? Teria visto o Dalberto chegando com ele — mas não podia ser companhia de estrada, só um passante? O Erém conversava de lado, com Pedro Paulo. E como se tivessem informação da comitiva do Dalberto, arranchados no Azêdo. De tudo aquela gente pegava notícia. E agora queriam ouvir a novela? — "Você é quem está dizendo, Surupita..." "— Ah, seo Surupita, não imagina..." Ouvir, já tinham ouvido — tudo, de uma vez, fugia da regra: falhara ali no Ão, na véspera, o caminhão de um comprador de galinhas e ovos, seo Abrãozinho Buristém, que carregava um rádio pequeno, de pilhas, armara um fio no arame da cerca... Mas queriam escutar outra vez, por confirmação. — "A estória é estável de boa, mal que acomprida: taca e não rende..." — explicava o Zuz ao Dalberto, com um sorriso, encaminhando conhecimento. Dalberto concordava, mesmo sem saber o assunto. Bom que, assim noitinha, não era preciso ir mostrar a ele um giro da fazenda, descarecia. Como se ocupar cabeça, duma vez, com tantas diversidades?

Soropita começou a recontar o capítulo da novela. Sem trabalho, se recordava das palavras, até com clareza — disso se admirava. Contava com prazer de demorar, encher a sala com o poder de outros altos personagens. Tomar a atenção de todos, pudesse contar aquilo noite adiante, sem Doralda nunca se mover de lá de dentro, onde estava protegida. Sua voz tremia um tanto. A novela: ...o pai não consentia no casamento, a moça e o moço padeciam... Todos os do Ão desaprovavam. O Erém tinha lágrimas nos olhos. E chegavam Pedro Caramujo e o Wilson, o que ajudava a tomar conta da vendinha. Rangia a rede, o Dalberto se balançava, devagar, mas fazia crer que estivesse acompanhando também a estória do rádio. A empregadinha vinha trazendo o café. — "Onde está Dona Doralda?" — o nome dela era mesmo para se dizer com força de direito, de orgulho. Seo Surupita, Dona Adoralda já vinha... Era preciso trazer luz, nem uns enxergavam mais os outros; quando alguém ria, ria de muito longe. O capítulo da novela estava terminado.

Soropita tomava seu café. Jõe Aguial cochichou: queria se apartar com ele — tinha um assunto. Mas Jõe Aguial podia esperar. Soropita estava temendo toda notícia, toda conversa. Trazia à memória a passagem — fazia tantos anos — na saída de Salinas, quando ele estava em beira de estrada, em cima de seu cavalo, e a boiada avançando, e da banda de lá chegava correndo de galope um vaqueiro, gritava uma coisa, que não se ouvia, mas devia de ser muito importante e urgente, e levantava a mão, mostrando um papel — podia ser telegrama ou carta — e a boiada cortando o caminho entre eles dois, no rodo da poeira, uma vertigem de boiada enorme, que escorrendo, os bois se estrepolindo, uns se encavalando nos outros, no sobrosso daquela aflição... O Dalberto agora respondia a perguntas do Moura, dava divulga do gado que iam tocar para seo Remígio Bianôr, declinava seus companheiros vaqueiros. Soropita precisava, de repente, de perguntar: — "E esse preto Iládio, muito vale?" "— Ah, esse é pai-d'égua, homem dobrudo, de qualquer lado ele remete..." Soropita dava para sua tristeza; mordeu um tijôlo. O lampeão belga clareava bem a sala. Mas que não deviam entrar em tanto maior conhecimento com o Dalberto, como se Dalberto fosse velho no Ão, morador do lugar. Aqueles todos vizinhos, era uma dificuldade maior que estivessem agora ali. Como se, sozinho com Doralda e Dalberto, tudo por si se resolvesse; quem sabe nada não havia? De certo, nada, com a ajuda de Deus. O Dalberto estava recostado na rede, rodeado, prazido. Do que, um tempo antes, tinha pensado decisão, Soropita destorcia ideia de reafirmar ou renegar, essas coisas se governam. A janta demorava. Doralda não aparecia. O Erém perguntou quem ia amanhã ao Andrequicé, ouvir o rádio — disse que Fraquilim Meimeio andava visitando alguém, no Espírito-Santo. O Zuz se chegou ao escuro da janela. Disse: — "Tem muitas estrelas..." O Dalberto se levantou. Espichou umas passadas, indo e voltando. O Moura gabou a qualidade daquelas botas, de novo uso. Os grilos deram um crescido em seu frenesi. Soropita também se levantava.

Doralda apareceu.

Doralda em chegar — dava boa-noite: as palavras claras, o que ela falava, e seu movimento — o rodavoo quieto de uma grande borboleta, o vestido verde desbotado, fino, quase sem cor — passando, e tudo acontecendo diferentemente, sem choque, sem alvoroço, Doralda mesma seduzia que espalhava uma aragem de paz educada e prazer resoluto — homem inteirava a certeza de que ela vinha com um sério de alegria que era sua, dela só, que se demonstrava assim não era de coisa nenhuma por suceder nem já sucedida, nem por causa das pessôas que ali estavam — e um bem-estar que se sobejava para todos; Soropita, no momento, nem sabia por que, perdeu o tento de vigiar como eles dois se saudavam, se o Dalberto e ela trocavam com o olhar algum aceno ou acerto de se reconhecerem — conforme ele estava espreitando por reparar, e, agora, no átimo, como que se envergonhava altanto daquela má tenção, mais sentia era um certo orgulho de vaidade: aquilo nem parecia que se estava nos Gerais — Doralda vestida feito uma senhora de cidades, sem luxo mas com um gosto de simples, que mais agradava: aqueles do Ão a admiravam constantes — parecia que depois de olharem para Doralda logo olhavam para ele, Soropita, com um renovamento de respeito — homem que tinha tido sorte de tenência e capacidade para que Doralda gostasse dele e dele fosse, para sempre ficasse sendo, — e não tiravam os olhos dela: o jeito como andava, como se impossível e depressa tomasse conta de tudo, ligeiro e durável tudo nela, e um cheiro bom que não se sentia no olfato, mas no mexido mudo, de água, falsa arisca nos passos, seu andar um ousio de seguidos botes mesmo num só, fácil fresca corrente como um riacho, mas tão firmada, tão pessôa — e um sobressalto de tudo agradável, bom esperto e sem barulho — e falava com um e com outro, o riso meio rouco, meio debruçada, ia e vinha sem aluir o ar — dama da sala... Mas — não semelhava uma mulher séria, honesta, tendo sido sempre honesta, pois, não achavam, todos? Não achavam?!

Como veio para ele, lhe pôs a mão no ombro, ele a meio a abraçou, com um sisudo carinho estabanado e não bem medido, ela sempre sorridente, nem de palavras: Soropita adivinhou no relumêio de seus olhos que ela já tinha desembrulhado os presentes, que assim agradecia. E toda nada disse — parecia um vexame, sem ser. Nem conversou com o Dalberto. Soropita só tinha definido: — "Este, aqui, é o Dalberto..." Não carecia de recomendar que era um amigo, um amigo velho, ali não se usava declarar essas condições; e o sorriso de Dalberto era um como se pudesse gabar: — "Tudo está bem em ordem, estimo tudo o que ao meu amigo Surupita pertencer..." O Dalberto também era um sujeito que sabia cumprimentar as senhoras. E Doralda antes disse uma brincadeira ao Erém e ao Zuz, por tolice desses, que ainda honrados se praziam, e riam; ria, ela, a risada lembrável e de arrojo, Doralda nunca tinha acanhamentos. E mandava que eles entrassem, assim ela se escapou pelo corredor, como se tivesse vindo só para um esvoaçar por entre os homens, e logo desaparecer, tirando-os, chamando-os, para o interior da casa, para a sala de jantar.

Daí, enquanto jantavam — jantar havia para os que quisessem, mas todos cumpriram determino de respeito de ir s'embora, mesmo que aquela noite mostrassem um incerto de demorar poucado mais; e só permaneceu Jõe Aguial, por espera de outro café e depois levar Tiantônia, que não queria aparecer, teimava de ajuda na cozinha, — enquanto principiavam a jantar, tudo podia ser pelo melhor, Soropita tinha sede e tinha fome, também não via tanto para um se preocupar, o que viera vindo era numa agitação, só espécie de exagero, o Dalberto não apunha malícia vista nenhuma, nem manejo de fingimento, nem desjeito, e Doralda regrava a mêsa, com um préstimo muito próprio, seguro. Valia ver como ela era, como cuidava. Tinha uns brincos muito grandes nas orêlhas, as orêlhas descobertas, o cabelo preto e liso passando alto, por cima delas, prazer como eram rosadas. Pousava, no se sentar, a fofo, sem esparrame, e quando levantava, ia à cozinha, aquele requebro de quadril hoje parecia mais avivado, feito de propósito. O Dalberto a admirava. Agora, o Dalberto entendia por que ele, Soropita, tinha escolhido de se casar. Doralda sacudia a cabeça fingindo uma dúvida ou um sestro — tudo dava a entender, a gente via que ali havia mulher — parecia que estava fazendo cócegas no rosto da gente, com seu narizinho, mesmo seu rosto. O que ela falava:

— Pensei que tu hoje tinha me escopado, Bem: que nem vinha mais, tivesse fugido com alguma mocinha do Andrequicé...

E punha a cabeça meio para trás, os olhos quase fechados, um sorriso sem se abrir. O Dalberto, como se mandado por ela, olhava também para Soropita. Só o Jõe Aguial contestou:

— Não é capaz! Juro na vez dele... Eu pago pelo compadre...

— "Tivesse me achando velha..." — desafiava; quando sorria mais, mostrava só a fila dos dentes de cima, todos brancos que brilhavam.

— Eh, quem tem ouro não campêia tesouro... E comadre Adoralda nem daqui a vinte anos que nunca fica velha! Pode amadurecer um tanto, mas o que sempre se açucára...

Ela punha as mãos no peito, como se guardasse os seios do olhar de alguém, e sacudia a cabeça que não, se abalavam os brincos, o cabelo se despenteava um pouquinho, ela o ajeitava só com um outro jogar a cabeça, e tinha um modo de a toda hora acertar com a mão o vestido, no ombro — a aliança era a joia mais preciosa, entre aqueles anéis todos. De rir:

— Homem é bicho comilão...

O Dalberto nem podia gracejar com os demais, estava com a boca cheia de quiabo com galinha, só arremedou gesto. — "Oi, que levou pimenta!..." — foi o que depois aguentou dizer, com lágrimas em muitos olhos. Soropita olhou-o, fraternal, serviu-lhe o copo d'água.

— "Você falha aqui hoje, volta amanhã cedinho..." — disse-lhe, como ordem de amigo hospedador.

— "A cama e o quarto já estão até aprontados..." — Doralda confirmava, cortando sua carne de porco com faca e garfo, num procedimento de gentileza, como devia de ser.

E Soropita se levantava para buscar cerveja, Jõe Aguial abria as garrafas; o Dalberto não rejeitava de ficar. — "Já mandei p'ra o pasto a mula rata... Como é o nome que ela atende?" — acrescentava Soropita — em sua súbita felicidade, fora de hábito enchia para si o copo, fazia questão de beber.

— Nome dela é Moça-Branca...

— "Descaro!" — Soropita ralhava, sem saber pegar bem o tom de gracejo. E o Dalberto batia com o queixo, confirmando, e se servia ele mesmo de angú, chegando o assento mais para perto da mêsa e afastando mais à vontade os braços, de si contente com o dito de revelação. Doralda virava o rosto, para rir, quem sabe se mesmo envergonhada.

*Dão-Lalalão (O Devente)*

O quanto via no Dalberto, Soropita certo se confirmava de que fosse um simples sossego sem ofensa, como melhor não podia ser. E se voltava para Doralda, crente de que só porque ela estava ali era que tudo tomava rumo acomodado e bom, tanta paz. Jõe Aguial começou a contar a história do noivado desmanchado e tornado a combinar, da filha dum sitiante do Os-Verdes; e conversa se teve que vem e vai, conversinha, falavam disto e daquilo, coisas de gente dali do Ão. O Dalberto ficava um tanto fora dela, mas de bom garfo se ajudava, e bom riso, não se dando de posto adeparte. Já ao fim, depois do dôce, Soropita se adiantou a levantar — precisava de prestar as palavras amáveis à Tiantônia, na cozinha; e daí Jõe Aguial queria lhe dizer o recado importante: saíram os dois para o quintal.

Festavam forte seu cicil os grilos do frio, e como a noite se alteava bonita, em grandes estrelas, a gente podia ceder atenção de simpatia até ao cantiquinho deles. O céu mesmo se mexia, o ar era bom de se respirar. O jasmim-verde e o jasmim-azul obrigavam tudo com seu perfume — que dava para adoçar uma xícara de café. Aquele cheiro de jasmins, que esvoaça de nuvem solta, só perto do rosto, do nariz da gente, engrossando nata, e que não vai encostado até à fonte de donde brotou, como os outros cheiros fazem, mais parece degolado da flôr.

Mas Jõe Aguial passava era um recado, do senhor Zosímo, trazido por seo Abrãozinho Buristém: se ele Soropita já tinha resolvido o negócio, senhor Zosímo tocava ali de volta para Goiás já no sábado, gostava de poder ir ao menos com um apalavro qualquer... O Jõe não tinha querido dizer nada perto de Doralda, o assunto estava ainda um tanto guardado, não sabia como ela tomasse...

— "Me demoro, compadre Jõe. A bem, pra pensar, mas me demoro... Vamos voltar p'ra dentro, compadre Jõe..." — puxava-o Soropita, afadigado subitamente, se tolhendo com um palpite, que era quase um mal-estar. — "Tão vez o Dalberto também careça de vir aqui fora, e esteja com acanho..." — se desculpou.

Tornava a entrar na sala. Em si, num estado de alma-e-corpo como quando o vento revira, Soropita se constou de que alguma coisa estava mudando. De pé — se sentar pertinho de outro homem ela não era capaz de fazer, esse sistema — mas Doralda tinha vindo para mais junto do Dalberto. Uma conversa nova servia aos dois, de repente assim, um trato quase como de parentes, animado e risoso. Doralda apoiada no respaldo de uma cadeira, se debruçando. De costas, nem viu a entrada de Soropita. O que eles estavam se dizendo:

— ...Montes Claros me deve paixão...

— Eu também...

Soropita não olhou ninguém, se sentou: deu, de doer, com o cotovelo na quina da mesa. Do que se desnorteava. Ah, mal saíra por um instante, e a conveniência se atrapalhava, logo que ele não estava ali, de vigia que nem boi-touro querenciado em chão mexido, garantindo, com sua vontade de dono. Sem-juízo de mulher — essas poeirazinhas no ar, ao quando brisbrisa! Doralda... Doralda oferecia mais café; ela não cria neste mundo, nos perigos? — "Arte, que me vou, em meus agoras, compadre, comadre..." — o Jõe Aguial pisando no tempo, s'embora, se despedindo de vez, de chapéu. Hora de outras coisas começarem, nada não se podia impedir. Doralda não tinha culpa...

Doralda tinha aceitado conversa com o Dalberto, a respeito de Montes Claros! Bem que ele Soropita se punia, de antes não ter dado a ela um aviso. Não falar em Montes Claros... Por tudo que fosse, não falar em Montes Claros. Nem Dalberto não carecia de saber donde ela era, não devia de. Mas Doralda discorria tão fiada, tão sem guarda de si:

— Sou de lá não, nasci nas Sete-Serras...

— Pois por esse seu lugar já passei, também.

— "Boiadeiro corre este mundo todo... Não é, Sorô, meu Bem?..." — agora ela falava com ele, sendo usual. Soropita se sentava num fôgo. Pudesse, pegava em Doralda, tirava dali, não acrescentar mais nenhumas palavras. Se o Dalberto estivesse caçando nela um rastro de antiga conhecença? Se aquele modo de estatuto, que ele afetava, não passasse de um próprio fingidiço? — "Bem, tu toma mais uma xicrinha?" Não. A custo, pôde Soropita: — "Falar nisso, Dalberto, na ida por esse gado do Seo Remígio Bianôr..." O gado de seo Remígio Bianôr dependia de diversas mamparreações, que o Dalberto explicava. Doralda ia à cozinha. Mesmo não sendo com desaforo, o Dalberto acompanhava com os olhos grandes os movimentos dela, aquele bonito meneio e tal. Olhara até ao fim, a ser que estava saboreando, sabendo quem ela tinha sido. O Dalberto, a rato, tomando calor, de certo, todo homem em horas fica atrevidado em seu seguro, podia furtar açucaragem. Sabia, por tanto, dúvida não tinha mais, o Dalberto tinha se relembrado: a *Dadã*, a *Sucena*, da Rua dos Patos! Pois certo, se lembrava. Tinha estado com ela, se via, pode que muitas vezes, p'ra isso são os amigos!

*Dão-Lalalão (O Devente)*

Ele mesmo Soropita, não tinha conhecido primeiro a Doralda não foi assim? Chegou na casa da Clema, outras mulheres chamavam, outras passavam — e gostou dela, gostou só no primeiro ela haver, antes de a olhar. Mas, ainda antes, alguém já a tinha noticiado a ele, um vaqueiro companheiro, mangão, um que antevertera, nem sabia mais que nome aquele tinha: — "Soropita, achei uma mulher que é um durame de delícia. É uma cúia de água limpa..." Não estava nas listas, no destino? Gostara tanto, meu Deus! E então, para mais depressa ele se perder, ela não quis aceitar dinheiro em face, era a primeira vez que acontecia isso sucedido: — "Não me põe paga, de jeito nenhum, Bem. Você me despertou muito. Você é demais." Saíra desexato dali, nos densos de não pensar noutra coisa. De noite, não teve remédio, voltou, de arrancado. Mas foi o chofre: ela desaparecida, no quarto, ocupada, fechada com outro. As mulheres da Clema exageravam dele. — "Está?" "— Está com o Sabarás..." Sabarás era pessôa de cor, não conhecia, disseram a ele, um boiadeiro negro. Na noite, adiou o de dormir, transpassava tantas ideias, uma noite pode ser mais durada sem espaços que a vida toda de um, diária. Cedo, no seguinte, foi lá. Esperou ela acordar, se levantar. As outras mulheres sorriam muito cientes, ele nem se importava. Ela apareceu, ele disse: — "Você quer vir viver só comigo?..." Doralda, a mulher mais singular. — "Pois quero. Vou demais" — ela respondeu num vivo de pronta, nem sabia se ele era bom ou ruim, remediado ou pobre, nem constava o nome dele. Na mesma da hora, saiu da Clema, embarcou para Corinto, para espera. Tudo muito escondido, não queria que aquele vaqueiro onze-onze desconfiasse. Apelido que esse vaqueiro dava a ela era de a *Garanhã* — qual que ele dizia — um cão! Demasia deles, soência de homem ignorante, qualquer moça pode passar por um papel desses, a vida sabe sinas. Outra não podia nascer de qualidade melhor, mais distinta e perfeita para se guardar respeito, do que Doralda. "Garanhã" são suas filhas, suas mães! — quem repetisse alguma vez conseguia dar a vida por terminada... Nem coberta de ouro e nas riquezas de todo maior conforto, até à velhice, quem sabe mesmo assim Doralda ainda não estava com prêmio de paga pelos sofrimentos e vergonheiras que tinha tido de passar, lá na Rua dos Patos, concedida ao cio dos sujeitos, até de uns como aquele Sabarás... E agora o Dalberto, refestelado, comido e bebido, e com cama aprontada, e senhor de pensar ofensas, de certo tirando coo de seu prazer maior... Malícias — que a mula dele se chamava Moça-Branca, não tinha o direito! Mau dever de um amigo é o sem pior, terrível como o vazio de uma arma de fôgo... O quê

*João Guimarães Rosa*

que faltava?! Em tanto, até, imaginasse que ele Soropita não conhecia nada do passado dela, mas que a tinha encontrado sobre honesta em alguma outra parte, e iludido se casara, como quem com cigano negocêia; e que ficava ali, sem ter informação, bobo de amor honroso. E que estava prezando o sobejo de muitos, aquela Doralda madama... Ah, não isso, não podia. Não podiam perder-lhe esse respeito, ele Soropita não reinava de consentido nenhum, não sendo o sr. Quincôrno! Mesmo o senhor Quincôrno: era ou não era — seu no seu? — se sofria ou merecia, ninguém tinha o caso com isso, nem quiçás. Só à bala! Mas, agora, em diante, esse seo Quincôrno ia ter alta proteção, e gatilhos. Pesassem e medissem, e voltassem — vamos embalar, vamos nas públicas: carabinas e cartucheiras! — ele era homem. Homem com mortes afamadas! E tomassem tento, boiada estoura é perto do pouso... A farinha tem seu dia de feijão, fossem vendo!

—Você já estará com sono, Soropita? Como que vinha não passando bem...

Não, enganado não. Nem não queria prosápia, essas delicadezas de amigo, e nem Doralda tinha ordem de querer saber a respeito se ele vinha passando bem ou abalado, nem perguntar... Doralda era dele, porque ele podia e queria, a cães, tinha desejado. Idiota, não. Mas, então, que ficasse sabendo, o Dalberto. Ali, de praça, sabendo e aprendendo que o passado de um ou de uma não indenizava nada, que tudo só está por sempre valendo é no desfecho de um falar e gritar o que quer! Retumbo no resto, e racho o que racho, homem é quem manda! E macho homem é quem está por cima de qualquer vantagem!... Então?! A dado, só mesmo o que concertava tudo bem era uma escolhambação, as esbórnias!

— Doralda, Dalberto: agora estamos sozinhos, minha gente, vamos sem vexames de cerimônia... Hora de se festear! Dalberto, isto aqui, nós três, não tem os sérios e seriedades — hoje se aproveita... Doralda, este Dalberto é companheiro velho amigo, farreador e namorista, de toda a franqueza. Doralda, traz conhaque, aí as portas fecha bem. Não quero acanho. Ah, e junto bebo, vou vivente, dúzia de goles não é que me põe dandando de traspés! Vamos alegrar...

Doralda parecia se prazer, não fazia espantos, toda virada para o raro daquela hora. Aí ela trazia os copos. Soropita suava pelos lados do rosto, deu uns passos apreciáveis no largo da sala, foi espevitar a luz do lampeão. O Dalberto se deparava, basbaque, ao que aquilo estivesse sendo brincadeira de peça; e consumia um bom conhaque, bôa boca. Soropita mandava Doralda levantar a cara, bilando-lhe o dedo no queixo, denotava-a a Dalberto:

— Desde vê, Dal: não ela não é um suficiente de mulher, que bate as vazas? Não semelha a sota mais vistosa?

— Sou corriqueira, Bem... Porque tu gosta de mim, tu demasêia... — ela o moderava.

Que era que Doralda estava crendo? Serena se sentava, aquela era uma inocência. Ou a instante tornada a ser a fogosa biscaia da casa da Clema, pelas dôces desordens. Sorrindo, ali, entre eles dois, sua risada sincera meia rouca, sua carinha bonita de cachorro, ela toda apavã, olhando completo, com olhos novos, o beicinho de baixo demolhado, lambido a pontinha de língua, e depois apertava os olhos, como se fosse por estar batendo um sol. Se sentava elegante, com precisão de atormentar os homens, sabia cruzar as pernas. O vestido era fino, era fofamente, a mão de um podia se escorregar por debaixo dele, num tacto que nunca se contentava.

— Os preços, dou é os preços, minha filha... Em o negócio melhor que eu já fiz! Repara, Dalberto. Esta, quem vê, já sabe o que mulher vale. Ao pois? Ah, fuma, fuma um pouco, minha nega, que é do encanto de se admirar...

O Dalberto estendia o maço de cigarro, oferecido; mas Soropita se atravessava:

— Você mesmo acende, para ela, Dalberto, pode acender...

— Será que ele sabe?... — Doralda brejeirava, e fazia com a cabeça que sim, divertida, como certa de que estavam brincando era de Soropita e ela botarem envergonhado o Dalberto, meninão às tontas.

O Dalberto se apurando em acender o cigarro, sem admiração, antes no vexame de quem pensasse que aquela era uma moda de cortesia de pessôas de sociedade, que ele não sabia e tinha estado em pique de desmerecer. Doralda recebia o cigarro acêso e punha-o, mesmo natural, pitava uma tragada. Olhava para Soropita, seu soslaio era dengoso. Nunca tirava os olhos de Soropita. Sorvia outro conhaque. O Dalberto em desaso, pensativo. Soropita por sua vez bebia um gole, e se entortava para trás, quase com uma risada. O que ele estava gostando de ver: como os outros não tinham coragem, para insensatez dividida.

Doralda encarava sem vergonha nenhuma o Dalberto, como era possível o Dalberto persistir embobado em si, assim? Ou só se pensava que ele Soropita estava envidando de falso? O modo de Doralda fumar era com sainete, ela se mostrava possível, como definia, como sorria. Mas que ela estava obedecendo a um antes-de-prazer forte, que se engrossava no ar, que trazia as pessôas mais para próximo uma das outras. Seguia os olhos de Dalberto e Soropita, sempre.

De repente, se levantou. Saiu para buscar alguma coisa. Soropita também se levantou, precisava dos movimentos, foi pegar um copo d'água. Abriu a janela, mal espiou as estrelas. Não queria olhar para Dalberto. Aí, enxotava umas terríveis fantasias sofridas em seu pensamento: o Dalberto era valente rapaz, corajoso, um gavião preso, sem licença de voo — servido em regalias de tudo — pitar, comer e beber, e ter a mulher mais gostosa em seus braços, a que ele escolhesse, em sua ancha rede; mas, depois, quando se conseguia gordo e satisfeito, enfeitado de si, contando prosa com muita tracotância, a gente pegava o porrête mais grosso, a gente... Mas Soropita repelia os fins. Assaz estava meditando fácil, muito em luz, não podia nunca executar isso com o Dalberto, nem tinha es motivos da razão, estimava a muita amizade de um amigo amistoso. Nem ia provar mais gota do conhaque. Tomou outro gole d'água. O Dalberto fumava, calado, desenxabido. Soropita tornou a se sentar. Os dois quase não achavam palavra. Demoraram. Nem sabiam o que esperassem.

— Você gosta mais de mim assim, Bem?

Era Doralda voltando. Estava com outro vestido, chique, que era de cassa leve, e tinha passado pó-de-arroz, pintado festivo o rosto, a boca, de carmins. No pescoço, um colar de gargantilha; e um cinto preto, repartindo o vestido. E tinha calçado sapatos de salto alto — aqueles que ela só era quem usava, ali no Ão, no quarto, para ele venerar, quando ele queria e tinha precisão d'ela assim. Remexida de linda, representava mesmo uma rapariga, uma murixaba carecida de caçar homens, mais forte, muito, que os homens. O xixilo. Seu rosto estava sempre se surgindo do simples, seu descaro enérgico, uma movência, que arrepiava. A sus, ela toda durinha, em rijas pétalas, para depois se abrandar.

Soropita, podia se penetrar de ânsias, só de a olhar. Sobre de pé, no meio da sala, era uma visão: Doralda vestida de vermelho, em cima das Sete Serras, recoberta de muitas joias, que retiniam, muitas pérolas, ouro, copo na mão, copo de vinhos e ela como se esmiasse e latisse, anéis de ouro naquelas especiosas mãos, por tantos sugiladas tanto, Doralda vinha montada numa mula vermelha, se sentar nua na beira das águas da Lagoa da Laóla, ela estava bêbada; e em volta aqueles sujeitos valentões, todos mortos, ele Soropita aqueles corpos não queria ver...

— Gosto. Por demais.

Sério, nunca tivesse sido dum riso, como ele pegava-a pela cintura, puxou-a, ela era dele. — "Faz assim não, Bem... Eu não posso..." — assanho que ela bichanou em seu ouvido, colada. Daí, também sem se rir, se voltava para o Dalberto: — "Eu é que sou a moça branca dele..." Soropita em soberbas se alegrando: de ver a que ponto Doralda queria que o Dalberto notasse o quanto ela dele e ele dela se gostavam. E que no olhar do Dalberto luzia uma admiração, a meio inveja. E de repente tudo corria o perigo forte de se desandar e misturar, feito num prestígio, não havia mais discórdia de ninguém, só o especial numa coisa nunca vista, a relha do arado saindo do rego, os bois brancos soltos na roça branca, no caso de um mingau latejante o mundo parava. E estavam eles três, ali vestidos, corretos, na sala, o lampeão trabalhando sua luz quente, eles três calados, espaço de um momento, eram como não eram, só o ar de cada um, e os olhos, os olhos como grandes pingos de chorume amarelo sobrenadando, sobressaindo, trementes como uma geleia, que espelhava a vinda da muda fala de fundas abelheiras de mil abelhinhas e milhões, lavourando, seus zunidos se respondendo, à beira de escuros poços, com reflexos de flores vermelhas se remexendo no sensivo de morna espuma gomosa de mel e sal, percorrida por frios peixes cegos, dôidos.

— Me deixa ir coar mais café, Bem...

Doralda saíu. Ela estava desinquieta? E nisso o Dalberto restava macambúzio tristonho. Soropita não entendia de si nem de ninguém, como o coração dele batia.

— Surupita, o que você falou... Hã, você acha que eu acertava em me casar com a Analma, o que você pensou, no caminho, que me disse?...

Dando o Dalberto como uma espécie de suspiro, e aquilo falado. Quando que quando, a mão de Soropita apalpara a coronha. O Dalberto nem notou. Ele tinha expressado sincero de si, de coração, e ansioso, feito se a resposta de Soropita virasse a derradeira decisão contra ou em seu favor. O Dalberto não tinha querido debicar. Se ele manifestava assim, tudo o que Soropita vinha pensando estava errado, tudo falso, chegavam os anjos com suas varinhas de ouro, o Dalberto dava até pena, em sua falta de malícias, sua inocência, suas qualidades para ser um bom amigo que nunca duvida, que nunca pensa que um amigo está procedendo mal. Tornas que tomavam conta de Soropita, que até sentiu uma ideiazinha repentina de zombice — pelo apaixono, que um não esperava: pois o Dalberto mesmo não via que aquela Analma tinha sido casada com um doutor, e fugida de sua casa confortável, por projeto de ser mulher-da-comédia, inclinação de ser pública em zonas, gozante, a Mais-de-Todas, e logo uma criatura levada como aquela, e agora ia, por amor a ele Dalberto, pobre rapaz, boiadeiro de profissão, ela ia querer se amigar, largar a vida vivida que lhe prazia? Era mas era muita criancice!

— Mas ela já não é casada, Dalberto? — Soropita se refez de responder.

O arrôxo do olhar de Dalberto falava de uma saudade vencendo sem medida. Disse:

— Bom, casar, mesmo, não refiro... Ao que podia: vir comigo, a gente morar juntos...

Aí riu e cantarolou, sendo que sendo o bom Dalberto satisfeito de sempre:

*"Em três tábuas eu não piso,*
*cadas três mais arriscada:*
*burro troncho, boi caolho,*
*amor com mulher casada..."*

— ...Mas, casada ela não é, Surupita. Divertiu do marido, faz tempo. Oé, ele até se mudou p'ra o Paraná, já deve de ter outra... Ah, Surupita, de confessar eu não purgo soberbas nem vexames: eu gosto dela, entendidamente. Azo que estou certo, coração me conta, que ela também em um amor gosta de mim... Você pontuando não acha, pelo dito que eu disse, pelo que já te contei? Olha, Surupita, ela até já fez menção de querer me emprestar dinheiro, se eu carecesse; por me ajudar. Diz que nem não concilia de gastar meia metade do dinheiro tanto que ganha... Deus me livrando disso, que eu preferia as mortes, a aceitar os usosfrutos dumas vergonhas... Mesmo fula fiquei, intimei que, por amor à mãe, desfizesse de vir me repetir aquilo... Mas eu gosto, Surupita. Ao que não posso viver sem ela — com outra não tolero casar! Tem muitas moças-famílias que me querem, até eu digo — ave! — e uma, bem bonitinha, na minha terra, se sabe que fez promessa a santo, p'ra me casar em vão. Sem-graças. Mas, Surupita, amor é coragens. E amor é sede depois de se ter bem bebido...

Soropita se sortia de um bom calor repentino no corpo, a animação, um espertamento de querer, seus olhos procuravam Doralda. Ao aprazível, subia como fôgo solto. Devagar dizendo: — "De certo que pode, Dalberto. O rio é rio na cabeceira... Você não é filho de duas madrastas!..."

Doralda voltava, com o café. "Se ninguém tinha fome de comer?" — "Está na hora é de cada um da gente ir se deitar, minha filha..." "— *Você então acha, Surupita? Pois eu já escrevi ontem umas palavras a ela, mandei carta..."*

Doralda ouviu ou não ouviu, não entrava na conversa. Tornava a sair, dizia ir ver se tudo estava em ordem no quarto-da-sala, para o Dalberto. E como devia de ser aquela Analma, tão formosa como os anjos no Céu, a lembrança dela guardando a mente do Dalberto pelo meio de suas boiadas, por longe, estrada dos Gerais? Como um Aderbal, no Gamelado, que era homem duro e ferrabrás, casado com uma mocinha bonita, dessas moreninhas-claras lisinhas, — esse reunia amigos para bebedeira, e depois, por farrío agradável, autorizava a mulher a se dar p'ra os amigos dele, um dia até o pai dela teve oitiva disso, e veio expresso, repreendeu o Aderbal, que aguentou calado, porque o sogro era homem rico, com moral na política. — *"Você acha que ela recebe? Botei no envelope p'ra a casa da Quelema..."* Ao enquanto o Dalberto dizia aquilo, lá na Rua dos Patos em Montes Claros, o que podia estar fazendo a Analma, com que homens nisso o Dalberto não pensava, não via; se visse, na ideia, havia de estar padecendo. Como se, agora por agora, Doralda não vinha, ele Soropita ia ver, ela estava no quarto do Dalberto, na cama, já toda sem roupa, estava de todo o ponto esperando, mengável, mas ao ver Soropita muito se espantava: "Aí eu pensei que era p'ra eu ficar, Bem... À vez tu não queria, p'ra obsequiar teu amigo? A pois, não era?..."; e Soropita carregava-a até nos braços, para seu quarto, cruzavam no corredor com o Dalberto, que espantado, que não entendia; e as roupas, perfumosas — o vestido, o corpinho, a saia branca, as meias, as calcinhas com rendas, os sapatos dela — tinham ficado no quarto do Dalberto, e ele Soropita não alcançava coragem de ir, de voltar lá, para tudo buscar... — *"A possível dela aceitar o que eu escrevi, Surupita, já tenho meu pouso já resolvido: que vou tomar conta de uma fazenda de seo Remígio Bianôr, nas voltas do Abaeté, lá ninguém não conhece a gente, lá juntos vida nova a gente concerta..."* Soropita, senhoreante, chamava Doralda. Sem retardos ela vinha, suave airosa sobre singela, tinha estado arrumando lampeão no quarto do Dalberto. Soropita promovia que ela saudasse o amigo logo de bôa-noite, e que pudesse esperar por ele Soropita no quarto deles, de casados, que ele não dilatava. Aí Doralda cumpria o realce normal, nos prazêres de agradar a ele, se despedia... O que era o que não era? Ao então, um touro que está separando uma vaca no calor — simples se só desconfia de outro touro perto, parte de lá, urra, avançando para matar, com uma fúria definitiva do demônio... A próprio, competia? Tanto que o meu, o teu. Um cavalo bom eu empresto, mesmo de estimação? O figuro: súcia de todos, irmãos, repartindo tudo, homens e mulheres, em coragens em amores... Cujos à bala! — quem safado for... — *"Vida nova, Surupita, consoada..."* O Dalberto, desprevenido e correto, em fato daquela gente sem escrúpulos e os compromissos de bordel... Um Julinho Lúcio ficara gostando de uma rapariga, em São-Francisco, e ela dele; tirou a rapariga da casa-de-mulheres, foram viver honesta vida juntos, numa casinha. E então veio Jonho, de apelido Mamatôco, que tinha sido constante freguês dela — chegou em hora em que o Julinho não estava, fez medo, gozou a rapariga quanto se quis; e quando chegou o Julinho, foi uma cena de discussão. O Jonho dizia que a rapariga era estadual. O Julinho gritou que ela era dele, que a fumaça ali corria por conta dele. E pôs o Jonho p'ra fora portas. O Jonho foi na faca, o Julinho teve de matar o Jonho... O Dalberto formava como desamparado, sujeito a essas ruindades e perigos. — *"Surupita, você não acha?..."* O que era então que o Dalberto cobiçava?

— Com ela viver vida regrada, a sossegada vidinha, pelo direito, esquecidos do passado todo... O bom, a gente ter filhos, uns três ou dois... Filho tapa os vícios...

— Aí... As belezas e luxo que ela exalta, agora, isso como é que você podia sustentar?

— Mas não quero! Nem ela não carece, nem ela mesma havia de querer. Que ideia essa, Surupita...

— Mas você não conheceu ela assim, não ambicionou assim? De que foi que você gostou nela, Dalberto?

— Um não gosta dos enfeites nem das roupas! Admiro de você me referir isso, Surupita...

— A bom, não firmei, não queria contrariar... Agora, por explicar o pouco melhor, relevando o que não for de minhas palavras... Por um exemplo, Dalberto, só estava achando, assim: você se amasêia com a Analma, vai com ela p'ra o fundão do Abaeté, bota ela no diário do trabalho, cuidando de casa, tendo filho, naquela dura lida do sempre... Mesmo por bem, não duvido, que ela queira, que ela apreceie isso... Aí, você não tem receios de que ela então fique sendo assim como uma outra pessôa boçal, se enfeiando até, na chãice, com perdão pelo que digo, e você acaba desprazendo, se enjoando?...

— Por jurar, que eu nunca pensei nesta minha cabeça uma espiritação estrambótica assim, Surupita... Sei o que hei! Querer-bem não tem beiradas... Você está é medindo o que não é da gente...

E o Dalberto ria, soltado. Tão seguro só assim de si — isso era o que Soropita admirava. O Dalberto era capaz: pegar na Analma, de olhos fino verde, como avenca-rainha, e aquele brilho todo de fantasia em volta, que tinha mais poder do que uma bebida brava, país de romance, e levar a Analma para a beira do mato — do jeito que se agarrasse um pássaro bonito, de lindo canto, e tirasse dele as belas penas e botasse dentro de um balaio... Que nem caçar um vagalume voando lanternim como a surpresa de Deus no absurdo da noite, e para guardar na algibeira, já besouro frio e apagado... E que tinha ele, Soropita, com essas contas, se não que somente devia era desejar ao Dalberto o desejo dele, e, em casos, funcionar em toda ajuda, o amigo carecendo?

— Ao que a justa razão, Dalberto. Mais eu não estava te experimentando, não. Respeito uns sentimentos, sem estorvo, e em dou meu acordo sem metades. Que se você, no por isso, precisar qualquer, é só falar a fala, ou mandar me chamar!

Soropita se levantou, alto, avante. Dalberto também. Aí era como se eles estivessem se abraçando, no despedir para uma bôa noite, os olhos e modos de Dalberto aquietados: Surupita auxiliando, regrava tudo garantido, aquele amigo ajuizado, em grande, com a coragem de tú-tigre e dedo pronto em dez gatilhos, ideias, a mais o governo de uma fama — que todo o mundo muito tremia só de meio nome dele escutarem! — *"Mano irmão..."* — só disse. Soropita levando-o até à porta do quarto-da-sala, pondo-lhe a mão no ombro, tornando a declarar: — "P'ra o certo e o duvidoso..." Soropita — o rei nas armas.

Soropita se inteirava, congraçado, retranquilo, Doralda era sua fome pedida, nem os salteios do dia, de fadiga, pareciam deixar rastro, a vida era um vibrar de coisa, uma capacidade. Por propósito, ele se poupava de qualquer demasia de pressa. Doralda permanecida no quarto, esperando. Ele ainda foi à sala de fora, foi vigiar se as portas e janelas estavam bem fechadas. Assoviava, em surdinas, cantarolou: *"...entre as coxas escondeu uma flôr de corticeira..."* Voltou; vendo-se sem tremor nas mãos: bebeu meio copo d'água. Doralda já estaria deitada, no canto da cama, querendo que ele viesse, entrasse. Abriu a porta, devagar, entrou.

Doralda aparecia ali, em pé, perto da porta, assaz toda vestida, com o colar, o cinto preto, os sapatos de alto salto. Assim ele quase por um choque: Doralda levava dedo à boca, recomendando manha de silêncio, e se resumia pra trás, um tanto; mas seja sorria, queria somente que ele apreciasse, como conforme estava disposta e galante, para ele, para o seu regalo. Soropita tramelou a porta. Preparou os olhos. Ele tinha os desejos de falar as alegres artes sem o sentido de todos, sem constâncias. Aprovando com a cabeça. Sabia de seu peito respirar.

Doralda veio para ele, para uns beijos. No tacto da cintura dela, senseando, enquanto a abraçava — Soropita agora era quem punha dedo em boca, pedindo segredos, tão bem à sorrelfa, como cochichou: — "Será que ele desconfiou, a ver, de tu na Clema, o Dal?" —, e não sorriu, que dordoíam nele os prazêres finíssimos; trasteava quase vergonhoso. — "Notou nem não, Bem. Que ele que está longe de saber..." Com o renuído, ela mermava os olhos, tomava um arzinho, o descoco, aquele narizinho. À leal, num derretimento dum dengo, que Soropita conhecia, queria. Comum que a beijou. Assoprou então: — "Espera..."

Tirou o paletó, pendurou bem. Tirou o cinturão, pondo cuidado nas armas. Guardava o cano-curto debaixo do travesseiro. Tirou as botas, sem consentir de Doralda ajudar. Arrumou as botas, escrupuloso. Ah, ele mesmo sucedia conhecimento de ter de ser assim um homem sistemático. Mais que arrumou a til as botas, em parelha, esta encostada na outra. Aquelas botas estavam empoeiradas, ressujas da viagem; tivesse hora, tivesse um trapo, limpava. Doralda, quieta, em pé, acompanhava-lhe o bem-estar dos movimentos, com os olhares. Doralda, a mais bela — mimosa sem candura. Em cima da cômoda, o candeeiro repartia o espaço do quarto em bom claro e bôas sombras. Soropita se recostou, com um intrejeito de desabafo. — "Acende um cigarro pra mim..." — ele isso disse, adrede mole, melhormente.

Doralda primeiro riu — sua risada medida bonita, que aumentava, risada de mais viveza. Daí logo desconhecendo Soropita, nunca acontecia assim, ela atentava numa semelhança diferente; mas que não a desnorteava. A muito curiosa: que menos modos aqueles, que era que ele queria? Ela discernia essa feição em homens, o surdo duma agitação, que era rogo de paciências. Revendo sutil a espécie de tremor, que Soropita, forte, conseguia moderar. Com todo o súbito, que ele mandou:

— Doralda, agora tu tira a roupa...

Doralda caminhou para a cômoda: ia abreviar a luz do leocádio.

— Não, não. Eu quero até muito esclarecido. Tira tua roupa, certo. Nunca te vi nua total, de propósito.

— Pois, Bem, tiro.

O ar de Doralda tomou vaidades. Em suave no ligeiro dos dedos, se via sua satisfação. Saiu do vestido. Sempre mesmo de pé, se abaixou, tirou um

Dão-Lalalão (O Devente)

depois o outro sapatinho. As peças brancas. Aí nua estava. Deixara só o colar. Sorria sendo, no meio do quarto. Com as mãos, escorregou, se sentindo os seios, a dureza. E começou a se apalpar, aqui e ali: — "Estou muito gorda, ficando gorda por demais... Tu, assim mesmo, assim, Bem, tu me gosta?"

— Deixa. Vira para cá. Não, fica aí mesmo, onde você estava...

— De vez tu não me abraça e beija, Bem? Tu não quer?

— Depois. Te beijar às pressas, a já, aos tontos me tonteio. Você é o estado dum perfume. Respirar que forma uma alegria...

— Não, eu não, Bem. É o jasmins...

O cheiro da aglaia e da bela-emília passava pelas gretas da janela, parava devagaroso no quarto. Doralda já não estava rideira. Só a simples, com mão e mão, se tapava os seios, o sexo. Seus olhos desciam. Seu cabelo se despenteava.

— Até o nome de Doralda, parece que dá um prazo de perfume. ...*Roda das flores — de flôr de roda cor...* — você podia cantar, você dansava, no meio das meninas... Eu puxava você, a pois, te trazia, a gente p'ra aqui, em camarinhas... Tu em tanto gosta de mim?

— Bem, tu não vê? Acho que gosto demais da conta... Só posso é gostar de você, nas miudezas de minha vida toda...

— Todo o mundo gostava de você... Tu é a bebida do vinho... Ah, então você gostou de mim por quê? Só se no estúrdio da primeira vez que me olhou?!

— Tanto fui te vendo, Bem, deduzi: este é o meu, que é, sem a gente se saber... Eu gostei na certeza. A pois, foi?

— Mas, depois, no estado daquele dia, tu teve os outros!

— Mas, Bem, aqueles logo vieram... Aí eu era muito freguesada, Bem, era uma das que eles apreciavam mais... Ah, uma pode errar de boiada, por ir-se atrás de boiadeiro...

— Por isso, que te chamavam de *Dadã* e de *Garanhã*?

— Era. Mas mais me chamavam de *Sucena*. Também, tu não havia de querer que tua mulherzinha fosse uma bisca desdeixada, sem valor nenhum...

— Nunca a gente tinha conversado o entendimento destas coisas. Hoje, sim. Tinha nunca mandado você estar desse jeito, p'ra a verdade do se saber... É jus?

— Bem, o que tu quer. Que vejo que tu não tem vergonha de mim... Com palavra não se despreza...

— A quanto quero, que não mando: agora, caminha, quero te ver mais, o que não canso — caminha, p'ra mim...

Daí Doralda, sem ao menos rir, andou pelo quarto. Desde ia e vinha, inteira, macia, sussa, pés de lã, seus pezinhos carnudos, claros que rosados. E ela — tantamente. Por querer, sem pejo, tomava um langue, ou aumentando o requebro, o chamativo de todos os jeitos — "Assenta, minha nega. Me responde." Nega, ela não ficara feia, por no muito amor desusar sua virtude. — "Simples que estou aqui, Bem, sempre..." — e Doralda se sentou no chão, perto da cama. Cruzara as pernas, brincava de curvar os dedos dos pés. Ela mesma olhou seu umbigo, e meneou o corpo, de divertimento. Ao fôgo dos olhos de Soropita, as pontas de seus seios oscilaram.

Soropita recostado, repousado, como num capim de campo. — "*Tu é bela!...*" O voo e o arrulho dos olhos. Os cabelos, cabriol. A como as boiadas fogem no chapadão, nas chapadas... A boca — traço que tem a cor como as flores. Os dentes, brancura dos carneirinhos. Donde a romã das faces. O pescoço, no colar, para se querer com sinos e altos, de se variar de ver. Os doces, da voz, quando ela falava, o cuspe. Doralda deixava seu perfume se fazer. Aí, ele perguntou:

"— Tu conheceu os homens, mesmo muitos?" "— Aos muitos, Bem. Tu agora está com ciúme?" "— A ver, nunca tu esteve com o Dalberto?" "— Absoluto que não, Bem. Este nunca eu nem vi, lá, na casa da Quêlma..." "— Ah, mas você morou em outras casas?" "— Só estive três meses na Lena, e dois na Maria Canja, e depois nem bem um tempo na da Quêlma. Aí, você apareceu..." "— Quem é que ia lá?" "— Mas tantos, Bem. Como é que posso contar?..." "— Iam uns de quem tu gostava mais, conhecidos?" "— Amigada nunca estive, sempre não quis... Tu foi o primeiro homem que eu prezei de gostar com amor..." "— E os todos?" "— Tinha os certos, e os rareados, e os que vinham em avulso, e depois a gente nunca via mais. Mas uma coisa posso te dizer, Bem: quem ia comigo uma vez, sempre que podia sempre voltava... Nunca fizeram pouco em mim. Diziam que eu tinha condão..." "— Você esteve com um José Mendes?" "— Pelo nome, assim, não me alembro, Bem. Se visse outra vez, sabia... E tantos davam nome trocado, p'ra enganar. Como é que eu posso saber?" "— Esteve com seo Remígio Bianôr alguma vez?" "— Não, com esse não." "— Com quem você sabe o nome e sabe que esteve, de boiadeiros conhecidos?" "— Mas, Bem... Tantos..." "— Mas, fala!" "— Bom, tu conhece, por exemplo, o João Aclimar?" "— Sei; esse?" "— Pois

*Dão-Lalalão (O Devente)* 71

ele me vinha muito... Se apaixonou..." "— E o Boi-Boi, companheiro dele?" " — Demais." "— E tu gostava de algum deles?" "— Bem, eu gostava por serem homens, só. Rabicho nunca tomei por nenhum..." "— E faziam com você o que queriam, tu deixava!" "— Era. Pois, eu ali, não era p'ra ser?... Tu está com ciúme em ódio?" "— Mas você, você gostava!" "— Gostava, uai. Não gostasse, não estava lá..." "— E hoje? Hem! E agora?!" "— Hoje em dia gosto é de você... Quero você, Bem, tu p'ra mim, a vida toda. Não posso que você um dia canse de mim!..." "— Mas você não sente falta daquela vida de dama?..." "— Nenhuma, Bem. Com você, não sinto perda de regozijos nenhuns... Conforme que sou. Mas tu sabe que eu sou tua mulher, direita, correta..." "— Com o preto Iládio, você esteve?" "— Iládio... Iládio... Nunca vi branco nem preto nenhum com esse nome..." "— Carece de lembrar não, não maltrata tua memória. Mas tu esteve com pretos? Teve essa coragem?" "— Mas, Bem, preto é gente como os outros, também não são filhos de Deus?..." "— Quem era aquele preto Sabarás?" "— Ah, esse um, teve. Vinha, às vezes..." "— Mas, tu é bôa, correta, Doralda... Como é possível? Como foi possível?!..." "— Não sou." "— É! Tu é a melhor, a mais merecida de todas... Então, como foi possível?..." "— Gosto que tu ache isso de mim, Bem. Agora deixa eu te beijar, tu esbarra de falar tanta coisa..."

Doralda avançava, com gatice, deslizada, ele a olhava, cima a baixo. — "Tal, tira tua mão..." Ah, estudava contemplar — a vergonha dela, a cunha peluda preta do pente, todas as penugens no liso de seu corpo. Os seios mal se passavam no ar. O rosto em curto, em encanto, com realce de dureza de ossos. As ventas que mais se abriam, na arfagem. A boca, um alinhar de onde vincos, como ela compertava os beiços, guardando a gula. Os dentes mordedores. Toda ela em sobre-sim, molhando um chamamento. O envesgo dos olhos. Só sutil, ela pombeava. Soropita abraçou-a: era todo o supetão da morte, sem seus negrumes de incerteza. Soropita, um pensamento ainda por ele passou, uma visão: mais mesmo no profundo daqueles olhos, alguém ria dele.

Agora, depois, ele a tornava a abraçar. Era uma menina. Era dele, sua sombra dele mesmo, e que dele dependia. Molhada de suor. Punha um dedo na boca. Seu rosto guardava um ar, o mais feito infantil, como é raro mesmo nas crianças. "*Tralalá... Menina bonita, não põe pé no chão, não casa comigo, não tem coração...*" Dola...

Doralda vestia a camisola. Seus olhos procuravam o desejo de Soropita. Adivinhava que ele queria dizer uma coisa.

— Escuta, Doralda, você era capaz de vir comigo para longe, para um lugar sem recurso nenhum, muito distante, feio, mato bruto? Você...

— P'ra o Campo Frio? Eu sei, Bem. Bobagem tu ter escondido de mim, Tiantônia em segredo me contou...Vou, demais. Em desde que seja com você, vou qualquer hora p'ra qualquer parte, e vou contente de verdade, sem sobrosso nenhum...

— Não sei se é. Só um princípio de pensamentos.

— Bem, meu Bem. Mas, amanhã cedo tu me explica direito o restante da novela do rádio?

Amanhã, contava. Mesmo porque seus olhos começavam um cansaço de recompensa, e era bom entrar em pequena paz para a pedreira da noite, podia deixar para diante uma porção de assuntos que precisava de arrumar na cabeça, pensar bem, resolver. Doralda se abraçava com ele, queria dormir aconchegada. Gostava que Doralda pudesse ficar dormindo, compridas horas, muito mais tempo que ele, dormindo e acautelada, ali no quarto, sem pensar nada que ele não soubesse, não fazer nada que ele antes não aprovasse; nada, porque tudo na vida era sem se saber e perigoso, como se pudessem vir pessoas, de repente, pessoas armadas, insultando, acusando de crimes, transtornando. Dormir, mesmo, era perigoso, um pôço — dentro dele um se sujeitava. Mas que Doralda não conversasse com ele, agora, que não conversasse normal, coisas de casa, dos outros, do diário, projetos de vida, o trabalho na fazenda, gente do Ão. Não falasse de tudo que fosse a vida fora deles dois no quarto, na cama. Se falasse, era como outra Doralda voltando, se demudando, Doralda que conversava com as pessôas, que as pessôas conheciam, que todos sabiam. E ele carecia de tempo, dormir, descansar, ficar forte, resolver tudo. Um dente lhe doía um pouco, uma parte da cara. A língua procurava experimentar outro dente: parecia meio solto. Arreliava, aperreava. Podia ficar dias se entristecendo com aquilo. Contasse a Doralda, já sabia: Doralda tinha um modo simples de achar que tudo se remediava sem amofinamento, sem motivo para um se aborrecer fora de conta: — "Você vai, amanhã, no Andrequicé, Bem, está lá aquele dentista José Leite, tratando, você mesmo não me disse?" E se estivesse com a boca cheirando mal? Bafejava. Não podia saber. Não podia perguntar a Doralda, Doralda responderia que não estava. Por que, então, o corpo da gente não obedecia à vontade da cabeça, sempre e em tudo por tudo — como devia de ser: as partes, deviam de estar sempre sentindo e fazendo, com prazer de mocidade, o que a gente mesmo quer. Não ter dôr. E um devia de poder pensar somente naquilo que queria, que devia. Saudade de aqueles dias, havia tanto, tanto tempo, no São João da Vereda — saía, montava a cavalo, galopava, a largura da vida de um assentava por em volta, como um baixão de pé-de-verso. Jõe Aguial, Seo Zosímo, Campo Frio. Por Doralda, não, pois ela mesma estava em acordo que eles se mudassem para lá, para aquele mundo-longe do Goiás, nem ela perguntava bem por que razões principais ele preferia negociar aquela berganha de terras. — "Nunca vi o céu de lá, o chão de lá... Com você, Bem, eu quero ir, eu vou. Pois vamos..." Ela disse aquilo, tinha umas lágrimas nos olhos, mas eram de alegria, ele enxugara aquelas lágrimas. Doralda como se fosse uma noiva dele. Se ele pudesse ter, sempre, sempre, sem fim, sem nunca esbarrar, a sua força de homem, calor de pessôa bebida, com Doralda nos braços, então, era o único jeito de não precisar de reter má lembrança nenhuma, pensamento ruim; um alívio definitivo, como o do Vivim, medidor-de-terras, cachaça em mais cachaça, ele mesmo aos pouquinhos se acabando. Ou então, aquilo que Doralda tinha falado, mais de uma vez, muito falava: — "Bem, eu acho que só ficava sossegada de tu nunca me deixar, era se eu pudesse estar grudada em você, de carne, calor e sangue, costurados nós dois juntos..." Isso, ele gostava. Sem Doralda, nem podia imaginar — era como se ele estando sem seus olhos, se perdido cego neste mundo. Tudo devia de ser uma regra: levantar muito cedo, ainda com o escuro da noite, trabalhar o dia inteiro, no mais atarefado, cansar as forças; de noite, comia, iam dormir abraçados, sem antes fazer nada, como dois irmãos. Dizia: — "Vamos passar um mês inteiro, não abraçar nem beijar, não fazer nada, regrando a vida da gente em sério costume"; assim conforme se cumpre — firmeza de jagunço, ou promessa feita a santo. Então, se pudesse se privar assim, ficava forte, toda hora estava seguro de estar direito: só a boa disposição e coragem! Tinha vergonha de dizer aquilo a Doralda, propor, ela perdia o respeito a ele, achava que ele estava pegando mania. — "Mas, por que, Bem? Tu não gosta? Eu não gosto? Tu enjoou de mim?!..." Queria ser como o Dalberto, toda simplicidade. Analma — era como uma sua parenta, se casava com o Dalberto. Ele nunca deixava de gostar de Doralda, nunca; mas, já tinha experimentado: se tirava de ideia aqueles pensamentos de estar com ela em cama, então, ficava, aos poucos, sendo como se ela estivesse muito longe, nem de carne e ôsso, só um costume, como porque era mulher dele; e aí ele começava a espiar para outras, com um desejozinho por esta ou por aquela, no Ão, no Andrequicé, pelas beiras de estrada, por quase todas que via, a vontade de conhecer como eram, dar um beijo, estar com cada uma daquelas só uma vez, uma vez pequena, mas a forte vontade. Doralda desconfiava? Ela adivinhava tudo. Mas nunca havia de dar desgosto nenhum a Doralda, morria por não dar. Aquelas figuras que vinham na ideia pulavam diante dos olhos dele: porrêtes, facas de ponta, tudo vinha para cima de Doralda, ele fazia força para não ver, desviava aquelas brutas armas... Então, ele podia ver alguém matar, ferir Doralda? Ele podia matar Doralda? Ele, nunca! Ele estava ali, deitado. Seco. Sujo. Sempre tudo parecia estar pobre, sujo, amarrotado. As roupas. Por bôas e novas que fossem, parecia que tinha de viver no meio de molambos. Aí, ele sabia que não prestava. Mas, cada vez que estava com Doralda, babujava Doralda, cada vez era como se aqueles outros homens, aqueles pretos, todos estivessem tornando a sujar Doralda. E era ele, que sujava Doralda com a sua semente, por aí ela nunca deixava de ser o que tinha sido... Era capaz de fazer isso com uma sua irmã? Era capaz de imaginar um parente dele, um amigo mais velho, mesmo o Jõe Aguial, fazendo aquilo com Doralda? Se Jõe Aguial tivesse estado com Doralda, mesmo muito antes, mesmo vinte anos que fosse, ele regrava o Jõe Aguial... Doralda, devia de ir com ela para o Campo Frio. Devia, não devia... Tempo tinha para pensar. Redormia.

Menos que a manhã não vinha longe, o fresquim frio, os galos pondo canto, o ar cheiroso dos Gerais se trazendo de todos os verdes, remolhada funda de orvalho a poeira das estradas, pesada como um reboco, e as vacas berrando, as cabras bezoando, no meio dos pios pássaros. Um frio sem umidade nenhuma, a gente aguentava sair sem roupa que fosse, para o livre, não tremia. Mal apontando o sol, já Doralda estava levantada, os pezinhos nús nas sandálias, os cabelos lavados, atado neles um lenço amarelo vivo. A amigas palavras e a risos, ela dava café a Soropita e Dalberto, que saíam pelos animais de sela, consoante conversavam. Dalberto não queria esperar o almoço, sua pressa vinha de um desejo, que só de entrevisto em seus olhos cada um respeitava. No se despedir, ainda pediu, à beira da cerca, duas flores, que uma pôs no peito e enfeitou com a outra a testeira da mula rata. Montou e tocou, era um cavaleiro guapo, marchava.

Soropita não estava bem, o princípio daquele dia mareava-o mal num dramar. Os assuntos, tantos; e a ida do Dalberto era capaz de sempre ser um rumo de tristeza, de pressentimento; quem sabe era a derradeira vez que estava encontrando aquele bom amigo. Os passopretos que larapiavam, rodeavam a casa com seus gritos, felizes fixos, só é que o negrume de asas, como esses roubam nas plantações. A fôgo-apagou retomando o constante chamado, ia falar assim o dia a dentro, toda cristã; e, mais perto, o cúo prolongado das pombas-de-casa, feito um agouro. Era hora de montar e sair, cuidando de tudo, passar na vendinha, vigiar depois os trabalhos, as obrigações, as vacas. O Ogênio e o rapazinho Bio tiravam leite. Que um esbarrasse, viesse arrear o cavalo branco, o Apouco. Ao melhor, podia ir ao cerrado, fazer exercício de atirar, de toda distância, nas frutas de lobeira, que se espatifavam a cada bala, nem uma ele não errava. Mas nem para isso resumia disposição. Não podia tomar a resolução do Campo Frio. Não tinha direito de fazer, era uma judiação com Doralda, que não merecia. Um homem não é um homem, se escapa de não pensar primeiro na mulher. Não tirava um ânimo para refletir em espécie nenhuma, logo naquele dia. Só a cabeça desertada, e a bambeza. A uma espécie de receio, encoberto, vago, não sabia de que — arregosto de amarugem. Bebia mais café. Se sentava na rede, se recostava. Era um martírio, um estar assim tão esmorecido. Doralda passava, sorria, dava de cantar. Doralda, de qualquer forma, gostava que ele parasse por ali perto. Por mesmo isso, que ela era tão bôa, tão de acordo, com tudo, por amor a ele. O Campo Frio... Ah, seu corpo mesmo se gasturava: os renovados trabalhos, um castigo bronco, a gente estranha, aquele fim-de-mundo, quase no demeado dos bugres, a ideia agora lhe parecia acima de seu compor. Então, ia para lá, escorraçado. Ia, por não prestar. Nem sabia, nem queria saber mais o motivo por quê. Mas, de que medonho jeito conseguir começar a vida lá? Mas, como ia ficar aqui, se sabia que não podia? Nada não adiantava. Somenos tivesse filhos, uma porção de meninos, brincando, reinando, filhos de Doralda com ele. Doralda, amiga de amor, não estranhava o dividido de trabalhos. Se ele adoecesse, um dia, Doralda continuava gostando dele? Doença grave, demorada, vinham as visitas, os remédios, muitos sofrimentos, Doralda continuava gostando, com o afeto? Mesmo uma doença nojenta, essas de mal-de-lázaro, tísica, ferida-brava? Havia doentes de feder, um Pedro Matheus, sem nem um pedacinho de pele sã, todo ferida uma só, fôgo-selvagem, aquele-um era casado, a mulher tratava dele com branda misericórdia. Sobre se ele, Soropita, purgasse uma maldição dessas, Doralda ainda gostava dele? Podia? Por que gostava? Se então ela se lembrasse das horas de gozo dos dois juntos, não tinha asco? Ele, Soropita, transformava asco, se Doralda fosse que pegasse aquela doença? Não adiantava pôr na cabeça o faz-de-conta, sem paga nenhuma um se maltratava. Seo Zosímo, tão lá longe, tinha seus filhos, agora tramava de vir, mais para perto de civilização. Seo Zosímo era um definitivo homem. Só de se olhar para ele, um via que ele podia espiar em frente o resto, sem chaça, costeando a vida, firme em suas duas pernas. No Ão, no mundo, não havia sossego suficiente. Tanto que podia ser servido excelso, mas faltavam os prazos. O inferno era de repente. O medo surgindo de tudo. Oé, hem? Ah, e mas que saçanga, aquela, súcia de uns homens, o estrupício de cavalhada. Aí — quem eram?!

— Ô de casa!

Todos cavaleiros, chegando de galope, uma meia-dúzia. Que é que podia, que havia? Era a gente do Dalberto. José Mendes, os outros. O preto Iládio, logo ele. Perguntavam pelo Dalberto. Porque tinham vindo: porque o Dalberto ficara de sair do Ão, de volta, tarde-noite, e não chegara no Azêdo até de manhãzinha. Mas como podiam ter se desencontrado? Tinham vindo pelo galho do Tem-Brejo, daí descruzaram. Que enredo aquela gente estava pensando? Que ele, Soropita, tivesse consumido o Dalberto, desaparecido? À pôita! Mesmo assim, a gente carecia de oferecer café, convidar se queriam desapear e entrar. Não queriam, agradeciam. Já tinham quebrado o torto. E Doralda que aparecia na janela, ela não devia de se mostrar assim, fosse tudo pelo amor de Deus, não devia. Soropita se chegava a ela, ele mesmo tinha vexame do que estava fazendo: — "Entra p'ra dentro, meu Bem, é melhor..." E Doralda, que parecendo uma criança que não sabe o que é hora e o que é menos-hora, cochichava-lhe ao ouvido: — "Ah não fica atenazado, Bem, nenhum desses homens eu nunca que não vi... Nenhum deles me conhece..." Suspo, Soropita saía ao pátio. Rehavia de obsequiar os companheiros do Dalberto. Todos esses, malmente à espera, reparando em tudo, solertes rapazes. E o preto Iládio, o negralhaz, avultado, em cima de uma besta escura. Estava sem a espingarda — para que precisava de espingarda? Truxo o olhando de riba, com aquela bruta perfilância, que grolou: — "Eh, Surrupita!..." — e de um lanço estendia a mão, ria uma risadona, por deboche, desmedia a envergadura dos braços. O olhar atrevidado. E falou uma coisa? — falou uma coisa — que não deu para se entender; e que seriam umas injúrias... O preto estava vendo que ele estava afracado, sem estância para repelir, o preto era um malvado. Soropita comeu o amargo de losna.

Nem podia responder ao com que eles se despediam, que saíam todos esgalopeando, Soropita entrava para sua casa. Andou na sala, deu duas idas. O negro Iládio o ofendera, apontara-o com o dedo, e ele não refilando... Se sentou na rede. Suava? Pagava por tudo. Vento mau o sacudia, jogava-o, de cá, de lá, em pontas de pedras, naquele trovoo de morte, gente com gritos de dôres, chorando e falando, muitos guinchos redobrados, no vento varredor? Doralda perguntava: — "Bem, tu não está bem?" — o que ele tinha? Empenhava uma força minguada, quase não queria dizer: — "Nada não, um mal-estar de raiva, um ranço de ojeriza..." Pediu um trisco de elixir--paregórico, como porque podia vir a doer-lhe uma cólica. — "Mas raiva por que, Bem?" Assentes os olhos de Doralda. Tomava o elixir, aquelas gotas n'água, o gosto até era bom, o cheiro, lembrava o pronto alívio de diversas dôres antigas. Mas, o sofrimento no espírito, descido um funil estava nas profundas do demo, o menos, o diabo rangendo dentes enrolava e repassava, duas voltas, o rabo na cintura? A essa escuridão: o sol calasse a boca... Levantou-se. — "O preto me ofendeu, esse preto me insultou!" Ah, com arrependimento — que não devia de ter fraquejado para essa queixa. Vigiava Doralda: ela devia de estar desprezando o marido, tão pixote, que era afrontado lá fora de portas, e dera ponto na boca, e ainda vinha pra dentro de casa, sem talento, se consolar com a mulher!... Chorar fosse? Mas nem nunca tinha chorado, não sabia chorar. Rebaixado, pelo negro, como a gente faz com casal de cachorros senvergonhas, no vício do calor... — "Mas, Bem, o preto não fez nada, não destratou, não disse nada: o preto só saudou..." O Bio, assustadiço, vinha anunciar o cavalo pronto, ainda contava o que algum outro disse — que os vaqueiros tinham feito demora ali no arruado, estavam bebendo. De certo, voltavam. O preto bebia, e voltava, vinha mais. Capaz de descompor. Ah, esse sabia de Doralda, arreito, conhecia: bem que viu, logo reconheceu! O preto Iládio, Dalberto falara: era trabuz, um fulano-de-tal de corajoso. Soante aquele sofrimento de que ninguém podia ter ideia, padecendo como longas horas, surdo no barulho por trevas da ventania, a gente se destornava, tresvoltava, só escutava o berro triste dos zebús na muda do tempo, o tristepío de um passarinho depenado? Ah, não podia! Soropita, sem mesclar o rosto, entortava um olhar de olhos. Tinha suas armas, mas não voltavam a ele os rios da coragem. Só melhorou um espaço, revia as estrelas da claridade.

  Hora era donde se sair sem estorvo? Os vinte-e-cinco! Só ele sofria, devagar, escondendo seu ser. Um fôgo, uma sede. E Doralda, contente pensando que tudo em paz, cantava outra vez. Os escárneos da sorte: e ele? — cantando entrar numas chamas dum fôgo?! Somando com as clemências de Deus. Só se chorasse e ia cantando, depois de loucuras? Medonho aquele preto — feito um pensamento mau. Mas Doralda estava ali, sustância formosa —

a beleza que tem cheiro, suor e calor. Doralda cantava, fazia a alegria. O que ela, em instantes, falava: — *"Bem, eu estou adoecida de amor..."* — para abraçar, beijar e querer tudo. Doralda — um gozo. Estrondos, que voltava! — *"Veada... Vaquinha..."* — que ele exclamava, nesses carinhos da violência. Dele! Ela era dele... Constante o que tinha sempre falado: — *"Se tu me chamasse, Bem, eu era capaz de vir a pé, seguindo o rastro de teus bois..."* Homem ele era, tinha Doralda e os prazeres por defender, e seu brio mesmo, ia, ia em cima daquele negro, mesmo sabendo que podia ser p'ra morrer! Tinha suas armas. Nem que não tivesse. Ia no preto. — "Bronzes!" Teso, duro, se levantou, tirado a si vivamente. Aí ele era um homem meio alto, com as calças muito compridas, de largas bocas, o paletó muito comprido, abotoado, e o chapelão de aba toda em roda retombada, por sobre o soturno de seu rosto. Riscou um passo, semelhava principiar um dansar. — "Já vou, já volto..." "— Mas aonde, Bem, que tu vai?..." — "Bronzes!..."

Saía, cego, para dar esbarradas, rijo correndo, como um teiú espantado irado, abrindo todo caminho. Tremia nas cascas dos joelhos, mas escutava que tinha de ir, feito bramassem do escancarado do céu: a voz grande do mundo. De um pulo, estava em cima do cavalo alvo, éguo de um grande cavalo, para paz e guerra, o cavalo Apouco, que sacudia a cabeça, sabia do que vinha em riba dele, tinha confiança — e escarnia: cavalo capaz de morder caras... — "Bronzes! Com minha justiça, brigo, brigo..." Seus olhos viam fôgo de chama. E calcou mais na cabeça seu chapéu-de-couro, chapéu com nove letras — dezenove, nove — ta-patrava. O preto o matava, seu paletó ia estar molhado de sangues — que me importa! —: — "Honra é de Deus, não é de homem. De homem é a coragem!..." Meteu galope, porcos e galinhas se espaventaram. Um galopadão, como zoeira de muitos. Olhou para trás: dos baixos do riacho do Ão, só uma neblina, pura de branca, limpas por cima as nuvens brancas, também uma cavalhada. Morria, que morria; mas matava. Se o preto bobeasse, matava! E dava um murro na polpa da coxa, coxa de cavaleiro dono de dono, seu senhor! Seus dentes estalavam, em ferro, podiam cortar como uma faca de dois lados, naquela cachaça, meter verga de ferro no negro. — "Me pagam! Apouco, isto... Me paga!..." Rei, rei, o galopeio do cavalo, seguro de mãos. No céu, o sol, dava contra ele — por cima do sol, podia ir sua sombra, dele, Soropita, de braços abertos e aprumo, e aos gritos: — "Ajunta, povo, venham ver carnes rasgadas!..." Carnes de um e de outro, o que Deus quisesse, ele ou o preto... Morrer era só uma vez.

Sobre então, chegava no arruado, em frente da venda: a animalada reunida, quadrilha de cavalos, os vaqueiros já montados, iam saindo, todos armados, o preto Iládio no meio deles. Ahá, uah, Soropita, ele te atira... Mas que me importa?! Freou. Riscou. Um azonzo — revólver na mão, revólver na mão. O preto Iládio, belzebú, seu enxofre, poderoso amontado na besta preta. Ah, negro, vai tapar os caldeirões do inferno! Tu, preto, atrás de pobre de mulher, cheiro de macaco...

— Apêia, negro, se tu não tem caráter! Eu te soflagro!...

Ele declarou. Mas o preto Iládio exclamava, enorme — um grito de perdão! — rolava de besta abaixo, se ajoelhava:

— Tou morto, tou morto, patrão Surrupita, mas peço não me mate, pelo ventre de Deus, anjo de Deus, não me mata... Não fiz nada! Não fiz nada!... Tomo benção... Tomo benção...

E os outros vaqueiros, esbarrando num arrepio só, gritavam calados. Eles viam Surrupita, viam a morte branca, seu parado de cair sobre eles; de muitos medos se gelavam.

Mas o preto Iládio deitado na poeira, açapado — cobra urutú desquebrada — tremia de mãos e pernas. — "Tu é besta, seô! Losna! Trepa em tua mula e desenvolve daqui..." — Soropita comandava aquele grande escravo aos pés de seu cavalo. Igual a um pensamento mau, o preto se sumia, por mil anos. Urubús do ar comiam a fama do preto. Os outros vaqueiros, sensatos, não diziam nada, iam tocando estrada a fora, encordoados. O pobre do bom Iládio bambo atrás de todos.

Os do Ão que estavam ali, homens e mulheres, viam e não entendiam. Soropita levou a mão à sela, com o dedo sinalou uma cruz na capelada. Daí, mirou a arma que ainda empunhava — aquele dado de presente pelo Dalberto — o revólver que no fim não precisou de atirar. O cavalão branco se sacudia no freio, gentil, ainda querendo galopar. Soropita o afagou. Não esporeava, a bem dizer. Numa paz poderosa, vinha para casa, para Doralda. A presença de Doralda — como o cheiro do pau-de-breu, que chega do extenso do cerrado em fortes ondas, vogando de muito longe, perfumando os campos, com seu quente gosto de cravo. Tão bom, tudo, que a vida podia recomeçar, igualzinha, do princípio, e dali, quantas vezes quisesses. Radiava um azul. Soropita olhava a estrada-real. Virou a rédea. Falava àqueles do Ão:

— Amigo Leomiro, tem hoje quem vai no Andrequicé, ouvir o restante da novela do rádio?

— Tem não.

— Pois vou. Passo em casa, p'ra bem almoçar, e vou...

# Buriti

Depois de saudades e tempo, Miguel voltava àquele lugar, à fazenda do Buriti Bom, alheia, longe. Dos de lá, desde ano, nunca tivera notícia; agora, entanto, desejava que de coração o acolhessem. Receava. Era um estranho; continuava um estranho, tornara a ser um estranho? Ao menos, pudessem recebê-lo com alegria maior que a surpresa. Mas, para ele, aproximar-se dali estava sendo talvez trocar o repensado contracurso de uma dúvida, pelo azado desatinozinho que o destino quer. Achava.

Viajara de *jeep,* em ermas etapas, e essa rapidez fora do comum dava para desentender-se um tanto o monótono redor, os conduzidos caminhos campeiros. Ia chegar à Casa, tardio mas enfim, noite sobre. Parara, para jantar, no mesmo ponto em que da primeira vez: perto duma funda grota — escondido muito lá em baixo um riachinho bichinho, bem um fiapo, só, só, que fugia no arrepiado susto de por algum boi de um gole ser todo bebido; um riinho, se recobrindo com miúdas folhagens, quase subterrâneas, sem cessar trementes e lambidas, plantinhas de floricas verdes, muito mais modestas que as violetas.

Sentados no barranco de beira da estrada, úmidos de sereno os capins, Miguel e o rapaz comeram seu farnel, já no sufusco e tempo fresco, já anoitecendo, enquanto ouviam o cucubo da coruja e o regougo da raposinha. Entrementes ocorria também o vozejo crocaz do socó: — *Cró, cró, cró...* — membranoso. Miguel acendeu cigarro; o rapaz mastigava uns restos. Não dilatava, bastando a gente guardar um pouco o silêncio, e o confuso de sons rodeava, tomava conta. Como a infância ou a velhice — tão pegadas a um país de medo. Miguel, sem o saber, sentia afastadas coisas, que se ocultavam de seu próprio pensamento. Levantou-se, caminhou uns passos, até ao *jeep,* apanhou a lanterna. Andou mais, na direção de onde tinham vindo. Como parou, dali o sipipilo do regato não se suspeitava. Só os grilos, por todo o campo, toda qualidade deles, sempre surgindo.

Tudo como da primeira vez, quando viera, a cavalo, por acaso em companhia de dois moços caçadores e, depois, de nhô Gualberto Gaspar, com quem quase mesmo no chegar tinham feito conhecimento. Da treva, longe submúsica, um daqueles acreditava perceber também, por trás do geral dos grilos, os curiangos, os sapos, o último canto das saracuras e o belo pio do nhambú. Devia de ser. Em parte, o outro caçador confirmou. Miguel assestara o ouvido. Orgulhava-se de ainda entender o mundo de lá: o *quáah! quáah!,* como risada lonjã, tinha de ser de um socó, outrossim, que ia voar do posto. — "E é..." — nhô Gualberto Gaspar aprovou — "Aí, menos longe, tem uma lagôa." Um perguntara: — "Bom lugar, para se atirar em pato? Muito junco?" Mas, aquela hora, falava-se menos, em voz baixa, mesmo sem ser de propósito. Estavam fatigados. O certo, que todos ficavam escutando o corpo de noturno rumor, descobrindo os seres que o formam. Era uma necessidade. O sertão é de noite. Com pouco, estava-se num centro, no meio de um mar todo. — "A gente pode aprender sempre mais, por prática" — disse o primeiro caçador. Discorria da dificuldade em separarem-se sons, de seu amontoo contínuo. — "Só por precisão" — completou o segundo, o setelagoano. E mais disse: que dirá, então, os bichos, obrigados a constante defesa ou ataque? O lobo, o veado. O rato. O coelho, que, para melhor captar os anúncios de perigo, desenvolveu-se um pavilhão tão grande? Principal, na jungla, não é tanto a rapidez de movimentos, mas a paciência dormida e sagaz, a arma da imobilidade. À cabecinha de um coelho peludo, sentado à porta de sua lura, no fim da tarde, devem chegar mais envios sonoros que a uma central telefônica. — "Pois, p'ra isso, p'ra se conhecer o que está longe e perto..." — o setelagoano continuou. E, daí, silenciaram, depois falaram mais, desse e de outros assuntos. Falou-se no Chefe Zequiel.

Na última noite passada no Buriti Bom, Miguel tinha conversado a respeito de coisas assim. O que fora:

Na sala-de-jantar. A lamparina, no meio da mesa. Nos consolos, os grandes lampeões. O riso de Glória. Iô Liodoro jogava, com Dona Lalinha. Glória falava. Ele, Miguel, ouvia.

De repente, reconheceu, remoto, o barulhinho do monjolo. De par em par de minutos, o monjolo range. Gonzeia. Não se escuta sua pancada, que é fofa, no arroz. Ele estava batendo, todo o tempo; eu é que ainda não tinha podido notar. Dona Lalinha é uma linda mulher, tão moça, como é possível que o marido a tenha abandonado? Nela não se descobre tristeza, nem sombra de infelicidade. Parece uma noiva, à espera do noivo. Vê-se, é pessôa fina, criada e nascida em cidade maior, imagem de princesa. Cidade: é para se fazerem princesas. Sua feição — os sapatinhos, o vestido, as mãos, as unhas esmaltadas de carmesim, o perfume, o penteado. Tudo inesperado, tão absurdo, a gente não crê estar enxergando isto, aqui nas brenhas, na boca dos Gerais. Esta fazenda do Buriti Bom tem um enfeite. Dona Lalinha não é de verdade. No primeiro dia, pensei que ela não tivesse o juizo normal, e por ser louca a deixavam assim. Será que os roceiros de perto não vão dando notícia de ali haver aquela diferente criatura, e o caso não corre distâncias, no sertão? Uns devem de vir, com desculpa qualquer, mas só para a ela assistir, no real, tomarem a certeza de que não é uma invenção formada. Não entendem. Se, em desprevenido, ela surgisse, a pé, numa volta de estrada ou à borda de um mato, os capiaus que a avistassem faziam enorme espanto, se ajoelhavam, sem voz, porque ao milagre não se grita, diante. Sobre o delicado, o vivo do rosto, tão claro, os lindos pés, a cintura que com as duas mãos se abarca, a boca marcada de vermelho forte. Comigo, ela quase não fala. Evita conversar, está certo, na situação dela. Tem de ser mais honesta do que todas. Todo o mundo tem de afirmar que ela é honesta, direita. Sempre uma mulher casada. Mulher de iô Irvino, cunhada de Glória, de Maria Behú. O ranger do monjolo é como o de uma rede. O rego está com pouca água, daí a lentidão com que ele vai socando. E o outro gemer? — "Esse outro, é de bicho do brejo..." — Glorinha disse. Decidida. Glorinha é loura — ou, ou, alourada. Mais bonita do que ela, dificilmente alguma outra poderá ser. *Bonita* não dizendo bem: ela é bela, formosa. Quanto tudo nela respira saúde. Natural, como Dona Lalinha. Mas, tão desiguais. Glória: o olhar dado brilhante, sempre o sem-disfarce do sorriso como se abre, as descidas do rosto se assinalando — uma onçazinha; assim tirando às feições do pai, acentuados aqueles sulcos que vêm do nariz para os cantos da boca. Dona Lalinha, os cabelos muito lisos, muito, muito pretos; e o rosto a maior alvura. Ela tem um modo precioso de segurar as cartas, de jogar, de fumar, de não sorrir nem rir; e as espessas pálpebras, baixadas, os lábios tão mimosamente densos: será capaz de preguiça e de calma. Como há de ser a outra, a mulher por causa de quem iô Irvino a deixou? Faz tanto tempo, isso, e iô Liodoro ainda teima em conservar a nora aqui, à espera de que um dia o filho volte? Será que iô Liodoro a retém prisioneira, à força? Glorinha disse que iô Irvino é o filho de que iô Liodoro mais gosta. Iô Liodoro se fecha, sobre sério, calado com tanto poder. Não se sabe o que ele entende. Todo modo de Glorinha, o que move e dá, é desembaraçado. Ninguém diria que ela é irmã de Maria Behú. Desditosa, magra, Maria Behú, parecendo uma velha. Para ela, ter de viver com a cunhada e a irmã, na mesma casa, deve ser um martírio. Maria Behú reza, quase todo o tempo. Agora mesmo, de certo está rezando, recolhida no quarto. Bicho do brejo... — "Bicho do brejo? Não, dona Glória. Eu acho que é pássaro..." — Deixa ele. Pássaro, guinchando? A esta hora..." "— E sei? Sapo?" "— O senhor está falando numa coisa, mas está com a ideia apartada..." "— Estou não. Meu jeito é mesmo assim." "— O senhor está querendo aprender o que é da cidade?" "— Nasci no mato, também. Sei a roça." "— Aonde? Aqui no sertão?" "— No meio dos Gerais, longe, longe. Transforma-se noutra tristeza, de tanto tempo. Mas de tudo me lembro bem." Glorinha está querendo me compreender, saber tudo de mim, mal atenta no que falo. Mas nem sabe que, só na feição do meu pensamento, eu a trato de "Glorinha". Até assenta melhor. Porque ela ainda oferece sua natureza, tem a fraqueza da força. É pura, corada, sacudida. Tão sem arrebiques nem convencimento, com faceirice de mulher, mas para agradar diretamente; outras vaidades não mostra. Perto dela, a gente vai sentindo a precisão de viver apenas o momento. Quase por acaso foi que descobri que ela esteve em colégio, isso nem menciona. — "Saí ao Papai..." — ela mesma diz. Ao contrário de Maria Behú — de perdida fisionomia. Maria Behú amarra esticados os cabelos, num coque, sem nenhuma graça, se desfaz. Iô Liodoro não dá aparência de mais de cinquenta anos. Ele joga a bisca, como se cuidasse negócios de gravidade. Só tem atenção para as cartas. Acho que ele mesmo não quer se fixar em outras coisas, nas pessôas. — "Ele gostou de você, mas demais!" — Glorinha disse. ("— ...Vou falar 'você'; não é melhor? O senhor é muito moço...") Deve ser, ele simpatizou comigo, quis que eu ficasse mais três dias, depois de vacinados os bezerros, visto o gado. E bem, se eu disser: — Iô Liodoro, quero casar com sua filha Maria da Glória? — que é que ele me responde? Fantasia. Iô Liodoro é um dos homens mais ricos deste sertão do rio Abaeté, dono de muito. Fantasia? Nem sei se gosto de Maria da Glória, se um encantamento assim, mesmo crescente, quer dizer amor. Sei que desejaria parar, demorado, perto dela. Da alegria. — "Conte alguma coisa, do que está sonhando, pensativo?" "— De minha terra?" "— Lá tinha pássaros cantando de noite?" "— Sério. O mutúm. De dia, ele fica atoleimado, escondido em oco de pau, é fácil de se pegar à mão. Mas, à noite, sai para caçar comida. Canta, antes da meia-noite e do romper da aurora. Chega dá as horas. É grande e formoso, como as penas dele brilham, feito um pavão." "— E como canta?" "— No meio do mato, de madrugada, ele geme: — *Hu-hum... Uhu-hum...* Não se parece com nenhum." "— Aqui não tem." "— É um pássaro tristonho..." "— Você teve namorada, lá, em sua terra?" Dona Lalinha deve de ter ouvido, olhou para cá, sorriu para Glorinha. O nome de Dona Lalinha é Leandra. — "Não tive. De lá saí muito menino..." — respondi. "— E que mais?" "— É um lugar que nem sei se ainda existe, lá. Minha gente se mudou..." "— Você é ingrato? Vai voltar aqui algum dia, para rever a gente?"

"— Gostei muito daqui. De todos..." "— Você é noivo? Se casar, traz sua mulher, também..." "— Não sou, não. Tenho cara de noivo, assim?" "— Para mim, tem." Glorinha é afirmativa. Mas uma moça, mesmo por assim ser, engana. Às vezes dizem coisas, por desempeno, desenleadas — querendo ver o embaraço do homem, só por experimentar. Não vou ser acanhado. — "Está certo. Se eu casar, venho..." Eu disse. Estou arrependido de dizer. O que estou pensando, tenho de calar. Eu teria receio de gostar de Glorinha. Ela é franca demais, vive demais, abertamente; é uma mulher que deve desnortear, porque ainda não tem segredos. E eu já gosto dela? Mas tenho de ir-me embora, amanhã. Ela pôs os olhos em mim, tão declarados, com um querer que me enfrenta. — "O senhor não gosta de ninguém?" Ela disse muito "o senhor"; e eu respondi: — "Não." Com o que estou sendo covarde, porque logo ri — imediatamente, que ela não tome a sério a minha resposta. Glorinha amuou, um nada, mas em seguida se conteve, e sorriu, riu também, com exagero, para aceitar a ideia de gracejo meu e bravata. Segura. E aprecio seu manejo reto, teimoso. Não gostaria que isso me envaidecesse. — "Volto, sim. Hei-de voltar aqui." "— É promessa?" Agora ela sorriu sem manobra, falou: — "Por que você não vem caçar? Sabe, eu não disse a verdade, de propósito: por aqui também tem mutúm. Mutúm no mato, ronca cismado, que até enjôa a gente... Se caça. A carne é muito gostosa... Você não gosta de caçada?" Fugi de responder. O que devia ter dito: que odeio, de ódio. Assoante, pobre do tatú, correndo da cachorrada. O tatú-peba gorduchote, anda depressa, vai e volta, dá seu rosno baixo, quer traçar no chão uma cruz. — "Você pensa muito, demais. Que é, então?" "— Se eu dissesse, você ia achar tolice. Podia parecer até ofensa..." "— Pois diz, para eu não achar que é, uai!" "— Uma cachorra. Uma cachorrinha. Ela dava saltos, dobrada, e rolava na folhagem das violetas, e latia e ria, com brancos dentes, para o cachorrinho seu filhote... Ela estava quase cega..." Glória sorri, um pouco descorçoada. Pudesse, dizer a ela que penso com amor nas filas de maminhas de uma cachorra. Espera que, no fim, eu lhe explique alguma coisa. Agora, sei, estou-me defendendo dela, o que procuro nesta conversa é um campo branco, alguma surdina. Eu gosto de Glorinha. Seja, eu não quereria magoá-la. Glorinha, Glória, Maria da Glória. Mas ela é ainda sadia, simples, ainda nem pecou, não começou. Sempre se vê: se não, seus olhos trariam também alguma sombra, sua voz. Seu rosto guardaria uma expressão própria, remarcada. Seus gestos revelariam uma graça não gratuita, mas conseguida. Maria da Glória é inocente, de uma inocência forte, herdada, que a vida ainda irá desmanchar e depois refazer. A gente pode amar, de verdade, uma inocência? — "Sabe, você tem muito de parecido com o Irvino meu irmão, o modo..." Irvino, o que amou e depois abandonou Dona Lalinha... Eu podia gostar de Dona Lalinha? De Glorinha, eu sei. Imagino Glorinha casada comigo, no mesmo quarto, na mesma cama. Simples, como será, um corpo formoso. Dona Lalinha, não. Se Dona Lalinha se despisse, não sonho como seria. Um corpo diferente de todos, mais fino, mais alvo, cor-de-rosa uma beleza que não se sabe — como uma riqueza inesperada, roubada, como uma vertigem... Despir Dona Lalinha será sempre um pecado. Eu teria de ter vivido para a merecer — desde a hora do meu nascimento. — "Mas você deve de ter gostado de alguém. Você é bandoleiro?" Ao perguntar, ela terá pensado no irmão. Assim uma dúvida percorreu seu rosto, vibrou até nas asas do nariz. Glorinha é bela. Dona Lalinha é bonita. Mas as palavras não se movem tanto quanto as pessôas: um podia, não menos verdade, dizer Dona Lalinha é bela, Glorinha é bonita... — "Dizem, de quem nasceu nos campos-gerais: que, ou é muito bandoleiro, ou em amor muito leal..." Não respondi. — "Você pensa demais." Por um instante, deixou de mirar-me. — "Você tem irmãos?" Sei, Glorinha pode já estar no meu destino. Que é que a gente sabe? — "Tive um irmão, mais moço do que eu, morreu ainda menino... Um irmãozinho" — eu digo. Eu queria levar Glorinha comigo, às maiores distâncias de minha vida. — "... Até hoje, não posso demorar o pensamento nele. Tenho medo de sofrer. Você acha que sou fraco?" — "Acho não. Por quê? Fraqueza não é ter sentimento." Eu queria que Glória me chamasse, me ensinasse lugares que fossem dela só — nós dois, sob sombra de uma antiga árvore, no centro de um bosque, rodeados de uma outra luz. — "E você, Glória? Você teve meninice?" — "Tive não. Pescaram um surubim, abriram, e me tiraram de dentro dele, já grande assim, sabendo falar, dansar valsa... E ih? Valeu a pena?" A alegria dela se estende, linda. Tenho de ter mão em mim. — "Viver sempre vale a pena..." Respondi. Foi como uma desfeita, eu tudo tivesse repelido. Maria da Glória resumiu um estremecimento, recuou o busto, se desempinando. Não escondeu o desapontamento, quase um dissabor. E, em mim, isso recebo como um desânimo, um cansaço, a necessidade de desistir? Com a mãozinha, ela tapou um bocejo. Eu mesmo, entendo, quase com um susto. Não vai acontecer mais nada. Não vamos namorar, falar de amor. Escuto o monjolo, azenho, fácil, meus ouvidos já sabem, já chegam ao lugarzinho dele no espaço, sem procura. E é tarde, daqui a pouco mais nos vamos separar, todos a dormir. Como será o quarto de Dona Lalinha? Caçam. Dona Lalinha pode ser que aprecie a carne do mutúm, que é branca, mais gostosa que a de perú. — "Você estranhou, o que eu falei, por brincadeira? Do peixe surubim?" "— Não, Maria da Glória. Mas você devia de ter nascido era no cacho de flores do buriti mais altaneiro, trazida por uma garça-rosada..." "— É bobo!" Sorrimos um sorriso. Iô Liodoro disse baixo qualquer coisa. Vão talvez jogar a derradeira mão. Dona Lalinha não respondeu, só parece, sempre, uma grande boneca, a mais de valor que existe. Iô Liodoro dá cartas. Este homem tudo faz comedido tão forte, acho que ele mesmo receia os estouvamentos de que é capaz. Não olha para Dona Lalinha. Dona Lalinha, de se jurar, está aqui forçada, presa, nesta fazenda. Iô Liodoro sabe que Irvino não vai voltar nunca mais, mas ele guarda a nora em sujeição, para garantir, mesmo assim, a honra do filho? E Dona Lalinha não vai poder sair, jamais, até que envelheça, ou que o carcereiro um dia morra. Será que ela não tem pais, irmãos, parentes? Saísse daqui, voltasse para a cidade, logo atraía outros homens, com tanta beleza, quem por ela não se apaixonaria? Um namoro, um amante, e o filho de iô Liodoro, e iô Liodoro mesmo, estariam infamados. Ainda que iô Irvino tenha repudiado a mulher, e esteja a viver com outra, Dona Lalinha tem de conservar sua solidão, não pode receber o prazer de outro homem. São casos, no sertão, se ouvem contar. Maria da Glória não pensa nisso, ou sabe, e ainda assim é capaz de variar sua alegria? Mas Maria Behú reza, sente as crueldades da vida. E esse bicho-do-brejo, que dá o outro som, que ranhe? É o socó. — "Você reparou, Maria da Glória? Socó ou o socó-boi? Ele vigia é de noite, revôa para ir pegar piabas nas lagôas..." "— Mas, agora, foi o monjolo." "— Não: agora. Ele canta longe. Estou reconhecendo..." O monjolo é humano, reproduz a vontade de quem o fez e de quem o botou para trabalhar as arrobas de arroz. Maria da Glória ri. — "Que é que tem? Deixa esse..." Começou e conteve um espreguiçamento. Seus braços. Pudesse, amanhã, com ela sair a cavalo, ao Brejão, abraçá-la. Ao Buriti grande. Não escuto mais o "bicho-do-brejo", mas me lembro dele. — "É o socó. Voou para mais longe..." "— Sabe, você está aprendendo com o Chefe?" O Chefe Zequiel, ele pode dizer, sem errar, qual é qualquer ruído da noite, mesmo o mais tênue. — "É bem. Ele há-de estar ouvindo, está lá no moinho, deitado mas acordado, a noite inteira, coitado, sofre de um pavor, não tem repouso. Quem sabe, na cidade, algum doutor não achava um remédio para ele, um calmante?" Aziago, o Chefe Zequiel espera um inimigo, que desconhece, escuta até aos fundos da noite, escuta as minhocas dentro da terra. Assunta, o que tem de observar, para ele a noite é um estudo terrível. — "E faz tempo que ele tem essa mania?" "— Figuro que de muito. Mas só de uns dois anos é que veio em piorar..." O que o Chefe devassou, assim, encheria livros. Iô Liodoro e Dona Lalinha se levantaram. Maria da Glória se põe triste, dando bôa-noite? Toma a benção ao pai. Dona Lalinha caminha serenamente. — "Não vá sonhar com o socó, nem com o mutúm..." — baixinho Glorinha disse. Sim, não. Não sonhar com Dona Lalinha... Pudesse sonhar com Maria da Glória, sonsa, risonha, sob o Buriti grande, encostada no Buriti grande. O monjolo trabalha a noite inteira...

Assim o que fora. Aquele serão de despedida, no Buriti Bom.

Tinha vindo ali quase por acaso. E, chegando, primeiro o lugar se parecia com todos. Viera, com os caçadores, encontraram nhô Gualberto Gaspar. Pararam, perto da grota profunda, que avanhandava o regatozinho corrinhante. Anoitecia, em maio, depois de o poente se queimar. À noite, o mato propõe uma porção de silêncios; mas o campo responde e se povôa de sinais. Quando se vem vindo sertão a dentro, a gente pensa que não vai encontrar coisa nenhuma. Àquela hora, noitinha, pouco se falavam; por uma espécie de receio. Tendiam a estar imóveis. Mas o primeiro caçador, o mais velho, continuou a conversa sobre o que a noite traz. Contou de um vaqueiro do Rasgão, que dormia numa rebaixa perto do piquete das vacas, sabia a qualquer hora qual delas sacudira a orêlha e que bezerra se esfregava na cerca. Esse vaqueiro tramara consigo, de força da solidão, uma espécie de pequeno jogo: — se fulana vaca ou a bezerra sicrana fizessem tal ou tal coisa, qual e qual coisa, bôa ou má, a ele seguramente aconteceriam. — "A vida é morte ou dinheiro..." — o caçador disse. Então o setelagoano disse também: já ouvira falar de um camarada, nas Pindas, que chegava a conhecer muitas vantagens, assim surpreendidas, e até relato sobre os peixes que divagam — tudo por padecer de má insônia. — "Ué, mas isso não é nas Pindas, nãossenhor! Será aqui perto, mesma fazenda do Burití Bom. É um Zequiel, Zequielzim — o *Chefe*..." — nhô Gualberto retificara. Sim, só. Muitas outras pessoas, em parecidas condições, não aprenderam a dentreouvir. Mas o bobo Chefe não dormia era azucrinado com a ideia presa de que um certo homem viria vir, para o assassinar. Sendo que esse homem não existia, nem tinha existido nunca; ou, se sim, se tratava do espírito de um já morto e enterrado havia muitos anos — e era esse ser o que o bobo temia. Mas, no real, ele confundia muito as causas, derradeiramente dava a entender que a ameaça era o duende de uma mulher, desconhecida, dela não sabia o nome, ou mesmo fosse uma mulher viva, que no varar da noite, chega vinha, rondava às vezes o moinho, onde ele pernoitava fechado. Doideira. Por conta, ele vivia o martírio. — "Aqui perto, essa fazenda?" — Miguel perguntara. — "Olh': é, e não é — quero dizer..." Gualberto Gaspar preparava as sábias lentidões. Apunha muita coisa, entre pergunta e resposta, parecia precisar de retardar as pessôas. — "Lá tem bôas caças?" — o setelagoano indagou. — "Não vê, não vê, o dono de lá nega a licença. Compadre meu, muito meu amigo. Mas é um homem em outrora, sofismado... Denega toda licença." Gualberto Gaspar de certo desejava que os caçadores se fossem, seus rumos; mas queria conservar consigo Miguel. Miguel trazia dois cargueiros, com remédios para os animais, para o gado, injeções. — "O senhor demore um dia, diazinhos, lá em casa", nhô Gualberto disse.

A fazenda de nhô Gualberto Gaspar era dali a légua, tomava-se pela esquerda. — "Sortimento de farmácias é provado? É seu do senhor, comercial, ou é do Governo?" Desentendia. — "Ah... A ver. Os tempos ásperos, para a criação, pra a lavoura..." Nhô Gualberto discutia mansinho, desprotegido, como se estivesse recebendo um consolo. — "...A paca mergulha, fica mais ou menos cinco minutos. Mas capivara chega a ficar uns dez..." — o setelagoano conferia com o outro, o primeiro caçador. O que sabiam: — "Paca, quando foge, vai a nado rio-acima, na lua-minguante; mas avança é rio-abaixo, na crescente..." Às artes. Um bicho é um bicho, e a lua é de todos. Ao miúdo, nhô Gualberto desescondia um modo sincero de desconfiar. Mas buscava entendimento com Miguel, à socapa dos caçadores, já prontos para mais viagem.

Tinham dormido na fazenda de Nhô Gualberto Gaspar — que era a Grumixã, dois-mil-e-meio alqueires. Dado o sol, ali se supria o cheiro de bons arvoredos, e do pastável. Ainda podiam leitear numerosamente em maio, tudo em ordem. A bem, que se fossem os dois caçadores, que se despediam, já montavam. Iam muito mais longe, passar o rio no porto da balsa. A terras de seo Cel Quitério, beiras do Jucurutú, que verte no do Sono. Lá, diziam ter cachorrões onceiros. Fossem. Ficasse ali, com ele Gualberto, aquele moço, tão calado pelo simpático, com este o anjo-da-guarda se entendia. Não por causa dos remédios, a vantagem. Mas o moço, mesmo de cidade e todo trajado, dava pé para uma confiança, compunha companhia. Os dois caçadores, esses eram para afastados. Bem fazia que tivessem demorado curto, bem melhor que não tivessem teimado em passar pelo Buriti Bom. "... *Tempo de frio, a capivara e a paca aguentam se viver prazo maior debaixo d'água..."* Dois sujeitos demais, homens de meio a esmo. Por corretos que valessem, sempre ameaçavam de pôr uma certa confusão, com a presença em pressas.

O Buriti Bom, por exemplo, era um lugar não semelhante e retirado de rota. Um ponto remansoso. Por tudo, lá nhô Gualberto dedicava seu respeito. Seu amigo era o dono, iô Liodoro — homem soberbo de ações, inteiro como um maior — nhô Gualberto tirava orgulho daquela amizade. Sendo de ser o quase único confinante que frequentava a fazenda, hospedado normal. O Buriti Bom formava uma feição de palácio. Mesmo, naquele casarão de substante limpeza e riqueza, o viver parava em modos tão certos, — a gente concernia a um estado pronto, durável. Faltava uma dona; porque iô Liodoro, conquanto rijo fogoso e em saúde como autoridade, descria de se casar segunda vez. Aí, havia as duas filhas moças, assim uma da outra diversas: como a noite e o sol, como o dia e a chuva. Nhô Gualberto Gaspar não gostava de Maria Behú.

Parecia nada irmã de Maria da Glória? Essa, iô Liodoro a levasse em cidade, se casava mais depressa do que viúva rica. Como que ela estava no ponto justo, escorrendo caldo, com todos os perfumes de mulher para ser noiva urgente. Destino desigual do de Maria Behú, essa nunca acharia quem a quisesse, nunca havia-de. Maria Behú, tisna, encorujada, com a feiíce de uma antiguidade. Às vezes, dava para se escogitar, esses encobertos da vida: seria que Maria Behú era triste e maligna por motivo de ser feia, e Maria da Glória ganhava essa alegria aprazível por causa de tanta beleza? Ou era o contrário, então: que uma tinha crescido com todos os encantos, por já possuir a alma da alegria dentro de si; e a outra, guardando semente do triste e ruim, de em desde pequena, veio murchando e sendo por fora escura e seca, feito uma fruta ressolada? A essas coisas. Sorte. Quem souber o que é a sorte, sabe o que é Deus, sabe o que é tudo. Maria da Glória de certo em breve se casava, ia-se embora dali, do Buriti Bom, dava até pena a gente pensar nisso. Como que, ela se indo, rapava a felicidade geral do lugar, de sua redondeza. A se assim, então, ela mesma ia ser sempre feliz? Dúvido-duvidável. A vida remexe muito. A felicidade mesma está remudando de eito, e a gente não sabe, cuida que é infelicidade que chegou. Mas quase noção nenhuma não tem bôa explicação, quando se quer achar. Casos. Como o acontecido ali mesmo, o da nora de iô Liodoro. Dona Lalinha — a das mais mimosas prendas — conforme se diz: moça-da-corte, dama do reino, sinhá de todo luxo — e linda em dengos, que nem se inventada a todo instante diante dos olhos da gente. Mulher de iô Irvino, mas desdenhada. Um podia crer, um podia entender?

Tido quase ano que ela estava ali, no Buriti Bom. Iô Liodoro caçara a capital, tinha trazido Dona Lalinha. Comitiva enorme, com um despropósito de malas e canastras, até partes de mobília. Iô Irvino, esse a gente não via, fazia um tempo sem data. Eles, como se casaram na capital, por lá tinham morado. Daí, chegou, aos poucos, a notícia: o casal desmanchado. Iô Irvino fugido com outra. Isto era possível? Melhor então dizer: iô Irvino girara do juízo. Doideiras que dão; e, também, por este mundo, mesmo em cidade capital, tem muita coisa-feita. De iô Irvino não sabiam notícia. Mas iô Liodoro, por sempre como fora, não retombava. Assim perdeu o filho, mas viajou lá, agarrou a mulher do filho, buscou. Agora, no Buriti Bom, no assunto não se tratava, assente regrado em normas. Ao em volta de iô Liodoro, tudo não se concebia calado? Iô Liodoro regia sem se carecer; mas somente por ser duro em todo o alteado, um homem roliço — o cabeça. Seu conspeito era um acaso de firmeza mansa e onça, uma demasia sã em si, que minava da pessôa e marameava, revertendo na gente uma circunstância. — "Amigão, meu amigo... Abaixo de minha família e de Deus, ele é quem eu prezo. Por ele enfrento, se preciso hajar! Por ele morro..." — nhô Gualberto cobria a vontade de dizer, pois não dizia, por cumprir vergonha. Temiam iô Liodoro? Tem um não em todo sim, e as pessôas são muito variadas. Aí em algumas horas, temessem. Mas não precisavam de dar demonstração. Tinham respeito.

Iô Liodoro era homem punindo pelos bons costumes, com virtude estabelecida, mais forte que uma lei, na sisudez dos antigos. Somente que o amor dele pela família, pelos seus, era uma adoração, era vasteza. Via disso, de certo, não queria se casar outra vez, depois de tanto que enviuvara. E ele, por natureza, bem que carecia, mais que o comum dos outros, de reservar mulher. Mas prezava o inteiro estatuto de sua casa, como que não aceitando nem a ordem renovada, que para ele já podia parecer desordem. Motivo pelo qual a nora viera para o Buriti Bom, e ali permanecendo. Para iô Liodoro, Dona Lalinha tinha de continuar fazendo parte da família, perante Deus e perante todos. O que se estranhava, o que o povo às vezes dizia, em esconsos, aos cochichos, isso era invencionice de romance, a saber: que iô Irvino se escondia de algum delito que efetuara, e agora andava por ali, só que ninguém não via, estava em acôito, no interior mesmo da casa da fazenda... Se não — o que se dizia — como era que a mulher dele podia ficar lá, tão durado tempo, e sempre assim chique vestida, sempre numa alegriazinha, diversa do razoável do que devia de ser? Soada de bobeia. Cujice. Povo, quando fala, fantasêia.

Ao mais certo, nhô Gualberto tinha pensado vagarosamente nisso, era em outra razão. A que a Dona Lalinha, além de não esperar para qualquer hora a volta arrependida do marido, a bem que ela calculava os outros resultados: que eram, pelo seguro, não sair de lá, ir engambelando todos e se cravando de sempre fazer parte, isso com lindos olhos na herança — quando iô Liodoro testasse. Moça de cidade raciocina muito. Nhô Gualberto achava e não achava. Calado é melhor; e seja, as fazendas vizinhavam em método de bem-estar.

Assim, quase uma espécie como se ele fosse capaz de ir ao Buriti Bom na devoção com que se vai à igreja. Ali tudo confortava. A ver, tirante a malvolência de Maria Behú, a pobrezinha desgraçada, em birra com seu mesmo aspeto. Ao leve quisesse criticar, achava também que aquele luxo constante de Dona Lalinha chamava a atenção demais, não assentava bem com o sertão do lugar, com o moderamento regrado, simplicidade nos usos. Umas vezes, da porta, ele avistara dentro do quarto dela: com cadeirinhas diferentes, e os cortinados, fileira de vidros de cheiro na cômoda baixa, e no chão capachado até um tapete. Semelhava tivessem exportado para ali um aconchêgo de cidade. No que a cidade e o sertão não se dão entendimento: as regalias da vida, que as mesmas não são. Que aqui no sertão, um, ou uma, que muito goza, como que está fazendo traição aos outros. Mas iô Liodoro permitia, e o que permitia queria, e o que queria mandava, silenciosão. O que ele segundas vezes dera a entender, atravessando em meias-palavras: que, uma criatura em todos os melindres crescida e acostumada, que certamente havia de definhar, caso não tivessem com ela a serviência desses tratos — conforme que planta de alegrete, quando se demuda, carece de vir com um grosso da terra própria nas raízes, como protestação. Não fosse isso. Nhô Gualberto julgava decifrar ao justo: o que iô Liodoro consecutia era uma coisa só — era rehaver o filho, iô Irvino. Iô Liodoro acreditava no tempo passado. Iô Irvino voltasse, era para encontrar Dona Lalinha, mas Dona Lalinha cuidada entre suas sedas e joias, de cidade, sem desmerecer. Iô Liodoro era o pai de todos.

Do Buriti Bom, que para ele era de tão forte lazer, nhô Gualberto Gaspar tinha um ciúme. Só de pensar, que aqueles dois caçadores pudessem ir pedir hospedagem lá, se irritava. Esses, que passavam por ali, na esparramada vadiação, sem apego nenhum ao lugar, sem certo significado. Mas, e o outro moço, não. Seo Miguel. Esse guardava um igualado jeito, se via que comportava uma afinação com a vida da roça, uma seriedade sem postiço. A ele um podia olhar de frente, começar a tomar estima.

Já aí Miguel cobrava também interesse por nhô Gaspar, nele encontrava a maneira módica do povo dos Gerais, de sua própria gente, sensível ao mudo compasso, ao nível de alma daquelas regiões de lugar e de viver. Contra o sertão, Miguel tinha sua pessôa, sua infância, que ele, de anos, pelejava por deslembrar, num esforço que era a mesma saudade, em sua forma mais eficaz. Mas o grande sertão dos Gerais povoava-o, nele estava, em seu amor, carnal marcado. Então, em fim de vencer e ganhar o passado no presente, o que ele se socorrera de aprender era a precisão de transformar o poder do sertão — em seu coração mesmo e entendimento. Assim na também existência real dele sertão, que obedece ao que se quer. — "Tomar para mim o que é meu..." Como o que seja, dia adiante, um rio, um mato? Mil, uma coisa, movida, diversa. Tanto se afastar: e mais ver os buritis no fundo do horizonte. O buriti? Um grande verde pássaro, fortes vezes. Os buritis estacados, mas onde os ventos se semeiam. Sendo, sim, que, mesmo ali, em volta, nos currais, esperavam as munjas vacas, que cediam o leite das tetas para o sustento de tantos e o rendimento de nhô Gualberto Gaspar. Mas — que eram as vacas — que lambuzavam com seus quentes focinhos o ar da manhã, nele se limpando, qual numa toalha sem cor, sem risca, dobrável sem uma dobra. Como que os sofrimentos passam, mas a beleza cresce. Agora, Miguel podia sentir-se mais irmão de nhô Gualberto Gaspar — que se desajeitava, comum na roupa amarela encardida, nas botinonas, sacudindo a cabeça rapada, quase alvarmente, mirando-o, num desentendimento, no simplório receio de ser tomado como rico: — "Ah, essa vacada? Só parte delas, que é minhas. Restante é de iô Liodoro, para ele crio também, à terça..." Aí era um homem muito sério.

A se começar, então, nhô Gualberto convidava. Ali reunira a novilhama, quantidade de reses, para as vacinas. E tinha mole pressa. Nhô Gualberto Gaspar parecia ser um homem preguiçoso — e que por isso se assustava, quando se via sem fazer coisa nenhuma. A única maneira de cumprir o trabalho era tê-lo como coisa lerda e contínua, mansa, sem começo nem fim, as mãos sempre sujas da massa. Acolá, o zebú pintado bufou enquanto vinha caminhando, levantava o focinho e anchava repetido os peitos, fizesse um desafogo de cansaço. Nhô Gualberto também tirara de Deus o desejo de viver solto e admirar as outras coisas. Mas, curvado com a vida, desde cedo, a vida tinha de ser labuta. — "O fazendeiro vive e trabalha, e, quando morre, ainda deixa serviço por fazer!..." Alto se queixava, com orgulho, mas orgulho já cediço, safado no habitual. Sempre que o trabalho dele, sorna, rendia bem. Nhô Gualberto quase não despendia para seu prazer. Aforrava. Temia gastar; menos o próprio dinheiro, que a paz do tempo, o ramerro, os recantos do espírito. Não sabia sair daquilo, desperdiçar-se um pouco. Mas adiava. O céu é um adiamento? Nhô Gualberto não podia mais esbarrar para refletir, para tomar uma ideia da vida que levava. Andava para um diante. Assim fazendo assim, podia pegar momentos de descanso, que, por curtos e sem pico de gozo, praziam não dando remorsos. Aí, às vezes quando sobrevinha um parar na obrigação — por ver, quando chovesse forte e ele tivesse de se resguardar num rancho e esperar estiar — sacava fumo e faca, arrumava um cigarro, folgando mansinho e espiando o afirmar do tempo, numa doçura atôa; mas, entre isso, atentava, volta em quando, e se dizia, sem precisão nenhuma, algum projeto de serviço, ilo ou aquilo, a consciência se beneficiava. O outro zebú, o preto, descuidando suas vacas, se lambia e coçava na cerca as partes com bernes. — "Homem, gente, vergonha: carece de se laçar esse trem e tratar..." — nhô Gualberto proferia.

Miguel operava ativo, vacinando. Ele mesmo não deixava de ver a satisfação com que nhô Gualberto reparava nisso. Sempre, surdamente, Miguel guardava temor de estar ocioso e de errar. Um horror de que se errasse, de que ainda existisse o erro. A mais, como se, de repente, de alguém, de algum modo, na viração do dia, na fresca da tarde, estivesse para se atirar contra ele a violência de uma reprovação, de uma censura injusta. Trabalhava atento, com afinco. Somente assim podia enfeixar suas forças no movimento pequeno do mundo. Como se estivesse comprando, aos poucos, o direito a uma definitiva alegria, por vir, e que ele carecia de não saber qual iria ser. Aí bem que o sonho era a princípio um jardim de grandes árvores de bela vista, da banda do nascente, um lugar de agrado. Mas o sonho tinha de ser tomado apenas em goles curtos, entre hostilidades. O sol repassava, versado e de fôgo, sertanejo; não parecia estar-se em maio. Miguel sentia como se seus pensamentos sempre estivessem transparecendo, devassados por todos. — "Não vê, que: esses bezerros não dão para levar só metade duma?" — nhô Gualberto perguntava, segurando uma ampola, que remirava de contraluz. Nhô Gualberto tudo queria entender, no que fosse de prático. A bezerrada, muito costeada, mansa, mesmo assim refugia, com a hora de agitação, se reuniam num ângulo do curral, em cerrado grupo, as cabeças convergentes, formando uma rosácea.

Os vaqueiros escolhiam, seu o seu, enrodilhavam os laços em pequenas voltas, boleavam, jogavam. O debater do bezerro já era um começo de submissão. O curral tinha dois esteios e ainda um pau, um jenipapeiro antigo, árvore que se guarda porque é sempre meio príncipe, de imponente. Nhô Gualberto corrigia alguma treta, ralhava brando, como se ralhar fosse também um ponto da tarefa comum. Andava ficando loquaz. — "Agora, o senhor cuida daquele. Ah, vendo? Bom boi! Todo boi que não tem o serrote no encanador, não presta... Eh, é regra aprendida dum Avelino, homem sabido... Não puxa, não faz força, serve nada pra o carro..." Lacem este... Agora o senhor vai neste... Nhô Gualberto chega pegara no braço de Miguel, que o desprendeu, rude. Assim refugam na estrada os cavalos jovens, quando no luscufo da tardinha uma casca de palha esvoaça diante. — "O senhor espere. E não converse, que estorva!" — Miguel repontou. Nhô Gualberto obedeceu, parecia nem ter notado essa mudança de modos. Nem Miguel fizera atenção ao outro boi indicado. — "Aquele bezerro baio, agora", ele ordenou. Os vaqueiros cumpriram, encambixaram. Mas o olhavam, um tanto esturdiados, com essa curiosidade em que o campônio põe um pouco de desprezo, para não se debilitar com excesso de admiração.

Aqueles vaqueiros apreendiam com esquisita sutileza todo momento em que alguma coisa demudava — para então olharem assim. Antes, desconfiavam da aparelhagem, do mecanismo das vacinas, quase uma forma de pecado; queriam o que fosse uma benzedura, com virtude de raminho verde de planta e mágicas palavras no encoberto — queriam atalhos. Miguel sabia isso, sentia isso. O cheiro de curral, a poeira esverdeada do estrabo, eram os mesmos em qualquer fazenda, em toda a parte. Miguel dispunha dos campeiros: mandou que trouxessem agora o bezerro caruara — o pobre, que era triste de se ver. O pelo desse se arrepiava como em plastras, e ele nem sabia encolher-se, feioso, magro, tolhido pelo endurecimento das juntas. — "Croara..." — nhô Gualberto explicou. — "... Não veja que a doença dê em trem desta idade..." Nhô Gualberto desgostava de que no seu gado houvesse reses com defeitos. — "O que há aqui é berne, muito. Em pastos do meu alto-sertão, lá grassa quase imundície nenhuma..." — Miguel disse, malmente. Nhô Gualberto o espiara, admirado. — "O senhor é do sertão? Dadonde?" Parecia não crer. — "Do alto dos gerais. Dum mato, um sitiozinho da serra... Tenho o jeito não?" — Miguel se ria, com um desdém. Aquele bezerro caruara dava gastura, de se reparar, era um nôjo, um defeito no mundo. Como se um erro tivesse falseado seu ser, contra a forma que devia de ser o molde para ele, a ideia para um bezerro belo; não podido pois ser realizado. Mais valera não existisse, então, deviam tê-lo matado. Entretanto, Miguel, ao cuidá-lo, ia tendo maior paciência, quase com carinho; o bezerro palpitava, com seu calor infeliz, como criatura muito viva, sem embargo. A morte daquele bezerro seria uma coisa tristíssima.

— "O que é a instrução... — O que é a cidade-grande..." — nhô Gualberto se pasmava. Depois sacudia a cabeça. Estivesse reafirmando a impossibilidade de com ele ter acontecido uma coisa dessas, uma sorte tão civilizada. Ele nascera para roceiro, e sua vida já começava a ir do meio-dia para a tarde. Agora, nhô Gualberto, seus gestos se repetiam. A vida na roça, devagarinho uma guerra. Nhô Gualberto de repente falou, sua voz era amiga: — "Lá no Buriti Bom tem duas moças, quer dizer, tem uma moça, muito linda... Ela é estudada, também..." Disse, feito estivesse revelando um segredo. — "O senhor vai conhecer, ela é a filha do iô Liodoro..." Ou fazendo afetuoso oferecimento: — "Essa, é que é moça para se casar com um doutor... Nome dela é Maria-da-Glória..."

Curvado, Miguel lavava as mãos, no rego do pátio. Os porcos andavam por lá e as galinhas, ciscando no esterco. De toda hora, era o arrulho da pomba-rola, a que se atoleimou de amor. Aquele chão, o campo, as estradas — tudo devia ser liso, ingastável, sem sujo, sem poeira, duro onde se pisasse, de um metal fosco e eterno, impossível de mudança ou corrupção. De vivo e renovável, só as águas, as relvas e as árvores, em recantos — curvos como ilhas — como canteiros aprazíveis. Portanto, havia uma mulher, no Buriti Bom, Maria da Glória. Como Miguel e nhô Gualberto Gaspar ficavam a ver, quando passava um picapau-da-cabeça-vermelha, em seu voo de arranco: que tatala, dando impulso ao corpo, com abas asas, ganha velocidade e altura, e plana, e perde-as, de novo, e se dá novo ímpeto, se recobra, bate e solta, bate e solta, parece uma diástole e uma sístole — um coração na mão —; já atravessou o mundo.

— "Vamos para o café, então..." — e nhô Gualberto tornava a fechar a porteira por onde dera saída ao gado. Como marca, a cada rês vacinada os campeiros tinham aparado a cauda. Indo-se, mugiam. — "Um daqueles moços caçadores, atino: deve de ser filho ou ao menos parente dum Seo Dos-Dez Bambães, comerciante. Costuma comprar as rapaduras e o açúcar todo que se apronta nestas beiras de rios..." Nhô Gualberto aceitava um cigarro, mas depunha-o arrumadamente na mesa, ao lado do prato de leite, e continuava a enrolar o seu, na mortalha de palha. — "Parece que o filho do Seo Bambães tem licença para ser vagabundo..." E prosseguia, dilatado, como se obrigado a preencher o silêncio produzido por Miguel. — "Eu não tenho filhos. Coisa que muito já me entristeceu. Digo mesmo ao senhor: não se ter filho, na roça, é um prejuízo. Agora, quase que já estou acostumado com essa falta. O motivo é meu mesmo, os médicos todos me explicam. Ah, tivesse, fazia todo sacrifício, botava para estudar, em colégio, para formaturas. Poder sair desta lida, de roça, que é excomungada de áspera, não tem solução nenhuma. Não tem progresso... O senhor vê — essa vacama, e, ainda bem a seca não firmou, e é uma miserinha de leite, mal dá para dar... Daqui a pouco, vou esbarrar de costear, já não estou fazendo mais creme. Ideia minha, não fosse a maleita, era de estabelecer um retiro na beirada do rio, onde tem pastos melhores, o senhor vai ver, ideia minha é mesmo medindo para o rumo do buritizal do Brejão, pertinho do buriti grande...

— "Ah, esse — senhor vai ver — se diz que é fenômeno. Antigo de velho, rijamente. Calculado em altura de setenta e tantos metros. Eu não acredito. Para o senhor conhecer como o chão ali é bom. O buriti grande está ainda da banda de cá, pertence em minhas terras. Mas muita gente apreceia, costumam vir, fazem piquenique lá, ao pé, até as moças... Meu amigo iô Liodoro gosta dele demais, me fez dar palavra que não derrubo nem deixo nunca derribar, palmeirão descomunal. Ah, ele me disse, em sério gracejo: — "Compadre Gual... (é como ele me trata, amistoso; que em verdade compadre não somos, mas apelidando)... Compadre Gual, dele você me cede, me vende uma parte..." Iô Liodoro é uma firmeza. Eu respondi com bizarria: — "Pois compadre iô Liodoro, por isso não seja, que o buriti-grande lhe dou e ofereço, presenteio, caso sendo até escritura passo... E ele d'hoje--em-diante, fica seu, nominal!" Eu disse, gracejando também. Iô Liodoro é homem positivo, mas naquilo deve de ter tido alguma superstição. A terra, na baixada, lá, tem lugares que é extraordinária mesmo, se pode dizer. Da parte do Buriti Bom, então, é mais. Iô Liodoro planta grandes roças. Eu cá, da minha banda, pelejo um canavial. E os matos? O ruim é aquele Brejão. Não se pode aterrar, esgotar as águas, talar valas. Já mandei examinar. Disseram que nem por um dinheirão, que se pagasse, não valia a pena. O senhor também entende de agrimensor? Iô Liodoro conserva as matas-virgens, não consente em derrubar... Eu tivesse filhos, botava para estudos. Mas, botava todos. Iô Ísio, o outro filho de iô Liodoro, também não estudou. Foi o único, dos irmãos, que não quis. O senhor sabe? O mais velho, iô Irvino, se formou, está na capital, estava. Ganha e gasta muito dinheiro, se diz. A mulher dele, Dona Lalinha, faz meses que está aqui, na fazenda, no Buriti Bom. Se sabe que eles dois estão separados, aqui em reserva digo ao senhor, não convém se tocar nesses assuntos. Contam até que já houve um desquite. Creio não. A menos, mais dia, ele vem outra vez, eles voltam às bôas bodas, o senhor saberá. Dona Lalinha é linda caprichada. Não se toca nesses assuntos. Iô Liodoro é um homem pelo direito, modas antigas. O senhor sabe, o outro filho, iô Ísio, também dá a ele um meio desgosto. Iô Ísio toma conta da outra fazenda, a Lapa-Laje, que essa está já onde principiam os Gerais, para lá do rio. Depois da mata, no lugar onde o rio estreita, estão sempre amarradas nas sapopembas das gameleiras três bôas canôas, entre banda de lá e de cá, que é como se passa para ir visitar iô Ísio. Eh, ninguém, do Buriti Bom, não vai à Lapa-Laje, o senhor sabe? Como o senhor acaba sabendo mesmo, melhor eu lhe contar. Iô Ísio vive amigado, com uma mulher que foi meretriz. Essa é bonita, e muito zeladora, afianço, bôa dona-de-casa, que ela é. Os dois vivem em anjos. O amor é que é o destino verdadeiro. Se chama ià-Dijina. Bôa, bondosa; o café coado por ela é, sem duvidar, o melhor que eu já bebi. Conto ao senhor. Também tenho minha canôa, que é grande, de vinhático, mas fica presa num varejão fincado, mais para cá, onde principia a mata. Com três remos, bem compridos. Minha é, para ir caçar os bois que caem no rio. Com o bom capim das beiras, o gado cai muito, e por preguiça não nadam, deixam a água ir levando, até pegarem pé, por aí abaixo, em alguma curva remansosa, nessas praias. Carece de se ir por lá, separar esses, dos dos outros, nas crôas e ilhas, e nos pastos beiradeiros. Vou eu, vai algum dos vaqueiros. Muita vez, na volta, esbarro na Lapa-Laje, faço visita. A Lapa-Laje é uma fazenda ruim, com muita grota e muita pedra. Mas é enorme, também. Entra por esses Gerais, fundo. Pessoal do Buriti Bom não comparece lá, mas iô Ísio todo dia-de--domingo vem no Buriti Bom, tomar a benção, pedir conselho. Iô Liodoro é pai amoroso, como não pareça. Ele e iô Ísio compram gado geralista, *brabeza,* de sociedade, têm trato firmado com quase todos os criadores desse sertão. Daí, provém muito do ganho que eles tiram. Se chama ià-Dijina. Convém o senhor saber, para nisso não falar. Muito distinta, mesmo. Foi mulher-dama em Montes-Claros, e no Curvelo. O senhor ver um homem em mando, vê iô Liodoro. Ele mesmo não põe mão em trabalho, de jeito nenhum, mas tudo rege, sisudo, com grandeza. Quase todo o povinho deste nosso derredor, figuro que trabalham para mim ou para ele. O que iô Liodoro é, é antigo. Lei dum dom, pelos costumes. E ele tem mesmo mais força no corpo, açoite de viver, muito mais do que o regular da gente. Não se vê ele estar cansado, presumo que nunca esteve doente. Aqui, confio ao senhor, por bem, com toda reserva: fraqueza dele é as mulheres... Conto assim, que, por não saber, o senhor não fique não sabendo. Dentro de casa, compadre iô Liodoro é aquela virtude circunspecta, não tolera relaxamento. Conversas leves. Mas, por em volta, sempre teve suas mulheres exatas. De tardinha, de noitinha, iô Liodoro tem cavalo arreado, sai, galopa, nada não diz. Tem vez, vem só de madruga. Esse homem é um poder, ele é de ferro! Dentro de casa, um justo, um profeta. Afianço. Família melhor não há, as filhas. Isto é, tem também a outra, a Maria Behú — essa é uma demitidazinha, por quem Deus não olhou; e agora ela tudo despreza. Mas, Maria da Glória, o senhor sabe, pressentimento meu: ela há-de simpatizar com o senhor, de tudo me vem o palpite. O senhor é um bem-apessoado moço, solteiro, tristonho. Conforme se diz: a vida vai, mas vem vindo. Diz que, na cidade, o amor se chama *primavera*?"

— "Oé, vô', gente... Em cidade, sempre não ouvi dizer que o que tem é muita regateirice, falta-de-pudor? Digo sem ofensa..." — cruzou Dona-Dona, a mulher de nhô Gualberto Gaspar. Dando que falara aquilo em longo, com roceira doçura; mas começado de arranco, num modo destoante do seu, comum, que era assim um ar de arrependimento de viver.

Dona-Dona não aparecera, enquanto os dois caçadores tinham estado na Grumixã. Só se dera a ver na hora do almoço. Bem antes, porém, da cozinha e do terreiro, se ouvia sua voz, ralhando com os filhos da cozinheira. Eram voz e zanga que começavam com ímpeto maldoso, mas que terminavam quase suaves, numa prudência. A cozinheira preta tinha uma porção de filhos pequenos. Dona-Dona xingava sempre; porém, logo em seguir, se dirigia à própria cozinheira, em tom de gracejo, denunciando e explicando as artes dos meninos, como se os elogiasse. A voz da cozinheira não se ouvia.

Dona-Dona, quando aparecia, não escondia sua infelicidade. Ela mesma era roxa, escura, quase preta, dessa cor que semelha sujeira em pele. Com um desajeitado pano à cabeça, ocultava seus cabelos, o encarapinhar-se. Desparelhava de ser mulher de nhô Gualberto — parecia uma criada. Perto de pessôas de fora, teria ela raiva de nhô Gualberto? Então, quase nunca olhava para ele. Não se sentava, parava no meio da sala, extravagantemente desatenta, às vezes, mas sempre respondendo ou empatando a conversa, quando bem lhe avoava.

Dona-Dona queria mostrar que não era uma criada. Nhô Gualberto, mais paciente, ora com um sorriso, não a contradizia. — "*Gulaberto* conta para o senhor. Ele sabe..." — ela retrucava, a perguntas sobre o pessoal do Buriti Bom. Não no "Gulaberto", mas no "ele sabe", soava mofa ou sarcasmo. Era custoso aceitar-se que Dona-Dona algum dia tivesse acordado o desejo ou o amor de nhô Gaspar, que os dois tivessem tido uma noite. Dona-Dona precisava da maior bondade do próximo, não era imaginável entre as belas grandes árvores, num jardim da banda do oriente, num lugar de agrado. Era preciso olhar e vê-la não assim, mas como devia ter sido, ou como num mais que futuro pudesse vir a ser. — "Comadre Maria Behú..." — ela dizia. Explicava: combinação delas. Tivesse tido um filho, Maria Behú seria a madrinha. Falava quase com tristeza, mas uma tristeza despeitada, como se o maior mal de não ter filhos fosse a impossibilidade de escolher compadres e comadres, de verdade. E nhô Gualberto menos dizia. Mas Dona-Dona acrescentou: — "Gulaberto embirra com ela. Gulaberto tem enjoo das melhores pessôas..."

Dona-Dona recebia visitas, de mulheres de campeiros ou trabalhadores de enxada, ou de capiaus vizinhos mais longe. Outra se expandia, no meio delas, que todo respeito lhe davam. Dizia: — "Quando minhas comadres, filhas de compadre iô Liodoro, vierem me ver..." Depois, uma hora, quando uma daquelas mulheres, mais velha, já se despedira e ia já distante uns passos, Dona-Dona se debruçava à janela, e gritava: — "Sià Cota! Cê espera! Cê vai no *meeu* cavalo!..." Queria bramar avisando o mundo todo de que ela era senhora de posses, casada com um fazendeiro, e que tinha, dela, dela, só, um cavalo, ótimo de silhão, que ela era senhora de emprestar, a quem bem lhe tentasse. Miguel ouvia, tinha remorso de ter pena.

Apaziguava falar das coisas, e não das pessôas. Ou das pessôas voltadas para fora da roda, exemplo aquele Chefe Zequiel, homem que chamava os segredos todos da noite para dentro de seus ouvidos. Mas nhô Gualberto carecia de tudo reduzir a um consabido pequeno e trivial, feito barro de pátio. Nhô Gualberto explicava.

— Um bobo, que deu em dôido, para divulgar os fantasmas... Ao acho, por mim, será doença. Mal o senhor sabe? Cada raça de bicho tem seu confim de ouvir, com isso já crescem acostumados. A gente, também. Cachorro, ouve demais. Por causa, eles dão notícia de muito espanto, que não se saiba. Eles uivam. Cachorro que às vezes dá de uivar, até secar a voz para sempre, vira fica mudo. O Chefe, por erro de ser, escuta o que para ouvido de gente não é, por via disso cresceu nele um estupor de medo, não dorme, fica o tempo aberto, às vãs... Daí deu em dizer que está sempre esperando...

— Oé, vô': só se espera o demo, uai!

— A ver. O demo tem seu silêncio. O Chefe espera é nada. O pobre! Até é trabalhador, se bem, se bem. Derradeiramente, é que faz pouco, porque carece de recompor seu sono, de dia...

— Há-de que aprendeu com iô Liodoro, que também de dia com sol quente é que se-dorme...

— Desdiga, mulher. Compadre iô Liodoro não dorme — sestêia. Hora, meia-hora, ou o que nem a isso chega, duvidado... Menhã ou depois, o senhor verá ver, quando lá vamos...

Iriam dando volta, pelo Brejão, a Baixada: com o buritizal e o buriti--grande. — "Ave, essa é parece até uma palmeira do capêta..." — Dona-Dona tinha dito. De Dona Lalinha, ela não tinha querido pronunciar nem meia palavra, e poucas dissera a respeito de Maria da Glória. Agora, Dona-Dona não entendia dessem importância a um coqueiro só maior que os outros — por falta de um raio ainda não ter caído nele, ou de um bom machado, bem manejável. Assim um palmito gostoso, esse não daria; mas devia de dar fortes ripas e talas. Dona-Dona parecia ter um vexame de que Gulaberto pudesse dizer a Miguel coisas ridículas, nas conversas. Ela queria que Gulaberto também reprovasse essas pessoas que andavam por lá, em passeios de sem que fazer, e a palmeira admiravam, o *buriti grande*.

E o seu dono era Gualberto — José Gualberto Gaspar, senhor daquela esquina de terra. Por nem, que Gualberto em fala ou pensamento o contasse em apreço. O buriti grande era um coqueiro como os outros, os buritizeiros todos que orlavam o brejão, num arco de círculo.

Gulaberto saía de casa, cavalgava três léguas, vinha na direção do rio. O rio corre para o norte, Gualberto chegava à sua margem direita. Ali estava o brejão — o Brejão-do-Umbigo — vinte e tantos alqueires de terreno perdido. Entre o cerrado e o Brejão, era uma baixada, de capim-chato e bengo, bonita como uma paisagem. Capim viçoso, bom para o gado, Gualberto pusera lá seus bois para engordar. Toda a volta do Brejão, o côncavo de uma enseada, se assinalava, como um desenho, pela linha dos buritis. Pareciam ter sido semeados, um à mesma distância de outro, um entrelanço de seis ou dez metros. Subiam do limpo do capim, rasteira grama; ali, no liso, um cavalo, um boi, podiam morrer de dia. Mas o buriti-grande parava mais recuado, fora da fila, se desarruava. Um entendedor, olhando a terra, talvez definisse que, nos tempos, o brejo se havia retirado um tanto, para o lado do rio. O chão ali, no arável ou no fundo, farinhava ossos de peixes, cascos de cágados, conchas quebradas, guardava limo. Antes, em prazos idos, o buriti-grande se erguera bem na beira, de entrelanço com seus grandes irmãos, como agora os outros mais novos, com o pé quase na água — o que os buritis desejam sempre. Agora ele perdera o sentido de baliza, sobressaía isolado, em todos os modos. Apenas uma coluna. Ao alto que parecia cheio de segredos, silêncios; acaso, entanto, uma borboletazinha flipasse recirculando em ziguezague, redor do tronco, e ele podia servir de eixo para seus arabescos incertos. A borboleta viria para o brejo, que era uma vegetação embebida calma, com lameal com lírios e rosas-d'água, adadas, e aqui ou mais um pôço, azuliço, entre os tacurús e maiores môitas, e o atoalhado de outros poços, encoscorados de verde osgo. O brejão era um oásis, impedida a entrada do homem, fazia vida. Não se enxergavam os jacarés, nem as grandes cobras, que se estranham. Mas as garças alvejavam. Surgia um mergulhão, dos tufos, riscava deitado o voo. Formas penudas e rosadas se desvendavam, dentre os caniços. Impossível drenar e secar aquela posse, não aproveitada. Serenavam-se os nelumbos, nenúfares, ninfeias e sagitárias. Do traço dos buritis, até ao rio, era o defendido domínio. Assim Miguel via aquilo.

José Gualberto montava a cavalo habitualmente às sete da manhã, à porta de casa, e, tem-tem que rumando para oeste e tocando a reto e certo, chegava entre dez e dez-e-meia à beira do rio.

Mas desse tempo tirava seu proveito. Primeiro, o solto de se ter sozinho, fora do doméstico e da pessôa da mulher, senhor de pensar em negócios. Basculando e tenteando com a mão e calcanhares o fio de entendimento com o animal, repetia cálculos, perto de demorados, em que entravam arrobas de boi, alqueires de pasto, prazos de engorda, e a substância final, o dinheiro. No atravessar o cerrado, pela mais sem festa das estradas, muito raro surgiam interrupções. Feito no terreno alto e tabulado, assim mesmo o caminho se carcomia entre barrancos, com falsas subidas e descidas, por via do estrago dos carros-de-bois. A sela rangia em insistência regular, de um lado, do outro lado, e as correntinhas do freio tilintavam, a cara do cavalo explicando o andar, de uma banda, da outra banda. Mês de chuvas emendadas, ainda em hora de sol o dia era fresco. Xerém, o cachorro pintado, acompanhava José Gualberto. Isto, se saiba, tinha sido tempos antes.

Depois, um encontro qualquer fornecia duas ou três respostas, que medidas daí, até ao bagaço, rendiam ideias e informações. Se o filho de um Inácio campeava, teriam adquirido boiada, na Sucupira, haviam de querer alugar pastagens dos limitantes. Manuel Pedro ia ao arraial, botar carta para o irmão, que estava para retornar da cidade, findado o serviço militar; Manuel Pedro podia encomendar ao rapaz que soubesse o preço de um revólver. O menino com as latas de leite, que passava sonolento, na égua, no serigote sem estribos, coçando a sola do pé na barriga da égua, acordava um instante e saudava, daí ia, por uma vez, sacolejantes. Na descida para o corguinho, da outra viagem, ele nhô Gualberto tinha avistado uma mutamba, grossa e quase sem rugas, que oferecia casca para embira ótima, fácil como corda; valera a pena apear e entalhar meia-dúzia dessas.

Tomar conselho de umas coisas com compadre iô Liodoro. Dormia no Buriti Bom, essa noite. Correu do caminho uma novilha do João de Mel' — a marca JM ferrada na anca, em vez do legal — na perna, no rumo da virilha, para baixo, — João de Mel' por via daquilo devia de pagar multas. Também, fugindo do cachorro e do cavalo, um tatu perpassou, daí denunciou o buraco. Tatu certo residido. Folga não havia, para tempo com caçadas; mas podia descrever o ponto ao cristão mais de perto, que matava e obsequiava uma parte do tatu a ele. O capim chiava viçoso, bom pasto; em baixo de árvores. Merecia pôr o gado para usufruir aquele campo, era a hora, pois as lobeiras prosperavam as frutas amadurecendo, não havia delas duras mais, para engasgar as vacas, e, comidas agora, ajudavam o leite, matavam melhor a sede, evitar que andassem longe à busca de beber. E cada assunto tinha de ser meditado só, sua vez, enquanto o cavalo soprava e forçava o mastigo do bocal do freio, com um barulho de pedras n'água, e o mais o rumor dos cascos passos, no barro vermelhal ou no pedregulho.

Baixava o caminho, por um afundado atôa, nem mesmo grota, e, ali, penúltima da vez, Gualberto tinha encontrado o Chefe, que armava qualquer coisa, dizendo que era uma ponte. Bobices. — "Tu não foi dormir hoje teu de-dia, hem Chefe?" A responder, o Chefe Zequiel desempenara o corpo e retomara a bengalinha de sassafrás, que lhe dava uma espécie de velhice, não de importância. — "Aqui, para a moça-de-fora passar... A quando vier em passeio, ela usa, ela gosta..." O Chefe perdendo um seu dia, só por querer servir e agradar à moça, às tolas obras. A moça era a Dona Lalinha, o Chefe provava em fatos a sério sua devoção. Ah, também, qual o homem de juízo que, pudesse, havia de deixar de se ajoelhar diante de Dona Lalinha, só para beijar, breve, a rodapisa de seu vestido?

Nisso pensava Gualberto, na estrada arenosa agora, baixa, entre as folhagens fechadas do cerradão; e era uma estrada branca. Depois, findo dali, costear o Alto Grande, e chegar à várzea. Iô Liodoro não fazia mal em deixar assim, dentro de casa, a nora, com seus delúsios e atavios de cidade? O exemplo dela não ia cassar a virtude das filhas, de Maria da Glória? Ninguém sabe em que roupas de rendas o diabinho-diabo se reza...

Maria da Glória era a bela, firme para governar um cavalo grande, montada à homem, com calças amarelas e botas, e a blusa rústica de pano pardo, ela ria claro e sacudia a cabeça, esparramando os cabelos, dados, em quantidade de sol. Galopava por toda a parte, parecendo um rapaz. Alegria, era a dela. — "Sou roceira, sou sertaneja!" — exclamava; tirava a forra de ter passado uns anos no colégio. Apontava para um barbatimão, e aí dizia: — "Apre, ele é rico: vigia — cada folhinha redondinha, como moedas de tostão..." Assim queria que a gente prezasse o pau-bate-caixa, porque tem as folhas verde-claro, o verde mais fino do cerrado, em árvores já crescidas. A Dona Lalinha, junto, num cavalo muito manso, ela em montaria de luxo, toda verde-escura, estimava aqueles risos e prazeres. A fruta da lobeira, Dona Lalinha disse: — "É uma greipe..." — Dona Lalinha é que era verdadeiramente de cidade. As flores da lobeira, roxas, com o centrozinho amarelo: — "Haviam de ficar bonitas, num vaso..." — aquilo parecia até imoral, imaginar aquelas flores, no quarto perfumoso de Dona Lalinha. A árvore capitão-do-campo, essa avampava em Maria da Glória o fôgo de entusiasmos: — "Oh, como ele cresce! Como se esgalha!" Mas, parecia que ela dissesse aquelas coisas somente por estar em companhia de Dona Lalinha, para agradar a Dona Lalinha; ela queria se mostrar mais inocente, mais menina. — "... Este aqui, secou, morreu... Mas, o outro, moço, com os grelos, como isso é peludo, que veludo lindo!" A alegria de Maria da Glória era risos de moça enflorescida, carecendo de amor.

Isso se passara em meados de dezembro, quando chovia um, dois dias, na semana, e, entre, estiava em dois, três. Conforme nhô Gualberto Gaspar a Miguel estava relatando.

— ...O marido, o Inspetor, estava ali, agachado, mesmo debaixo da palmeira, catando com os dedos no capim do chão... Depois, quando a mulher chegou, ela também se apeou do cavalo, ela estava muito contente, se ria muito, numa insensatez...

Paravam diante do Brejão-do-Umbigo, do buritizal, na enorme baixada. Nhô Gualberto Gaspar indicava o lugar a Miguel, apontando para debaixo do buriti-grande. Os buritis, que às arras. Sendo estranhos, sendo iguais. Alguns, abriam queimaduras, ocos pretos na base dos troncos, carcomão, vestígios das queimadas. Mas o Buriti-Grande! Descomum. Desmesura. Verdadeiro fosse? Ele tinha umidades. O líquen vem do chão, para o cimo da palmeira. A gente olhava, olhava.

— *Naquele tempo, tinha dos cocos espalhados no capim. A mulher primeiro pensou que o marido estava apanhando desses pinhõezinhos castanhos... Mas o Inspetor não se amolemou: desde respondeu que estava era caçando caramujo vivo, para ela, que tinha querido daqueles bichos... Aí, ela aprovou. Bateu palmas, agradeceu. Ela, acontece que tinha mesmo encomendado os caramujos, que agente acha deles, demais, nas vargens veredantes. Por um divertimento? A crer. Se diz que caracol comido é remédio para tísico. Nôjo! O caracol gosmando... Diz-se também que ela é hética. Nome dela é dona Dioneia...*

O Brejão-do-Umbigo, defronte, desprazia nhô Gualberto, o invocava. — "Eu um dia eu ainda arraso esta porqueira de charcos! Eu como aquilo!" — ele pontuava. Aí nem era um pântano extenso comum, mas um conjunto de folhagens e águas, às vezes florestal, com touças bravas. De lá não cessava um ar agravado. O feio grito das garças, entre coaxo de rã e ladrido de cachorro. De dia, mesmo, os socós latissem. Aos poucos, descobriam-se as garças, aos pares, mundas muito brancas entre os capins e os juncos. — "No começo da vazante, tem mais. Porque dá peixes, por aí, com fartura..." Metidas n'água, no lamaçal. Outras voaram, para uma lagôa aberta, gapuiando seu simples sustento. Mas alvas, tão limpas. O ninhal, os grandes poleiros delas, estavam nas embaúbas secas.

— *...Iô Liodoro não se apeou. Eu também não. Acho que, de nós todos quatro, só eu, ali, graças a Deus, era quem estava com vergonha de tudo... Aquilo era um crime...*

Ala, os buritis, altas corbelhas. Aí os buritis iam em fila, coroados de embaralhados ângulos. A marcar o rumo de rota dos gaviões. E o Buriti--Grande. Teso, toroso. No seu liso, nem como os musgos tinham conseguido prender-se. Às vezes, do Brejão, roncava o socó-boi. Mas, sempremente, o gloterar das garças-brancas, a intervalos.

— *O senhor me entende? Não era uma má situação? Para mim, foi. Imaginando o senhor: eu vinha com o Inspetor, desprevenidos, conversando a respeito de uma coisa ou de outra, ele assaz esperançado... Aqui, bem neste lugar, ele desmontou,* queria era procurar o capinzinho, que eu tinha ensinado a ele. Um capinzinho, de bom remédio, que eu mesmo nunca vi, mas me disseram, por aí, que há: e que dá debaixo dos buritis, nos brejos, nas veredas... O coitado do inspetor. Quis, por empenho, que eu viesse junto. Por encontrar e colher, daquele capinzinho que tem, ele estava todo ansiado. O senhor sabe? Sabe para quê que é que servia aquele dito capim? Pois, para se fazer chá, e tomar, e recobrar a potência de homem, as forças machas desabrocháveis já perdidas... Isto, sim.

 O senhor imagine, tempo de chuva, a grama da baixada ainda andava remolhada toda, em partes o pisar dos cavalos esguichava água. Eu não desamontei. Sem soberba, o digo. Assim mesmo assim o Inspetor desceu do animal, se curvou, chega se ajoelhou, nas umidades. E foi logo aqui, debaixo do buriti-grande, o maior de todos, que ele quis vir primeiro, para achar... Estava jacente aí, de mãos no chão, catando, o Inspetor anda sempre vestido de preto: figurava um besouro bosteiro... Era um dia somente chuvoso, já disse, fechado, quando tudo na friagem fica mais tristonho. Por aqui, chove de escurecer. E aquilo!

 Em outros tempos, homem matava homem, por causa de mulher! Como os bichos falem... Mas o mundo vai demudando. Raça da gente vai esfriando, tempo será se vai ficar todos frios, feito os peixes. Aquilo! O Inspetor ali debaixo do pé do buriti-grande, tão rebaixado, tão apeado... E, então, de repente, apareceram os outros dois. Que vinham a cavalo, emparelhados, de divertimentos, em passeios a esmo. Iô Liodoro e a dona Dioneia, mulher legal do Inspetor.. Que todo o mundo saiba: que ela anda vadiando com o iô Liodoro...

 Amargou em mim. E vinham, devagar, estavam vendo o Inspetor, mas parece que nem se importavam. O Inspetor, apalpando o chão com as mãos, caçando aquele capinzinho... Pois, escutando os cavalos, ou adivinhando que sobrevinham, assim no jeito em que estava, mesmo, se virou, para ver, sorriu para dona Dioneia, saudou iô Liodoro...

 Mas, eu, que escuto razoável, e o vento dando, ainda restou para eu ouvir o que eles que eu ouvisse não pensavam. O dele, iô Liodoro, não. Mas o dela — mulher de fina voz, e que fala sempre muito alto:

 — Você não sabe... Eu gosto de você...

 ..............................................

 — Dóro, vigia, o buriti grande...

 ..............................................

 — Em enorme! Parece que está maior... Eu havia de gostar de derribar... Aquilo me deu gastura e pena? O Inspetor até hoje não achou aquele capinzinho.

*Vontade minha era beber um bom gole de restilo, mexer os braços em algum trabalho, para me esquentar... Quando os dois chegaram para junto de nós, tudo tão trivial, tão bem sucedido... Iô Liodoro não franze. Ele é um homem pelo correto. Ajuda muito ao Inspetor... A ver, esse buriti-grande? Eu acho que ele não cresce mais do que esse tanto. Olhe: desse, não; mas, de coqueiros outros, do campo: quanto mais velho, mais fino — o povo diz... Meu pai já me dizia. O senhor sabe, minha família é Lemos. Meu nome, todo, seria para ser Lemos: José Gualberto Gaspar de Lemos... Muito comprido.*

Relembrando a último, Miguel voltou ao *jeep*.

O rapaz se aproximou também, cuidava que já iam sair. O rapaz era calado e exato, como quem tivesse suas saudades, seus negócios, arrumados para outra parte; nenhuma estória, ali, aderiria a ele; não pertencia àquelas horas. Se tinha trazido água? — Miguel perguntou. Ei, tinha. Pois, agora, já seria custoso descer alguém a pirambeira da grota, ir apanhar água no fio do riachinho, murmurim. Ele, isso, isso, se escutava de novo, no escuro. Ali um tiquinho tico de arroio — um esguicho ágil que se mijemijava. A noite encorpava. Fim de minguante, as estrelas de meio de maio impingando, com grã, com graça, como então elas são, no sertão. Maria da Glória dizia: "nossas estrelas daqui, nossas..." Em tudo o que dizia, decerto em tudo quanto pensava, ela era rica. De nascença recebera aquela alma, alegria e beleza: tudo dum todo só. Miguel gostava dela. Assim que o coração relembra forte uma pessôa, é mais difícil trazer sua imagem à memória dos olhos. Miguel deixava seu coração solto — e pensava em Maria da Glória: mas somente como um calor carinhoso. Daí, carecia de pensar o nome dela: Glória. Daí, tinha receio. Temesse? Maria da Glória ainda não aprendera a sabedoria de recear, ela precisava de viver teimosamente. Como o pai dela, iô Liodoro, era supremo e senhor, como o crescer das árvores. O Buriti-Grande: que poder de quieta máquina era esse, que mudo e alto maquineja? A pedra é roída, desgastada, depois refeita. O Dito, irmãozinho de Miguel, tão menino morto, entendia os cálculos da vida, sem precisar de procura. Por isso morrera? Viver tinha de ser um seguimento muito confuso. Quando Miguel temia, seu medo da vida era o medo de repetição. Agora, as estrelas procuravam seu ponto. Elas eram belas, sobre o sertão feio, tristonho. Quase davam rumor. O que era próximo e um, era a treva falando nos campos. Aquela hora, noutra margem da noite, o Chefe Zequiel se incumbia de escrutar, deitado numa esteira, no assoalho do moinho, como uma sentinela?

Como o Chefe ouvia, ouvia tudo, condenado. Quem o inimigo era?

Quem vinha? A noite traspassa de longe, e se pertence mais com o chão que uma árvore, que uma barriga de cobra. Tem lugar onde é mais noite do que em outros. — *Ih!* Um inimigo vinha, tateando, tenteando. Custoso de se conhecer, no som em sons: *tu-tu... tut...* Na noite escutada. — *Diacho!* De desde que o sol se some, e os passarinhos do branco se arrumam em pios, despedidos, no cheio das árvores. Aí começa o groo só, do macuco, e incôam os sapos, voz afundada. Com as corujas, que surgem das grotas. O clique-clique de um ouriço, no pomar. O nhambú, seu borborinho. O ururar do urú, o parar do ar, um tossir de rês, um fanhol de porteira. A certo prazo, os sapos estão mais perto, em muito número; a tanto, se calam. O sacudir do gado. O mato abanado. — *Zequiel, você foi ouvir, agora teme!* Visonha vã, é quem vem, se acerca do moinho, para não existir. Tagoaíba. O mau espírito da parte de Deus, que vem contra. Tudo o Chefe não sabe, amarrado ao horror. A anta ri assoviando. Atrás, em cada canto do campo, tem uma cobra, espreitante. O vento muda: traz voz, marmúgem. Os arirís cantam, sibilam as sílabas; piam no voo; esses viajam, migram à noite. São praga dos arrozais. O latido de cães longínquos é um acêso — os nós, manchas de fôgo. Cachorro pegou o cheiro dum bicho, está acuando. Esse bicho de certo errou o rumo de manejo do vento. Agora, recomeçam os sapos: eles formam dois bandos. Lua defeita, o silêncio se afunda, afunda — o silêncio se mexe, se faz. O urutáu, que o canto dele encantado de gente, copiando: é um homem ou mulher, que estão sendo matados, queixas extremas. Depois, tanto silêncio no meio dos rumores, as coisas todas estão com medo. Então, o que vem, é uma cobra desconforme, cor de olhos. Calamidade de cobra. Um mau espírito, ainda sem nenhuma terra. Todos na casa-da-fazenda dormem, o povo, todo o mundo; o inimigo não é com eles. O Chefe, não; não se concede. Se descuidar, um segundo, um está ali, ao pé dele, dentro dele. Não se tem porta, para esse, para se fechar. Tramela nem cadeado! Esfria, afria, o que é da noite — toalhados de frio. O inimigo não vem. Só se um cachorro avisar, só se um cachorro uivar uivos. De baque, de altos silêncios, caiu, longe, uma folha de coqueiro, como elas se decepam. Se despenca das grimpas, dá no chão com murro e tosse. A *tão!* — *tssùuuu...* Os dois seguidos barulhos: o estampido, e depois o ramalhar varrente, chichiado. De tempos, sem razão, o coqueiro perde uma daquelas largas palmas, já amarelas no empenado da folha, mas o encape ainda todo verde-claro. Instante, latiram, daí. Um cachorro caça juízo. E puxou um silêncio tão grande, tão fino em si, tão claro, que até se escuta curuca no rio.

A ruguagem. — *"É peixe pedindo frio!"* Um sapo rampando. Outro barulhinho dourado. Cai fruta pôdre. Daí, depois muito silêncio, tem um pássaro, que acorda. Mutúm.

O mutúm se acusa. O mutúm, crasso. As pessôas mais velhas conversavam, do que havia entre o mato e o campo. — "Lobos?" "— Têm achado muita bosta deles. E ouvido urrarem, neste tempo de frio..." Os lobos gritam é daqui agora, no tempo-de-frio, à boca da noite, ou até às oito horas. Gritam, na cabeceira da vereda. Lobo dá um grito feio: — *Uôhh! Uôuhh!...* A fêmea grita responde: — *Uaáh! Uáh!...* Eles têm dôr-de-lua. Nessas horas, os lobos enlouqueceram. O mato do Mutúm é um enorme mundo preto, que nasce dos buracões e sobe a serra. O guará-lobo trota a vago no campo. As pessôas mais velhas são inimigas dos meninos. Soltam e estumam cachorros, para irem matar os bichinhos assustados — o tatú que se agarra no chão dando guinchos suplicantes, os macacos que fazem artes, o coelho que mesmo até quando dorme todo-tempo sonha que está sendo perseguido. O tatú levanta as mãozinhas cruzadas, ele não sabe — e os cachorros estão rasgando o sangue dele, e ele pega a sororocar. O tamanduá. Tamanduá passeia no cerrado, na beirada do capoeirão. Ele conhece as árvores, abraça as árvores. Nenhum nem pode rezar, triste é o gemido deles campeando socôrro. Todo choro suplicando por socôrro é feito para Nossa Senhora, como quem diz a salve-rainha. Tem uma Nossa Senhora velhinha. Os homens, pé-ante-pé, indo a peitavento, cercaram o casal de tamanduás, encantoados contra o barranco, o casal de tamanduás estavam dormindo. Os homens empurraram com a vara de ferrão, com pancada bruta, o tamanduá que se acordava. Deu som surdo, no corpo do bicho, quando bateram, o tamanduá caíu pra lá, como um colchão velho. Deixaram ele se reaprumasse, se virando para cá, parecia não estar entendendo que era a morte, se virou manso como um bicho de casa, ele percebia que só por essa banda de cá era que podia fugir. O outro também, a fêmea. No esgueirar as compridas cabeças, para escapar, eles semelhavam tontos, pedintes, sem mossa de malícia, como fossem receber alguma comida à mão. Era de pôr piedade. Os homens mataram, com foiçadas e tiros, raivavam. Os tamanduás se abraçavam, em sangues, para morrer — aquelas caudas ainda levantaram e bateram, espaço, feito palma seca de buriti, na poeira, chiou--chiaram, chocalhado, até um fim... Caminhando, no vau da noite, se chega até na beira do Inferno. As pessôas grandes tinham de repente ódio umas das outras. Era preciso rezar o tempo todo, para que nada não sucedesse.

A noite é triste. O joão-de-barro, qualquer novidade que ele vê ou escuta, deixa de dormir: ele bate as asinhas, dá um pio; só se o rumor insiste, é que ele solta no escuro seu canto comum. Ele não dorme em sua casinha, mas sim em poleiro em galhos. O silêncio entorna os barulhinhos todos num, que na gente amortece os ouvidos; e passa por cima, por cima engrossa um silêncio outro, que é a massa de uma coisa. Mas a mãe-da-lua, se vê mesmo uma estrela caindo com fôgo rastro, ela esgrita: ... *Foi, foi, foi, foi!*... De manhã cedo, canta é a saracura, nas veredas. A em varas, os porcos-do-mato vieram roer os coquinhos maduros debaixo dos buritis, as drupas do buriti-grande. Com as fuças se respingando no orvalho do capim, eles roncam, espirram, arrotam. — "Que é que tu ouviu, Chefe?" "— Desconjuro!" Esta madrugada, o vento mais deu foi da banda do rio. — "Sono de jacaré faz parte do chão..."

Daí, é dia. O sol sustenta um grande sossego. O buriti-grande, um pau-real, na campina, represando os azúis e verdes. A sofrear o cavalo, sob o buriti-grande, Maria da Glória adejando mão, em adeus, ela peã. Seus cabelos desmanchados, a blusa um palmo aberta mostrando um pouco de alvo colo. O riso na despedida. A não ser perto de Maria da Glória, não podia haver existência seguida, nem desejo de destino, nem a pequena tranquilidade. No Buriti Bom; ali as pessoas se guardavam. Na saudade, Glorinha estava sempre com os cabelos esvoaçantes; ou prometendo os belos braços, à luz dos lampeões e da lamparina, na sala-de-jantar.

Ao lado de Dona Lalinha. A qual existia lá num segredo, num reino. Assim alguém a amasse, ela saberia? A Dona Lalinha, todos serviam e admiravam.

— É uma dona bacharela de instruída! — disse nhô Gualberto Gaspar.

Com nhô Gualberto, Miguel saíra cedo, da Grumixã, curioso dessa ida. E era maio, amadurecidos os capins, agradáveis manhãs e tardes. Como agora acontecia. O caminho, pelo tabuleiro, o cerrado entrando na seca, já bem empoeirado. O campo rugoso, os cavalos a meia-marcha. Dum lado e doutro, os pés de assa-peixe, em rosa e em branco, em flores. Longe, nas dobras serranas, verdejavam os canaviais. — "Mas, o senhor vai ver. A gente está indo para a beira do rio..." Estavam indo para o Buriti Bom. Nem tanto falavam. Um fulano Catarino conduzia para as Quaresmas sete bezerros desmamados: a gente de lá andava começando recria, talvez fossem subir o preço dos novilhos. Um algodoal sujo, os capulhos já brancos, mas ainda com o róseo das maçãs, ainda não abertos. — "Este ano as culturas estão atrasadas..." "— Provisório alto, o gado só come no duro da seca..." Cerrado ruim, completamente infértil. Ralos, a cagaiteira, pequizeiro, jatobá-do-campo, pau-terra, bate-caixa. — "O senhor vê o que isto é..." Naquele cupim tal ou tal, um desses dias estava aninhada uma cobra; um camarada devia de vir sem falta dar cabo dela, podia ser cascavel... José Gualberto, quando sozinho avançava por ali, tudo que não avistasse mais sua casa lá atrás, ele malmolente meditava. Tinha os ardores servidos regulares, nem fazia nenhuma questão de pensar nessas coisas, pelejava com tantos assuntos carecendo de arrumação. Mas a figura daquela mulher, dona Dioneia, perpassava-lhe na ideia, acudida sem precisão, e de uma vez. Um dia, e iô Liodoro desdeixasse aquela, ele nhô Gaspar havia de gostar de uma estória. Se recordava. A mulher era clara, tinha sardas, a boca muito grande, ela beijasse? — "Senhora casada..." — disse a Miguel. Contou. E a mulher, se era feia, se era bonita, sua imagem calcava na lembrança de nhô Gaspar. Sendo que sua voz era sem-graça e antipática, e ela falava, falava, mais do que nenhuma outra. E do que dizia não se aproveitava nada, era tal e qual um canto de ave do embrejado, um gazear de garça, isto sim, uma garça-branca, sem serventia certa. Era até uma falta de caridade, uma mulher assim, feita para debochar e gastar dinheiro, devia de ser duro de se cavar seu sustento, desarranjava a vida de um homem trabalhador. Uma garça, que ninguém mata nem come as garças, a carne delas tem gosto de peixe, dizem que algumas pessoas comem a carne de garça-morena. O *Inspetor...* Por que era que chamavam o homem de "Inspetor"? Gente de fora, gente empobrecida na cidade. O homem estava envelhecido, com uma cor ruim, parecia não ter ânimo para nada, pau comido de caruncho. Mulher assim, devasta qualquer um. Como haveria de ser a vida deles?

 Nhô Gualberto, se montado adormecesse, o cavalo o carregava a mesmo, tão bem o caminho conhecido. Mas o animal o sabia acordado, e Gulaberto não dormia, era moço, na força real da idade, e com bom sangue, para em viagem não cochilar, seu corpo pedia muita comida, seus membros serviam para ação e esbravejo. Apenas, quase nada lhe faltava. Sua mulher, Dona-Dona, fora bonita, para o seu escasso gosto. Agora, estava em feiosa, sem os encantos do tempo. Anos antes, ela não deixava a Gulaberto nenhuma sensível tranquilidade. Ciúmes ele também curtira, mesmo sem nenhuma razão, pois Dona-Dona era séria baseada; mas ele não podia constituir que outro homem observasse a mocidade dela, que só ao marido competia. A vai: era como se desplantassem do lugar uma cerca, para roubar parte de seus pastos, como se os ciganos montassem para longe em seu cavalo de sela, se um gambá sangrasse as galinhas de seu poleiro. Gulaberto a vigiava, escondia-a em casa, gostaria que ela arrojasse, sensata, de muitos filhos, por se precaver. Agora, a bem, esta vida!

— "Aqui, é como lá, quase igual a natureza..." — dizia Miguel. — "Que pergunte: a lá, onde?" "— Nos Gerais." "— Mas o Gerais principia ali donde, logo despois do rio..." "— Começa, ou acaba?" "— O senhor caçôa? É ver o cerrado aqui, no tempo-das-águas..."

Sim, Miguel podia imaginar o trecho, como no tempo de dezembro fora, quando em grupo tinham vindo por ali as moças do Buriti Bom, conforme nhô Gaspar contava. Agora, maio, era mês do mais de florezinhas no chão, e nos arbustos. E o pau-dôce, que dá ouro, repintado. Mas tinham passado por lá, com as lobeiras se oferecendo rôxos. E a faveira cacheada festiva. E o pau-terra. — "Elas quiseram parada, um demorão..." Maria da Glória e Dona Lalinha. O pau-santo começado a florir: flores alvas, carnudas, cheirosas, mel-no-leite, com corôa amarela de estames. Mas, não cheirassem de perto, porque era um cheiro aborrecido, e mexente, que se dava daquelas cinco pétalas ajasminadas. Cheiro que põe vômitos em mulher grávida. — "Ei, mesmo assim gostaram..." Colhiam daquelas flores, as mal-abertas — que nem ovos cozidos, cortados pelo meio; as abertas todas: como ovo estrelado, clara e gema. — "Mulheres têm a ideia sem sossego..." Nhô Gulaberto ria em cima de seu mole cigarro. Daí, era um sorriso, com senvergonhice e vergonha. Moderava um desdém, pelas mulheres, por seus dengos e atrevimentos de criaturinhas protegidas, em respeito mesmo de sua qualidade frágil. Assim, de mistura, uma admiração com gulodice, que ele não podia esconder. — "Mulher tira ideia é do corpo..."

Nhô Gualberto Gaspar contava: — "Vai, não aguentei, eu quis mostrar uma coisa, elas haviam de abrir boca! Estimo que nem a Maria da Glória, que é de casa, não conhecia..." Ele descera do cavalo, pegou o machete, caçou um pau-terra. Torou o pé. — "Torei!..." Mostrara que, naquela árvore viva, com copa folhada e porção de flores que eram estrelinhas amarelas alegres — que o tronco era ôco, como uma flauta grossa, e todo cheio de terra, uma coluna de terra, de chão, terra crúa, de verdade, subida em tanta altura. Essa terra seca, interna guardada, dentro mesmo do corpo todo da árvore verde. A bem que elas duas — Dona Lalinha e Maria da Glória — levaram um espanto, no aquilo avistar, como se fosse uma coisa imoral. — "A bem..." Nhô Gaspar ria, quase com maldade. Assim, parecia de repente muito mais velho, diferenciado. Contava o caso — era como se tivesse tirado com delicadeza alguma estúrdia vingança. Miguel atentou nele melhor — homem amigo. O nhô Gualberto Gaspar, a cara alarve, o chapelão de palha, os olhos astutos, os ombros caídos, os compridos braços, a mão na rédea, as muito compridas pernas nas calças de brim cáqui, abraçando o corpo do cavalo, os imensos pés nas botinas. Tudo nele parecia comprido e mole.

— "...Essa olha, tem um jeito sem pudor de encarar as pessoas..." Daí dito. Miguel nada perguntou. Sem motivo nenhum justo, e receava da resposta do outro. Que foi continuando, como se deletreasse um assunto muito de todos conhecido. — "Nova não é. Mas dá apetência de cobiça... A boca sempre molhada, vermelha... Ela era quem devia de pintar as unhas..." Quem? A Dona Lalinha, fosse? — "Eh não, uê. Mas essa dona Dioneia, a mulher do Inspetor. Isto é, nos papéis..." A mulher não era certa, tinha ideias vagáveis. Duas vezes, já, com ela se encontrara, sozinha, ela puxou conversa, sorridente, como se ele fosse conhecimento antigo, fosse amigo ou parente. Outra ocasião, perguntou a ele se ouvia, se sabia se o povo falava mal ou bem dela, se diziam que ela era esquisita? — "Áques! Assim mesmo. Falou. E, pois então?" Miguel mal ouvia. Mas nhô Gualberto chega puxou a rédea, estacou o cavalo. Seus olhos dansaram, como no cabecear de um boi ante cerca altã, que o aparta de pastagens. Apontou com o dedo, longe, aonde não se divisava nada. Ardia, via-se, por contar revelações. Por fim: — "Bem, digo ao senhor, em conveniente, pois acaba sabendo mesmo; mas, que de que fui eu que contei, o senhor, peço, que de tudo esqueça..." Na pausa que fez, cuspiu forte, para um lado. — "... Ela, essa, é fêmea de iô Liodoro..." Parou. Não viu em Miguel o assombro que esperara. E ele mesmo fez: — "Epa!" — circulou um olhar, que se alguma outra pessôa estivesse também ali, escutando. — "Epa, o homem é rege, é danado. O senhor sabe? Carece de mais lazer de catre do que um outro, muito mais. Sempre cria mulher, por aí perto. Agora, consta de duas. A uma é essa dona Dioneia, o Inspetor... o senhor sabe. Iô Liodoro é quem dá a eles o sustento, bota o Inspetor sempre de viagem, por negócios e recados... A outra, é uma mulata sacudida, de muita rijeza. Chamada Alcina. Aí, basta a gente ver, para se conhecer como as duas são mulheres que têm fomes de homem. Iô Liodoro, por sangue e sustância, carece é dessas assim, conforme escolhe. Ah, essa Alcina, mandou vir. Os olhos, quando ela remira, dão para derreter de longe ceras de abelheira e resinas de árvore... Até no ela comer comida ou dôce, o senhor toma impressão que ela está fazendo coisas, o senhor saberá. Iô Liodoro, compadre meu, está certo, não divêrjo. Há-de, ele é viúvo são, sai aos repentes por aí, feito cavalo inteiro em cata de éguas, cobra por sua natureza. Garanhão ganhante... Dizem que isso desce de família, potência bem herdada. Reprovar, que não reprovo, mais longe de minha boca, que não diga. Mesmo, porque, em todo o restante, compadre iô Liodoro é um esteio, no legal: essa autoridade! Dentro das paredes de sua casa. Só que... Ípes!, não sou eu, é Dona-Dona minha mulher quem diz, o senhor forme de não repetir nada. Só que, o povo acha que ele não devia consentir em Maria da Glória com tanto arvoamento, gineteando sozinha pelos campos, e não se pejando de querer companhia de homem, para conversação... É pelos costumes." Como fosse. Nhô Gualberto queria glosa, precisava de que Miguel se dissesse. Esperou, bambo na sela, no sacolejo. Mas, daí, sem menos, viram: num galho de pau-terra, bem à beira do caminho, tinham dependurado uma galinha morta, presa a comprida embira de bananeira; era uma galinha preta, e a aragem não a sacudia. — "Simpatia..." Moradora de alguma cafúa tinha amarrado aquilo, assim, para o vento tanger a peste para outros lados, doença nas galinhas, que decerto por ali estava dando. Agora, carecia de se recomendar cautela, em casa, com as criações de pena.

Nhô Gualberto Gaspar não tinha mais de quarenta anos. Sem ser perguntado, comunicava isso, com redondo entono, ou por se dar de vivido aguerrido ou para depor que ainda muito antes da velhice estava. Mas, como em tudo e por tudo, ele de si mesmo se prazia, satisfeito santo. — "Nasci aqui, assisto aqui. Desde, desde. Consolo que tenho: é que, se a rico não vim, também mais pobre não sou, semelhante do que foi meu pai. Remediamos..." Raro nhô Gualberto tirava o chapéu, e mostrava então a cabeça toda raspada. Informava que isso de tosar-lhe o cabelo era tarefa de Dona-Dona. — "Entenda o senhor: iô Liodoro possúi um município de alqueires, terras válidas de primeira; mas o pai de iô Liodoro teve mais do que ele, e mais ainda teve o avô... Eu, cá, não deixo filhos. A Grumixã, por morte minha, surge livre de partilhas..." De quando, deixando o cerrado, varavam o cerradão, numa funda estrada, afundável em areia bem clara, Miguel se recordava.

Mas, menos de na ida, do que na volta, quando seu pensamento já se importava de Maria da Glória. Ali, por entre folhagens, com casas de cupins nos galhos, as galerias dos cupins subindo pelos troncos das árvores, como tantos secos cordões de barro. A cambaúba, aquele bambuzinho abundante bonito, fino, se alçava e fechava, compondo arcos, de lado e do outro do caminho vinham, atingindo-se as pontas dos colmos. Aviara ninho numa maria-pobre, e ao pé dele se pousava, sempre direito, o passarinho azul que sozinhamente cantou. E era bom, em tanto ponto, e ainda contristado da despedida, era dável de se deslindar a lembrança de Maria da Glória, sua garridice, seu ar. — "O senhor sabe, com perdão, algumas anedotas dessas, de cidade?" — nhô Gaspar indagava. Miguel reunia, sem monossílabos. Nhô Gualberto Gaspar se consistia em engraçado capêta, ele carregava outros assuntos, jeitoso para se aventurar. — "Será, o senhor, por solteiro que seja, mesmo assim pode ser que não goste de cabaré? Uns aprecêiam... Sei, em cidade grande, lá a gente dispõe de moças lindas, corretas, a gente não crê, e elas estão para um qualquer que pague... De mim, mal o senhor não ache, sou homem de poucos pastos. Sou sério, sem licença. Nem sei o que, logo hoje, salaz dessas coisas me mexeu em ideia, em mente de me alterar..." Molestava, o exercício de nhô Gualberto Gaspar babujar o que não devesse, misturando o sórdido e o adorável. — "É uma moça de muita formosura, a filha de compadre iô Liodoro..." — ele exclamara.

Apenas, relembrando bem, isso tinha sido na ida. Subiam do cerradão. Instante, estavam no Alto Grande, onde esbarraram. A para o sul, se avistavam segmentos do rio — um grande S encolhido — trechos. Nhô Gualberto indicava: a Vargem Grande, a Praia Alegre, o Pacamão, a Lagôa do Pacamão, a Lagôa do Chiqueiro. — "Muito bom peixe, lá." Aqueles lugares estavam iluminados. Como eram sob o sol, e embelezava-os a longe distância.

Súbito, porém, aqui, quase perto ao pé deles dois, um casal de caracarás se ousou — grandes — coloridos como surpresas. Já apareceram assim, a certos metros um do outro, deslizado um voo tão baixo, sem rumor, sem alarme nenhum, rasando o capim, curvando-se às vezes; e tudo fez um sonho. Um deles assentou numa suruje. Aí mesmo se entufou, com seus ruivos, seus rôxos, e batia a brida e o rostro, alaranjados, desreceoso dos cavaleiros. Senhor daquela alta terra. — "A cão, gaviãozão!" — nhô Gualberto zombou, mas mesmo daqueles envaidecido. E de nhô Gualberto Gaspar, de seu apalermo, dessa hora, Miguel não se esquecia. Como proferiu, ao cabo de um tempo, o tom de presunçosa decisão, fosse o desejo de agradar a um amigo mais moço, presenteá-lo, e mal disfarçada a angustiazinha duma meia-inveja; e grave, com uma gravidade que lhe trazia, a ele mesmo, muita importância: — "O senhor vai ver, vai gostar da Maria da Glória. Eu sei..." Quase triste, com aquela sisudez, de profecia: — "E ela também vai gostar do senhor. Eu sei..." — reafirmou. Nem Miguel pôde contestar ou comentar, já nhô Gualberto sacudia muitas vezes a cabeça, não aceitando, também espalmava aquele gesto de afastar tudo e algo de diante de seu próprio rosto; e era como se dissesse, para uma eternidade: — "*Eu sei... Eu sei...*" Sovado um silêncio, Miguel falou, por desassunto: — "O senhor o que mais acha desse bobo, que lá não dorme de noite?" "— Que é que eu acho do Zequiel, o Chefe? Tolo na retoleima, inteiro. Exemplo ao senhor: quando tem missa ou reza em qualquer lugar, eh ele vai, e se consegue deparar com um papel escrito, ou livrinho de almanaque ou pedaço velho de jornal, ele leva, não sabe ler, mas ajoelha e fica o todo tempo sério, faz de estar lendo acompanhante, como fosse em livro de horas-de-rezar..." Afora a mania do inimigo por existir, o Chefe era cordo, regrado como poucas pessôas de bom juízo. — "Por nada que não trabalha em dias-de-domingo, ou dia-santo." Uê, uê. — "Senhor verá: ele descreve tudo o que diz que divulgou de noite — o senhor pedindo perguntando. Historêia muito. Eh, ele pinta o preto de branco..."

Daí, desciam, para um baixadão, — a Baixada. Os bois, pastando no meio do capim alto, mal se entreviam, como bichos grandes do jângal, como seres selvagens. A gente passando, eles avançavam, uns, para "reconhecer". A mais lá, o verde-claro da grama, delicada, como plantada, se estendendo até o Brejão, e ao rio e à mata. E os buritis — mar, mar. Todo um país de umidade, diverso, grato e enganoso, ali principiava. Dava-se do ar um visco, o asmo de uma moemoência, de tudo o que a mata e o brejão exalassem. "*Esta é a terra de iô Liodoro, de Maria da Glória, de Dona Lalinha...*" A um movimento de cavalo ou boi, revoavam da macega os passarinhos catadores de sementes, desfechavam-se para cima, como descarga de chumbo. A mata marginal se cerrava, uma enormidade, negra de virgem. Tinha-se de olhar em volta. Aquelas árvores de beira-de-rio, maculadas, barbudas de branco, manchosas, cascudas com rugas, eriços, placas e pálidas escamas se pintalgando — a carne-de-vaca, a marmelada-de-cachorro, o jequitibá, o landí, o ingá, a almesca, o gonçalo, o pau-pombo, a folha-miúda e o olandim-do-brejo pardão — tomavam tamanhos fora do preceito, bojavam diâmetros estrusos; à borda, as retas pindaíbas, os ramos horizontais e os troncos repartidos, desfiados brancos, riscavam no verde nervos e medulas. Lá dentro, se enrolava o corpo da noite mais defendida e espessa. O chão, de impossível andada, era manta profunda, serapilheira em estrago e empapo, se amassando numa lama vegetal.

Dormia um bafio triste, um relento chuvoso, dali torpe se respirava. No denso, no escuro, cogumelos e larvas olhavam suas luzinhas mortiças. Lívidos entes se encostavam, sem caras. Miguel esperou. Devagar, recuava. Tragava o medo do mato.

 À beira do brejo, havia um buriti caído, com a coma no barro. Uma garça pousara ali, no buriti jazente, morto com sua dureza. Tombado de raio. Ainda estava sapecado o capim, em volta; com o raio um incêndio se alastrara. Outros buritis, da fila, tinham o baixo-tronco carcomido, cavernas encarvoadas. Assaz enfeitava o chão, com tintas flores, era o alecrinzinho. O que nhô Gualberto dizia, comprazido e lento, deixava tempo a que o outro tudo visse e se pasmasse, era como se ele nhô Gualberto tivesse a guarda dos mistérios e das proezas. — "Há árvores que têm fêmea e macho..." A mulher, dona Dioneia, tinha apanhado do chão um coco, do pé do buriti-grande — dito que queria replantar, que aquilo era caroço. — "Eh, não. Semente que deve de estar morta. Não é a mesma coisa. Quer nascer, nasce onde é que quiser..." Fugiram galinholas. Sucedia-se, em regulado tempo, o gazinar das garças. Uma garça levantou e estendeu o voo frouxo, como um travesseiro branco prestes a se desmanchar. — "Olh': às vezes, de lá, fede..." Do Brejão, miasmal, escorregoso, seu tijuco, seus lameiros, lagôas. Entre tudo, flores. A flôr sai mais colorida e em mimo, de entre escuros paus, lôbregos; lesmas passeiam na pétala da orquídea. Pia a galinhola gutural. Estala o vlim e crisso: entre a água e o sol, pairam as libélulas. E os caracóis encadeando espíntrias, junto de outras flores — nhô Gualberto Gaspar levaria um ramilhete daquelas, oferecer a Maria da Glória, para pôr num vaso. E o desenho limite desse meio torvo, eram os buritis, a ida deles, os buritis radiados, rematados como que por armações de arame, as frondes arrepiadas, mas, sobressaindo delas, erecto, liso, o estipe — a desnudada ponta. Sobrelanço, ainda — um desmedimento — o buriti-grande.

 — Maravilha: vilhamara! — "Qual o nome que podia, para ele? — Maria da Glória tinha perguntado. Me ajude a achar um que melhor assente..." Inútil. Seu nome, só assim mesmo poderia ser chamado: o Buriti-Grande. Palmeira de iô Liodoro e nhô Gualberto Gaspar. Dona Lalinha, Maria da Glória, quem sabe dona Dioneia, a mulata Alcina, iá-Dijina, sonhassem em torno dele uma ronda debailada, desejariam coroá-lo de flores. O rato, o preá podem correr na grama, em sua volta; mas a pura luz de maio fá-lo maior. Avulta, avulta, sobre o espaço do campo. Nas raízes, alguém trabalhando. O mais, imponência exibida, estrovenga, chavelhando nas grimpas. — *"Eh, bonito, bão... Assunga... Palmeira do Curupira..."* Tinha dito o Chefe Zequiel, bobo risonho. Como o Curupira, que brande a mêntula desconforme, submetendo as ardentes jovens, na cama das folhagens, debaixo do luar. O Chefe falava do buriti-grande, que se esse fosse antiquíssimo homem de botas, um velho, capataz de, de repente, dobrar as pernas — estirava os braços, se sentava, no meio da vargem. Morto, deitado, porém, cavavam-lhe no lenho um cocho, que ia dessorando até se encher de róseo sangue dôce, que em vinho se fazia; e a carne de seu miolo dava-se transformada no pão de uma grumosa farinha, em glóbulos remolhada. O Chefe se benzia, temia a noite chegando. — "Querem rumar o machado nele, dar derruba..." E quem? O que vinha: o bicho da noite, o inimigo. Como era o "inimigo", ô Chefe? — "Vai ver, é uma *coisa*, que não é coisa. Roda por aí tudo. Se a gente dormindo, ela tira as forças da gente... Vem, mata. É uma coisa muito ligeira esvoaçada, e que não fala, mas com voz de criatura..." Por que, o buriti-grande, o derribassem? Era o maior, perante tudo, um tanto fora da ordem da paisagem. Sua presença infundia na região uma sombra de soledade. Ia para o céu — até setenta ou mais metros, roliço, a prumo — inventando um abismo.

— Ele é que nem uma igreja... — Maria Behú disse.

Maria Behú — foi a primeira pessôa que Miguel conheceu, da família, na casa-de-fazenda do Buriti Bom. Assim sendo, que Maria da Glória e Dona Lalinha não estavam, tinham saído a passeio, e iô Liodoro andava aos pastos, onde se rodeava o gado, iam levantar boi. Nhô Gualberto deixou Miguel, foi ao encontro de seu compadre. Nhô Gualberto como que aborrecia e receava Maria Behú; ele denotava uma espécie astuta de covardia. Mas Maria Behú acolheu Miguel com agradada maneira, ativamente melancólica. Ela se comportava, de começo, ao modo de alguém que suportasse recente luto, já no ponto, porém, de resignar-se — pronta a fazer confidências. Nem era tão híspida e desgraciosa, como se dizia. Do ouvido a nhô Gualberto Gaspar, Miguel esperara ver uma megera. Maria Behú murchara apenas antes de florir, não conseguira formar a beleza que lhe era destinada.

Mesmo sendo a primeira vez que se avistavam, não seria possível a Miguel deixar de perceber que ela estava simpatizando com ele, não-sei-porque tendo nele uma confiança que não fosse de seu costume em outros depositar. Foi falando, animada. Ele sabia ouvir. Sua voz não desagradava; e ela queria que essa voz se fizesse bonita, se esforçava por isso. Falou do lugar, do Buriti Bom, da região, do rio. Falava como se precisasse, urgente, de convencê-lo de coisas em que ele não via nenhuma importância; isto é, aos poucos, começava a querer ver. Por que, justamente a ele, recém-chegado e estranho, ela carecia de falar assim? Ela parecia uma prisioneira: que tivesse conseguido, do lado de fora, alguém que lhe desse uma atenção diferente e fosse levar bem longe um recado seu, precioso e absurdo. A maneira de olhar, vez a vez, vigiando se as outras já voltavam, media sua pressa de dizer. Não que mostrasse ânsia; nem no que confiava havia estranheza. Maria Behú era uma criatura singela. Apenas, urgia que Miguel pudesse ter vindo até ali só para ouví-la, e de lá, antes do regresso das outras, se fosse embora, conhecendo-a a ela somente. Falava. Dizia da roça, da vida no sertão, que seria pura, imaginada simples e ditada de Deus, contra a vida da cidade. Repetia. Talvez ela não acreditasse nisso — a gente pensava. Com um fervor, queria que tudo fosse assim. Ao mais, se fazia uma ênfase, uma voz, e o que dizia não era seu; parecia repetir pensamentos lidos. Pobremente, perseguia alguma poesia. "Lembra minha mãe..." — Miguel pensou. Aquilo soava em dôr de falso.

...Minha mãe muitas vezes tomava esse modo de falar. Quem sabe quisesse mais do que sentia e podia, fugia do que tinha de ser. A dela — a gente, sem querer, pensava — era bondade, perfeita, ou insistida fraqueza? Minha mãe era toda amor, mas ela recitava palavras ouvidas, precisava de imitar a outros, e quando praticava assim parecia estar traindo. Sua beleza, tanta, teria alguma semelhança com a de Dona Lalinha? Dona Lalinha também é frágil, e a fragilidade de propósito realçada. E, de repente, vi Maria da Glória. Vi-a, a vulto, mas sentindo densamente sua presença, como um cão fareja. Logo não olhei; como não se olha o alagável do sol, digo, porque me travou um medo. O medo de não ser o momento certo para a encontrar. Maria da Glória era a mulher que menos me lembrava minha mãe. Ela não me lembrava pessôa alguma.

Resguardava meus olhos dessa moça, durante horas me adiei dela, as deusas ferem. Ali, no Buriti Bom, o capturável aspecto das criaturas também se defendia de mim, me escapava. Melhor, muito em minúcias, me recordo de tudo o mais, depois e antes, na Grumixã, por exemplo, ou na estrada, enquanto viajava com nhô Gualberto. Mas, no Buriti Bom, todos circulavam ou estavam justos, num proceder estabelecido, que esquivava a compreensão. De repente, me preocupei demais com minhas maneiras e palavras. Maria da Glória estava ali. Que sei de Maria da Glória? Todos estes meses, pensei nela. Sonho seu amavio, o contacto de seus braços, o riso dos risos, o valor dos olhos, e todos os movimentos que serão os dela, durante sua vida inteira. Tanto me acompanha. Seu corpo, que, quanto mais enérgico, prometia maior langor. Ela apareceu. Senti-a futura demasiadamente, já no primeiro encanto, no arroubo do primeiro medimento. Perdi-me no que falamos. Mas, brusca e sábia, ela encorajava minha timidez. Adivinhava-me. Daí, em tudo o que falei, de chofre, sem razão de assunto. Seguia meu olhar, para o verde de uma vereda, que marcava, à distância, a noroeste, o princípio dos altos campos. Disse:

— Vovó Maurícia é dos Gerais...

Ela falava de sua gente. O buritizal, acolá, impunha seu estado aquoso, os buritis eram demorados femininamente. A alegria de Maria da Glória me atraía e me assustava. E eu não pertencia ao Buriti Bom, ao ar próprio, ao espessor daquele estilo.

...Vi Maria Behú — ela me pareceu órfã, e pobre...

Tudo o que nhô Gualberto Gaspar dissera, se desmentia ante o real. Dava uma certa decepção. Onde esperara encontrar sombra de segredos, o oculto, o errado, Miguel só deparava com afirmação e clareza. Nhô Gualberto mesmo, agora se apartava, alardeante, confortado. Sempre olhava para Miguel, e, dirigindo o olhar, parecia mostrar-lhe a gente, a casa, o arredor, feito se dissesse: — "Vigie, veja como tudo aqui é espaçoso e orçável..." Nhô Gualberto seria um servo dali. Num tido momento, ele procurou falar a sós com Miguel, perguntou-lhe se acaso não trouxera pacote de bons cigarros: — "O senhor sabe — sussurrou — a Dona Lalinha fuma, vez em quando, no quarto dela, recostada. Tivesse cigarro, podia oferecer..." Gabava-se de conhecedor da casa, de sobras da intimidade. O quarto de Dona Lalinha estava quase todo o tempo de porta fechada, mas ele já avistara seu interior, os trastes de luxo. — "Consaiba o senhor, então já imaginou os trabalhos e o custo, para se trazer essa mobília por aí a fora, primeiro de trem, mas depois em carro-de-bois?!" Agora, como que daquilo se orgulhava.

Orgulhava-se de tudo, e assim foi que chamou o Chefe, para mostrá-lo a Miguel. O Chefe saía de seu sono diurno. De dia, não ouvia aqueles selvagens rumores? Ah, não. — *Nhônão...* De dia, tudo no normal diversificava. De noite, sim: — *Nhossim, escutei o barulho sozinho dos parados...* O Chefe era baixote e risonho, quando respondia sabia fazer toda espécie de gestos. Risonho de sorriso, apesar de sua palidez. E ele muito se coçava. Prometia contar tudo, detalhado, do que ouvia e não ouvia, do buracão da noite. Mas carecia de trazerem soldados, acabar com os perigos d'acolá, guardar bem o moinho. E viesse um padre, rebenzer. Daí, saíu, voltou, vinha com umas espigas de milho, a palha delas; escolheu uma, melhor, ofereceu a Miguel. Deu a outra a nhô Gualberto, guardou uma para si, e olhava, esperando que alguma coisa acontecesse. — "Eh, uai: ele quer fumo, eh ele não tem fumo nenhum... — nhô Gualberto vozeirou — ... Ele deu palha, para pedir fumo..." O bobo mesmo assentiu. *Ele tem fé com muita astúcia...* — pensou Miguel, teve de pensar. E se surpreendeu, descobrindo: o que ele pensara nesse momento, do Chefe, melhor poderia aplicar a si mesmo.

E de novo viu Maria Behú. Maria Behú vinha vindo? Não. Maria Behú tornou a se afastar; seu rosto tomara uma expressão quase de ódio?... "Maria Behú teve só um dom: o poder de olhar as pessoas, amaldiçoando? A maldição é um apalpo muito sutil. Iô Liodoro terá culpa de tudo o que acontece ou não acontece no Buriti Bom?..." Nhô Gualberto confez um sorriso, destinado a iô Liodoro. E o Chefe — um momento antes, o Chefe se conturbara, desviando o rosto, e depois abaixando os olhos, balbuciava, um esconjuro ou uma reza. Mas, agora, ele se comprazia, ao ver iô Liodoro; e disse, a Miguel e nhô Gualberto Gaspar, indicando iô Liodoro: — "Duro, duro..." Fazia um gesto de sacudir mão, de sova bem dada, e ele mesmo dizia e se respondia: — *"Duro, duro? — Dém-dém!"* O que podia não ter significação. Mas o Chefe admirava iô Liodoro.

Iô Liodoro não olhava para suas botas, para suas roupas. Ele se sentava e tomava um modo de descanso tão sem relaxamento, e legítimo, que não se esperava em homenzão assim tendinoso e sanguíneo, graúdo de aspecto. No defrontá-lo, todos tinham de se compor com respeito. Mas era mudamente afável. Exercia uma hospitalidade calma, semi-sorria ao enrolar seu cigarro de palha. Cidadão que comesse com maior apetite e prazer que o comum das pessôas, mais vivesse vivejando. Sua grande mão surpreendia, no toque, por ceder apenas um contacto quente, polpudo quase macio; mas que denunciava espontânea contenção, pois, caso ele quisesse, aquilo poderia pronto transformar-se num férreo aperto. Iô Liodoro falava pouco, mas essa reserva não constrangia, porque ele era quieto e opaco; sentia-se que ele não guardava sem dizer alguma opinião para o momento. Os pensamentos que ele pensava e que ele vivia seriam bons e uns. Iô Liodoro não dava intimidade. Conservava uma delimitação, uma distância. Falava ou respondia; mas, entremeado, voltava-se tranquilo para uma banda, olhava uma outra pessôa, dava a terceira uma sílaba, ou brincava com um dos cães, observava os vaqueiros que se moviam no curral. Mas isso só afastava alguma coisa na gente: parte da gente. No mais, até aproximava, dava para se ter nele mais confiança. Como era aquele homem: que nunca haveria de recriminar ninguém inutilmente, nem diminuir as ações da vida com a vulgaridade dum gracejo, nem contribuir para que alguém de si mesmo se envergonhasse. Com simples palavras, ele poderia convidar para um crime — sem provocar susto ou cisma no cúmplice; ou para uma bôa-ação — sem que ridículo nisso entrepairasse. Tal iô Liodoro — iô Liodoro Maurício, sendo Maurícia sua mãe, que no meio dos Gerais residia. Assim explicou mais tarde nhô Gualberto. E tinha o queixo forte e todos os dentes, e muito brancos — não do branco do polvilho ao sol, que só em boca de moça às vezes se vê, mas o branco dos ovos de coruja, que é são como uma porcelana, e limpo calcareamente.

Dos Gerais, dos campos claros, vinham as boiadas e as lembranças. Maria da Glória se movia bela, tinha uma elasticidade de lutadora. Seu vestido era amarelo, de um amarelo solarmente manchante e empapado, oscilável, tão alegre em ondas, tão leve — como o dos panos que com tinta de pacarí se tingem. Maria da Glória ria sem motivo, mas o riso era sério, enérgico. Miguel sabia que podia gostar dela, que ia gostar; mas sofria por indecisão, por um adiamento. *Não há tempo, não há tempo, não há tempo...* — ele se escutava. Querer-bem ao Buriti Bom, aceitar aquela paz espessa. A saudade se formando. Tempo do Buriti Bom se passava.

— *"Que os iguais!"* — costumava exclamar nhô Gualberto Gaspar, isso que não se sabia se era de espanto ou praga. Nhô Gualberto Gaspar se despedia devagar, carecia de regressar a casa, à Grumixã com suas labutas. Ele possuía no bolso um grande relógio, tirava-o, punha-o sobre os joelhos, para estudar as horas; parecia estar lendo um livro. Por seu gosto, estaria levando Miguel com ele de volta, não o deixaria ali sem sua vigiação; relutava em ir, ia incerto. E, enquanto girou por ali, ameaçando partida, tergiversava consigo, e para cada um tinha um ar e um modo. — "...Que estou meio esmorecido, perrengue, meu compadre..." Ou: — "Seo Miguel, a gente tem que pegar no eito, lida de lavoura nunca afrouxa..." Ou: — "Minhas senhoras moças, os arranjos não são poucos, para as colheitas, que se têm de determinar. Por mais que, no fim do mês, estou achando que tenho de ir dar um pulo até lá, na capital..." — e aqui, ante Dona Lalinha e Maria da Glória, ele se concertava, num aprumo, sua fala queria assumir um novo esboço de mocidade. E Dona Lalinha e Maria da Glória eram sinceras no agradá-lo; mas, principalmente Maria da Glória, tratavam-no com uma cordialidade concedida um tanto maldosamente, como se só a meio o levassem a sério. Essa maneira ensaiada de nhô Gualberto, que armava uma petulância, revestido dela fora que, no caminho da viagem, tinha referido passagens de aventuras suas, porque "sempre a gente tem mais fôgo do que juízo" e ele às vezes andava vadiando, na redondez: — "... Esperando sinal de lamparina, que podia ser até traição de tocaia... Tantas ocasiões em que um marido descobre..." O perigo: como andar em campo sujo, onde a cascavél a frio ressona... O bote pode vir a qualquer momento... E o Chefe Zequiel tanto se coçava — *Nhônão... Nhôssim...* — e de vê-lo nhô Gualberto se coçava também, a cara, as costas, a cabeça rapada. Montava a cavalo, para seguir, seu cavalo era pedrês roxonho, e ele manobrava-o a jeito — deixara o cavalo disposto paralelamente à frente da varanda, a fim de esporá-lo somente do lado de lá, para que ninguém visse: queria mentir, dando a entendimento que seu cavalo era árdego e querente, que não carecia de estímulo de esporas. E assim nhô Gualberto partira. Cheio de manejos, que todo o mundo percebia, que bastante em pulha o deixavam. Porém, a despeito de tudo, tinha-se de querer bem a nhô Gualberto Gaspar, perdoando-lhe. ... "Ele é como eu, como todos..." Assim, lutava todo o tempo por agarrar uma ideia de si, do que ainda não podia ser, um frouxo desenho pelo qual aumentar-se. Nhô Gualberto Gaspar, naquela vida meã, se debatia de mansinho. O que ele não sabia não fosse uma ilusão — carecia de um pouco de romancice. Triste é a água e alegre é. Como o rio continúa. Mas o Buriti Bom era um belo pôço parado. Ali nada podia acontecer, a não ser a lenda.

Modo estranho, em iô Liodoro, grande, era que ele não mostrava de si senão a forma. Força cabida, como a de uma árvore, em ser e vivescer, ou como as que se esperdiçam no mundo. Aquele homem não era para sentir paixões, ceder-se. Nele escasseava, por certo, a impura substância, que arde porque necessita de gastar-se, e chameja arroxeada, na paixão — que é o mal, a loucura da terra. A terra do Buriti Bom tinha muita água. Iô Liodoro balançava a paciência pujante de um boi. Assim ele circunvagava o olhar. Também praticava, constante, um hábito ou preceito de moderar-se, no trato com as criaturas femininas, que eram sua família; delas, sem desapreço, nem desafeição, ele parecia contudo gravemente muito apartado. Capaz ele fosse maninho e seco de coração? Decidido que não era. Bastava vê-lo conversar com iô Ísio. Aí, austero que fosse, e por mais que o quisesse demonstrar, nem sempre conseguia.

Iô Ísio era um moço obediente e brando. Esperava, de pé e sem fingidas atitudes, sem rearrumar as calças nas botas ou bulir prolongadamente nos bolsos, fazendo que procurasse algum objeto e que mais se importava era consigo mesmo; esperava que iô Liodoro terminasse um começado silêncio e lhe dissesse, em palavras poucas, uma resposta ou uma opinião de certo conselho. Os dois manejavam pelas pontas uma distância. Mas, não ocultando miúda preocupação, iô Liodoro examinava, ora ou ora, o filho, e, por um reparo ou uma meia-pergunta, estava carecendo de se interessar pelo estado de sua saúde, por seu peso, suas roupas se bem cuidadas. Como se iô Liodoro, mais que tudo, desconfiasse daquela mulher, ià-Dijina, que, por artes de amor, de iô Ísio se apoderara, dela iô Liodoro não podia defender o filho. Ah, bem conhecia um espumoso reino de feitiço e fadas, do qual ele mesmo dependia.

As mulheres. Como delas Miguel mesmo reconhecia saber pouco. Maria da Glória e Dona Lalinha, sempre muito juntas, soantes seus risos e sussurros, num flôr a flôr. Era preciso um impulso de coragem, para Miguel levar os olhos a Maria da Glória, podia ser que ela descobrisse imediatamente tudo o que ele sentia, e dele zombasse, desamparando-o. Quando as mulheres assim se entendem, tão íntimas — se sabe — então seu instinto se tece, estão se estabelecendo contra o homem. Mas Maria da Glória fitava-o, insistia a momentos, imperturbável, era um chamado. Miguel compreendeu e obedeceu; aproximou-se. Porém, suas primeiras palavras, teve de dirigí-las a Dona Lalinha, e aquela linda mulher por isso não esperara: seu rosto corou, com belas pétalas.

E o assunto que lhes trouxe, tão desacertado, ele se mordia de ter escolhido tocar naquilo. Na paisagem. No brejo, Brejão-do-Umbigo. — "O senhor conte alguma coisa da cidade..." — Maria da Glória pediu. Então, ele falou. As duas ouviam-no, influídas, numa normalidade que o desconcertava.

A elas, Maria Behú poderia odiá-las? Segundo nhô Gualberto Gaspar, Maria Behú devia de ter as tentações. Nhô Gualberto contando: sabia-se de alguma pessôa assim — que rezavam trestanto, no rebojo de suas rezas sofogavam de precisar de gritar por socôrro. Para recomeçar, Maria Behú devia de ter pressa de morrer? Para recomeçar, ela rezava. Sua falta de beleza apartava-a das pessôas; assim como a beleza a todo instante se refaz, dos olhos dos que a contemplam. Maria Behú agora não estava ali. Mas, só para nhô Gualberto Gaspar ela era má. Deus pusera a mão sobre seu coração, não no seu rosto. Nhô Gualberto Gaspar fugia de vê-la. Assim como o Chefe.

O Chefe Zequiel. Que voltando da roça, ele passava, no terreiro. Primeiro, todos dele riam. Depois, comentavam seus incompreensíveis padecimentos. Mas riam, também, do que ele contasse. Sempre.

O Chefe Zequiel:

— *"...Mesmo muito antes do primeiro galo em-cantar, que foi, um cão uivou no terreirinho do José Abel..."* O Chefe, ele escuta, de escarafuncho. Trás noite, trás noite, o mundo perdeu suas paredes. Fere um grilo, serrazim. Silêncio. E os insetos são milhões. O mato — vozinha mansa — aeiouava. Do outro mato, e dos buritis, os respondidos. Mais frio e cheio de calor, o Brejão bole. Um peixe espiririca. Um trapejo de remo. Um gemido de rã. O seriado *túi-túi* dos paturís e maçaricos, nos pirís do alagoado. Nunca há silêncio. As ramas do mato, um vento, galho grande rangente. As árvores querem repetir o que de dia disseram as pessoas. Frulho de pássaro arrevoando — decerto temeu ser atacado. — *Nhanão, iàssim... Quero ver as três corujas?!* Os sapos se interrompem de súbito: seu coro de cantos se despenhou numa cachoeira. No silêncio nunca há silêncio. Se assoviaram e insultaram os macacos, se abraçam com frio. Tiniram dentes. Reto voa o noitibó, e pousa. O urutáu-pequeno, olhos de enxofre. O chororocar dos macucos, nas noites môitas, os nhambús que balbuciam tremulante. Se a pausa é maior, as formigas picam folhas; e as formigas que moram em árvores. — *Ih!...* Os duendes são tantos, deles o Chefe não tem medo. Teme a inimiga — uma só. O toque de lata é de um boi ladrão, tangendo seu polaco. O vento muda é para se benzer em cruz. O rouquejo forte que os jacarés gostam de gritar, repetido. Esfriou mais, os jacarés para o meio do rio retombam, onde as águas rolam mornas. Maior é a mata, suas entranhas, onde os bichos têm seu caminho de ofício, caminhos que eles estudaram de tudo; o tênue assopro com que eles farejam. Uma coruja miou, gosmenta. A coruja quer colóquio. Sapos se jogam de sua velha pele. Esses são feiticeiros. *Sempre que há um desgosto muito fundo, há depois um grande perigo... Deu tumbo. Nos Gerais, o vento arranca as árvores agarradas pelos cabelos. O chão conserva meses o gurgo das trovoadas. As irmãzinhas estão dormindo. Se a onça urrar, no mato do Mutúm, todos da casa acordarão dando pranto, é preciso botar os cachorros para dentro, temperar comida para os caçadores... Um homem com a espingarda, homem de cara chata, dôido de ruivo, no meio da sala, contando casos de outras onças, que ele matou. Tinha as botas até quase no meio da coxa, e de entradas alargadas, botas de chocolateira. Ninguém, nessa madruga, não tinha medo desse homem...* Há um silêncio, mas que muitos roem, ele se desgasta pelas beiras, como laje de gelo. E dão um too: é a anta que espoca do lamaçal, como um porco de ceva. Se o senhor quiser ouvir só o vento, só o vento, ouve. Cada um escuta separado o que quer. A pessôa que vem vindo, não me dá pestanas. *As irmãzinhas estão dormindo... Vão matar o Quibungo... E tem uma cachorrinha, latindo, de lá do Céu...* Quem tapa a noite é a madrugada. Os macaquinhos gritam, gritam, não é bem de frio — dansam ao redor de um trem nú. Cobra grande comeu um deles. Sucurí chega vem dentro de roça. Um macaco pulava num pé só, sacudia no ar uma perna tesa dura de frio, entanguida, ele assim parecia até um senhor. Mas, muito antes da luz das barras, os passarinhos percebem o sol: pio, pingo, pilgo, silgo, pinta-alegrim... De manhã, mudam o coração da gente. O canta-galo. As vacas assim berram. Ao largo, os buritis retardam o vento. — *Iôssim, nhôssim...* — o Chefe tossia.

— "O senhor esteja e demore, como companhia que praz..." — tinha dito iô Liodoro. — "Pudesse, eu também ia ficando, tendo todos os agrados..." — disse nhô Gualberto Gaspar. E iô Liodoro mesmo deixava com bons olhos que Miguel saísse a passeio com as filhas e a nora, para iô Liodoro o zelo pelos costumes semblava se regrar por outras formas. Iô Liodoro acompanhara-os ao Brejão-do-Umbigo, à Baixada. — "Esta palmeira é minha e de nhô Gual, meu compadre..." — ele falou. O que iô Liodoro e nhô Gaspar tinham de comum era apenas um calado entendimento.

O Buriti-Grande — igual, sem rosto, podendo ser de pedra. Dominava o prado, o pasto, o Brejão, a mata negra à beira do rio, e sobrelevava, cerca, todo o buritizal. Cravara raízes num espaço mais rico do chão, ou acaso herdara de séculos um guardado fervor, algum erro de impulso; ou bem ele restasse, de outra raça, de uma outra geração de palmeiras derruída e desfeita no tempo. Plantava em poste o corpulento roliço, só se afinando, insensível, fim acima, onde alargava a rude arassóia, um leque de braços, com as folhas lançantes, nenhuma descaindo. Não podia o vento desgrenhar-lhe a fronde, com rumor de engenho, e mal se prendia em seus cabelos, feito uma grande abelha. Seria mais cinza ou verde menos velho, segundo dividisse o forte do sol ou lambessem-no as chuvas. E, em noite clara, era espectral — um só ôsso, um nervo, músculo. Às vezes, tapava a lua ou carregava-a à ilharga, enquanto em sua grimpa gotejava o bruxolim de estrelas. Sua beleza montava, magnificava. Marcava obstáculo: um tinha que parar ali, momentos que fosse, por império. E seguir um instante seu duro movimento coagulado, de que parecia pronta uma ameaça ou uma música. Diziam: *o Buriti-Grande.* Ele existia.

Só o soamento em falso, fantasia de tantas palavras, que neblina, que nem restos — e o buriti grande não era aquilo. Estava sendo ele mesmo, em-pé, um peso, um lugar preenchido, o formato. A gente queria e temia entendê-lo, e contra aquele ser apunha uma trincheira de imagens e lembranças. Maria Behú fora quem dissera, uma hora, com o modo soerguido e receoso de dizer: — "O senhor, sim, podia resumir, dar a descrição dele, com sentimento, com poesia certa..." E Miguel logo olhara o buriti-grande, com outros olhos. Agora, porém, gostaria de negar o recitado a Maria Behú, da sinceridade dessa afetação ficava um arrependimento. Todas as palavras envelheciam o buriti-grande, o recuavam; mas ele de novo estava ali, sempre sucedido, sempre em carne. Como a mesma lembrança de Maria da Glória, todos estes meses, ausente daqui, e era sempre em Maria da Glória que eu pensava. Às vezes, Maria da Glória, era como uma felicidade já possuída. Maria da Glória atravessava a campina. Do Brejão-do-Umbigo, garças convoavam.

O Brejão engana com seu letargo. — "*Pantâno? Uai, lá cresce é o arroz-de-passarim...*" *Pantâno.* Dava cheiro. Dava febres. — "Diz que é no fim do calor. Diz-se que é no fim dos frios... Ninguém não dorme lá, nas beiradas. Uma vez, morreu um homem. Tem uns doentes... Esse homem morreu magro, conste que outro já tinha morrido antes, magro assim também, era o irmão dele. Mulher desse vomitava de todas as cores, cada hora duma cor..." Era um ar de dôce enjoo, um magoado, de desando, gás de vício, tudo gargalo. Flores que deixam o grude dum pó, como borboletas pegadas; cheiram a úmido de amor feito. Ninguém separa essas terras dessas águas. — "Estudaram que não paga a pena, o dinheirão, nem não é possível acabar com ele... Se não, eu mandava valar os regos, plantava eucaliptos em riba do barro..." — nhô Gualberto explicava. No fim da vazante, fedia como quem quer; mas, nas cheias, nas águas, ali era donde dava mais peixe, de diferentes qualidades. Tinha braços com as lagôas de beira do rio. — "Terras bôas, daqui, que nem que estrangeiras de bôas..." Faziam roças. Trabalhador de roça tinha de vir, de madrugadinha, caminhar uma légua, para o eito — porque lá mesmo, pelas febres, não se podia morar nem pernoitar. De tardinha, sol entrado, outra légua, de volta em pra suas casas. — "São os usos..." O mundo era duro. A hora de légua andada por esses trabalhadores, era era tirada do pouquinho tempo que eles tinham de liberdade, para descanso e sono, porque do tempo de trabalho do patrão não seriam descontáveis. — "São os usos, conformemente. De primeiro, ainda era mais penoso..." O brejo matava. — "Cereais..." — dizia nhô Gualberto Gaspar, repensante. O que se plantava melhor ali era o arroz, a montaval. E os canaviais, no chão amassado de preto. A vida avarava. De em de, quando é que um homem podia conseguir completo sossego? Doidal do brejo. — "*Uê? Coruja não tem papo!*" — o Chefe Zequiel pronunciava. Miguel não o entendia.

Pudesse, amar Maria da Glória, desatadamente, tão a bom esmo, dia vale dia. Amar, não pensando com palavras, livre de vagueação, sem tomar memória. Do modo com decerto iô Ísio daquela iá-Dijina gostava, ponto de não deixar mais ela tivesse um passado, subsob que nem semente afundava em chão de areias. Felizinhos deles: dois naquela casa da Lapa-Laje, à entrada dos Gerais oesteantes. E mor e mor iô Liodoro, com as suas mulheres escolhidas, serralho só da noite — por junto, a dona Dioneia, que como para sarar de sua tísica carecia de saber as forças de um homem, e a mulata Alcina, fogosa em dendê e suor, como se tivesse no ser esse sol todo da Bahia, — tanto pouco. Mas, Maria da Glória, mas, aparecia, ela passava por ruas mandadas ladrilhar com pedrinhas de brilhante, Maria da Glória trazia muito lustro dado de Deus, e muita pessôa.

Na última noite passada no Buriti Bom — na sala, os grandes lampeões, a lamparina no meio da mêsa, — estavam ali, dentro de um silêncio frondoso, do qual Miguel já fazia parte.

Maria da Glória não disfarçava as mãos em trabalho nenhum, não seroava costurando ou rendando, nem cortava o fio de linha no sorriso de seus dentes, nem deixava o bordado e retomava. Suas mãos obedeciam. *Suas mãos movem meus olhos...* Ela era ela, outra vez, outra vez, como sendo estranho que o tempo passasse. Tudo que o silêncio fecha uma volta, pode mudar, de repente, a parte que se vê, das pessôas. Dona Lalinha jogava com iô Liodoro. Não falam: parece que o jogo é de propósito para um silêncio. Dona Lalinha sabe se recolher, torna tenuemente delicada a dimensão do corpo. Ela se defenderia? Mas Maria da Glória sorri e se ocupa, se satisfaz em suas formas. O que ela pensava — e seu busto, num arredondamento meigo, como o de um pombo. Assim, podia ter perto das mãos um copo de ouro. De átimo, veio o ruído do monjolo. Um rangido. — "É o *monjolo*..." — Maria da Glória foi quem explicou, desfazendo a minha atenção. Ele estava batendo, todo o tempo, eu é que não tinha ainda escutado. Chegou, por fim, como ao fim de uma viagenzinha de longe. Maria da Glória não quer que eu escute os rumores da noite. Quando olho Dona Lalinha, Maria da Glória finge não perceber, jamais segue meu olhar. Dona Lalinha, tem mulheres de lindeza assim, a gente sente a precisão de tomar um gole de bebida, antes de olhar outra vez. Iô Irvino se casou, depois precisou de a deixar, foi com outra. O barulhinho do monjolo cumpre um prazo regulado. Ele tem surdina e rotina. O Chefe Zequiel deve de estar escutando, há de tudo ouvir — o cochicho do cocho se enchendo d'água, e o intervalo, choòcheio. — "Agora?" "— *Não. Isso outro, é bicho do brejo...*" A estas horas, garça da noite, o socó pesca e caça. Ou um sapo? Todo dormia o campo. Com certeza, ajoelhada no meio do quarto, Maria Behú rezava. O terço serpenteava preto entre suas mãos, e, à sétima ave-maria de cada mistério, ela beijava o chão, por orgulho de humildade. — "Ela quer emendar os outros, exemplar até os animais..." — nhô Gualberto falara. A bondade de Maria Behú era uma bondade desamparada. — "É muito terrível, quando alguém reza para a gente se converter de algum defeito. O senhor sabe que está sucedendo isso, porque, na ocasião, três noites seguidas, o senhor sonha com o Coração de Jesus. Mas, o senhor depassando, dão os pesadelos..." Iô Liodoro empunhava o jogo, sobranceiro, não vergava os ombros. Onde um homem, em limite em si; enquanto persistisse no posto, a honra e o destino dos filhos estavam resguardados. Dona Lalinha sorria para suas cartas; um sorriso só, que desse a uma pessôa, e os encantos eram mil, de uma mulher. Envelhecer devia de ser bom — a gente ganhando maior acordo consigo mesmo. Minha mãe dizia: — Todo amor... A meninice é uma quantidade de coisas, sempre se movendo; a velhice também, mas as coisas paradas, como em muros de pedra sossa. O *Mutúm*. Assim, entre a meninice e a velhice, tudo se distingue pouco, tudo perto demais. De preto, em alegria, no mato, o mutúm dansa de baile. Maria da Glória sabe que pode fiar de sua beleza. Ela tem meu olhar para os seus braços. — "O senhor está com a ideia muito longe..." De onde eu sou, ela é: descende dos Gerais, por varonia. Minha meninice é beleza e tristeza. — "*Dito, você é bonito...*" — o papagaio Papaco--o-Paco conseguiu falar. Matavam o tatú, nas noites de belo luar. — "Hei de voltar aqui, sim, volto..." Esquivava o assunto terno. O ranjo do monjolo, é com uma velinha acesa no deito do vento que se compara. Maria da Glória, da alegria. Tudo ela destemesse. Amanhã, vou-me embora. Hei-de voltar, se não puder me esquecer de Maria da Glória. Como se eu mesmo me tivesse dito, adiantado: — Vou ter de viver longe, tristemente, desta moça tão diversa... Posso querer viver longe da alegria? Quando encontrei Maria da Glória, aqui, foi como se terminasse, de repente, uma grande saudade, que eu não sabia

Buriti   131

que sentia. Eu não disse: — No deserto de minha meninice, que era que eu sabia de você, Maria da Glória? — *"Dormir, com Deus..."* Maria da Glória sorria, se despedia com um sussurro de voz, sacudia a cabeça, assim ela tinha estado, radiante, a cavalo, diante do Buriti-Grande. Será que, amando, é que nos estamos movendo adiante, num mar? A casa-da-fazenda do Buriti Bom começava a dormir, de repente. O monjolo trabalha a noite inteira.

O Chefe Zequiel, por certo, ouvia toda agitação de insônia — *Ih, uê... Quando a coisa piora de vir, eu rezo!* — o Chefe se benzia. No chão e na parede do moinho, ele riscou o signo-salomão. O Chefe Zequiel mede o curto do tempo pelo monjolo. Espera os galos. Do que ele sabe, conquisidor, teme o com o til do Cão, o anhanjo. Ele não tem silêncio. Desde de quando dão voado os morcegos-pequenos, que vêm morder a veia-do-pescoço dos cavalos e das mulas, soprando dôce, de asas, em quando no chupo, e aqueles animais amanhecem lambuzados de sangue. Os ratos espinhosos, que farejam com uma venta e depois com a outra, saem de seus buracos, no chão da mata. Um crocitar grosso: o jacú-assú. Depois, o gangolô de aviso, em pescoço de boi. Canta a rã, copos de olhos. O zuzo de asas, degringolando, dos morcegos, que de lugar em lugar sabem ir — somente pelos canais de escuridão. Só não se ouve é lontra nadar e mergulhar, e a coruja estender asas. Mas ela alimpa o bico. Dá estalos, rosnou, a coruja-branca, rouca raiva. Quando assim, é coruja doente, que as outras corujas estão matando. Quem perdeu uma moedinha de tostão, no campo, ela pega a tinir, sozinha. O senhor ouve o orvalho serenar. E umas plantas dão estalos. A coruja está sempre em contra--luz de qualquer lumiado em pratear de folhas. Ela baixa, num revence. O ratinho dá um tão diabo de grito, afiante, que ele a irrita. Seguiu-se uma sossegação, mas que enganosa: todos estão caminhando, num rumo só, os que têm sua vivenda no campo ou no mato. Eles vão a contra-vento. Todos são sorrateiros. Os da noite: como sabem ser sozinhos! Trotam ou pulam, ou se arrastam, esbarrando para pressentirem as cobras, enrodilhadas onde os trilhos se cruzam. Uns deixaram em buracos de oco de pau seus moles filhotes, num bolo, quentinhos e gorduchos, como meninozinhos, num roçar de pelugens, ainda têm os olhos fechados. Os olhos do gato-bravo braseiam. O rio virou de lado de dormir, gole d'água, gole d'água. Coruja, no meio da noite, pega os passopretos, empoleirados nos bambús ou nas mangueiras fechadas. Pega. Os outros passopretos arrancam, dão alarme, gritam: — *Chico! Chico!... Os bois dormem como grandes flores.* Deitados nos malhadores, o cheiro deles é mais forte. Os cavalos comem no escuro. Crepita, o comer deles, tererê. E às vezes bolem com as éguas, vão longe com aqueles relinchos, sobem morro galopeando. Denegrim, manso e manso, a *coisa*. Doem as costas do Chefe, a partir dos ombros. De da testa, e em baixo no pescoço, esfriam dedadas de suor, que olêia. O pior, é que todo dia tem sua noite, todo dia. Evém, vem: é a coisa. A môrma. Mulher que pariu uma coruja. Cachorro desperta e renova latido de outro cachorro longe, eles levam notícia errada a uma distância enorme. Homem quiser dormir, é como ter vertigem. Essa que revém, em volta, é a môrma. Sobe no vaporoso. — Desconjuro! Tem formas de barulhos que ninguém nunca ouviu, não se sabe relatar. O Chefe guarda todos eles na cabeça, conforme não quis. Não quis, até aos respingos do campo, até aos galos, no pintar da aurora. Então, o xororó pia subindo uma escadinha — quer sentir o seu do sol. Mas o que demora para vir, o que não vem, é mesmo esse fim da noite, a aurora rosiclara. Onde agora, é o miolo maior, trevas. Horas almas. A coruja, cuca. O silêncio se desespumava. A coruja conclúi. Meu corpo tremeu, mas só do tremer que ainda é das folhagens e águas. Para ouvir o do chão, a coruja entorta a cabeça, abaixando um ouvido despido. Ela ouve as direções. A jararaca-verde sobe em árvore. — *Ih...* O *úù*, o *ùú*, enchemenche, aventesmas... O vento úa, morrentemente, avuve, é uma oada — ele igreja as árvores. A noite é cheia de imundícies. A coruja desfecha olhos. Agadanha com possança. E õe e rõe, ucrú, de ío a úo, virge-minha, tiritim: eh, bicho não tem gibeira... Avougo. Ou oãoão, e psiuzinho. Assim: tisque, tisque... Ponta de luar, pecador. O urutáu, em veludo. *Í-éé... Í-ée... Ieu...* Treita do crespo de outro bicho, de unhar e roer, no escalavro. No tris-e--triz, a minguável... É uma pessôa aleijada, que estão fazendo. Dou medida de três tantos! Só o sururo... Chuagem, o crú, a renho... Forma bichos que não existem. De usos, — as criaturas estão fazendo corujas. Dessoro d'água, caras mortas. Queréréu... Ompõe omponho... No que que é, bichos de todos malignos formatos. O uivo de lobo: mais triste, mais uivoso. Avoagem, só eu é que sei dos cupins roendo. Para outros, a noite é viajável. Que não tenho pai nem mãe, meus menos... É a môrma, mingau-de-coisa, com fôgo-frio de ideia. Dela, esta noite, ouvi só dois suspiros, o cuchusmo. Mortemente. Malmodo me quer, me vem, psipassa... Quer é terra de cemitério. Um som surdoso, Izicre, o iziquizinho, besouro que sobe do cano dum buraco. Divulgo de bichos que vão ferrar o dente no canavial. Uê, uai, a árvore sabe de cór suas folhas secas todas. O monjolo bate todos os pecados... — *Raspa,*

*raspa, raspador...* Porco-do-mato, catete. Porco-do-mato morre de doença. Tamanduá também morre de doença. Lobo. Tem horas em que até o medo da gente por si cansa, cavável. Uixe, ixinxe, esses são os que estão aprendendo o correr d'água do rego. Ela não veio. Ela veio, escaravelhando. Ouvi, ouvi! Só o sururo... Quer vir com um frio que nem defunto aguenta... O senhor tema o dormir dos outros, que estão em aragem. O senhor tema. Unha de coruja pega bichinho, ratos, i-xim, que nem anel num dedo. O senhor tema tudo. Ess' estão feito cachorros debaixo de toalha duma mesa. O senhor, quando não consinta! Não consinta de jeito nenhum de ninguém pisar nem cuspir em riba de seu cuspe, nem ficar sabendo onde... Ela vem, toda noite, eh, virada no vaporoso. Não sei quem é que ela está caçando. Eu sou tão pobre... *O tatu velho falou:* — *Gente, não vai ficar nem um tatu, no mundo?* Ódio de pessoa pode matar, devagaroso. O senhor não queira dormir com a língua fora da boca, gago-jago. Dia é dia, é quando galo canta último, os cachorros pegam pedindo angú, as galinhas rebaixam do poleiro. É um alívio, Deus dito. Afinal, pássaros com o canto, todos os barulhinhos da noite eles resumem no contrário, fazem alegria. Sabiá: papo com tantos forros de seda. Uai, para ele dar essa doçura de estilo, o pássaro carece de muitas energias. Uai, por isso, sistema que eles comem tanto. Rolou, rolou, pomba! Quem canta superfim é só passarinho sozinho...

Ao belo dia, à senha de sol, o Buriti-Grande rehá seu aspecto, a altura, o arreito, as palmas — e as bulidoras araras o encarapuçavam, enfeitavam-no de carmesim e amarelo e azul, passeadoras. Avança coragem. Iô Liodoro regressa a casa às vezes já no raiar das barras, esteve lavourando de amor a noite inteira. Iô Liodoro pastoreava suas mulheres com a severidade de quem conseguisse um dever. — "Ele machêia e gala, como se compraz — essas duas passam o dia repousando ou se adengando para esperar o afã dele..." — dizia nhô Gaspar, seu vassalo, donos demeando-meio do Buriti-Grande na Baixada, conforme mesmo fosse por papel passado, pertencentemente. Nhô Gaspar, com hajas e babos, se conformava na admiração do invejável, dele se podia rir, à sombra o pobre do compadre, de mão. — "O que é meu, eu cuido; o resto, não me convém..." Nhô Gualberto Gaspar se arregalava em falsos graves, arredondava o mundo num gesto, botava mais bois para pastação na Baixada. Sacava enorme lenço do bolso, se alimpava no rosto, sem necessidade, parecia que estava se pondo pó-de-arroz. — "O diabo é o brejo!" — se queixava. Leal falasse, sempre mais, do que Miguel desejava: de Maria da Glória. — "É moça de muita saúde e bôas prendas domésticas, preceito virtuoso..." — ele repetia. — "Deriva de raça muito cristã..." Nhô Gualberto Gaspar deixava o lenço aberto no arção do arreio, ele estava distraidamente se coçando nas partes em que não se fala, quase como que num insensível prazer; e rematou, de respeito: — "Aqui, todos. Dona Lalinha, essa distinção, muito senhora--dona..." Dona Lalinha parecia recolher o sumo conforto, a existência da vida, sem exigência de ideia, fosse prisioneira que fosse. Flôr de jardim, flôr em vaso. Todos viviam de diária alegria posta, mansosamente, ali no Buriti Bom, no *Buriti-Grande*.

*O Buriti-Grande*. O que era — Miguel tivesse de o descrever agora — o que era: a palma-real, com uma simpleza de todo dia, imagem que se via, e que realegrava. O que ele assunga mais não é uma flor, é o palmito, coisa comestível. Para levar o prazer de o sentir ali, nem se carecia de o olhar demorado. A gente ia passando. Mas ele deixava, no corpo e no espírito, um rijo dôce-verde sombreável, que era o bater do coração, uma onda d'água, um vigor na relva. Aquele coqueiro crescido consolava mais do que as palavras procuradas num livro, do que um bom conselho de amigo. Assim em deixação, só ser — como um rio se viaja. Valesse ali. O Buriti-Grande era o buriti grande, e o buriti era o buriti — como iô Liodoro e nhô Gaspar falavam. Nem precisavam de dizer.

O amor não precisava de ser dito. Maria da Glória ela era cadeiruda e seiuda, com olhos brilhantes e pele bôa e pernas grossas — como as mulheres bonitas no sertão tinham de ser. Tão linda quanto Dona Lalinha. Abraçava-a. Cingia-a pela cintura, ela tinha um vestido amarelo, por cima das roupas brancas. Como um movido em mente, resenha do sofrido por tantas lembranças — que uma, sozinha, são. *Tudo o mais me cansa...* Maria da Glória tinha encorpo, tinha gosto, tinha cheiro. Maria da Glória tinha suor e cuspe, como a boca da gente se enche d'água e o corpo dele Miguel latejava; como as estrelas estando.

Sossumido, em surto em sua grota, o riachinho passava.

Miguel se sentou, empegou o volante; o rapaz se apressou em tomar lugar a seu lado. No *jeep*, com pouco chegariam lá, ainda encontravam o pessoal acordado. — "Hoje, falhamos na Grumixã, casa de meu amigo Gualberto Gaspar. Mas, amanhã cedo mesmo, a gente sai, para o Buriti Bom."

...

Na manhã em que Miguel partiu, Maria da Glória perguntara a Lalinha:

— Lála, ele gosta de mim? Você acha, você pensa?

Sim e sim — Lalinha respondeu. Quem num instante não se enamoraria de Glória? Um ar de amor, feito o justo e fácil, a rodeava.

— Mas, sério, pelo certo, Lála? Você acha?

—Você mesma não sentiu? Meu bem, ele está de joelhos; esse moço não te esquece...

E Lalinha, que estivera a sorrir sem separar os lábios, deu-lhe um sorriso refeito; ela formava covinhas no rosto, piscava levemente; e de uma alvura tinha a tez, que a mais funda respiração suas faces se coloriam. Com mimo respondera, o tom sincero. Maria da Glória pareceu crer; de viso, se acorçoou, seus olhos gorgeavam. — "Lala, quem dera eu fosse bonita como você: eu não havia de ter dúvida nenhuma..." Atirou-se a Lalinha, com seu jeito de abraçar — que avançava impensado e brusco, mas, no empolgar, se rendia, em maciez e delicadeza. Glória beijava com gula, beijara Lalinha no rosto; mas a outra olhava para sua ávida boca, como se esperasse tê-la remolhada de leite e recendendo a seio. — "Lala, Lala, eu gosto de você, demais..." Lalinha retribuía aquele afago, que, todo lhe sendo grato, despertava-lhe também um sentimento sério de si mesma. Avaliava-se mais velha, ajuizada. Nesses momentos era que podia deter uma noção hábil de sua experiência, ciência já atacada pela vida, pago um preço. Lalinha sempre se vigiava.

Mas Glória já se desprendia dela — todo o modo de quem, aquele mesmo entrado minuto, precisasse de se mirar num espelho. Lalinha riu. Tanto se afizera a aparentar assim, para não sombrear com a lembrança de seu próprio caso o ânimo da cunhada, que, agora, quando perto de Maria da Glória, sempre de fato se alegrava. Mas suave — não à maneira de escutar-se uma notícia festiva, que pelo sim invade e perturba; antes da feição com que, quando alguém se dispõe a cumprir algo adiado e penoso, fica sabendo que isso não é mais necessário. Como pela simples cessação da tristeza. "Mas eu não estou triste... É diferente..." — Lalinha se dizia. Ela era para se dizer coisas assim. "Talvez mesmo eu não seja capaz de ficar triste, de verdade..." Todavia estivesse triste, aquela hora. Mas, pensou, e, no primeiro momento, ia querendo se envergonhar da descoberta, como de uma falta. Porém, pronto a seguir, o que a tomava era uma satisfação — vagamente pressentindo que a vontade de não aceitar a tristeza mais fosse um bem valioso, e uma qualidade. "Minha sorte ainda não é má. Ainda não vivi..." — se afirmava. Já de sua afirmação tirava um fin o orgulho. Comprazida também de se saber esquisita e tão de estranhos segredos, que ela mesma, de si, ia aos poucos descobrindo. O que, entretanto, ainda a fazia gostar mais de Maria da Glória, que era dada e toda clara, que radiava. E Glória seria apenas dois ou três anos mais moça. Vinte e três... — "Vinte e quatro, meu bem, por pertinho. E vê, não fiz vinte e três, uns dias depois de você vir?"

Chegara em setembro. — "Chuva em setembro, é chuva cedo..." — referiam. Os caminhos estavam molhados. Tinham viajado, primeiro, no trem do sertão, até a uma estaçãozinha entre cedros e coqueiros. Depois, de alquitão, num caminhão quase novo, que era de um negociante e iô Liodoro obtivera para seu conforto — ela na boleia, aos solavancos que os homens se reprovavam com remorso, o banco forrado com um couro de onça cabeçuda, mosqueado terrivelmente, as pernas sumidas num cobertor grosso de diversas cores, de lã e esparto. Daí, de certo ponto, mudaram para um carro-de-bois, que os esperava no crepúsculo. E o Buriti Bom, com seu largo aconchêgo, seu cheiro de milho despalhado e panos de arcas, e do madeiramento de toda uma floresta, era o fim de um mau mundo, aliviava.

Iô Liodoro a trouxera; fora buscá-la.

Ela não cobrara tempo de relutar, tudo se passou em rápida necessidade. Mal mesmo hesitou. A ida para a fazenda, por uns meses, proposta por iô Liodoro, com poucas palavras aprontadas no meio de um sólido silêncio, logo lhe parecera, no nascer do momento, uma decisão possível. Os modos de iô Liodoro — que convenciam, fora de todo costumado. Uma presença com pessôa, feito uma surpresa, mas sem o gume de surpresa, firme para confiança, como o chão, como o ar. Perto dele, a gente podia fechar os olhos. A voz, e o que falou — como o fecho de alguma longa conversa, de uma discussão não havida: — "A senhora vem, todos estão lhe esperando. Há de ser sempre minha filha, minhas outras filhas suas irmãs... Lá é sua a nossa casa." Falava baixo, sem a encarar, com um excessivo respeito. Aquele homem devia de alentar um neutro e operoso amor para com todos os seus parentes, mesmo para os que ele nem conhecia.

Chegada a esse ponto, Lalinha não se achava em precisão de amparar-se num sentimento assim, que ela mal compreendia e de que podia desconfiar. Tudo, entre ela e o marido, tinha dado por desfeito. Ao final, sobreviera-lhe um desafogo — livre do emaranhamento sutil do amor-próprio, que fatiga muito mais do que o sofrer por amor. "Concordei. Para nós mesmos, foi amigável a nossa separação..." Chocha uma história. O amor — ela se limpava de todas as ilusões — começara a não existir desde os dias da lua-de-mel? Ela e Irvino tão mal destinados, tão diferentes do que haviam esperado um do outro, que depressa até conseguiram uma tênue amizade melancólica, feita de bôa-vontade e de dó de ambos os corpos e espíritos, que se descobriam enganados. O resto, fora o tempo, dois anos. A outra mulher, Lalinha tinha sabido — era uma morena mandadora, garantiam-lhe que nem bonita fosse: corpulenta, a voz de homem, estouvada, sem-modos. Tomara conta de Irvino, transformando-o, fizera-o deixar tudo, partirem para longe. Lalinha não poderia sentir-se humilhada. Seu casamento, sim, terminara. Às vezes, pensava, gostaria de que Irvino reaparecesse. Curiosidade, forte, de conversar com ele — pedir-lhe que contasse, com toda franqueza, como era, minuciosamente, aquela mulher, comparada com ela, e por que maneira ele soubera encontrá-la, e ser feliz. Mas, não que viesse já de novo sozinho, sofrendo, nem aborrecido, incerto também de sua vida. Ela tinha preguiça de precisar de perdoar, não saberia consolá-lo, teria pena dele. Nem era de Irvino a culpa. "Ele não era para mim, eu não era para ele..." Idiota, e cruel, era a gente, antes, não poder saber. Outras vezes, não pensava nada, e chorava, sem se queixar, sem raiva.

Mas, por tudo, pelo que a meio dizia e pelo que calava em seu proceder, iô Liodoro dava ideia de estar numa certeza: a de que Irvino iria voltar. Sisudo, centrando sobrecenho, ouviu que o desquite se ultimara, e foi a única ocasião em que pareceu recriminar: — "Mas, por que, minha filha?" Por quê?! Mas, então, ele supunha que tudo dependesse dela, e estendia sobre o filho uma asa? Tingiu-a a revolta: — "Eu sou e sempre fui uma mulher honesta..." Travou-a porém o modo grave de iô Liodoro. Decerto a simples menção horrorizara-o, tanto a fidelidade de uma casada devesse pairar fora de contenda.

Com aquele homem, e mesmo que ambos o quisessem, nunca poderia entender-se. Também, para que? Qualquer espécie de relação entre eles devia cessar. Nem eram, bem dizer, amigos, mal se haviam avistado, enquanto realmente sogro e nora; não passavam de dois desconhecidos frente a frente. Detalhes não restavam, a regular ou conversar. A separação arrumara bem o fim — como um fecho de negócios... — restituíra-lhe o nome de solteira. Filhos, felizmente, não tinham. Ah, fosse por isso? Gostaria, quase chegou a dizer: — "Não tivemos, pronto! Mas não fui eu só, ele também não queria, não queria, não queria..." Conteve-se. Quite estava com todos eles, com aquela família roceira e longínqua.

Iô Liodoro, não obstante, parecia não tomar as coisas assim. Recebera uma carta do filho — que se despedia e pedia perdão — e quisera vir. Procurara-a, sentara-se diante dela, tácito, demorado, sem fazer perguntas mas esperando que ela tudo narrasse. Como se fosse um velho companheiro em visita de consolação.

Mas iô Liodoro consecutia em detença, sabia usar a calma, como é dessa gente do sertão. Queria levá-la. Se adivinhasse sua atual condição de alma, desprendida e rarefeita, para a convencer não se comportaria melhor. Demonstrava um afeto, vago e seguro a um tempo, de pai a filha. Lalinha não precisava dessa afeição. Não precisava, e, contudo, já a estava acolhendo, se deixava descuidar, animosamente, ouvia. — "Vamos para o Buriti Bom, menina..." E ela disse que sim. Nem conhecia o lugar, em todo o prazo de casada lá nunca tinham ido, Irvino detestava a roça, a fazenda. Ia! Como não tinha pensado antes numa coisa assim? Sair, afastar-se por alguns meses, mudar mais. Só um instante de titubeio, o relance de que estaria cedendo demasiado fácil ao querer de outrem, e a ideia de que aquilo podia passar por um despropósito. Olhou iô Liodoro, que lhe pareceu ainda mais plácido. Suspeitou se escondesse sob aquela consistente quietude uma vontade desmarcada, que não toleraria contradição. Por pouco estremeceu; pensou: estaria sendo medrosa? "Se eu disser terminantemente que não, que é que ele vai fazer?" Não disse. Tanto a ideia de ir já lhe sorria exata. E, mesmo, quando assentiu: — "Pois sim, vou..." — o final — "...*por algum tempo...*" — foi baixinho que o articulou, quase imperceptível. E iô Liodoro punha-lhe fortes olhos bons: mas ele não sorrira.

Sem embargo, no dia seguinte, quase viera a insurgir-se. Estava esperando iô Liodoro, e sua cunhada, pelo telefone, informou-a de novo passo dado por ele. Espantou-se. Como ela não tivesse mãe nem pai, ele procurara o irmão, a relatar-lhe sua consentida viagem, chegara a solicitar licença. Aquilo era ridículo. Com o irmão ela pouco se avistava, nunca simpatizara com a cunhada. E, agora, um impagável sujeito, um caipira, um desusado homem de outro tempo, andava pela cidade, falava em seu nome, procurava sem razão as pessoas, procedia a atos honestamente tolos. Tudo fosse por uma ironia! Mas, então, iô Liodoro reputava-a uma menor, teimava em tê-la por isso — uma mulher sob sujeição? Podia — não seria uma temeridade — acompanhá-lo, ir com ele? Tentou-a tudo desdizer.

Se não fossem uns minutos, passando, e a engraçada ideia, que a salteou. Riu, como o melhor. Recordava a figura do sogro testalhudo, compacto, dono de toda a paciência. Coraria de se mostrar mesquinha ou amuada, teria pena de causar-lhe um direto, definitivo desgosto. Mas — aquela ideia! O repique de uma pequenina maldade, um fremitozinho urgente. Já, já. Correu para o quarto, ria sozinha, incontidamente. Depressa, como num jogo febril, tirou o vestido, vestiu as calças escuras, tão justas, que lhe realçavam as formas. Não o *sweater* cinzento, mas uma blusa, a que mais se abrisse, mais mostrasse. Nem tomou fôlego. Calçava os sapatos de pelica vermelha, bem esses, que tinham salto altíssimo e deixavam à vista a ponta-do-pé, os dedos, as unhas coloridas de esmalte, como fruta ou flôr. Daí, à penteadeira, se exagerou. Mais — assim a boca mais larga, para escândalo! Com o ruge e o batom, e o rímel, o lápis — o risco que alongava os olhos — ah, no senhor sertão, sabiam que isso existisse? Sim, tinha de ser como numa mascarada. Ele ia ver. Gostaria de aparar-lhe o olhar atônito, seu pasmo de bárbaro. Ao mesmo tempo, provava-o. Se ainda a levava, se não a levava — ele escolhesse. Saudou o espelho. — "Sabia de uma assim, meu caro iô Liodoro?..." Apanhou a cigarreira, o isqueiro minúsculo, que era uma joia. Veio para a sala. Desse jeito o recebeu.

— "Pois não, como o senhor quer, então podemos viajar, dentro de uma semana..." — disse, sorrateira como só a fingida inocência o sabe ser. E esperou. Mas nada acontecia. Sentara-se diante dele, burlã, desenvolta, cruzara as pernas. Iô Liodoro não se assombrava, não vincara a testa, não arregalava os olhos. Tãopouco esquivava encará-la. Não. Continuava regrado e conciso, sem demonstrar perturbação nenhuma, nem parecia ter notado nela qualquer mudança. Sua proximidade infundia uma saúde respirada, isso ela já aprendera. E, ela, sim, um nada, mas começou a desmontar-se. Mais por necessitar, quase já esquecida do divertimento e ardil, foi que recorreu a um cigarro. Ainda timbrou porém em oferecer-lhe um, e sorrindo. Iô Liodoro recusou, mas sem segundos modos, disse que preferia dos seus. Acenderam, e fumavam. Tudo sem desafio, tudo como se de muito longe. Homem bizarro. Agora, falava nas compras que ainda teria de fazer — nas lembranças que precisava de levar para todos. — "... Maria Behú e Maria da Glória... Delas a senhora vai gostar, elas são bôas..." Ele falava, e o lugar, aquele Buriti Bom, na sua voz ainda parecia mais isolado e remoto — uma grande casa, uma fortaleza, sumida no não-sei.

Um momento, ele olhou em torno, e disse: que, de qualquer jeito, convinha levar tudo o que dela fosse, para maior regalo, era melhor, trens e roupagens; o número de malas e caixas não fazia conta. Seu tom, seu gesto, nele denunciavam um uso profundo, uma crença: a de que cada um devesse estar sempre rodeado do que é seu — pessôas e coisas. Sopesava-as. Todos os do sertão seriam assim? E Lalinha se tomou de ligeira gratidão, pelo que ele cuidava do seu bem-estar. Mas, seguindo-lhe os olhos, deu com o grande retrato de Irvino, colocado na mesa. "Que farei com ele?" — ela pensou, era notável a rapidez com que pensava; e aquele era um pequeno problema: levasse-o, e aquilo podia dizer-se humilhante e ingênuo; não levasse, e já agora iô Liodoro haveria de reprovar essa omissão... Por quê? Por que se preocupar assim com o que iria achar iô Liodoro? Mais rápido ainda pensava. Súbito aí, quase com uma ponta de irritação, seu pensamento se concluiu: quem sabe, iô Liodoro tinha-lhe sugerido levar tudo, apenas com a ideia de que trouxesse também aquele retrato? Isso supôs, enervando-se. Seria despeito? Ainda havia pouco, regateava a espécie de amor que iô Liodoro lhe estendia, como devido a todos os que da família fizessem parte; e agora, insensivelmente, admitia-o, como a um quinhão de direito, e mais agora se agastava no íntimo, algo lesada se sentia, rebelava-se contra que aquele sentimento dele fosse tão igualado e geral, e não a preferisse, a ela — que no casal tinha sido a parte menosprezada e inocente. Estou sendo imbecil... Sou absurda... — achou, caindo em si. De leve, deu de ombros. Mas ia acender outro cigarro, e se deteve, amarfanhou-o no cinzeiro. O terceiro, que fumasse em tão curtos momentos, e não desejava que iô Liodoro tivesse dela uma má ideia, de não decente, de má esposa. Ensaiou um ar de trivialidade modesta. Tola, tola, sou... — achou graça: ela mesma se punira. Porque, o retrato de Irvino, só naquela manhã — nem sabia porque — era que o tinha retirado de um qualquer canto, e posto ali na mesinha, para que iô Liodoro, assim que viesse, o visse.

— "Perdi um marido... e ganhei um sogro..." — gracejou, no outro dia, com a irmã, mais velha; a irmã louvava-a por ter concordado em partir com iô Liodoro. Sentiu prazer em telefonar a amigas: — "Vou, com meu sogro, passar uns tempos na fazenda..." E, naqueles dias, moveu-se. Nem parecia a mulherzinha parada e indisposta, que se considerava. E não a aborreceu, antes dava-lhe curioso contentamento, sair com iô Liodoro, guiando-o nas compras. Queria ser prestimosa e eficaz. Queria todas as qualidades. Com seu completo e pautado jeito, iô Liodoro espessava em volta dela um laço, um voto de consideração e cautela, que bem-faziam. De uma vez, soube: iam permanecer distanciados, toda a vida, na minúcia cordial não se entenderiam nunca; mas amigos, mudos amigos; já eram. Despreocupada embarcou, no trem-do-sertão. Recostou-se. Iô Liodoro, um extraordinário homem, que tinha vindo apenas para buscá-la; ela não compreendia bem por que; mas nada receava. Cerrara os olhos com prazer, gostaria de ter uma porção de pálpebras, que pudesse ir baixando, uma sobre outra, para mais vivamente se esconder. Assim a viagem a aturdia — consumava-se como um rapto.

Seguiu-se o aportar, no Buriti Bom, onde a receberam como a um ser precioso. Mas davam-lhe também um bem-querer sem retardos. Como pode acontecer assim? — cismou. Ah, porque têm pena de mim, viram que não sou perigosa... Entretanto, menos com palavras, Glória e Behú a todo tempo estavam a demonstrar-lhe: — Tudo aqui é seu, Lalinha, e nós te amamos... E mesmo a criadagem, as mulheres e meninas da cozinha, durante dias tomavam pretexto para vir à sua presença, miravam-na felizes, não se fartavam de achá-la tão exótica e bonita, murmuravam: — "Rosazinha..." ou então: — "Ela é reinola..." De um modo, de si mesma desconfiou: de que, com o tempo, se ali entre eles continuasse, fossem então gastando aquela ilusão, se enfastiavam de seus defeitos, uma harmonia tão real não era possível longamente persistir. Outras vezes, pensou: será tudo aqui sempre tão resolvido e amistoso assim, ou é pela novidade, e porque querem esconder de mim suas diferenças? Para saber, esperava. Depressa, devagar, se entregava, se confazia àquela nova vida. Ali, todos deviam de ter o mesmo anjo-da-guarda? Havia uma paz, que era a paz da Casa. Surgia-lhe que o casarão sempre contara com sua vinda, fizesse imenso tempo que a aguardava. Seu quarto, que era o melhor e o mais espaçoso, e que correspondia quase ao meio do corredor, respeitava ao nascente, dando as janelas sobre o úmido jardinzinho — menos um lugar onde se estar por prazer, que um horto em que cada dia se pudesse colher flores e folhagens; e, para além, escuro, o laranjal, que desconhecidos pássaros frequentavam.

Já tarde, os cabelos já soltos para ir dormir, ela cabendo meiga na camisola branca, Glorinha reprimia um suspiro e bocejo, e beijava Lalinha, que a animava: — "Vai, querida, não sonha com o teu moço Miguel..." "— Ah, Lala, não caçoa. O monjolo pincha, eu acordo e fico pensando nele..." "— E acredito, minha filha? Sei o que é o sono da mocidade..."

Lalinha falara como mais velha, como se se sentisse responsável pela outra, muito mais velha. "Ela precisa de mim..." — se disse. O amor, aquilo era

o amor. Viera um moço, de novo se fora, e Maria da Glória se transformava. De rija e brincalhã, que antes, impetuosa, quase um rapaz, agora enlanguescia nostálgica, uma pomba, e o arrulho. Sobre campo de espelho: assim Lalinha recordava sua própria adolescência — que agora lhe parecia o inflar de um avesso, separada de tudo, desatadamente vivida, como se pertencesse a outra criatura. Lembrava-se: de quando se isolava, aflita sem razão, e temia de querer uma novidade de amor, espantosa salvação e espaço. De repente, de si, achara um vezo, muito oculto, o de abraçar-se ao que estivesse melhor ao seu alcance, uma porta, o travesseiro, um móvel, abraçava, e recitava frases de arroubo — as que lera ou ouvira, outras inventadas, adivinhadas: um seguimento de súplicas, ofertas, expansões — toda a história de um padecer por um Amado. Desenvolvera-a, em ardente representação, real como um pecado, alta como uma oração ou poesia; e pura. Mesmo quando descobriu que, para a verdade do amor, era necessária a carne: que sua carne doesse, leve, devagar, enquanto ela murmurava sua intransmissível paixão, e prometia e implorava. Aquela dôr, era extraída de tantos modos — unhando-se, magoando-se contra uma aresta, retendo-se no que podia. Suportava-a para um enlevo, castamente como nunca, livrada. A tanto, o agudo sentir fixava-a em si, ela se firmava num centro. Sonhasse — mas como se em luta por defender-se de outros sonhos. Nisso se refugiara, por um tempo, meses; se gradualmente, se de uma vez, nem sabia como se desabituara. Nunca julgara fosse culpável; nem lhe acudiria a ideia de submeter aquilo a julgamento, tanto lhe fora indispensável, tanto fatal. Mas, segredo que não confiaria a ninguém, a nenhuma amiga. Passara. Quando o primeiro namorado apareceu, o mais era já assunto remoto, sem lembrança. Daí, o amor dispunha-se de brinquedo, namorava exercendo um jogo expansivo, que esperavam dela, emancipador e predatório. Seus namorados, contava-os como companheiros amáveis ou adversários amistosos; não lhe inspiravam devaneios nem desejo, e enjoava deles, se queriam romance. Até que conheceu Irvino. A Irvino, amou, ao menos pensou que amasse, pensou desordenada. Mas nele viu foi o homem, respirando e de carne-e-
-osso — seus olhos devassantes, seus largos ombros, a boca, que lhe pareceu a de um bicho, suas mãos. Teve logo a vontade de que ele a beijasse, muito; por amor ao amor, não lhe veio a ideia de penar por ele. Nem se diminuíra naquele ameigamento melancólico, e indefesa, como com Maria da Glória via acontecer. Como uma vítima... De vezinha, impacientava-se, pensando nisso. Então, o amor tinha de ser assim — uma carência, na pessôa, ansiando pelo

que a completasse? Ela ama para ser mãe... É como se já fosse mãe, mesmo sem um filho... Mas, também outra espécie de amor devia poder um dia existir: o de criaturas conseguidas, realizadas. Para essas, então, o amor seria uma arte, uma bela-arte? Haveria outra região, de sonhos, mas diversa. Havia.

Mas Maria da Glória se entristecia em beleza, quebrantada. A tonta rola! Nem o moço forasteiro lhe dera motivos para que confiasse nele, por certo nem a merecia. Fora apenas um simpático intruso. Lalinha aquela noite não podia deixar de sacudir esse pensamento, com muitos vinagres. Chegava a detestar Maria da Glória. Como eu gosto desta menina! — se mordiscou, fechara os olhos. Mas sorriu. Toda aquela mudança de Glória — reconhecia — se fizera notada somente por ela. Tudo dissimulando aos olhos dos outros, só quando a sós com ela era que Maria da Glória deixava que seu amor por Miguel transparecesse; só nela tinha confiança, só perante ela se transformava. Soube-se mais sua irmã, precisava de ampará-la, de ser muito sua amiga. Glorinha. Ia protegê-la. De algum modo, a Lalinha parecia-lhe vinda a vez de cuidar de Glória, mandavam-na a tanto o afeto e um gosto de retribuição. Devia-o, a ela, e a todos dali, do Buriti Bom, que a abrigava.

Entendia-os, pensava. Mesmo, bem, a iô Liodoro, que, ainda quando mais presente, semelhava sempre estivesse légua a longe, mudo, apartado, no meio d'algum campo. E no entanto se sentia seu maço de coração, governando ouvinte os silêncios da casa. Era como se iô Liodoro de tudo desprendesse sua atenção, mas porque tudo supusesse constantemente andando pelo melhor. Ele, a qualquer hora assim: quieto de repente, diferente de todos mas sem mistério, mais que um dono e menos que um hóspede. Tinha-a ido buscar, e trouxera-a, com especioso afã, durante o caminho todo, quase serviçal. Mas, bem chegados, e ele se desfizera dela, como se desabafado de uma incumbência. Entregara-a às filhas, sossegara-se a seu respeito. No mais, não seria outro, caso ela ali estivesse residindo havia anos, ou se tivesse de ficar lá para sempre. Lalinha, de começo, estranhou. Mas Maria da Glória tranquilizou-a: que não, que o pai toda a vida fora assim, retraído, retraidão, canhestro, e com o miúdo das coisas não se importando um avo. E, outro dia, Glória brincou e disse: — "Sabe, Lala? Papai gosta mais de você, porque você não deixou de usar a aliança..." Seria verdade.

Confundiu-se, de ouvir. A aliança! Tomavam-na a tento de um perseverar fiel, a despeito de tudo findo; e ela, a bem dizer, conservara-a apenas por petulância, e quase como um sinal de maior liberdade. Ou nem se detivera momento nenhum a resolver sobre aquele pequeno assunto. Deixara um anel no dedo, só. Mas o desagradável pejo crescia, porque — compreendeu — agora não ia mais ter a coragem de se desembaraçar daquilo. E, principalmente — de brusco, mais longe entendeu — porque todos ali queriam-na, mas nela vendo a mulher do filho e do irmão, nada mais, por isso a acarinhavam. Esperou um tempo, daí indagou: — "E Maria Behú? Por que ela gosta de mim?" "— Maria Behú? Por que ela gosta de você? Mas... Todo o mundo não fica gostando logo de você, Lala? Mas, também, a Behú ainda gosta mais, por causa do Irvino, porque, você, não tem jeito de você falar mal dele, nunca deu palavra de queixa em acusação..." Confirmava! *Para eles, eu sou apenas o que não sou mais: a mulher de um marido que não tenho...* Assim, e eram todos. A Tia Cló, espécie de mordoma ou caseira, parenta afastada, exata estreita como uma tábua de bater roupa e trabalhadeira geral, como ela sem mais ninguém; Tia Cló dera dito: — "...Tão de formosura, vigia só que iô Irvino andou escolhendo assaz..." E assim as criadas. Mesmo um idiota, que lá havia lá, o Chefe; e esse morava no moinho, contando-se que passava as noites a olhos, por mania-de-perseguição. Ou um fazendeiro vizinho, nhô Gualberto Gaspar, que no Buriti Bom pelo menos umas três vezes por mês aparecia, portando-se como se da família fizesse parte. E o iô Ísio, que era chegar à casa e as irmãs rodearem-no, com cochichos, querendo saber se ele recebera carta de Irvino; e, em meio ao conciliábulo, iô Ísio, que mal sabia disfarçar, levantava os olhos, procurando Lalinha que se achava a distância — ah, tudo corria bem, ele certificado da presença dela, como da de um refém de valor. Mas o nhô Gualberto Gaspar era o mais crasso — ousara dizer-lhe: — "Arrufos... iô Irvino é bom rapaz, sei da natureza dele. Conheço seu marido, de em desde de meninozinho..."

Era o *Gual*, o "nhô Gual"; decerto por motejo assim o abreviavam, num cordial menosprezo. Maria da Glória denunciou: — "Oé? Behú tem birra dele, diz que não é de respeito: que gosta de olhar as minhas pernas..." Como Maria da Glória se ruborizava, era delicioso. — "Ele tem bom gosto..." — Lalinha respondeu, não sabendo que demonice a picava. Estavam elas duas a passeio, no plano da campina, aquele prado, com o avistar os buritis — tufando alto as palmas redondas. Ali, Maria da Glória encorajava Lalinha, que não temesse bois bravos, dos que pastavam acolá, em engorda no verde. Lalinha apreciara também a beleza do lugar, se mal que os mosquitos ferroavam muito, como espinhos no ar; era preciso pensar num óleo perfumado e dôce, que as recobrisse contra eles. — "Você me acha bonita, Lala? Sirvo?" Lalinha riu. — "Mil! meu bem..." Riram. — "Mas... como uma mocinha... ou como mulher?" "— Isto. Uma mulherzinha endiabrada..." Um pouquinho, Maria da Glória se ensimesmara. Sim, ela era bela. Mas Lalinha precisou então de ver-lhe mais as pernas, que o lorpa nhô Gual gostava de namorar à socapa. Sem meias, aquelas pernas eram firmes, retesavam-se a ora, retendo a dádiva de uma palpitação, e bem torneadas, a pele cor de sol. Esse um dos encantos de Glória — que, quando andando, ou mesmo parada, de pé, ela se impunha ao chão, libertada e enérgica, mais vivo seu corpo que o de outra qualquer pessôa, deslizável e incontido. Mas, que, repousando, sentada, ou recostada, como naquele momento, ela toda se abrandava, capaz de dengos, apta aos mais mornos aconchegos, aos mais submissos. — "Lala..." — daí logo ela disse — "Você acha que é certo uma moça solteira, como eu, pensar em... assim: gostar dessas coisas?" Lalinha não atinara imediatamente com uma resposta, e não queria, primeiro que tudo, deixar transluzir sua surpresa — como se, assim fizesse, fosse maltratar Maria da Glória. — "Porque, Lala, é... Sabe, eu sei que é pecado, eu sei. Mas você acha que é certo, de ser: que as outras moças são assim também? Todas, não; mas... muitas moças, das outras, como eu?" Lalinha tardou. O que sentia, era um susto; mas dôce susto, a despeito. Se pudesse, prolongava o arrepio daquela espera, queria tempo, para imaginar as revelações que Maria da Glória ia fazer-lhe. — "Mas, que coisas, Maria da Glória?..." — e para perguntar andara um esforço.

 Mas, decepcionada ouviu — aquilo nada era — apenas uma espécie de travessura: — "Nada, não... Mas, sim, você sabe: eu muitas vezes, tem horas, fico achando que seria bom um homem de repente me abraçasse... Desde que Behú falou, eu penso: eu fazendo de conta que não noto, havia de gostar que um homem olhasse muito muito para minhas pernas..." "— Nhô Gual?" "— Ora, o Gual é um bobo..." "*...é um bobo, mas é um homem...*" — para Lalinha foi como se Maria da Glória tivesse dito. — "Lala, você acha que é assim mesmo? Que eu regulo bem?" — quase ansiosa ela insistia. Com ternura, Lalinha quis tranquilizá-la: — "Sim, meu bem. Você, uma moça, ensopadinha de saúde. Cada uma precisa de se sentir desejada..." Assim sorriu, sensata, vendo que Glorinha se desafogava. Glória era menina na boca, mas seus olhos amavam alguém. — "Você tem namorado, Glória?" — Tenho não, nenhum. Nunca namorei." Soava sincero. Glória não sabia mentir. — "Muita vez, de noite, quando fico desinquieta, levanto, ajoelho na beira da cama e rezo..." Riu para continuação. — "Sabe?: eu rezo bastante, só não tanto como Behú... Esbarro de rezar, quando minha alegria volta. Eu gosto de rezar é para chamar a alegria..."

Elas, as duas irmãs, tão unidas, tão amigas, e, no entanto, ao mencionar a outra, Maria da Glória logo um átimo se ensombrava; tinha de ser assim. — "Você, meu bem, precisa de gostar de algum rapaz, precisa de casar..." Suspendeu — e soube porque: como podia aconselhar, ela que no casamento errara? Podia querer para a outra um igual destino? — "Casamento não é sorte? Não penso nisso, não. Não me importo de ficar para tia... Prefiro morar sempre aqui, com Papai e Behú, gosto do Buriti Bom..." — Glória respondera, simplesmente, decerto no momento esquecida da condição da cunhada. Lalinha mesma já seguia outros pensamentos. Admirava aquilo, o que havia pouco tinha dito Maria da Glória. Agora, sim, ela era quem se propunha: "Serei eu normal?" — e não podia pedir conselho à mais moça. Quando solteira, nunca sentira assim — o desejo difuso, sem endereço, que Glorinha lhe confessara. Com ela, o que a animara, de modo semelhante, sem alvo certo, fora uma extensão de amor, a ideia de um amor, audaz, insubordinável; o desejo, somente viera a atormentá-la mais tarde, detido na pessôa de Irvino — e que, entretanto, não era para Irvino... Admirava o de Maria da Glória, e aquilo dava-lhe um espanto. De repente, pensou compreender porque Glorinha gostava de se referir, entre risos, à cópula dos animais e aos órgãos de seus sexos. Ainda na véspera, dissera, repetindo noção corrente entre os vaqueiros: — "O zebú é frio, preguiçoso. Touro curraleiro ou crioulo é que é macho de verdade: bravo, fogoso de calor. Um marruás curraleiro carece de muitas vacas, para ele não tem fêmeas que cheguem..." Falara assim, forte de inocência. Mas Maria Behú, se franzindo, brandamente censurara-a. "Ela disse isso, sem se lembrar do pai... E Maria Behú, teria pensado nele, quando ralhou?" — Lalinha não tinha podido deixar de cogitar.

Iô Liodoro — ela já sabia do motivo que o levava a sair a cavalo, à noitinha, para muitas vezes só regressar em horas da madrugada. Entendera logo a razão daquilo, desde já nos primeiros dias, e rira-se: "É o meu sogro fazendeiro, que vem voltando do amor..." — se dizia, quando, da cama, escutava o tropel nas lajes do pátio, ele chegando. "Meu sogro, virtuoso..." — constatar a divertia. Mas: "Malfeito, um pecado..." — refletira. Irritava-a, súbito, a ideia daquele desregrar, que clamasse na casa do Buriti Bom como um mau-exemplo, e então ali, com as filhas, com Maria da Glória! Não seria? Pois Maria da Glória mesmo, por todo ensejo, tinha prazer em dizer: — "Sou como Papai... Puxei ao Papai..." —; e falava de um ídolo. Sim, Maria da Glória precisava de um dedinho de amparo. Devia sair do Buriti Bom, ir para a cidade, devia de ter algum parente por lá; elas, Lalinha também, deviam abandonar aquela fazenda. Odiou iô Liodoro, sobre o instante, e, de repente, a seu sem-saber, disse: — "Por que teu irmão não gostava daqui?" Glória olhou-a, surpresa, respondeu: — "Quem?!" Voz quase de zangada. Ah, decerto estranhara ouvir aquele "teu irmão", em vez de "meu marido" ou de "Irvino". — "Tolice o que perguntei, meu bem, não repare... Eu estava pensando em outra coisa..." E levantou-se, estendendo a mão à outra, eram horas de tornar a casa. — "Muitos mosquitos, e formiga no capim, sempre um bichinho vem incomodar..." Mas com Maria da Glória não tinha sido nada, lépida e jovialmente erguida: servia para qualquer sonho. E disse: — "Eu também estava pensando numa outra coisa, que... Posso perguntar, não te aborreço?" — "E então, querida?" — "Pronto: é se, você me diz: vocês não quiseram ter filhos? Mas, não zanga comigo, d'eu te perguntar..." — "Claro que não, nem há motivo. E não é que não queríamos ter, só fomos deixando para mais tarde... Mas, você, Glória, deve casar, e ter pelo menos meia-dúzia, uma porção..."

Vinham caminhando, por um trilho-de-vaca, o dia não era forte, no esmorecer do sol. Já não comentavam o lugar, a ele acostumadas, mas assistiam sempre ao voo das garças deixantes, por sobre o Brejão; e olhavam com amor o Buriti-Grande, a Mata, e o esmalte ou velho cobre que se vê no buritizal, vem nos buritis, somenos. — "Lembrei de Vovó Maurícia, você sabe? Ela é quem diz: — *A gente deve de ter muitos filhos, quantos vierem, e com amor de bem criar, desistidos cuidados de se ralar, sem sobrossos: que Deus é estável. Mas a gente se casa não é só para isso não — a gente se casa será é para lua-de-mel e luas-de-méis!...* Sabe, Lala, você havia de querer bem e mesmo que a Vovó Maurícia fosse sua avó: por gosto, pagava... Ou, então, a prima dela, menos velhinha e mais bonita ainda, tia-vó Rosalina, as duas tão amigas, foram casadas com dois irmãos... Agora, faz tempo, Vovó Maurícia está no Peixe-Manso, nos Gerais, em casa de meu tio Silvão, tia Beia. Nem sei quando iremos lá, ou quando ela vai vir, para se ver, querida bem. Cá em casa tem retrato dela, mas não acho parecido justo. Todo retrato enfeia..." Lalinha pensava: essa Vovó Maurícia, quando moça, teria sido parecida com Maria da Glória? Que continuava contando: — "...Viveram como Deus com os Anjos — ela e Vovô Faleiros, já falecido... Ela dizia: — *Seu Faleiros, o senhor sempre, olhe lá, me tenha muito amor...* Conforme os usos: mesmo Mamãe e Papai toda a vida se trataram por *a Senhora, o Senhor...* Vovó Maurícia gosta de vinho. Vovô Faleiros cheirava simonte... Ela conta coisas da mocidade, tão divertidas: reproduz em assovio as músicas das danças antigas, com a mão no ar reparte o compasso. Dansava carola e varsoviana. Botava perfume nas pregas da saia. Vestia saia de balão, mas não gostava de pôr espartilho..."

Chegaram em casa à hora do jantar. O passeio fora bom, andar, assim a céu. Quinze dias fazia que Lalinha viera, e esse tempo se soltara, em nuvens e nadas, ela nem se detinha para saber se gostava dali. Cedera-se. Agora, descobrira que tinha poros que ela mesma ignorara. Sabia que gostava de Maria da Glória, muito. Quis dizer: — "Você é como o buriti..." — disse. Maria da Glória riu. Tantinho hesitou, como quem não atina com o dito nem com a resposta, e daí sorriu, elevando os ombros, como quem de repente descobrisse diversas boas respostas a um tempo, para dar. Nem deu. Entendera a outra, via vindo do afeto. E, Lalinha, o que devia ter falado, agora em mente achava; que era: — "Você é o Buriti Bom..."

Mas iô Ísio esperava, com eles para jantar. Ia jantar, mesmo demorar-se mais, os primeiros trechos da noite, só após iria se despedir, atravessaria o rio a horas mortas, em sua canôa, de volta para a Lapa-Laje. Porque, via-se, aquela tarde traria alguma guardada novidade; se via, no modo meio estranho deles todos, assim alvissarados, entre si entendidos. Iô Ísio, mesmo, escondia o entusiasmado mistério de alguma coisa. Por mais que se fizessem em seda e veludos, olhavam-na — e Lalinha pressentiu: ... "É com migo...?" Como conversavam animadamente, numa harmonia ativa, como sorriam, mais da vez! Até Maria Behú, o quanto gracejava. E iô Liodoro, pouquinho mais convivente, descascado um quase, querendo-se amável. Iô Liodoro, aquele modo de responder curto, e em seguida sorrir para outra pessôa, que nada lhe tivesse perguntado. E, então, como se chegado o preciso instante, iô Ísio anunciou: — "Dô-Nhã está aí..." E todos pareciam saber disso, mil certo sabiam. Todos tinham uma coisa em mente. Dô-Nhã. A coisa era ela. A visível conspiração. Olhavam-na: Lalinha percebeu — saía-lhes às caras: queriam que ela quisesse saber, que perguntasse. — "Quem é Dô-Nhã?" — achou docemente prático satisfazê-los. E Maria da Glória, iô Ísio, e até Maria Behú, quase falaram a um tempo: — "Uma senhora, muito bôa, engraçada, você vai ver, ela vive da banda de lá do rio... *A Dô-Nhã? Ela tem poderes... Ei, desmancha coisa-feita, desata contratos...* Uma mulher, amiga nossa. Ela sabe manha e arte..." Devia crer? Mesmo iô Liodoro, solene modo, concordava, com a cabeça, diversas vezes. Lalinha entendeu.

Dô-Nhã não viera à sala, jantar à mesa, ainda não aparecera. Decerto esperava lá, na cozinha — aquele domínio enorme, com seu alto teto de treva, com montes de sabugos descendo de metade das paredes, e pilhas de lenha seca e lenha nova, onde ainda vinham restos de orquídeas e musgos, e astutos bichinhos terebrantes, que, em seus ocos, calavam-se. Os cachorros ressonavam pelos cantos, tanto havia escusos recantos, onde uma criança podia perder-se. Troncos inteiros ardiam, com estalos e nevoagem, na longura da fornalha, à beira da qual uma quantidade de mulheres de todas as idades operavam, trauteando cantigas inentendíveis, ou comentando casos e feéricas vidas de santos. Enquanto, no patamar, no borralho, um gordo gato, visargo, às vezes entreabria os verdes olhos adstringentes, para que neles bailassem os germes do fôgo. Ora ou ora, o gato ficava de pé e se aproximava de nada, mas as chamas se refletiam ao geral, seu rubro, e uma daquelas mulheres ralhava: — "Sape!" Outra ajudava a ralhar: — "Aíva!" E o gato se repunha, enrolado sobre as cinzas, no rabo da fornalha. E as mulheres falavam, e a cozinha emitia sempre seu espesso cheiro — de fumado e resinas, de lavagens e farelo. Ali era uma clareira.

Lalinha leve e breve se desassossegou. Todos, unidos como de há muito, voltavam-se para ela, tencionavam submetê-la a um ritual de encantamento, a um manejo de forças estranhas. Para isso, tinham feito vir essa Dô-Nhã. Não os entendia mais, nem a Maria da Glória — e eles eram uma raça. Nem podiam merecer exprobração, e do ridículo salvava-os um compartido ar de inquietação, ansiosos: por causa dela, como se de seu assentimento muito dependesse. E olhavam na direção da cozinha. Dô-Nhã ia surgir. Tia Cló a trouxe.

Conforto que era para a gente dela se rir, aquela mulherota, de curta cara arredondante, com uma pinta de verruga pondo um buquê de pelos; os cabelos por cima numa bola se atufando; ela séria, séria demais, de propósito; e como fungava. Parou e salvou — "Em nome de Cristo Bom-Jesus a certa saúde de todos!" — e ficou de pé: queria-se respeitada e hirta, no meio da sala, o quanto possível. Desse digno só desmerecia nos olhares — furtando curiosidade e pressa — que soslaiava para a gente, aos pequenos jactos, cucava. Fazia-se de louca sobre louca?

Nisso, falou. Assim e Lalinha mal notara, e iô Liodoro e iô Ísio antes tinham saído da sala; nem os supunha para se escaparem de modo tão deslizado, tão discreto. Mas Dô-Nhã já estava falando, e era a ela, Lalinha, que se dirigia, despejada:

— "Ao que veja, minha filha, já sei, já sei os sabes: mandraca que uma outra avogou, para te separar vocês dois, no separável... Te avexa não, eu estou aqui, Nossa Senhora Branquinha e mais os Poderes hão de dar o jeito. Tem aslongas não... Se pode tomar essas esperanças? Certeza, minha filha! Não carece fica inchando a cabeça, eu agaranto. Desamarro, amarro. Ele vem voltar..." Suspirou para cima. Piscou, para arregalar os olhos. — "Vem vindo... Nem não é o primeiro! Faz pouco, inda eu rechamei o homem duma comadre minha, manso retornou. Se veio por querer, de bôa-vontade? Un-hum... Veio foi feito caracará na corda... Mas, você-a-senhora, minha filha, eu vejo que é formosura, é assim lindos-jasmins, então a ação retorce com melhores diferenças: não tem dó-lhe-dói, ele há de vir, feito beija-flôr à flôr de ingá, como vagem seca de tamboril viaja no vento... Me espera, só, se tu me vereis..." Pousou-se. Tanto rompante de fala esbofara-a, e agora atentava afável para Lalinha, que mal a enfrentava — débil riso só.

Tal, tudo se dava — uma papeata — e Maria da Glória talvez se receasse do mau efeito, ou se apiedou de Lalinha. — "Espera, isso é depois, Dô-Nhã. Senta aqui com a gente, conta as notícias do mato..." A mulher concordou. Num pronto, se desvestira do ar-em-ares. Jocosa, toda falava, refalava e perguntava, em mestra naturalidade — e assim era um denunciar-se de ter saído de uma comédia, era, pois. Maria da Glória e Maria Behú provocavam-na, e aplaudiam-na, sorridentemente. Via-se, criam nela, entretanto. Como era possível, deus-meu, acreditar-se em branca sombra duma sujeita de burlas dadas? Como?!

E todavia teve que — já no quarto — Lalinha se sentiu. Abrira a janela, daí precisou de apagar o lampeão, sob o ás-asas avançante das mariposas. O laranjal — um emuralho preto. Depois, a gente caminhava no céu. Calmo, como as estrelas meavam. A noite dava para muitas coisas. E ela perdeu o acompanhamento do tempo: — "Estou no sertão... No sertão, longe de tudo..." — se compadeceu. Notou, de repente: estava chorando. Surpreendeu-se, e esperou; como se quisesse saber quanto as lágrimas sozinhas por si duravam de cair, como se elas fossem explicar-lhe algum motivo. E já estava triste — era uma tristeza que fosse muito sua, residindo em seus pés, em suas costas, suas pernas. Não tinha um lenço ao alcance, e enxugar os olhos nas

Buriti    151

costas da mão deu-lhe um nervoso de poder se rir. Debruçou-se. Cerrou as pálpebras — a noite era uma água. De estar só, completamente, tirou uma esquisita segurança. Segurou-se ao instante. E foi como o abrir-se de outros olhos, agudo uma pontada. "*Eu* gosto dele porque ele me deixou... Não tenho brio..." Morder-se-ia. "Estou chorando é de raiva, é de ódio..." Que tinha vindo fazer ali, lugar de outros, tão trazida? Todos queriam que ela fosse uma coisa, insistentemente devolvida a quem a recusava? A noite do sertão, de si não era triste, mas oferecia em fuga de tudo uma pobreza, sem centro, uma ameaça inerme. Tudo ali podia repetir-se, mais ralo, mais lento, milhões de vezes, a gente sufocava por horizonte físico. Incessância dos grilos, que cantavam do alto — parece que ganharam os galhos das árvores. "Eu sou como uma menina de asilo..." — ela se espinhou. "Vou chorar, muito..." Se disse — e não veio o choro — o que a sustinha ali debruçada era uma apatia, um cansaço transtornado, surdo. Abaixo, quase de o poder tocar com os dedos, o pobre jardinzinho, atulhado, de suas flores dava o ar, das que para desabrochar escolhem o escuro. Tinha — lembrou-se — a tirolira amarela, migalha de seda, um retalhinho de flôr: essa obedecia de abrir-se exata no entreminuto das quatro da madrugada. — "É um relógio..." — diziam. Sabiam coisas demais, do tempo, dos bichos, de feitiços, das pessôas, das plantas — assim era o sertão. Davam-lhe medo. Fechou a janela, mesmo no obstáculo do escuro caminhou, tacteou pela cama. Deitada, uma das mãos estava sobre um seio, sentia o liso de seu corpo como se apalpasse um valor. Sabia-se bela, desejável. "De que foi que eu gostei em Irvino, quando o conheci — quando quis casar — quando meu noivo?" Tudo lhe parecia não-acontecido ainda. Virou-se. Distendeu, instigou sua atenção: queria surpreender uma marca, um relevo, no monte das horas se escoando. Ouviu galos, continuavam os grilos. E assim o silêncio da casa do Buriti Bom — que era como levantada na folha de uma enorme água calma. Maria da Glória estaria dormindo? "Não quero pensar... Quero ficar bem quieta..." Assustava-a, qual se fosse uma velhice, a insônia — aquela extensão sem nenhum tecido. Estremecimento — de imaginar tivesse de ser como a Maria Behú: condenada a rezas, a rezas, a vida toda, e a boca estava cheia de terra seca, uma aspereza... Ou aquele bobo noites inteiras acordado no moinho, escutando sem fim — o Chefe... Não, precisava de ir-se embora dali, voltar para sua casa, para perto de suas amigas, na cidade... E ouvia. Ouviu. Era um rumor de cavaleiro chegando, estacara encostado aos pilares da varanda. Lidando com o animal. Desarreava.

Tão tarde assim? Mas era iô Liodoro, retornando. Iria escutar-lhe os passos, quando viesse pelo corredor. Não ouviu, não ouvia. Iô Liodoro, infatigável no viver, voltando do amor de cada dia, como de um trabalho rude e bom. Ele. Não tinha conhecido ninguém que com ele se parecesse, homem assim não se podia conhecer. Tinha visto, ou pensado ver, algum ou outro que lhe lembrassem a vago o modo — mas sempre apenas algum estranho, qualquer transeúnte, na rua..."Como pode ser o pai de Irvino, como podem todos daqui querer tanto ao Irvino, dele sendo tão diferentes?" Alongou-se, seus pés um no outro descobriam uma suavidade sutilíssima, ah, gostaria de ser acariciada. Voltou-se para o canto, o rosto próximo da parede — a camada de ar ali como que se guardava mais fresca, e com um relento de limo, cheiro verde, quase musgoso, ora lembrava água em moringa nova. Respirava um barro. Sorveu aquilo, dava-se a um novo bem-estar. Pudesse, estaria deitada junto de Maria da Glória, queria que Maria da Glória, horas sem tempo, a abraçasse e beijasse, lhe desse todos os afagos, como se ela, Lalinha, Lala, fosse uma menina, um bichinho, diminuindo, cada vez mais diminuindo, até meio menos não existir, e dormir — só um centro. Dividiu-se — e, mal manhã, as muitas vacas berravam.

No seguir-se, achou até divertida a Dô-Nhã; de um dia para o outro, as coisas são tão diferentes. A mulher falhara lá, meia semana, pífia e desfrutável, comia muito e alto apregoava seu cerimonial, a certas horas representado, com manipulações e urgidas rezas invocando a vinda de iô Irvino. Num intervalo, Maria da Glória revelara: — "A Dô-Nhã viveu vida estúrdia... Por muitos anos, nos Gerais, teve de ser mulher de quatro homens, todos de uma vez, e até com isso se deu bem..." Naquilo não acreditava: que a Dô-Nhã viesse de uma estória, ela, triste estaferno. Mas era. — "Ela foi bonitinha..." Terminados os trabalhos, e bem paga, então, para Maria da Glória e Lalinha, não teve dúvida em confirmar, mais uma vez, em todos os pontos, a narração de sua mocidade.

Era do Cacoal — um arraialzinho, perto do engasgo do rio. Mocinha nova, sem nem ter quinze anos, o pai e a mãe conversaram de repente que ela tinha de se casar. Casar com o marido, o Avelim dos Abreus, rapaz quieto. Mas desse ela não gostava, nem para um beijo no fim do rosto, quanto mais para de noite; se arrenegou — donzelinha como era, não podia ter juízo. Gostava de namorar era com outro, o Totonho, que vindo dos Nortes, não era dali. — "Sossega de mentira, meu benzinho, não é nada: eu te fujo, na hora, batemos para a Januária, casamenteirozinhos, é para toda felicidade..." — o

Totonho disse. Ela esperou. O pai engordando porco, comprando gastos, a mãe obrigando-a a fazer enxoval. Enxoval de pobre é coisas atôas — o casamento já estava marcado com data. — "Na hora, tu deve de trazer tudo o que é seu..." — o Totonho mandava recado. A mãe e os irmãos pequenos vigiavam, Dó-Nhãninha nem tinha mais ocasião de cochichar com o Totonho. Assim mesmo, combinaram o dia. Mas não puderam fugir, a vigiação era forte, com os parentes todos. E, vai daí, vieram descoberto prender o Totonho — que era criminoso de morte — foi levado para Diamantina: cadeia e júri, de seis anos... — "É baixo, que eu ia deixar de gostar, eu tinha opinião de amor!" Mais que o Totonho conservava um amigo, no Cacoal — o qual era Damiãozinho — moço firme e decidido. E, mesmo em estando preso, achou jeito de enviar outros dois cabras de toda confiança: o Ijinaldo e Sossô... Todo o mundo gostava de Totonho... Pois era para me fugirem, fingindo que íamos para a Diamantina também, mas me levando era a salvo até a Januária, donde Totonho tinha um irmão, casado, jagunço de fazenda dum Coronel Bibiano, da Fazenda Jacarés... Eu quis. Eu fiquei em muitas ânsias. Mas, não havia jeito, singular que desconfiavam, inferno que me foi. Só relaxaram olho foi de tardinha, no dia, por eu já estar casada com o Avelino... Mas fugi — em risos e rezas, e em prantos... Violas lá no quintal de casa, tocando minha festa, e nós galopando, toda estrada: que comigo, o Damiãozinho, Sossô, Ijinaldo, e mais um José Tôco, que serviu para ajudar. Esse José Tôco era de perto do Cacoal, mas não prestava — era desordeiro e muito ignorante. Conseguimos muitas léguas... Mas, no meio-tempo, adoeci, figurável da aflição e do susto recolhido. Doença minha retrasou a gente, três dias, numa casinha de sinceras pessôas bondosas, no Cerradão do Atrás. Isso emprestou tempo para o diabo — vieram nos cercar... meu tio Antoninão, com outros e armas. Frouxos! Tiroteio tido, morreram dois, deles, o resto caçou o cós do mundo. Ah, mas — agora a gente estava criminosos, não se podia seguir para rumo de povoal — entortamos para o ermo dos Gerais, por longe, por cima dessas chapadas... E só esbarramos numa vereda escondida, sem morador nenhum nem rastros, sempre achamos que ali era uma que se chamava Vereda do Pica-Pau. Lá decidimos de ter de ficar morando. Bom, depois? O que se passou que houve? Bem, as senhoras sabem, não é? A gente não se presume... Vender couro de bichos, plantar mandioca, pescar peixe — eu cozinhava... Eles queriam. Eu estava ali. Uma ocasião, se falou nisso, a gente não é de ferro; quanto mais, homens... Mas, foi muito resolutivo, muito pensado. Pelo direito. — "O Totonho virá mesmo, um dia?" — o Ijinaldo disse. Os outros todos duvidavam. — "Se não vier, ninguém não paga à gente os tempos passados, e o regalo que se perdeu..." Aí, eu peguei a chorar; e eles dizendo: — "Chora não, beleza, benzinho, que estamos vivendo para te querer-bem..." Depois eu ainda fui chorando, mas era meio de mentira, para eles me consolarem mais, assim. Eu era muito menina, não podia ter juízo... Por continuação, o Damiãozinho foi e disse: — "Se sendo a sorte nossa que botou a gente nestas condições, eu acho é o que acho, que ninguém não pode culpar que é traição a um amigo..." Todos concordaram. E, por fim, Sossô, que era o mais ladino deles todos, foi e disse: — "O Totonho está à revelia. E o certo é que, ela tendo se casado com o Avelim, nem religião nem lei não são capazes mais de dar regulamento nisso, em favor do Totonho. Assim como se casou, não podia acontecer de ter tido de dormir a primeira noite, ou outras, com o marido, antes de se conseguir a fuga? Então, tudo fica na mesma..." E perguntou para mim, se eu mesma não achava. Eu, batendo com a cabeça, respondi que achava que sim. Eu estava com dó deles. Decidimos d'eles todos quatro ficarem comigo... Assim completo, durou dois anos...

Mas, ah, não, tudo por miúdo não relatava. Relembrar, agora, e com senhoras de tanto bem, até pertencia de ser pecado... Contar o roteirozinho daquilo, não cabia em sentido. Contava era como foi a continuação, pelo normal. Pois, naqueles dois anos e tanto, tudo corria ancho, dentro de ordem. Quando é caso bem determinado, não se briga. Nunca se brigou. — Mas, aconteceu, Sossô ouviu notícia de que, no Riacho Gato, estavam tirando ouro amarelo lavrável. Deu nele o fôgo da ambição, ninguém pôde ter mão nele. — "Vamos para lá, todos?" — ele bem que chamou a gente. Os outros não quiseram. Eu também não quis, não — em logradouro ou povoal eu havia de ter vergonha de ser mulher de quatros... Então, Sossô deu a despedida, nós todos ficamos tristes, embora ele se foi. Mas, daí depois, uns tempos, eu já não era boba, pensava nessas providências da vida, e resolvi mandar — pois todos me obedeciam e me agradavam. — "Temos de aproveitar a saúde, trabalhar rijo, para o futuro. Arranjar gado, fundar currais, isto aqui tem de virar uma fazendinha, fazenda..." — eu afirmei. E não dei mais descanso aos três. Ijinaldo e Damiãozinho bem que cumpriam. Mas o José Toco, por vagabundagem, para não molhar de suor o corpo, fugiu: se meteu para o mato, como um mau boi... Não voltou, mais nunca. Mas não fez falta, pois nós três, somentes, demos para progredir muito, em prazo de três anos já possuímos umas vacas, até queijo se fazia, até algodão se plantou... Uns dizem que, para enricar depressa, a gente roubou cavalos e bois, o que é mentira e falso, e mesmo aqueles gados e cavalos do Gerais eram sem donos. O que eu tinha de ter era energia à muita... Enfim, com aquele bom-viver, era muita bôa-sorte demais, de prosperar, e um dia então entristecemos: o Damiãozinho — que era o melhor de todos — Damiãozinho adoeceu para morrer, morreu de inflamações... Sobrou só o derradeiro, que foi o Ijinaldo. Até, nas horas do Damiãozinho agoniar, o Ijinaldo, na beira dele, chorava e exclamava: — "Não, Damiãozinho, não morre não! Não me deixa aqui sozinho..." E eu, que tomei aquilo por ofensa, tive de repreender: — "Então, tu até parece que tem medo de ter só a minha companhia?!" Mas ele estava pesaroso era pela amizade criada, e pensando e tal nos trabalhos na roça. Depois, enterramos Damiãozinho, caprichadamente, num cercado de pedras que a gente levantamos no começo da chapada — para tatú não vir. E a gente, nós só dois, começamos outra vida nova. Onze anos pelejamos, sem esmorecer, por fim já se tinha casa bôa, vaqueiros e enxadeiros em serviço, aqueles pastos campos alqueirados, o lugar remediava. E dei nome prezável: ali ficou chamado sendo a Vereda do Pôço-Claro. E é, até hoje... Vendi, quando o Ijinaldo também faleceu — foi de cobra cascavél que picou, nas duas pernas, nas trevas — vendi, bem, para um Tiodimiro Cássio... Com o dinheiro, comprei o sítio da Suã, perto do Cacoal, p'r' adonde voltei. Meus parentes me respeitaram...

Não, nessa Dô-Nhã não se podiam depositar esperanças, para um contrafeitiço; com ela se precisava era de gostoso rir — e ela mesma agora ria, não se importava. Principalmente, do seguinte. De que, voltando, o marido legítimo ainda estava à sua fiel espera, o Avelim dos Abreus, homem requieto. Disse que sempre gostava dela, pediu amor, os dois se ajuntassem. Foi. Mas o Avelim pesteava de desanimado, mãmolente, mesmo preguiçoso, extraído de todo alento de perseverança em trabalho. E ela mesma já tinha se abrandado daquela dureza firme, tanto não valesse. Pensaram que eram ricos, não tiveram sorte, negociaram mal. Perderam o sítio da Suã, às quartas, vende aqui, entrega ali, gastaram tudo... Como fim, agora estavam por aí, beirando o mato, na missa da miséria — por pena, o iô Ísio colocara o Avelim como posteiro, nos altos confins da Lapa-Laje. — "Mas, para os Gerais, eu dou as costas..." Dô-Nhã não sabia se queixar da vida, maugrado de tudo. E, o homem amado — o Totonho — desse, nunca, nunca, tivera mais notícia. — "Este mundo é diabrável para consumir gente..." Assim a Dô-Nhã se despediu, se foi, cheia de presentes e agradecimentos, iô Ísio veio buscá-la para a transpor para lá do rio, e aonde os Gerais vão começando. — "Mexi, mexemos, a senhora vai ver: ele vem e vem..." — disse, de estado, de suas rezas esconsas. E a gente sorria.

Todavia, despeito disso, guardavam fé. No dê-por-onde-dér, todos ali queriam a mesma coisa. — "Lala, meu irmão vem, ele vem... O amor não morre!" — Glória suspirara no dizer. Entretanto, de outra vez, Glória se arrebatara: — "O que a gente devia de fazer, eu sei. Irvino não tem culpa... Papai devia de mandar alguém ir consumir essa mulher! Como é mesmo o nome dela?" Os belos grandes olhos tinham expendido acêso em acêso, como um estralo. Lalinha se surpreendeu; salteada: se era assim, podiam planejar crimes, praticá-los? — "Como é, Lala? Me conta o nome dela..." Lalinha hesitou — não fosse aquilo a sério. Nem se lembrava de algum dia ter sabido o nome da outra, que estava com seu marido, e que era morena. Mas, ali no sertão, atribuíam valor aos nomes, o nome se repassava do espírito e do destino da pessôa, por meio do nome produziam sortilégios. Dar de que, arrufada, Glória reprovava-lhe o ignorar aquele; tomava seu não-saber por um descaso, como falta de interesse em Irvino? Pensou, com curto susto. Entanto Maria da Glória certo caía em si, se desdizia: — "Ah, não, Lala, Deus que me perdoe... Falei atôa, você não ache mal de mim..." — e sorria, seu ar brusco e inteligente, de menina forte. E, a dois passos delas, Maria Behú nada ouvira, Maria Behú ouvia de menos, era um tanto surdosa. Contudo, também Maria Behú de bôa mente aceitara os ofícios da Dô-Nhã, e esperava os resultados, igualmente cúmplice. Maria Behú gostava de blusas com bolsos, escondia as mãos nos bolsos, costumava ficar assim, muito imóvel, de pé.

— "Behú sabe que não é pecado de amavio o que se encomendou à Dô-Nhã, mas somente destruir o malefício que a outra fez, para pegar meu irmão... Ela até ajuda, com rezas maiores, com mortificações. E oração de Behú vale muito..." — Glória dizia. Aceitavam que Maria Behú por todos arcasse penitências. Parecia justo. Ela — a feia, sem nem um singelo atrativo — era a que se vestia sempre de escuro, e as golas tão altas, e contudo com rendinhas, que ao queixo lhe chegavam. Para proteger a santa-pureza; e de tudo aquilo, tiraria a Behú um lado de contentamento? O amor que mostrava por Maria da Glória era afinado em admiração e desejo de proteger. Sugeria um sentimento materno. Uma criatura desherdadinha tanto, de esperar-se não seria que ela invejasse a linda irmã, pelo menos no tentar contrariá-la pequenamente? Não, Behú nem censurava em Glória os vestidos bem abertos, as mangas encurtadas; isso nem parecia notar? Glória mesma explicava a Lalinha: — "Aqui, a gente tem liberdade de usar o que quiser, é como na cidade. Mas, para ir à Vila, é um horror: falam de tudo, tudo reparam..." Principiara essa conversa a Tia Cló, que não deszelava detalhe nenhum, e que enchia os olhos de esperança, apreciando o luxo de Lalinha. — "Como Deus é bom! Semelha mesmo um enxoval... Mas, minha filha: você não acha que não devia de usar essas tão finas peças, por agora, desgastando sem serventia; melhor não é guardar? Poupar, para quando ele vier vir..." Oh, sossegasse seu receio, a bôa Tia Cló, fossem esperar a vinda podia ser espera de uma vida inteira... E as roupas de mulher não serviam para sempre, tanto muda a moda... — Lalinha tinha de explicar, gentil. Mas Tia Cló dissuadia-se de entender, amigamente renuía. Teimava em preservá-la assim enfeitada e bonita, para o regresso de iô Irvino. — "Não, minha filha: faz isso não, a senhora não. Vai estragar essas mimosas mãos, cansar atôa, você não tem costume..." Assim ela impedia que Lalinha ajudasse, no mínimo que fosse, quando, no pejo de estar sendo tão inútil, queria fazer como Behú e Glória, que às vezes davam demão nos trabalhos caseiros de engomar e passar roupa, ou de costura. E mesmo, de certo modo, estranhamente Maria Behú se obstinava em afastar desses serviços também Maria da Glória — e era como se a beleza devesse ser defendida para outros destinos, e as mulheres formosas da família pairassem muito acima de tudo o que recordava escravidão e escravos.

Maria Behú e Tia Cló se uniam, para aconselhar que Maria da Glória fizesse companhia a Lalinha, levando-a para passeios. Saíam, nos dias grandes, de veranico ou estiada. — "Você precisa de aprender a montar, Lala..." — Glorinha insistira. Acedeu. Um animal macio e obediente ajudava-a pouco a pouco a perder o medo, desde que seguissem a passo vagaroso — e Glória, generosamente, se proibia de galopar, conforme tanto gostava. Iam, quase sempre, à Baixada, onde o forte sol enxugara os verdes, a relva era um coxim. Apeavam, recostavam-se, olhavam de frente, retamente, o céu, o azul alto, falavam de tantas tolices. Estavam ao pé do Buriti-Grande, mais que homem, mudo tanto, e já, sobre ele, desde de manhã, mexiam-se as araras no fastígio. Casais de araras. Todos os buritis, parecendo plantados à risca, iam longe em aleia, a gente imaginava procissão de povo, a cavalo e a pé, seguindo aquele rumo, as pessôas pequeninas, incessantes. — "Meu bem, aqui é um encanto, menos os mosquitinhos..." "— Fuma, Lala, que é bom, para espantar estes. Me dá um cigarro, também?" "— Mas, você fuma,

Glória, meu bem, você?" "— E sim, sabe? Às vezes. Você não pensava? Tem horas, vou contar a você: fico pensando que eu não presto — que o diabo me tenta... Porque acho que tudo o que tem, de melhor, é o que a gente não deve de fazer, o que é preciso se aproveitar escondido, bem escondido..." Riu. Seu rosto tomou cores. — "Você..." — "tolinha...", Lalinha ia dizer, e, apontando-lhe com o dedo, mimava repreensão. Mas Maria da Glória a interrompeu, sorridente desafiante: — "Não vai dizer mais que eu careço de casar!" Tolinha! — era o que era, o que Lalinha tinha pensado: que Maria da Glória, por traquinagem, fantasiava meios de se acreditar adulta mulher, muito existente, tirada como de romances lidos ou de fitas de cinema. Assim se sorriram. Aí, perto delas, passou uma comprida sombra no chão, deslizada — era o gavião-azul indo seu caminho no ar, foiçasse-o. Ao redor, dava muito gavião, dos outros, gavião-ferrugem, que se chamavam no buritizal, quiritavam. Adiante, do brejo, as garças distinguiam voo.

O Brejão-do-Umbigo, o nome era quase brutal, esquisito, desde ali pouco já principiava, no chão — um chão ladrão de si mesmo — até lá, onde o rio perverte suas águas. O que se sabia, dele, era a jangla, e aqueles poços, com nata película, escamosa e opal, como se esparzidos de um talco. O brejo não tinha plantas com espinhos. Só largas folhas se empapando, combebendo, como trapos, e longos caules que se permutam flores para o amor. Aqueles ramos afundados se ungindo dum muco, para não se maltratarem quando o movimento da água uns contra os outros esfregava. Assim bem os peixes nadavam enluvados em goma, por entre moles, mádidas folhagens. E todos os bichos deixavam seus rastros bem inculcados na umidade da argila. Todo enleio, todo lodo, e lá, de tardinha, a febre corripe, e de noite se desdobra um frio maior, sobre as que se abrem torpes — bolhas do brejo e estrelas abaixadas. Aquilo amedrontava, dava nôjo.

Por que haviam construído a casa-da-fazenda naquele ponto de região, tão perto de horrores e matas? Diziam que o valor dali era a terra, e a abundância de águas. Tombava a chuva dos grandes meses do fim-do-ano, de cerra-céu, dava para esfriar e escurecer o tempo mesmo no meio do verão, a gente permanecia dias e dias encerrada. A própria casa calava de crispar-se e se corrugar debaixo dum vapor, ameaçado o mundo de se converter todo no encharcado de um Brejão, num manho-mar. "Vou me sufocar... Vou ficar medonhamente triste..." Não ficava. Às horas, se deixava numa indiferença de pedaço de coisa.

A gorda comida roceira, os doces açucarados, e aquele contínuo lazer sem limite, assustavam-na — que assim ia engordar, desfigurar-se dadamente, como se se condenasse a um irreparável aleijão. Aludira a isso, e Tia Cló, depois de confabular com Glória e Behú, pudera entender. — "Ele, minha filha, gosta mais de você afinada?" — perguntou. E trazia a Lalinha chás amargosos, que tinham de ser bebidos muito quentes, cheiravam a maracujá e limoeiro, e, em vez de colher, mexiam-se com longos verdes espinhos.

Liam. Ali tudo o que era escrito se guardava indefinidamente, havia pilhas de revistas muito passadas, e romances, alguns do tempo em que Irvino e Ísio, e as irmãs, ainda eram adolescentes. Às vezes sentadas junto, na grande rede, demoravam assim. Glória sabia extrair duma página de figurino o esperançado alvoroço de quem comprasse bilhete de loteria. Imaginava rumas de vestidos belos, e cores e festas, queria que o mundo todo se estendesse na antiguidade de uma alegria. Rude repentinamente, se erguia — uma rijeza estremecia-lhe instantânea das coxas aos tornozelos — e ia até ao extremo da varanda, querendo surpreender o âmago da chuva. Ou, então, antes de abraçar a outra, distendia-se num espreguiçamento de saúde — os claros braços revoltos rolantes, como o espiralar de perfumes, escorregava aquela visão, e, na boca, em vez de um bocejo, um sorriso. — "Lala, ah, Lala, você é minha amiga?!" Transmitia a segurança — um condão — de que exercer a amizade fosse possuir um triunfo. — "Lala, você sabe? No Colégio, as freiras não queriam que entre nós, internas, as amigas formassem pares constantes... No recreio, não deixavam que duas alunas conversassem sozinhas. A gente tinha de ser três, ou cinco, ou mais... Elas não queriam 'predileções'. Eu achava graça. Eu nunca tive 'predileta'..."

Suasiva simples; sua inocência raiava como uma debilidade presa dentro de uma força. Ela mesma, Maria da Glória, não teria noção do que suas frases encadeavam? Nem podia ser fingimento de candura. Lalinha se conteve, não quis buscar-lhe os olhos. Seguisse a falar: — "Nós, do sertão, gostávamos de andar juntas com as do Curvelo..." Sorriu de alto. — "As curvelanas, sabe, eram as mais unidas, e as mais bonitas — e as mais orgulhosas..." Agora, de pé, embalançava a rede, onde Lalinha se aconchegara. Estar por estar: Lalinha se cerrava, espessava os olhos; em volta, chumbo de tudo, o mundo se lavava, veloz, mas ali no senseio da rede era um ninho. E gostaria de ouvir Maria da Glória tagarelar, longamente. Com um sabor de malícia, às gotas se segredou: que Glória fosse além, dissesse coisas intranquilas, repelidas como um cuspe e mais disformes, assim impremeditadamente vindas à voz de uma meninona linda, aquela voz bem timbrada, rica de um calor forte de vovoengo — o que ela descuidosa dissesse se tornava implacavelmente dito: formava para sempre uma teoria terrível; aquilo dava um dôce arrepio, meava-lhe animador pelos ouvidos — coragem e apalpos gélidos de medo.

Queria quase nem queria, desse jeito, sem precisão, num desejo sutil e esgueirado, que era o fio de um tédio curioso, como quem não fita fim. "E a Dô-Nhã, hem, meu-bem? Você já imaginou?" — ciciava uma pergunta. E errara, errou a via. — "Dô-Nhã? Duvide não, Lala, ela entende, a gente sabe de virtude no que ela faz e desfaz..." — Maria da Glória pronto a sério respondera; Lalinha odiou aquela mudança. E depressa tentou deter o encanto, que se dissipava: — "Não, meu-bem, eu estava pensando era em *outras coisas*... A Dô-Nhã, mocinha moça, morando de mulher com quatro homens..." Riu, um risozinho que quis torpe, bebeu-se, para colher o que Glória comentava. Havia que, de outra ocasião, perguntar tudo a ela, à Dô-Nhã, fazê-la contar... — "É mesmo, Lala. Ela é uma mulher levada..." Maria da Glória se entusiasmava, magana, dada num descontraste. Os risos de ambas se passavam estilhas de escândalo, uma cumplicidade oblíqua, que festejasse alegrias impossíveis. E, vez vezinha, deitavam olhos, vigiando alguém não viesse. Mas de repique, Lalinha sofreu o mal-estar de um remorso, o abrigo da bôa penumbra feita teimara em clarear-se. "É horrível! Sou um monstro, sou imunda..." O pensamento alheável chamara-a, abaixo fora, até onde, de repente, tudo balançara, jogando-a de novo em si — pavor e nôjo nú do quadro que inventara. "Não sou assim! Ela não é assim! Glorinha..." — se impôs; e crispou-se — seu espírito se inteiriçava, recuando da margem de fôgo, do estonteado. "Meu Deus, uma coisa dessas é impossível, que bom, não pode acontecer, nunca, nunca, graças a Deus!..." Não podia ter pensado aquilo, ninguém deveria poder jamais pensar aquilo — nem não sendo sua, a coisa daquele pensamento, matéria de nuvens — e ré se sentia, no íntimo, traidora de todos, ali, vilã vil na casa. Casa de iô Liodoro... Nele, em iô Liodoro, fincara a ideia, no agudo do alarme, como quem vai cair e, ainda que sem olhar, se firma e segura em alguém a seu lado, ou a uma árvore ou uma parede.

Nem se dava direito se a lembrança de iô Liodoro a socorrera do susto, ou se o provocara, a um claror de relâmpago, esbarrando-a.

Iô Liodoro chegasse agora, como vez de costume, surgido do campo onde reinavam remoinhos de bois e o vendaval das chuvas, e aos gritos os

*Buriti* 161

vaqueiros cavaleiros, vestidos de velho couro ou sob as capas rodadas de palha-de-buriti, iô Liodoro se apeava do cavalo, subia à varanda, suas altas botas enlameadas, seus largos ombros, o emembramento espaçoso, as roupas, o chapelão escurecido de molhado, e ele escondido dentro de si, retirado de seus olhos dele, vinha, a gente pensava sempre que ele viesse vir, em direitura mas não, apenas à distância as cumprimentava, abençoava Maria da Glória, e entrava na Casa, iria pelo corredor, que em dias chuvoentos se alongava mais obscuro. Aquele homem assentava bem com as árvores robustas, com os esteiões da casa. Ele estreitava a execução dos costumes, e não se baixava amesquim para o que de pequenino se desse. Outra hora, tomado seu café, reaparecia, ficava um tempo de pé, embrulhando o cigarro. Conversava, sim, saído de claros segredos, dizia coisas sem maior importância, e estudava-se em sua pessôa uma espécie de influição, que era de benevolência e gravidade. — "Papai não dá liberdade a ninguém, nem tira..." — Maria da Glória explicava. Lalinha tomava um prazer, de não precisar de se levantar, de já estar assim ali, e poder continuar encolhida na rede, na presença dele. Sentia-se delicada e fraca, e respeitada. Pedia para si pureza, os límpidos pensamentos. "No fundo, sou bôa..." Apartar-se de coisas ainda não separadas, e como frias doenças — a face de seu pensamento se fazia tênue, transparente, como se ela divisasse: malmoveu-se uma grande forma.

    Iô Liodoro tinha uns poucos cabelos agrisalhando-se, lateralmente — o resto ainda parecia, estranhamente, mais jovem. E nos traços de seu rosto a gente podia discernir, ainda indiferenciados, os que foram repartidos entre Irvino, Ísio, Maria Behú e Maria da Glória? No monótono, nessas águas, a gente enclausurada em casa tinha tempo para muitas divagações. Quando, então, Glória se lembrava — sentia falta de canções e de música. Maria da Glória ia apanhar a vitrolinha, que era um aparelho portátil, de manivela. — "Você sabe, Lala? Toda vez que a gente quer alguma coisa, e não sabe o que, então é porque a gente está é com sede dum bom copo d'água, ou carecendo de ouvir música tocada..." Maria Behú, sempre cuidadosa, era quem guardava as agulhas e os discos. Sem deixar de lá o trabalho que estivesse fazendo, Maria Behú pedia, acanhada, que pusessem uma valsa sentimental. Dizia que se lembrava de Vovó Maurícia. — "Pior é não se saber quando ela vai vir, para ficar uns meses com a gente... Com o reumatismo que está padecendo, tão cedo ela não consegue viajar demorado..." Era a última notícia da avó, que uns vaqueiros tinham trazido. — "Quem vem dos Gerais, é alegria adiante, tristeza atrás..." Maria Behú estava citando um ditado de Vovó Maurícia, essa falava coisas inesquecíveis: — "O sol não é os raios dele — é o fôgo da bola. A gente é o coração caladinho..." Ou, então, a respeito das pequenas alegrias, de todo momento: — "A gente não presta atenção nisso, que é saudação-de-carta; mas, às vezes, depois, dói, dói molhado..." Maria Behú gostava de rezar e de ser triste. Mas Glória perguntava: — "Você deve de dansar bem, Lala. Você toca piano?" Glória dansava sozinha.

E num dia assim tinha aparecido o nhô Gualberto, assim como assim seu vezo: a modo de que viesse receber algo, buscar algo para os vazios de sua alma; dava recados longos de afeto e lembranças, de sua mulher, Dona-Dona, que não se via nunca e ele dizia estar sempre perrengue, experimentando os remédios. Nhô Gual a boa distância se postava, mas aos poucos delas vinha se aproximando, com seu ar de matuto em feira. Não, não se atrevia a dansar, quando Glória o convidava; ele se benzia de sorrir e agitar a cabeça, como se quisesse mostrar-se paternal, tolerante para o que considerava como folguedos em criancice. — "Ah, minhas filhas, quem dera... Já se foi, o meu tempo..." Lalinha achava graça naquele "minhas filhas", que, por modo tão inofensivo, era um manejo para incorporá-la, também a ela, a uma espécie de intimidade. Mesmo se escusando e falando em tempos idos, nhô Gualberto Gaspar não escondia igual a esperança de ainda poder passar por festeiro lépido e garboso, modesteava de falso. Um cômico homem, bamboleão, molenga, envergonhado de sua própria pessôa e de seu desejo de ter uma porçõozinha maior das coisas da vida. Era de ver como a música vingava animá-lo, nos intervalos queria contar casos, às vezes a um rompante se arriscava, vaporoso de vaidades. Maria da Glória pusera-o a dar corda na vitrola, e um tanto confuso ele obedecia. E, sim, agora Lalinha podia comprovar como ele, às furtas, mas desenvolvidamente, não tirava os olhos das pernas, das formas convidativas de Maria da Glória. Ele mesmo saberia que o fizesse? Talvez não. E assim não seria ainda mais obsceno? Mais graves aqueles olhos, a ingênuo serviço de uma gana profunda, imperturbada, igual à fome com que as grandes cobras se desenrolam, como máquinas, como vísceras. O ar do quarto se amornava, de súbito, outros orbes nele oscilavam, subintes, como um começo de angústia. E viu: porque se atordoava — era porque Maria da Glória reparadamente se comprazia com a nojenta admiração, dava mostras de instigá-la; era, estava sendo impúdica. Se não, porque aquele capricho no mudar de posição, de reclinar-se, tão santinha quieta, tão calma, cruzando as pernas, suspendendo

*Buriti*    163

mais a barra do vestido? Oh, aquilo horrorizava, parecia uma profanação bestial, parecia um estupro. A sério, iria ter depois uma conversa com ela, com a amiga, com a cunhada, aconselhá-la a cuidar, a não se expor assim. E aquele tipo beócio, nhô Gual, nhô Gaspar, merecia que o expulsassem, de uma vez, a cães, a brados. Nunca mais voltasse. Ah, faltava ali, no Buriti Bom, um resguardo, um pressentimento, uma adivinhação minuciosa de mãe, que olhasse por aquela menina.

E Lalinha, assustada com seu próprio último confranger-se, recusava-se a ver, não queria testemunhar — encolhia-se até de respirar, sentia que devia negar aquilo, com todas as suas forças, como se dela tudo proviesse, como se em sua consciência fora que a loucura dos outros tomasse alento e avultasse, dela mesmo dependendo que os absurdos criassem forma. Apegava-se a um consolo — talvez Maria da Glória estivesse alheia ao baboseio ignóbil; e em Maria da Glória ela preferia a insciência, a mesma que, da parte do homem, aumentava sua repugnância. Mas, não, não era. Porque, a certa altura, Maria da Glória pôde, com um gracejo de gestos, chamar-lhe a atenção para a atitude de nhô Gual. Então — respirou — Maria da Glória só por uma maliciosa brincadeira, leviana mas perdoável, era que fazia por estimular a procacidade do outro, intencional? Mas suspeitou de imediato: podia ser que Glória só lhe tivesse chamado agora a atenção, a fim de se isentar, desculpar-se, e por descobrir que ela estava tão agudamente atenta... Aquele homem soez, agora, de propósito dirigindo-se a ela, Lalinha, ele estava contando coisas idiotas, num vagar de voz: — "... Aí, por debaixo dos buritis, até apeamos... A dona queria que o marido arranjasse uns desses caramujos do seco, bicho danado de ascoso. Dizem que serve de remédio, para peito fraco... Mas a dona Dioneia até que está bem viçosa, risonha demais, estava com um vestido azulzinho e branco com floreados, quem eu achei meio mocho foi o marido dela, o Inspetor..."

Mas Maria da Glória se enrubesceu, sob pretexto parou de tocar, chamou Lalinha a seu quarto, pouco se deram do destino que nhô Gualberto Gaspar tomasse. Glória fremia de ira: — "Você viu, Lala, você ouviu? Essa mulher, dona Dioneia, é uma das... Fraquezas do Papai, você sabe, ele é homem... Antes a outra, que nunca vi, mas sei: que é uma mulata, mulher de desventuras... Mas, aquela, casada! Com o marido perto, sofrendo sabendo. Ela é uma cachorra, uma valda. Devia de haver quem desse nela uma tunda..."

Não, era baldado tentar encaminhar a irritação de Glória para nhô Gual

Gaspar, que se dera ao desplante de vir trazer o indecente assunto. Glória encorpara-se no ódio à mulher, e era apenas. Enfim, quando pôde sorrir, e de amplo se desanuviara, Lalinha falou-lhe, do lúbrico namoro de nhô Gaspar, censurando-a meigamente. Contudo, o que Lalinha não esperava, Maria da Glória a ouviu, sem pestanejar, e mesmo concordava, olhando-a com muita infância. "Ela é mais forte do que eu..." — Lalinha achou, tranquilizada. "É inocente, tão inocente... Impura e culposa sou eu, nas minhas desconfianças..." Sentiu, sinuosamente, uma necessidade de rehaver-se em maior harmonia com ela, de aceitar suas opiniões; e, no que dizia e ouvia, já estava tão só querendo agradar-lhe. Glória podia falar da outra, dona Dioneia, e ela não se atrevia a opor-lhe que era injustiça atribuir àquela toda a culpa.

E, como seria, essa dona Dioneia? Já vira o marido, o Inspetor, que uma ou duas vezes viera à fazenda, falar com iô Liodoro, nunca passara da varanda; iô Liodoro tratava-o bem, tomava com ele um trago de restilo, conversavam algum tempo, o homem se ia. Ele era envelhecido, e piscava, piscava. Outra vez, na estiagem, de janeiro em meio, Lalinha e Glória, que estavam passeando no arredor, iriam encontrar-se com ele, andante depressa. Era um dia quente, mas o córrego estava assujado, não podiam tomar banho de poço, Glória imaginou fossem ver as roças. O Inspetor, gracejando, quis mostrar-lhes o lugar em que estava agora o Chefe Zequiel, manejando solitário. A gente percebia, o Inspetor — que ele se sentisse na precisão de se mostrar alegre e despreocupado. E o que Lalinha admirou foi Maria da Glória ter-lhe perguntado atenciosa pela mulher, com muita naturalidade. — "Perguntei por ela, como pelo cão-de-beltrão..." — Glória iria depois explicar-lhe; por dó, dando ao homem uma ilusãozinha, ele se sentisse não marcado, não desprezado. — "Você, meu-bem, é um anjo..." O que pensou: "Maria da Glória perdoava tudo aos homens?" — mas admirava aquela bondade, tanto juízo. Porém, diante do Chefe, bastando não entender o sorrisão com que o bobo os recebia, o Inspetor se desculpara e partira — pesava à gente ver um homem assim chagado. — "Eh, esse deve de ser muito rico: senhor de cidade..." — o Chefe entanto dissera, ele acatava as pessôas pelos trajes.

E, ante Glória e Lalinha, o Chefe se desmanchava desdentado todo num riso, era igual lhe tivessem surgido de repente duas fadas. Principalmente pronto a um ajoelhar-se-de-adorar aos pés de Lalinha, ela mesma o percebera. — "Nhãssim, nhãssim..." — ele em afã redizia —; tudo o que ela quisesse ou sentisse ou pensasse devia de ser a própria razão. Mas, quando se afastavam, ele murmurava alguma coisa, que Glória dizia entender e seria: — "Nhãssim, madaminha linda..." Ali, no lugar, ele fizera um roçado, defendera-o com o tapume de varas. Amendoim — era o que aquele ano tinha plantado. O chão ali era bom, e a terra clara — ah, como carecia de ser, ele em seu papagueio explicava. Porque o amendoim, quando produz, abaixa os ramos, para enterrar uma por uma as frutas, escondendo-as; e elas tomavam na casca a cor da terra. Mas, já tinha perdido a esperança de colher bem bastante. — "É porque estou caipora..." — dizia. Maria da Glória interpelara-o, sobre o que andava ouvindo, de transnoite, e o rosto dele, vinda dos olhos, deu sombra duma tristeza. Lalinha se estarrecia. Era aquilo possível, só de se pensar — que o pobre diabo havia anos pagava ao medo todas as horas de suas noites, tenso na vigília? E podia descrever, relatar imensa e pequenamente tudo o que vinha parar a seus ouvidos, como enteava. — Tudo — e era nada. — "Que é que adianta, escutar, nessas noites em que o que tem é só chuvarada de chuva?" — Maria da Glória brincava. Ah, nhãnão, sinhazinha: tem muitas toadas de chuvas diferentes, e tudo o mais, que espera, por detrás... Podia contar, de todo cricril; do macho e da fêmea quando as corujas currucam, dar aviso da coruja-grande, que pega pintos no quintal; ou para que lado se comboiavam, no clareio da manhã, as capelas de macacos. Ou quando ameaça de mudar o rodeio do vento. O gugugo da juriti, um alvoroço de ninhos atacados: guaxo guincha, guaxo vôa. O pica-pau medido, batendo pau, batendo tempo. Lontra bufando — uma espécie de miado — antes de mergulhar. O gongo dos sapos. O gougo do raposão. Ou ao luar uma bandeira de porcos-do-mato, no estraçalho. Essas vantagens Maria da Glória interpretava e esclarecia, ela apresentava o Chefe Zequiel como se ele fosse um talento da fazenda, com que o Buriti Bom pudesse contar — nos portais da noite, sentinela posta. Mas, não, Maria da Glória, por de demasiado perto o ter, mal o compreendesse, nem désse tino do constante agoniado padecer que o aprisionava. Bastava notar-se-lhe a descrença de olhos, o tom, o afadigado insistir com que ele, contando de tudo, como que procurava exprimir alguma outra coisa, muito acima de seu poder de discernir e abarcar. Como se ele tivesse descoberto alguma matéria enorme de conteúdo e significação, e que não coubesse toda em sua fraca cabeça, e todas as inteiras noites não lhe bastavam para perseguir o entendimento daquilo. Ah, e o fato de resignar-se, de não achar que os outros precisassem de compartilhar daquele medo tão grande. — "O Chefe todo-o-tempo tem dôr-de-cabeça. Não é, Chefe?" Tinha, sim, era verdade — ele sorria, grandes cantos da boca, seus olhos miravam miúdo. E tinha, entanto, a voz bôa e um jeito delicado, todo cumpridor de tudo, o respeito, seguindo sua vidazinha no bem-querer das obrigações. Trabalhava. Temia a noite, pontualmente, o pingo do barulho menor. Por isso, ao entardecer, vinha à cozinha, deixavam-no entrar no corpo da casa. Exultava quando havia rezas conjuntas — era um meio de diminuir o espaço da noite, o sozinho. Ajoelhado, era o mais obediente ao rangido das orações, não cochilava. Tudo terminado, ele ainda relutava em ir-se; e indagava sempre: — "Tem as indulgências?" Parecia querer um recibo, um papel, ou pensava que as indulgências fossem uma cédula de dinheiro. Ou, então, vinha ouvir música, quando punham a vitrola. Ficava a distância. Repetia: — "Toca violins..." E Tia Cló, as criadas, o pessoal pequeno, todos o respeitavam, aceitadamente, ninguém zombava dele, deixavam-no ser a sério seu na tolice, se bem fosse um pobre-de-deus, vindo nem se sabia de onde, e ali acolhido por caridade.

Assim era aquela gente. O umbral do sertão, o Buriti Bom. Ali, quando alguém dizia: — Faz muitos anos... — parecia que o passado era verdadeiramente longe, como o céu ou uma montanha. Estúrdio seu estatuto, todos meninos de simples, no imudado de afetos e costumes. Aquelas mulheres da cozinha, para elas os écos do mundo chegavam de muito distante, refratados: e era um mundo de brinquedo e de veneração. Surpreendiam-se falando coisas de alegre espanto: — "Diz-se que na cidade vai ter guerra..." E cantavam lôas. — "Você sabe a História Sagrada?" Dividiam bichos e entes — os que eram de Deus e os que não eram. O bem-te-vi era pássaro do capêta. Discutiam, sofismavam, renhiam, como se entre o predomínio de Deus ou do demônio a decisão final tivesse de ser por eleição. Chovia tanto e tanto. Dias esses, tudo cheirava a vegetal e barro. Haviam-se os patos, quantidade deles, batendo muito, fortemente, as asas, zanzando no quintal e no pátio-de-trás. Nunca matavam desses patos para a cozinha; mas davam notícia de quando desaparecia um: que de certo descera o rego, denadando, se sumira no córrego, lá em baixo, raposão comeu, ou jacaré. Riso era nos dentes de uma preta: — "Quando dá arco-da-velha, é bom para apanhar pra beber águas de chuvas..." Esses trovões de muitas nuvens. O calor era grato, o fôgo em festa na fornalha enriquecia a tantos. Estiava. — "Os passarinhos todos estão chocando em ninho..." Iam encher o mundo de passarinhozinhos. Os pássaros cantavam vivalma. No espaço do pomar que era das mangueiras e mamoeiros, eles sobressistiam. E às vezes chegava um vaqueiro, vinha pedir café, aos fundos da casa, narrava: — "O

Abaeté encheu demais, no Ingá-Branco rodou uma casinha águas-abaixo, com seis pessôas... Afogou muito boi nos pastos..." "— O João Bento quer vender um coatí, que ele pegou. O João Bento é dôido..."

Em certos dias, surgia na varanda uma mansa gente — os pobres do mato. Eram umas velhas, tiritáveis, xales pretos tapando remendos e molambos, os rostos recruzando mil rugas; e as rugas eram fortes, assim fortes os olhos, os queixos — e quase todas eram de uma raça antiga, e claras: davam ideia de pertencer a uma nação estrangeira. Ou os velhos, de calças arregaçadas, as roupas pareciam muito chovidas e secadas no corpo, esses homens se concentravam, num alquebro, sempre humildes. Aquelas roupas, tinham sido fiadas e tecidas à mão, por suas mães ou mulheres, ou filhas. Eles deviam de ter passado por caminhos estranhos — carrapichos, pedaços de gravetos, folhas verdes, prendiam-se em seus paletós, seus chapéus. Como deviam de morar, em bordas de grotas, ou recantos abstrusos dos morros, em antros e choupanas tristonhas, onde os ventos zuniam e a chuva gotejava. Esses podiam testemunhar milagres. Não, o sertão dava medo — podia-se cair nele a dentro, como em vazios da miséria e do sofrimento. Talvez toda a quantia de bondade do mundo não bastasse, para abraçá-lo, e seria preciso se produzir mais bondade — como a de Maria Behú e Maria da Glória, que pareciam tanto estimar e proteger aquela pobre gente, as duas disso nem se dando mesmo conta. Era de ver o contentamento com que acolhiam seus afilhados, tão numerosos, uns meninos e meninas que sorriam deslumbradamente e nunca falavam, quase sempre tinham uma beleza amanhecida, os olhos verdes ou escuríssimos pedindo lhes mandassem querer tudo o que da vida se quer. Quem iria tirá-los de lá, amá-los muito, existir com eles? Lalinha ansiava ser bôa, ali, bôa de um modo que ela própria entendia acima de seu poder. Ah, sabia se entristecer mas não sabia ajudar, como Behú e Glória podiam. — "O que a gente deve de deixar para trás é a poeira e as tristezas..." — sempre diziam as duas irmãs, lembrando Vovó Maurícia. Admiravam-na de cór. E os pobres do mato não pediam esmolas: vinham receber presentes — de farinha, toucinho, rapadura, sal, café, um gole de cachaça. E traziam presentes — cestinhos de taquara, colheres-de-pau bem trabalhadas, flores, mel selvagem, bênçãos e orações. No mês do Natal, para o presepe, vinham com balaios de musgo, barbas-de-árvores, ananases, parasitas floridas, penas coloridas de pássaros, frutas de gravará, cristais de belo bisel; e exultavam com o próximo nascimento de Jesus Nosso Senhor.

Na Véspera, todos apareciam. No Buriti Bom, Behú armava o grande presépio, no quarto-da-sala — todo aromas e brilhos, e cores amestradas, que ensinavam a beleza a confusos olhos. Semanas, tudo fora um movimento de reunir ovos e amassar quitandas, de fubá ou polvilho e trigo, inúmeras qualidades, que iam assar no enorme forno, lá fora numa coberta, aquecido a grandes brasas e varrido com vassourinhas de ramos verdes, que se torravam com perfume. Matavam boi, matavam porco. Era a festa. Ainda no dia, iô Ísio trazia o dôce-de-buriti, tão belo, tão asseado — aquele dôce granulado e oleoso, marrom claro, recendendo a tamarindo e manchando-se, no oscilar, como azeite-de-dendê: assim só as mulheres sertanejas acertavam de o preparar, com muito amor. Todos sabiam: a mulher — ià-Dijina — o fizera; mas iô Ísio não ousava mencionar-lhe o nome. E iô Ísio estava com seu terno mais novo, mas mesmo assim num lado do paletó tinha havido um rasgado, e fora cerzido, tão bem — somente dedos sábios pelo carinho o tentariam. Todos viam aquilo. Maria Behú, Maria da Glória, Tia Cló; sem duvidar, até iô Liodoro. Glória e Behú, ao abraçarem o irmão, Lalinha bem vira como uma e outra, num gesto quase igual, pousaram a mão naquela cicatriz, no costurado do paletó, como se estivessem transmitindo um agradecimento. Tudo e tanto, no nome de ià-Dijina não se tocava, ficavam em lugar dele uns espaços de silêncio — e era como se o dado rigor de uma lei todos seguissem. Às altas andas, da existência dela se negava, e de um modo tão exato, tão em tom, que com leveza angustiava, exigia revolta. Porque, Lalinha via-o, iô Ísio por vezes mostrava inquietar-se, estendia um esquecimento, punha olhos a distante — era véspera de Natal, as horas passavam, ele devia de querer estar ao lado da ià-Dijina, em sua casa deles dois, da outra banda, na Lapa-Laje. Não tinha coragem de dizer que já ia, e desprender-se, despedir-se? Experimentou, uma vez, no começo da tarde. Ninguém disse que não, ninguém estranhou com palavras, não o reprovaram. Mas um moer de silêncios juntos, uma pausa desenxavida e mal esperada, mediu o que queriam e o que ressentiam. Iô Ísio ficava. E Lalinha mesma, de repente, não pôde moderar-se de dar opinião: que, com o mau-tempo suspenso, talvez fosse mais prudente ele partir — não atravessaria à noite o rio cheio, perigoso... Concordaram, frouxamente, entristecidos. Apenas, iô Ísio olhara Lalinha, logo a seguir; no olhar ela julgou ver um doo agradecido. E entretanto só tempo depois ele deixou o Buriti Bom, chamando o gordo cachorro seu, o *Marujo*, que latia para o mundo do campo, vezes, antes de sair porta a fora. E também a ele, ao *Marujo*, se faziam muitas festas. Era o resplendor do Nascimento, naquele dia até os bichos se saudavam. Meio de meia-noite, a gente silenciava para ver se ouviam vozes deles — dos bois e burros e galos — dando recados dos Anjos, que à terra não vinham mais. Uma vaca berrasse, no instante, e a fazenda estaria sendo abençoada. Pinto que se espicasse do ovo antes da madrugada iria dar em galo-músico, cantante duma futura alegria invisível. Depois da meia-noite, finda a abstinência, se bebia vinho, se consoava. Todos, os vaqueiros e os pobres do mato também, vinham à sala e à mesa, entendiam de bem comer e beber. Mas, entre os de casa, falou-se em iô Ísio — ele já estaria agora na Lapa-Laje — e decerto não haviam cessado de pensar nele, de algum modo, desde o próprio momento em que se fora.

"Ah, estão pensando em Irvino, e não falam o nome dele, por minha causa..." — Lalinha colheu um amargo. Talvez até sua presença, aquela noite, os desgostasse. Ela não era parente — o sangue, que deles, nela faltava. Como seria possível enanelar-se naquele círculo, forçar-se um lugar entre eles — uma família, um sêmen? Não, ela não era parente. Parenta era de iã-Dijina, a outra apartada; de uma dona Dioneia, talvez, que teria desesperança e sofrimentos. Assistia ao Natal. Tinham rezado, em coro, um mistério do terço, cantado, e agora Maria da Glória e Behú recordavam trechos das *Pastorinhas*. Iô Liodoro mesmo saía de seu sempre, realçado na satisfação com que escutava-as, ora aplaudindo com acenos de cabeça, ora se entremeando na representação, que vinha de sua mocidade, de sua infância. As pastorinhas, que aguardavam o excelso, tinham adormecido, um labrego roubara-lhes o surrãozinho e o farnel; chamavam o meirinho, para acudí-las, o meirinho prendia o ladrão, o ladrão protestava. No passo, falava então iô Liodoro, forteante, a grôsso: — *"...Por que prendes, meirinho? Não sejas tão confiado!..."* Ia longe a recitação, e a dele era uma cheia, atirada voz, não pelo que dissesse. Por que, então, ela atentava naquelas frases? Como se a advertência lhe revalesse: — "Lalinha, Leandra, não sejas tão confiada..." —; louca? Mas, porque estava ali, não viera de próprio modo: tinham-na ido buscar; ele mesmo, iô Liodoro. Sim, não sabiam que ela não amava Irvino, que desistira para sempre de sua presença, nele nem pensava quase nunca, de maneira nenhuma acreditava em seu regresso — por mais que tivessem feito vir a Dô-Nhã, encomendado a feiticaria. Então, era por calar tudo isso que ela se sentia falsa, culpada? Uma estranha. Ser uma estranha — isso era ser culpada. Mas outros, que não da família, ali não eram amoravelmente cabidos, no Buriti Bom?

Ainda havia pouco, iô Liodoro tinha dito, com contentamento: — "Amanhã, por seguro, compadre nhô Gual há-de vir, como todos os anos..." Nauseava-a o aviso, como o avistar um morcego, a menção que lhe trazia a imagem daquele nhô Gualberto Gaspar, sorno, sua cabeça rapada. Fitou Maria da Glória. Todos estavam ditosos, tão facilmente. Tia Cló — que se sentia feliz, só de ter podido um dia visitar o Santuário, em Curvêlo, e de ser uma bôa doceira. E o Chefe Zequiel — aquela era uma noite avançável, a chuva parava, e o céu — o Chefe Zequiel, ali, sem pasmo. — "Mesmo em Natal você tem medo, ó Chefe?" — Maria da Glória perguntara. Ele sorria e mastigava. — "Eh, tenho os cuidados... Tenho medo dos sonos..." Terminava a festa, despediam-se os de fora, o Chefe caminhava para o moinho. Noite amável. O lírio-azul de grandes flores desabrochava, em canteiro arenoso, chovido pingado, sob a janela. Lalinha queria adormecer com um sorriso. Em seu sapatinho, que outro presente a não ser um beijo de homem? E no sapatinho de Maria da Glória. Um sonho era o espírito, o desenho de uma coisa possível, querendo vir a ser verdade.

Em fevereiro, o tempo limpou. Havia lua-luar, que na varanda se esperava, todos acomodados num convívio, conversavam tanto. Até os cachorros se impunham severa alegria doidável, com seus ladrados louvantes, ao logo romper da lua. Lua bela, pelo Abaeté a fora. E Glória, Behú e Tia Cló às vezes cantavam, feitas ao remoto, saudades se entreabrindo: uma vadiação, e tudo o que o amor arranha. — "Estou ficando menina outra vez?" — Lalinha se perguntava. O luar se pegava à mão, calava os rumores campeiros. Dando-se àquele serão cismoso, de repente ela desconfiava, temia pudesse da cidade se esquecer, de sua vida de antes, de tudo o que pensava fosse seu. Alterava-a mais a mais a estranhez de versos fora do tempo — seu triste — porque a tristeza chega sempre estranha. Sua alma se movia para esquerdas alvas. O que as outras repetiam longamente: era uma cantiga que culpava, de nosso sofrer-de-amor, a doidice da pomba-rola e os espinhos da laranjeira velha. Seguido, o lamento da moça cuja mãe jazia na mesa da sala, amortalhada; e então Glória e Behú sabiam baixar um estilo de pranto, too que transcluía resignada angústia, e sem olhar uma para a outra, mas sim se sozinhas se abraçando. "Eu também, igual a elas, não tenho mãe. Menos que Maria da Glória..." —; e Lalinha, segurando-se a qualquer assunto, se salvava do *demais*. Àquela hora, temia ser mais fraca do que o seu passado. Daí, porém, mal depois, era como se as companheiras, a turno, precisassem de outras regiões, e entoavam a brejeira dos Três-Tropeiros-sem-a-Tropa, ou o Rato, Rato, o Diolê-Diolá, ou coplas de Sinhã-a-Sertaneja, que sonhou com o Príncipe e por isso não aceitava noivo, até murchar idades, e aí, para não ficar *facão*, preferiu se casar mesmo de qualquer jeito com o feio vaqueiro Leobéu, de sertão-acima.

Tomar da lua tira o sono, e fundo cansa o abusar de nostalgias. Noites dessas, ao recolher-se, Lalinha se revolvia em si, se sentia inquietada e alheia, dava às vezes de se levantar da cama, reacender o lampeão, fumar. — "Clareado nos campos... O Chefe deve de estar se avisando do regemer do urutáu e do transitar dos lobos..." — Glória tinha por costume dizer, o engraçado em Glória era quando queria caçoar de alguém, então ela era só beicinhos, e o balançado de olhos; e quem-sabe, o Chefe não tinha razão: todos devessem parar, e fazer finca-pé no instante, no minuto. A qualquer hora, não se respirava a ânsia de que um desabar de mistérios podia de repente acontecer, e a gente despertar, no meio, terrível, de uma verdade? Estar ali no Buriti Bom, era tolice, tanta. — "Glória, meu-bem, vocês não sentem a vida envelhecer, se passar?" Não; ela, eles, não haviam ainda domesticado o tempo, repousavam na essência de seu sertão — que às vezes parecia ser uma amedrontadora ingenuidade. "Para que vim? Por que vim?!" Fazia meses, e, durante, poucas cartas havia escrito, e pouquíssimas recebido, da irmã, do irmão, de amigas. E agora, quase de súbito, aumentava-se a ausência deles, apresentavam-se demais em sua lembrança, que para a cidade redizia e pedia — onde tudo prometia-se com um agrado novo, um sabor: ainda as coisas banais dos dias, telefonar, ir ao cabeleireiro, ao cinema — bailando-lhe adiante, sobre a saudade, a saudade mais capciosa que existe, a saudade bocejada. Precisava de voltar. De ir embora. "Vou. Por que não, então? Ninguém me impede..." E se retinha, reexperimentando seu pensamento: que era que vinha sobpensando? Que alguém lhe impedisse a ida? Subiu ombros. Ia-se. Queria ir-se, no durado daqueles escuros dias marços, ela de alma idosa, como um objeto sob a chuva.

Rezava-se o terço e o *mês*, às noites, na sala-de-entrada, Maria Behú adquiria uma voz diretora, sempre ajoelhada. Lalinha se comprazia de seguir os puros rumos comandados pelas orações, gostava de dizer-se que estava no Buriti Bom para uma ação de penitência; então gostava mais da casa à noite, os enormes escuros. Donde lhe vinha o apego àli? Até quando lá ficaria? No íntimo, precisou de fixar-se um prazo, uma data: "Daqui a um mês..." E bastou isso, essa decisão, para tranquilizar-se. Como se tratasse de assunto sem a menor importância, disse-o a Glória. Glória era linda. Iria sentir-lhe a falta; mas poderia convidá-la, a passar um tempo, meses, na cidade. — "Lala?! Você não está brincando, Lala? E agora... E tudo?!..." Glória dizia estremecente, amuava um biquinho de choro. "E tudo..." — "Você sabe, Lala: não é a Dô-Nhã sozinha, não. Tem um homem, dos Marmelos, também, está fazendo trabalhos-ajudados, é um Jão Diagão — um preto, africano de tão idoso: você vai ver, ninguém pode com ele..." De Glória, esperava-se pranto, e vinha era um riso, depois uma seriedade. O que mais a preocupava: — "Você já imaginou como o Papai há-de ficar tão pesaroso?..." Simil assim: porque iô Liodoro queria a vinda de Irvino, cegamente, então todos ali na casa ansiavam por isso. Parecia. Tudo por causa de iô Liodoro. Como o amavam. Desescondiam-se de-todo, em horas de revelar aquela afeição, sempre; como no dia do raio.

Fora num domingo, pela tarde. Uma tarde mãe-manhosa, mal um estio: só trovões longe, céu com pigarro. Em oeste, um adiado de chuvas. Desde o almoço, iô Liodoro tinha saído. E, daí, de repente, o Chefe Zequiel se alarmou, ele estava atônito: — "Ih, corisco bruto... Derrubou pau alto!" Que caíra para a banda do Brejão, dizia; teria sido o Buriti-Grande? A despeito do tempo, batidos por um pressentimento mau, desordenaram-se todos, expedindo vaqueiros e camaradas, em rumos diversos, por busca de iô Liodoro; mesmo Glória, incapaz de conter-se, de esperar parada a vinda de uma certeza, tal a Behú, que se fechara no quarto. E Lalinha mesma surpreendeu-se descendo de assumida angústia, quando súbito viu iô Liodoro chegar, só, que se desencontrara dos outros. Devia de ter empalidecido, assim quase correra, ao encontro dele — que com um ar tão calmo a acolheu, pusera-lhe mão no ombro: — "Que é, minha filha?" — enquanto Behú surgia, com sorrisos de desafogo e brandas palavras de censura, e Tia Cló exclamava, que aviso de Deus era: — "Porque, de hoje a semana é Ramos, daí a Páscoa, e estou vendo que não se vai à Vila, na desobriga de confessar..." E Maria da Glória e os vaqueiros com pouco retornavam da Baixada, explicavam: não no Buriti-Grande o raio fendera, mas num pé de paineira, árvore grada — a faísca cortara rente o tronco, mas recravara-o no chão, a monte de metros, como um torto poste, destruído de todos seus galhos e ramos, modo por um esquisito desses, que vez e vez raio faz. E agora, ao pé do pote, Tia Cló servia água a todo o mundo, copo de mão em mão, com uma bênção, e entre bons risos bebiam, para dissipar o susto e o mau efeito. Visando a Lalinha, iô Liodoro tinha dito: — "Até receei, esta menina estando tão pálida..."

A ela perturbara o desusado afeto no tom, o sorriso sob olhar que envolve. Disse-o a Glória, mais tarde. — "Mas você não sabe, Lala, que o Pai gosta de você? Ele cuida..." Um remorso deu-se, ouvido isso. Que não mais amava Irvino, sabia; e que assim estava traindo a iô Liodoro, a Glória, a Behú, a todos dali, pois adversária deles — a custo de coração queria o contrário. Com certeza. Um dia, Glória chamou-a, em alvoroço: — "Lala, Lala! Um moço da cidade está aqui, veio te ver..." E ela se eriçou, dividida em muitas num só desgosto, como o gravará reaguça as folhas. "É Irvino, é ele..." — supôs, sem prazer, sem paz. E tão em repulsa parara o rosto, lívida decerto, que Maria da Glória mesma calou seu festivo aspecto, acalmando-a: — "Não é não, bem. É primeiro-de-abril, só..." Tanto não amava Irvino? Todavia, não admitia seu regresso, e, escondidamente, às vezes esperava vê-lo voltar, crendo um pouco nos aparatos da Dô-Nhã e de quantos todos os feiticeiros dali de arredor, que assim para ela trabalhavam? Sim, queria-o, sim, mas que, um dia, muito anunciado, ele viesse, alegre — e mudado, ah, mudado, completamente. Subisse devagar a escada da varanda, pesado e intenso no pisar, beijasse-lhe a mão e olhasse-a longo tempo, respeitoso, meio distante, sem precisar de confirmar com palavras a promessa de amá-la, mas insaciada e necessariamente, do modo como amam os bichos coerentes, obtusos. E ela, permaneceria para sempre no Buriti Bom... E então temia que os recursos de Dô-Nhã não bastassem, sentia-se ainda uma vez vencida, exposta à vergonha. De repente, confiava — não poderiam sofrer tal derrota, todos ali, que soturno pacto unia-os. Mas confiava era no Buriti Bom, no poder da pessôa de iô Liodoro.

  Sentia-se também de lá, fazendo parte, pertencente. E, agora, nem sabia bem como, desde o inesperado de um dia, jogava a bisca com o sogro. Tudo tão insinuadamente, e súbito, começou na tarde em que nhô Gual Gaspar, por motivo qualquer, teve que interromper o jogo, mal principiado. Ela se oferecera. Por quê? Dissessem-lhe, momentos antes, que ia fazer isso, e ela se espantaria, não se supunha com coragem. E, entretanto, encontrava que, sutil, sem nada planejar, havia tomado tempo para isso se preparando, observando como jogavam e pedindo explicações a Maria da Glória. Por quê? Devagarinho, censurou-se: que tentava valer-se, ser agradável; e conseguia-o. — "Esta menina tem muito mais talento nas cartas do que o compadre Gual..." — iô Liodoro dissera. Ela baixara o rosto, não quis sorrir. Jogavam, quase todas as tardes. Dava-se o mesmo, que da primeira vez: iô Liodoro primeiro olhava-a nos olhos, mas um rápido olhar, assegurava-se de sua presença e existência.

Daí, iam, qualquer simples palavra era rara entre eles, não citavam as cartadas. Também ela se entregava ao gosto do jogo, tomava-o como a uma robusta obrigação, um marco do tempo. Diante dela, aquele homem se continha em sua forma, num cerimonioso assento. Observava-o, a furto, e ele permanecia, tantos dias faz um mês, tantas horas faz um ano. A toda compleição, o nariz aquilino, o ruivo ar, o queixo grande. Perdia. Ganhava. Nunca desejara fazer pergunta a iô Liodoro. Mas, a ele, a gente tinha a vontade, sentia quase a necessidade de tentear-lhe o rosto, com as pontas dos dedos, para dele alguma coisa se conhecer — como os cegos fazem. Pai de seu marido, e, no entanto, tão diferente. Um ser tão diferente dela — no sangue, no corpo, na seiva — ele parecia mesmo pertencer ao silêncio de uma outra espécie. O filho de Vovó Maurícia e Seo Faleiros, o pai de Maria da Glória.

Ele jogava fortemente absorto. Perto, Glória e Behú não se escondiam de jubilantes, vendo como Lalinha conseguia reter por mais tempo o pai, talvez aos poucos ele fosse diminuindo aquelas saídas na noite, que avolumavam pecado. E Lalinha toda no íntimo regozijava-se, sabendo de ajudá-las, e queria e o queria. Entretanto, não sentia decepção, chegado o momento em que ele propunha cessarem e deixava as cartas, rebaralhando-as cuidadosamente antes, e dizia: — "Bôas foram..." — e sério se levantava, ia pegar o chapéu. Então, ele não precisava de alguma coisa mais viva, mais quente, e que estonteio lhe désse, além do inocente jogo de bisca? E ela chegava a enfadar-se contra as duas, aborrecia a desanimada reprovação no ar tristonho de Behú, e mesmo o petulante despeito de Glória. Deus dessas! — aquilo era a Família. A roda travada, um hábito viscoso: cada um precisava de conter os outros, para que não se fossem e vivessem. Um antigo amor, rasteiro.

Em certas noites, só, Lalinha retornava à tenção de partir, tomando-a um tédio de tudo ali, e daquela casa, que parecia impedir os movimentos do futuro. Do Buriti Bom, que se ancorava, recusando-se ao que deve vir. Como a beleza podia ficar inútil? A beleza das mulheres — que é para criar gozos e imagens? Sua própria beleza. Ali, nada se realizava, e era como se não pudesse manar — as pessôas envelheceriam, malogradas, incompletas, como cravadas borboletas; todo desejo modorrava em semente, a gente se estragava, sem um principiar; num brejo. Não acontecia nada. Um dia, aconteceu. Chegara aquele moço, chamado Miguel, vindo da cidade. Veio, trazido por nhô Gualberto Gaspar.

— Glória, Glorinha: você se suspirou, de noite?

Glória queria, sim, falar de amor, precisava. Tomara de alma a presença daquele moço — contra ela sobrevinha assim como as chuvas da estação ou o florir de maio, milmente. Só pensava nele. Em momentos, se esperançava e reentristecia, alagava os olhos duma luz de beira de lágrimas, que não vinham. — "Lala, sou tola, tola?" "— Não, meu bem. Você está sendo você..." Como a desaconselhar, desiludí-la de instante, a gume? Dizer: — Não acredite nesse rapaz, Glorinha... — e depois não saberia como explicar-lhe. Vira-o chegar e estar, era simpático; mas logo o sentira recluído, enrolado em si, nos obscuros. "Um que pensa demais, e que às vezes se envergonha do amor..." O amor exigia mulheres e homens ávidos tãomente da essência do presente, donos de uma perfeição espessa, o espírito que compreendesse o corpo. Mas, poderia dizer isso a Glorinha — o que não passasse talvez de uma sua preferência? Podia dizer que se acautelasse contra o moço Miguel... porque esse lhe lembrava a feição de Irvino? Nunca, não. E mesmo necessário não fosse, pois Glorinha aos poucos recaía em si, polia o agudo daquela emoção, se desespinhava, dia e dia. Ria. — "E não é que parece uma doença?" Um chega, adoece o outro; isso é o namoro e o amor? Para que? — "Ele não vai me escrever cartas. Eu disse que não... Tontice minha: eu não podia ter falado que ele escrevesse sobrescritado para você?" Seu sorriso, sua fraqueza. — "Dele não fiquei sabendo nem o endereço. Ah, o Gual deve de ter..." Mas Lalinha súbito deteve-a, alarmada, asqueada: — "Não, isto não: não pergunte a ele, meu bem! Não lhe dê confiança de falar do que você sente..." E entanto, por esse tempo, Lalinha já tolerava a presença de nhô Gualberto Gaspar, mais de uma vez em companhia dele tinham feito passeios. — "Você acha? Falo não, Lala, nem um pouquinho..." Pausa. — "E à Behú, posso contar? E falo com o Ísio?" Caluda — era o melhor. A ninguém não contasse. E ela, assim, sensíveis olhos: — "Bem, Lala, mas, você, então, vai ser sempre minha amiga, querida, gostar de mim, muito?" — redizia, rouca rola. Suave que sim, teria toda sua ternura. Sobre as semanas, porém, o dom daquilo de se esperançar e repenar e penar diminuía, em menos e menos. Glorinha se curava? Valesse-a o vão do tempo, a falta de degraus.

No São-João fizeram uma espampã fogueira.

Tão o tempo, no vagar, o Buriti Bom se tornava um repouso comum, feito pão e copo d'água. Aquele passar-se. Indolente, Lalinha se aquietava.

Marcava: "Mais um, ou dois meses, e me vou..." Precisava; portanto, não tinha pressa. Via o mudar dos dias. Ora, quase findada a moagem da cana — quando iô Liodoro, de regresso de aonde ia, meio da noite, se emendava direto nos serviços, movidos muito antes de qualquer cisluz de madrugada, entre gelos de ar e com o momento justo de início obedecido do brilho menor de certas estrelas. Ora a sazão das expedidas boiadas, que por dias e noites enchiam os currais: tudo um impossível caber de reses de olor forte, maço, só um espesso de vida, comprimida, com calor e peso, de avos; mugiam; e, às vezes, crepitava-lhes por cima apenas aquele extenso corisco de chifres. Iô Liodoro, possante, comandava os vaqueiros. Na altura da poeira, se distinguia duro seu porte. Sua voz tomava o fanhoso quente, tom dos campeiros de Alto-Sertão. Os bois entendiam-no?

Ela assim sopensara, em vago. E, quando nada o esperava, ouviu ao lado seu o nhô Gual — aqueles dias vindo para adjutorar. — "Ei, compadre iô Liodoro torce e apaz. Artes de homem..." Dissera-o de sonsim, com intenção? Ela estremecera. Os olhos do nhô pondo-se num avanço, o sujeito impudente. E alongava da boca o vaporzinho do bafo: copiava-se um diabo. Ela se tirou de vê-lo; desprezava-o. Sim entanto, soube, sabia-se por ele toda olhada, solertemente — que aqueles peguentos olhos continuavam nela. E que com mole gula! Ela ia revoltar-se, afastar-se dali; e, apesar de tudo... Quis rir, de mordiscar o lábio. Que destornada ideia súbito lhe estava vindo, ou um aviso de sensação? Tinha graça. Justo por ser aquele homem — palerma, caricato de feio, gonçado, meio pernóstico. Um macho. E desejava-a. Ela voltou-se, e sorriu-lhe — a tentação fora mais forte do que qualquer juízo. Perfidamente, gostou de assistir ao grotesco contentamento dele, de ver como se distendia, avolumado, animal, se animava. Sim, não se enganara: nhô Gaspar era um ousado, seus olhos se repastavam. E ela, por curto que quisesse censurar-se, se deleitava com a homenagem imunda. O cúpido olhar do homem queria atingir sua recôndita nudez, fazê-la frágil, babujá-la. Mas, amplamente no belo casaco marrom, de grandes bolsos onde ocultava as mãos, ela se sentia escudada, escondidazinha, fora do carnal alcance. A coragem que aquele casaco parecia dar-lhe! "Porco..." — pensou; ..."Sórdido, indecente..." —; mas não era uma sorvível delícia? "O verdadeiro amor é um calafrio doce, um susto sem perigos..." Durara só um instante. E — se disse — Glória? Não, não. Reprovava-se ter imaginado. Glorinha era lisa e jovem, uma sertaneja, nunca em sua vida haveria de experimentar o requinte de prazeres assim, com que ela, Lala, se mais-sentia. Glória se expandia, audaz, naquela quadra de ufa pastoril, se levantava cedo, montava, saía ao campo, à vaqueira, lado a lado com o pai. Voltava excitada e contente, remolhada de muitos orvalhos, e corada — uma maçã. Tentava à gente ir a ela, transsuada assim do alto sol e do exercício, e procurar com o rosto todas as partes de seu formoso corpo, respirá-lo. Tentava tomar-se um tanto de sua pureza, de sua esplêndida alegria. Como se refizera! Não se lembraria mais do moço Miguel? De por certo que sim — e *amava-o!* — dizia. Mas de outro, outros modos, via-se; ela tirava daquilo um tanger-se, um destravo.

Na noite da fogueira, por exemplo, vindos da Vila três moços, simpáticos dadamente, e ainda o Honório Lúcio, sobrinho de Tia Cló, e que era de anelados cabelos, ofertantes olhos, e mestre em jovialidade, tão bem dansava quanto cantava, levantando a novo enternecimento todas as canções. E Glorinha, que com todos eles brincava, efusiva, ela mesma mais de uma vez se envaidecera de vir ter com Lalinha, a um canto, segredar: — "Bobagem! Não namoro com ninguém, não posso... Meu coração não é meu..." Ou, suspirosa por querer: — "Ei, mas meu Miguel estivesse aqui, quem-m' dera..." Quem dera! Lalinha admirava-a a alto — radiante à flama vã da fogueira e dando com clara voz *viva-São João!* — contra o rumorrumor e os estalos rubros, moça maga. — "Nem o Honorilúcio, meu bem? Dele não?" "— Juro, Lala. De nenhum! Norilúcio é parente meu, quase meu malungo, e ele é que é atencioso com todas. É só..." Linda, linda, a quem o Sertão a iria dar? Lalinha disse metade do que pensava, em tom de gracejo: — "Meu bem, mas você o que quer é poder estar orgulhosa, por ter um amor..." Glorinha não riu — deixou, de ombros. Lalinha queria-a por mais demorado momento assim pensativa, menos segura de si — revolvida, semeável. "Por que gosto dela tanto, adoro sua alegria — mas ressinto que sua alegria às vezes a afasta de mim?" E aquele pequenininho pior desejo, de, leve, leve, dizer-lhe mais: — "Mas você não vê, meu bem, que está é namorando com todos? Que está sendo de todos, linda assim, sem ser, sem saber?..." e não disse: receou-se — seu malsão movimento, seu estorvo de inquietantes palavras. Calava-se, também, porque iô Ísio e nhô Gual traziam-lhe das mandiocas e batatas-dôces que se assavam no borralho. Diziam: quem as assava melhor era o Chefe Zequiel, feliz da grande festa que destruía a noite, e sempre trabalhador. — "Desandado é que ele está, o pobre, nos derradeiros tempos..." — iô Liodoro dava explicação. Que o Chefe plantava do que queria, o lucrozinho para si, e fechava sua roça no lugar que ele mesmo escolhesse. Mas transportava consigo, cada manhã, uns mantimentos, guardava latas e cabaças no ranchinho da roça, lá ele fazia questão de cozinhar seu almoço. Com isso, perdia tempo. E, de agora, por conta de abrir em claro as noites, de dia em vez de trabalhar ele vadiava, deitava para se dormir, bôas horas. O que entendia era do ofício dos barulheiros do campo, quando que querendo ver visagens... E iô Liodoro avocava volta de si seus hóspedes, os senhores, os rapazes — chamava a atenção para o esquipático do Chefe, seus sabidos, seus pasmos. Mandava o Chefe definir de ouvido o que no redor do mundo àquele momento vinha-se passando: de quantos desses socós vagavam pelo de-comer, em voos por cima do brejo; de donde grilava o grilo bem danadim, com mais ponta e forte brasinha de canto; da raposinha a todos visitadora, que dá três certos passos adiante, e, por respeito da vigiação alheia, arrepende um; do ratão-do-campo, gordo, que range dentes, e do rato-espim que demora horas para sair de sua casa, num quá de grota; do rio, que era um sapucaí de todo tom e som — com os pulos-fora das matrinchãs, pirassununga do peixe-preto e do mandí-roncador em frio; do alouco da suindara, quando pervôa com todo silêncio para ir agarrar, partir os ossos dos camundongos e passarinhos; da coruja olhuda e do bubulo do corujão-de-orêlhas.

 Ele, iô Liodoro, falava, sua voz muito inteira, e aqueles assuntos, de criança, de meio brinquedo — tudo parecia estória-de-fadas. Tudo dado dos Gerais do sertão: como as cantigas e as músicas do vaqueiro-violeiro, sua viola veludeira, viola com o tinir de ferros. Sendo o sertão assim — que não se podia conhecer, ido e vindo enorme, sem começo, feito um soturno mar, mas que punha à praia o condão de inesperadas coisas, conchinhas brancas de se pegarem à mão, e com um molhado de sal e sentimentos. De suas espumas Maria da Glória tinha vindo — sua carne, seus olhos de tanta luz, sua semente... E nunca iô Liodoro falara longo assim; ele, melhor no meio dos moços, subia a festa. Dissipavam-se os estiços fogos estribilhos, trazidos pelos rapazes: presas em troncos de árvores, giravam de bulha as faiscantes rodinhas-de-fôgo, serelepes iam os buscapés. E nhô Gualberto Gaspar, mesmo, aos pulos, aquelas pernas compridas — a gente tinha de imaginá-lo atolado numa lama qual, ele nela perdia as botinas... Nhô Gualberto Gaspar empunhava um pistolão de cores, chiochiante, e gritava: — "A pro ar! A pro ar!" — olhando sempre para o lado das moças, ele bobo queria ser admirado.

 — "*Calado é melhor, calado é melhor...*" — aturdido e em frênses o papagaio da casa exclamava, do alto de sua gaiola; ralhos desentendidos — ele queria salvar de um incêndio o mundo do pátio, vasto até ao quintal dos limoeiros. Tudo valia como uma feliz mentira, tudo divertia diverso. São-João, noite de nunca se ter sofrido — de antes e de antes. De um se tirava para um seu quinhão de meninice, que era o mesmo, de todos. O céu trazia estrelas e só a miga quarta-parte de uma lua. Perfrio, frio. Mas a lindeza do lugar dali, e seu quente, por aconchegável, era de ser apenas uma ilhazinha, alumiada vivo vermelha, tão pequeno redondo entre velhas trevas. Por ele, as pessoas passeavam. E, se avançavam mais, no brusco do escuro se sumiam, em baile, um instante, e em baile seus rostos, claros, retornavam. A cidade, agora, era uma noção muito distante; de repente, é esquisito como coisas morrem, de repente, na gente, e então a gente se lembra delas. Mas eram para se querer-bem, os que estavam ali, unidos pequenamente. O Inspetor, que sempre muito perto da fogueira abria as mãos e se aquecia, homem de muitas costas. Dona-Dona, a calada mulher de nhô Gual, mais calada de feia, via-se que moça fora mulata e agora envelhecia tendendo a ser preta, como uma ave. O Inspetor explicara — não tinha vindo a mulher, porque andava sem saúde; mas ninguém iria à maldade de desprezar dona Dioneia ausente. E iô Ísio? Doía-lhe tico ter sido capaz de deixar ià-Dijina no só, pela noite, na Lapa-Laje? Fora do diminuto adro de luz, todos se escapavam para um orbe mais denso, onde eram fêmeas e machos. Aqui, porém, num reino aceso, iô Liodoro, a garbo, a gosto, que seria de ser, de se dizer? Ah, um *varão*. E Glorinha — ridente, no seu vestido verde-azul, de cintura muito justa, na gola um largo laço creme de fita — damoazela, donzelinha: uma donzela. Por que pensar agora em Irvino? E vinha-lhe: aquele moço Miguel, estivesse aqui, também não conseguiria dissimular de si uma inquietação de tristeza. "Eu mesma serei uma pessôa triste?" Talvez não fosse feita para o mero folguedo geral, para aquela alegriazinha tão simples assim, que aos demais contentava. Mesmo à Maria Behú, que ora sorria; aos olhos dela as bôas chamas quisessem o Céu. Maria Behú contava: sonhara com o Chefe, em opa azul, e sobrepeliz, servindo de coroinha ou sacristão, na matriz do Arraial... Chamava o Chefe, queria aconselhá-lo, que se pegasse com Deus, rezasse mais, melhor remédio para se aliviar daqueles pavores. O Chefe pregara na parede do moinho uma folhinha com estampa de santo — mas que isso não lhe bastava. E o Chefe esquivava o olhar, escutava-a submisso e muito inquieto. — "Ele respeita muito a Maria Behú..." — alguém dissera. Com efeito, era a Behú quem mais zelava por ele, dava-lhe severo e caridoso amparo. Comprava a fazenda, costurava-lhe as roupas; agora mesmo, para a festa, fizera-lhe um duque novo, de bom riscado. E o Chefe, tido tonto, se saía com tontices — perguntavam-lhe o que era a noite, e respondia: — "A noite é o que não coube no dia, até." Não se importava com risos. Tinha suas penas próprias. Rejubilava-o o de-comer. Quando vinha Tia Cló, com o bando de criadas e ajudadoras, serviam os pratos-fundos repletos da borbulhante canjica — de leite, coco, queijo, manteiga e amendoim, com páus de canela nadantes.

As mulheres-da-cozinha, que às mais tudo olhavam, a festa e a fogueira bendita, tudo prazia-as e tudo agradeciam, redondo meninamente. E entre si o que sussurro diziam, dessas coisas:

— Que Deus é bom, esconde do saber de São João o dia data do nascimento dele...

— Eh, mas quando São João souber, hem, ele acaba o mundo, a fôgo!...

— Tem a mesma conta certa de mocinhos e moças, para todos poderem se namorar?

— Não tiro minha sorte com a clara-d'ovo no copo d'água, não! Temo que dê de formar o feitio duma vela, que então é que eu vou morrer, no prazo de antes dum ano...

— Vigia só, o Chefe: ele bebe jeropigas...

E a festa passava. No morrer da fogueira, porém, Tia Cló trazia a iô Liodoro uma cúia cheia de aguardente viva, iô Liodoro se persignava e despejava de distância o conteúdo no braseiro: subia-se, a fão, um empeno altíssimo de labaredas, treslinguadas, meio segundo, dansantes. Espelharam-se nos ramos das árvores cores e lisos de pedrarias, as joias. Todos vivavam o Santo. Mas esse rito final do fôgo sempre pertencia de direito à Vovó Maurícia — lembrava-o agora iô Liodoro, virado para a noite do poente, e com um sorriso de sua simpatia: — "Minha mãe — que Deus lhe ponha mais saúde — ...conforme que está lá, nos nossos Gerais..." Assim a festa findara.

E o mais — que foram esses dias curtos, que se seguiram; iam-se. Vazios de outras coisas, e com frios aumentados. Jogar a bisca com iô Liodoro, a mêsa se forrava com um grosso cobertor, os dedos palpando a lã do cobertor colhiam um suadir-se de leito bom e amplo sono, longo, longo. Sim, Lala, Leandra, suas mãos eram bonitas, moviam-se, volviam-se, alvamente empunhavam o feixe de cartas, os reis e condes e sotas, desdobrados em dois, intensas roupagens. Sempre as tratara cariciosa, suas mãos — (Guardava o fio de ouro da aliança. A cadeira em que se sentava era acostumadamente incômoda.

Como estaria sua casa, fechada, na cidade? Alguém telefonaria ainda, a campainha havia de soar, prolongada, sem possibilidade de resposta?) — o escarlate esmalte das unhas — (Bela não a queriam, assim?) — tê-las tão cuidadas, ali no inútil do Buriti Bom, travava com um ressaibo quase de desafio... ("— Copas... Espadas...") ...Jogava, fazia a vaza, empilhava as cartas. Ganhava — sempre um minuto, outro, mais um minuto. Parecia-lhe ganhá-los; ao tempo: que parece só se ganha quando se está à espera sem saber do que. O jogo caminhava distâncias, engraçado como não havia necessidade de se conversar; nem de enxergar reparado iô Liodoro; ouros, trunfo, espadas; Glorinha... "Acho que estou condenada a vê-las demais (as mãos)..." — sorria pensava. Glorinha...

Glorinha gostava de uma maciez sutil dessas mãos de Lala, às vezes brincava de beijá-las, tão de leve. Ainda falava em Miguel, mas à vaga flôr, deslizantemente. — "Lala, você, casada e não-casada, assim, sente falta de homem? Me conta? É o mesmo que viuvar..." À pergunta brusca, Lalinha replicava com resposta que não era a sua, e só naquele instante sabendo-se insincera. — "Não *devo* sentir, meu bem. Você não acha que basta?" Ela mesma já esperara a incredulidade da outra, mas preferia que fosse brejeira. E os olhos de Glória se alongavam. — "Lala, me conta: há algum jeito de eu poder saber se... se casando com Miguel vai dar certo?" Podia hesitar para responder, mentir não podia. — "Certo, sobre cem, não tem, não, meu bem, infelizmente... Só *depois*, você compreende. Corpo com corpo..." — "É horrível, então! Mas, Lala, é horrível..." Tinha-se de rir, soara como um dito em véspera; e o riso lavava. Queria que Glorinha soubesse, que ela nunca sofresse, seus olhos, pelo menos seus olhos. Sentada ali à beira da cama, viera-lhe com aquelas perguntas — que não a perturbavam, gostaria apenas que entre elas duas parassem quantidades mais largas de silêncio. E, agora, Glorinha pagava-se para outras perguntas, cuidando-a de repente com ativo carinho, achava-lhe frios os pés, ajeitava-lhe o cobertor: — "Até os pés você tem tão lindos, Lala..." Era bom, o bom calor das mãos moças palpando-lhe de leve o pé, sob o oculto das coberturas, ela se impediu de qualquer protesto, do menor estremecimento. — "Posso querer saber uma coisa, Lala? — (Glorinha subiu-se, ansiosa) — Posso uma coisinha, só? Se você, com Irvino, se foi por isso que não combinaram; foi?" Tinha de dizer. Com um cuidado coleante — pressentia que, à mínima palavra que pudesse culpar o irmão, Glorinha se magoaria, os olhos dariam de se escurecer, a despeito de si mesma ela se revoltando; sabia-o... — "Acho que porque eu é que sou má, meu bem... O defeito foi meu..." (Viu que tinha falado para parecer bôa, e não queria que Glorinha pensasse que ela armara a esse efeito; decerto exagerara.) — "...Não sei bem como explicar... O defeito foi nosso..."

Pediu que a outra lhe acendesse um cigarro, precisava de um gole de tempo, súbito precisava: o insóbrio prazer — as imagens que lhe tinham acudido, completas — ; e em parte mentir-se, porque os desejos, que violentamente se atribuía como antigos, somente àquela hora pela primeira vez lhe enriqueciam a mente; que importava? Transportada, gozosa, ali no fofo agasalho da cama, achava-os, enfim, nítidos, conseguidos; pensava-os como se relembrasse. Disse: — "Deus me deu um mundo de amor, mas é diferente..."

— "Então, o que você queria, Lala, era o rei? Queria ser uma rainha?" — Glorinha debicara, meio hostil, mas principalmente por desmentir o torvo interesse crescendo-lhe nos olhos. Adivinhava-a?

— "O Rei, talvez, meu bem... Mas não para ser uma rainha..." *Rainha?* Como retrucar-lhe que queria talvez o contrário? O contrário de rainha? Às vezes, somente uma *coisinha desejada...* — o pensamento atravessou-a! Calava-se. Calava-se muito. "Uma coisinha-desejada..." De novo a lene molice, o invasor prazer. E entreaberta uma frincha, para estonteantes festas — seu espírito era seu império... Estava feliz. Ah, havia palavras ainda mais crassas, escabrosas, espúrias, mas que mesmo por tanto apelavam, inebriantes, como choques grossos de vida. E podia conservá-las, bem escondidas para seu só uso, o mais secreto dizer-se. Fumava. A presença de Glorinha fatigava-a, agora.

— "Amanhã, vamos de passeio, Lala? Tempo este, não tem mais mosquitos na Baixada do Brejão..." Se sim, valia rever a verde constância dos buritis, em bombeio — o Buriti-Grande, que os raios perdoavam — o Brejão-do--Umbigo, que até à metade das manhãs sobrelagoava-se dum brumal branco, corrubiante, só mais tarde sob o grande sol indo largando a verem-se seus escurões de môitas, ao léu e lento desnovelo das neblinas. Depois, ela esteve doente. Dos dias de gripe, veio-lhe a desgostosa fraqueza, pausa em pausa, aquela mesma impotência dela exigindo maior decisão. Grata todavia a tanto trato de carinhos — de Glorinha, Maria Behú, Tia Cló, de todos — pensou sério em ir-se embora. Não, não ficaria mais tempo ali, não queria completar um ano. E ria-se: ficar, como uma vaca permanente nas pastagens — entre um tempo-de-chuvas e outro tempo-de-chuvas — de verde a verde... Disse-o a Glorinha. Disse-o assim dito: — "Mas, tenho, mesmo, meu bem. Preciso de ir a um dentista, na cidade. Você vem, também..." "— Pois então, se é só, Lala, a gente pode ir à Vila; provisório, dentista tem lá, um..."

Foram à Vila. Levou-as iô Ísio, que para resolver lá tinha mesmo algum negócio. Mas não por uma estada de tanto prazo, de mais de semana. Por se afastar da Lapa-Laje, de sua iã-Dijina; ele estaria triste? Aos poucos, como quem domesticasse um assunto, tentou-o a falar de iã-Dijina — dela, deles dois, de sua casa. Quisesse, falasse. De oblíquo, medindo à justa cada avanço, envidava-o a isso, dava campo. E até Glorinha, outra uma outra agora fora do severo risco do lar, sorria-se de apoiá-la no bom engodo. Baldadas. Iô Ísio mesmo refugia, esquivava-se num chocho ar de desconcerto, ele não compreendia aquela ajuda. A uma tirada mais risonha de Glória — que em tudo punha um ímpeto — chega iô Ísio se fazia sério, quase formalizado. Ele mesmo se bania, por querer, servia primeiro à soturna lei dos antigos? A Vila era povoada de singela gente, quase todos longes parentes, gente bondosa. "Então, para ser bôa, preciso de ver mais o sofrimento, a infelicidade? Mas, se algum dia não houver mais infelizes — não poderá haver mais bondade? Então, o que é que se vê no Céu?..." A Vila, para Glorinha, era uma das janelinhas do mundo. — "Lala, daqui a gente pode mandar telegrama! Você não quer?" Seria que ela pensasse num telegrama a Irvino, ou acerca do destino de Irvino? Lalinha, curioso como ela ali perdia todo desejo da cidade, que se adiava de repente, quase desistida; tivesse de sentir saudades, antes havia de ser da fazenda, do Buriti Bom, como agora já estava mesmo sentindo.

Voltaram, para lá voltou, num dia de sol, num apaziguado alvoroço, como se reentrasse por fim em sua casa. Maria Behú, ao abraçá-la, deu fio às lágrimas, comovida. Tia Cló, orgulhosa: — "A minha esperança não esmorece..." — e sacudia a cabeça; pensava nos ofícios da Dô-Nhã, pensava. E o Chefe, pobrezinho, perguntou: — "Não trouxe remédio meu pra mim?" — ele mesmo se sentia doente para cura. Ele mesmo se ralhava: — "Eu devia era de dormir, feito os outros... Com efeito!" De volta, ali, ao Buriti Bom! — a ausência não parecia um mais longo, um tempo? A primeira vez que tornou a jogar a bisca com iô Liodoro, ela mal sopitara a simples satisfação, era qual, era o sempre. Aquela noite, como no momento Glorinha se atarefara com mais de uma coisa, ela Lalinha pudera ajudar a servir a iô Liodoro seu prato de coalhada fresca, adoçado com o açúcar-preto, de tantos duros torrões — era a tranquilidade de um hábito ouvir o rilho dos torrõezinhos marrons, na colher, no prato.

Não, não se condescendia naquilo por querer agradá-lo, nem quando tinha ocasião de escovar-lhe o chapéu ou de apanhar dum banco sua capa e pendurá-la a justo num cabide; antes contentava-a sentir-se ganha, grata pela singular sensação que da presença dele recebia, de extrema segurança, ele um mistério amigo; e forte — só cerne.

Daí, os dias. Por via de nhô Gualberto Gaspar, a mãe de Norilúcio mandara-lhes para o jardim duas mudas de plantas: de uma flôr do sertão, espécie de cravina miúda, azulável-roxeável, por nomes só-de-mim ou carolininha-criz ou olhinhos, e uma camélia de brilho, lustro de verde por ser verde, das folhas mais enceradas. — "Pois de Lalinha é, para replantar... Mão linda, bôa mão..." — se entusiasmara Tia Cló. Queria que ela tivesse bôas-mãos, simpáticas de impor sorte, que as mudas pegassem. Nesse, ou no dia seguinte, iô Ísio tinha recebido carta. A Lalinha, pejou-lhe haver sentido e mostrado vivo interesse em saber o que Irvino contava naquelas linhas, e que nada era, apenas palavras de lembrança, para os seus de casa, e rasas frases. Rezou-se à Senhora do Rosário, uma novena. Depois, nem bem uma semana, iô Ísio viajara. Que ia ao Pompéu, ia até Curvelo, levava um gado. Algum tom deu-se em estranho, no motivo daquela viagem, não se podia dizer bem por que, mas tanto sussurraram. Logo em logo, avisaram-se as chuvas. Glorinha fez anos. Caíram as tanajuras. Deram fruta as jaboticabeiras. Com Tia Cló, ia-se ao cerrado, apanhar mangabas para dôce. O Inspetor almoçou uma vez no Buriti Bom, ele também ia partir, mas para o vago dos Gerais, para o sertão, e parecia contente, junto com iô Liodoro, os dois de pé, tomavam o cálice de restilo, enquanto esperando que Behú e Glorinha terminassem as cartas que eram para Vovó Maurícia, no Peixe-Manso. Lalinha e Glorinha releram o *Inocência*, que ora achavam ruim, ora um bom romance. Uma madrugada, noite, o Chefe Zequiel veio estúrdio acordar a todos, muito assustando-os: que tinha dado um bicho na casa — e foi assim, era um gambá treteiro no desvão, e quebrou telhas, procurando alimento. E a flôr do sertão morreu, mas a camélia bem tinha crescido, vingá, dois palmos. Aí, iô Ísio voltou, trazendo alegres assuntos, encomendas, presentes. Mas trouxera também consigo aquela mulher, a absurda. Como, sem mais, se ia ver.

A mulher, ainda moça, com cara de assassina. Acocorara-se no chão, a um canto, desprezava o banco, seus pés as saias os encobriam. Iô Ísio a trouxera, ela esteve lá um dia e uma noite, nem mais; viera para *aquilo*. Iô Ísio quis dizer que não, que de propósito nenhum: que com ela se encontrara por acaso, na jardineira de Angueretá, e lhe dera condução, de ajuda. Mas nhô Gual, torto tonto, sempre disse: — "Já ouvi falar nela: é uma dos Tachos — por nome de alcunha Mariazé, Maria Dá-Quinal, como que Jimiana é que se chama... Ah, esta, é que nem que nos Palácios do Bispo: é voto em urna! Tem ciências finas..." O nome, dito por ela, era Maria só. A mulher com cara de assassina. Iô Ísio repetia: que se achara com ela, por um acaso de Deus, na jardineira de Angueretá, viajável; então, pensara nos casos, resolveu trazê-la. Mentia. Drede, aonde ele fora, para a desacoitar? Tinha a cara de assassina — todos sabiam, diziam — e por quê? Uns olhos, uns. Enrolava nos dedos as franjas do xale, e esperava mal agachada ali, naquele esguardo. Sabia-se que provinha de toicinho de cobra jararaca o brilho dos cabelos dela que rompiam de aparecer, de desembaixo do lenço grande preto. Tinha cara de assassina, porque deixava retombar em amargo os cantos da boca, e quase não tinha queixo, e a boca só balbuciava meia torta, e o nariz bulia, abria muito as ventas para respirar, e os olhos viam muito. Já estava certa do ao que vinha, e para Lalinha olhava. Vinha para uma coisa, a *coisa*. Como para uma operação. E soltou-se do silêncio. Aquela voz seca, torrada: — "Dona. Ninguém lhe tira seu amor. O que é seu, seu, ninguém lhe tira..." Os olhos dela rabiscavam. Queimava-se numa meia-febre. Como supor-se que da arte de uma criatura assim pudesse cumprir-se virtuoso efeito? Ah, ela ia agarrar a vontade de Irvino, buscá-lo, por desesperados meios? E, o que fez, foi à meia-noite. Pedira que servissem baixela e comida, dum modo que era o modo. A três. Só ela se sentou, não se compreendia, ela falava um rezado. Estendia os compridos braços, as mãos. As unhas. ... "— Fulano-de-Tal..." Nem precisara de perguntar nome de pessôa! Em findando, a gente a entendia, ela proferia as palavras, em tom de amenta: — "Fulano-de-Tal! Fulano-de-Tal!... Três pratos boto nesta mêsa, três pratos boto na mesa, três pratos boto em mesa: o primeiro para mim, o segundo para você Fulano-de-Tal, o terceiro para a minha grande Santelena... Três coisas não te direi. Três pancadas te darei: a primeira na boca, a segunda na cintura, a terceira nos pés... Fulano-de-Tal: se estiver conversando, cala! Se estiver comendo, psra! Se estiver dormindo, acorda!... Levanta para caminhar, Fulano-de-Tal, é hora!..."

E aquela mulher foi bem paga. Logo queria ir-se. *Aquilo?* — "Ôxe, e a coisa não está feita? Ele já principiou a vinda..." Aquela estava sendo uma noite de quinta para sexta. — "Toda meia-noite de quinta a senhora esteja em pé, vestida e acordada..." E salvou, e foi-se. Era uma bruxa. — "Em adeus, donos e donas... Eu vou para os eixos do Norte..." Dela não se podia esquecer.

A passagem daquela mulher trouxe a curva de um rumo — as pessôas avançando? Somar-se. Mas nuvens que o monte de um vento suspende e faz, assim como todo avo de minuto é igualzinho ao de depois e ao de antes, e o tempo é um espelho mostrado a balançar. A mulher nem viera por sua própria conta, mas fora buscada. Ali, no Buriti Bom, ela assinalasse talvez apenas uma data.

Lalinha acreditara nela. Ao curso dos dias, acreditava. Irvino ia vir, a todo momento. Ele — e era um estranho. Um estranho triste, feito um boi que se escorraça até ao curral, seguido dos vaqueiros e seus cães. Aquilo que queria, de grande coração — e temia? Todos lhe repetiam que era preciso que ele voltasse, ela aceitava a razão. Mas, a despeito, desescondia de seu íntimo um titubeado remorso, mal margeada tristeza, era como se a alma recuasse. Irvino estaria ali, tão humilde e desfeito que lhe custaria reconhecê-lo, acusava-a de todo um futuro. Afundado encolhido, obediente às terríveis ordens da mulher de Angueretá, mal pareceria um homem, devia de ter perdido para sempre todo ímpeto de ser. Ah, ele pudesse vir, mas, por alguma indústria, olvidado também de todo o passado, sôfrego apenas de a levar, para longe, para uma diferente aventura.

Seu ânimo era a companhia de Glória que a serenava. Sentia-a simples como um sim, e dona de todas as miúdas riquezas da alegria. Mesmo por isso, não lhe fazia confidências, sabia calar-lhe seus escrúpulos e azares.

Era o fim do verão, malmal caindo alguma chuva insólita. Quando sobre os buritis erectos a chuva se dava, como uma boca. Quando, num dia mais demolhado e escurecido, Glória voltava de cavalgar, e contava como na curva da Baixada um gavião, pousado em buriti, gritava seu constante quirito de chamar o companheiro perdido, e aquele monótono apelo se repetia na grande umidade pungente, mesmo vindo longe a gente ainda o escutava.

Na cidade, devia de estar sendo o Carnaval. — "Lala, você gosta de entrudo?" — Glorinha perguntava, no modo de querer acentuar inocência, às vezes se mostrando mais roceira e sertaneja do que fosse. Lalinha esperara-a, sorriu-lhe. Glória cada dia se embelezava mais — nem diminuíam, antes acrescentavam-lhe encanto a encanto os olhos um tanto saltados, o pescoço um tantinho grosso, a séria incapacidade de se cansar.

— Lala, eu gostava de poder aparecer nua, nua, para que todo o mundo me espiasse... Mas ninguém pudesse ficar sabendo quem eu era... Eu punha máscara...

Lalinha sobressaltara-se, aquilo soara forte e crú, como um ato. O que, em outra ocasião, teria ouvido comprazida, àquela hora subitamente aturdia-a com um desgosto, uma crispada vergonha. Não assim, dito em tom comum, sem a preparação sutil em que os olhos iam-se velando de um luar de indeterminado desejo ou tomando pontudo brilho de mais-vida, e sábios silêncios distanciavam aos poucos a turbulência informe do quotidiano, e o pudor se desvestia, vago vagarinho, como o despetalar de longas rosas. Ela conhecia a nudez de Glória. Ela não queria pensar agora na nudez de Glorinha, tantas vezes entrevista, quando juntas se banhavam. Ela não podia responder. — "O Carnaval..." — respondeu, qualquer coisa. Levaria Glorinha pela mão, através de multidões. Disse qualquer coisa. Tãopouco Glorinha insistira. Seu pensamento tinha asas:

— "Lala, Irvino vai voltar!" — e sorria certo no alvo. Via-se, queria não esconder alguma coisa.

— Lala, Miguel também vai vir! Você vai ver...

Miguel? Sim, não bastava responder-lhe, suave concordando: — "Claro, meu bem, ele vem... Não pode ter esquecido você..." Não, Glorinha tomava um prazer em endireitar-se, jubilante comandava a vinda infalível de Miguel, enquanto revelava: — "Eu pedi àquela mulher que fizesse tudo para mim, também... Para nós... Você sabe: a reza, os três pratos na mesa, tudo..." De confiar aquilo, aligeirava-se, agora queria surpreender no rosto de Lalinha a aprovação ou censura, o espanto. — "Miguel, Lala... Quem sabe, eles não vão vir até juntos?" De nada duvidava, esplêndida, sua segurança ficava em pé, ali, até estremecente altura.

Lalinha acendeu um cigarro. Agora, no instante, nela se desenrolava o apetite de entrecortados sussurros, o gozo daqueles proibidos pensamentos, que representavam num paraíso, restituídas à leveza, as pessôas; que inchavam a vida. Dizê-los. Quase se faziam concretos: e amava a mudada fisionomia de Glória, presa às suas palavras, via-a como se visse num espelho, o complacente rubor, ah como o sangue obedecia! — "Delícia, meu bem, o que você falou: poder ficar nua, com uma máscara posta..." Precisava de repetir, tardar, alterava a espessura do tempo. Ajuntou: — "Havia de ser lindo... Homens... Quem? Nhô Gualberto Gaspar... Miguel?..." "— Não! Não, Lala! Miguel não..." "— Miguel, não, bem. Mas... Norilúcio?" "— Norilúcio, também não..." "— Quem, então? Nhô Gualberto Gaspar?" "— É. O Gual. Homens... Homens estranhos. Da cidade..."

Sim, sim, nhô Gaspar, homens. Era preciso falar, imaginar mais coisas, para evitar que de repente pudesse atenuar-se em seu pensamento o colorido flúido, a substância de que aquele mundo se criava. Era preciso que Glorinha sequiosa ouvisse, e repetisse, e risse e ficasse de novo séria, e por sua vez falasse. Demoradamente. Deã, ela Lalinha proferia: — "Meu bem, não querer o prazer assim, é medo ou vaidade..." Calavam-se. O extraordinário jogo se dissipara. Agora, porém, recordando a pobre pessôa de nhô Gual, Lalinha já não o desprezava, por torpe ou grotesco, mas aos poucos reconhecia-o e estimava-o, como criatura irmã e humana, andando por ali, no seu cavalo cor de castanha, e saudando já de longe os outros, com sua voz comprida.

E os dias começaram a passar com outra pressa.

Assim, e de repente, não era ali o Buriti Bom, com as árvores em pé, o céu sertanejo, a Casa — inabarcável como um século —, o rio próximo, o movimento do gado, a gente, o Brejão-do-Umbigo e a Baixada do Buriti--Grande ao sul, e as matas de montanha pelo lado do norte?

Fazia tempo que cessara a cerração de águas. O tempo era claro, balançava-se o vir do frio. A camélia plantada por mão de Lalinha deu flôr. Honrou-se o aniversário de Behú, e o de iô Liodoro, festejaram-se tão simples como sempre, tomava-se vinho-do-porto e do de buriti, perfumoso vinho óleo. As primeiras boiadas engordadas se enviaram. Mataram, rio adiante, duas onças-pretas. Passou-se a Semana-Santa.

E entanto Maria Behú adoecera, nas dôres de um reumatismo tão forte, mandaram buscar médico, todos se reuniam no quarto de Behú, tanto carinho lhe davam; e ainda agora ela mal se levantava da cama, dia de sol, amparada em alguém e segurando uma bengala alta. Maria Behú não tinha uma queixa. Ela queria sua saúde, devagar, e queria o bem de todos; a fim de animar e de um modo ajudar, pedia notícia de tudo na casa. Agradeceria a Deus os seus sofrimentos? Agradecia-lhe ter-lhe conservado o sono calmo. Contava os sonhos que colhia de um branco mar, eram sonhos tão belos — em seu espaço nada acontecia. Demais, o dado do tempo, ela se colocava avezinha, sob os santos, na branda penumbra do quarto, sabia-se dali sua pequena presença, que era um sorriso sem trago nem ressaibo, e o bisbis de rezas. Sua virtude não desalentava ninguém — compreendia-se que devesse mesmo rezar e isolar-se, como a tirolira desabrocha madrugã, tamanho de um bago de orvalho, como os anjos precisavam de trazer-lhe o remédio. Tinha-se de aceitar, sonso verdezinho capim, medrando grau em grão, um diferente amor por Maria Behú, uma precisão de demorar amiúde perto dela, que punha bom-olhado. O que nos olhos envelhece. Seu olhar envelhecia as coisas?

Também o Chefe Zequiel mais imordido se mostrava, agravava-se no pavor fantasmoso. Não era um estado de doença? Emagrecia diante da gente, entre um começo e um fim de conversa. Calava agora o que fino ouvia, não ouvia; sua, a que era uma luta, sob panos pretos. Que até suas costas se cansavam. Dava pena. Como se o poder da noite de propósito pesasse sobre aquele enjeito de criatura, que queria sair de seu errado desenho, chegar a gente, e o miolo da noite não consentia, para trás o empurrava. E ele piorara, quase de repente. Agora, se escondia. Ainda, um dia, tinha chegado cedo da roça, alegre, com sua enxada, seu boné na cabeça, a bengalinha de sassafrás, a capanga de coisas. Era um dia-santo de guarda, ele não sabia, se esquecera, tinha ido trabalhar mesmo assim, não era pecado? Diante da varanda, explicava às pessôas seu engano, não tinha culpa, e depunha a enxada, a bengalinha, alargando seus pés para poder gesticular — falava, ria, olhava para cima, tirando o boné, parecia crer que, oculto em algum lugar, Deus também o ouvisse e mangasse com ele, de lá do forro do céu, manso modo: — "Você pecou de bobo, Chefe! Foi trabalhar, de bobo, só..."

Todos gostavam do Chefe. E, agora, em piora, mudara: nem ia mais à roça, se esquivava das pessôas, quase não saía do moinho, mesmo de dia. Negava-se a relatar o descomposto das visões que seus ouvidos enxergavam. Se assustava de morrer? Tinha medo de estrangulação. O supro da inimiga, que morcegava mais perto, que havia. Que coisa? Falasse naquilo — o aoal abraçável, fossícias minhocas, a anta-céga. A vaca fora de todo dono, que tem os queixos de ouro e ferro e uns restos pretos de mortalha enrolados nos cornos dos chifres, mas que fica num alto de morro, de costas, mostrando suas partes, que cheiram a toda-flôr e donde crescem hastes de flores? A baba luã, cá tão em baixo tendo de se passear por cima de imundícies de esterco e de terra de cemitério? A não, ele tinha declarado confissão de dizer: que eram só no adejo umas mãos, que dava ideia — pensamento dumas roxas mãos, que por estrangulação rodeavam. O Chefe Zequiel mesmo não sabia. E as mulheres da cozinha, que eram moças e velhas, risadinhas tossicavam e conversavam irmãs as novidades repassadas, como os acontecimentos da vida chegavam a elas já feitos num livro de figuras, ali entre resinas e fumaças, as mulheres-da-cozinha leve se diziam:

— Ele devia de tomar chá de erva-do-diabo...

— Sei assim, de um parente meu que ensandeceu: quem fica pobrezinho de não dormir, acaba é com sofrer de amores...

— É?! Morde aqui... Prega na parede...

— Olhe: pior, para cristão, é quando a lua tira o juízo...

— Dentro da lua, diz-que moram umas coisas...

— Tem loucura de lua e loucura de sol, Virgem Maria...

— Parece que ele tem é nevralgias...

Elas torravam café, o ar ardia naquele cheiro entrante, crespo quente e alargado. Elas eram muitas, sempre juntas, falavam sempre juntas, as Mulheres da Cozinha.

Que diriam de iô Liodoro?

Pois iô Liodoro pisava numa inquietação, todos notavam. Sabiam da causa. Dona Dioneia e o Inspetor tinham-se ido dali, para a cidade. Não, nenhum conflito ou desavença, apenas se estragara a mal a saúde de dona Dioneia, o marido tivera de acompanhá-la. Ela se fora num carro-de-bois, forrado de colchões e recoberto de esteira, e junto uma rapariga do Caá-Ao, muito alta, muito magra, levando ervas de chás e feixe de ramos de se queimar para aliviar a respiração, e um balaio de laranjas dôces. O Inspetor ladeava, montado na besta ruã, tentava esconder o rosto, os olhos vermelhos de choro, suplicava ao carreiro que tocasse revagar, sem solavancos, sem ofensa. Esse carreiro era chamado Filiano, o melhor da fazenda. Sabia-se mesmo que todas as despesas iam ser pagas por iô Liodoro. — "Homem de sentimento, o compadre meu..." — dizia nhô Gual; e não se entendia se ele dizia assim por simplicidade ou malícia. Maria da Glória não queria conversar naquilo. E nhô Gualberto Gaspar mais rodeava-a, ele mesmo não soubesse o que fazia. A gente tinha de ter pena de todo o mundo. De iô Ísio, acostumado à mansidão dos silêncios; ele não precisava de simpatia em voz de alguém, que caminhasse para o sincero de seu viver, lhe falasse da mulher sua bôa companheira, da Lapa-Laje? Lalinha pressentia-o. — "Ísio, como vai ià-Dijina?..." — ela se dava numa amizade. — "A Iadjina?!..." Invés, ele esbarrava, por mau espanto. Titubeava. Assim como o agredissem. Queria defender de todos o nome de ià-Dijina? Iô Ísio vigiava de distância o desgosto do pai, temesse a tristeza; tirava iô Liodoro para assunto de saída das boiadas, via-se como eles dois eram tão amigos. Todos sentiam, agora no Buriti Bom melancólico, todos tendo de silêncio. Só Maria Behú, a quem a doença dava meiga espécie de inocência, retirada, um dia disse: — "Pai, quando eu ficar bôa a gente há de ir nos Gerais, trazer Vovó Maurícia?" Era ao tempo em que os buritis regaçavam sob verdes palmas a velha barriga de cachos de cocos, tanta castanha, sobre sua trouxa gorda de palha-suja e uns rosários dependurados. — "A gente vai, minha filhinha, nós vamos..." — iô Liodoro tinha respondido. Quem roubara aquela menina de seu quinhão de saúde e beleza, e de pontudas dôres crivava-a, deixando-a para fora da roda da alegria? — Lalinha se perguntava. Uma antiga verdade tê-la-ia chamado, escolhida para os claros encantamentos do sofrer, ali naquele palácio de grande lugar, meio de grossas belezas, no quente da Casa, à luz, aonde, tempo de chuva, à noite, até libélulas entravam? E entretanto Maria Behú supria-se de um achado sorriso. Que era que ela via? Que espuminha de segredo? Iô Liodoro passeava se distanciando, voltava.

Iô Liodoro se sombreava de fadário. Um passageiro, fosse. Em homem retraído tão forte, todo torvo acento assim mais custava para notar-se; mas, uma vez reparado, era difícil a gente deixar de o acompanhar. Por mais, e sem explicação, ele quase de todo deixara de querer jogar à bisca, quase nem parava na grande sala-de-jantar, onde o relógio dava as horas. Invés, vivia tempo na varanda, espreitando o mundo da banda do rio, para lá a Lapa-Laje, para lá mais os Gerais, de onde as boiadas magras vêm, as boiadas bravas. Ele estalava os dedos e queria se avisar, no céu, no poente de cor, da vinda do frio, os canaviais amadurecendo, sobrechegando a quadra da moagem. Não queria que observassem seu desgosto. — "Não é por causa daquela mulher" — Glorinha dizia — "mas porque de Irvino não se recebe nenhuma notícia..." Em fato, quase cada segundo dia iô Liodoro saía, galopava noturno, de certo ia ter com a outra, que sabia amores da Bahia e se chamava Alcina; isso porque ele mesmo não podia ter mão no duro referver de seu sangue. Mas trazia em si um pesar, à quieta, aumentava o peso de sua cabeça.

Lalinha pôde conversar com ele, uma noite.

Assim como as coisas do nada e nada se defurtam, para súbito acontecer, se saindo de muralhas de feltro; foi assim. Ela sentira sede — talvez nem fosse bem sede, como recordar-se? Ela saíra do quarto, segurava o pequeno lampeão, pouco maior que uma lamparina. Veio pelo corredor. Parara, já na sala-de-jantar. Pressentiu-o — olhou. Seus olhos para a porta. Soube-o, antes, sob o instante. A porta se abrir, de-bravo. Subitão, ele apareceu, saindo do quarto. O coração dela dera golpes. — "Bôa noite, minha filha!" — iô Liodoro disse. E tudo esteve tão natural e tranquilo, ela mesma não entendia mais seu tolo susto, e se admirava de tão rápido poder recobrar toda a calma. Ela estava de *peignoir* por sobre a fina camisola, calçava chinelinhos de salto. Lesta, sua mão endireitou o cabelo.

Iô Liodoro todo vestido, e de botas, decerto as preocupações nem o tinham deixado pensar em dormir — ou ia sair, tão tarde? Tão-pouco teria acabado de chegar. Ele empunhava o lampeão grande. Quereria alguma coisa. Seu dever de servir, Lalinha cumpria-o, de impulso: ofereceu-se para fazer café. Sentiu que devia mostrar-se desenvolta. Àquela hora, e teria mesmo a coragem de aventurar-se na imensa cozinha, abstrusa, ante a fornalha imensa. — "Não, minha filha. Vou tomar um restilo..." — ele respondeu manso, não quisesse acordar os demais da casa. Era curioso — Lalinha pensava — faz ano-e-meio que estou aqui, e nunca houve de me encontrar assim com iô Liodoro. Ele depusera o lampeão grande na mêsa, e ela o imitou, colocando bem perto o lampeãozinho. Desajeitava-se de como poder se portar. Não de menos ele apanhava no armário a garrafa e um cálice, se servia. Bebeu, de costas para ela, foi um ligeiro gole. "Estou a gosto..." — disse, voltando-se. Fitou-a. Imprevistamente, caminhou para a cadeira-de-pano, sentou-se. — "Não tem sono, minha filha? Senta, um pouco..." — pediu. Obediente, sentada em frente dele, ela estava mais alta. Ele se recostara, distendera as pernas. Precisava do conforto de uma companhia, precisava dela, Lalinha. Pobre iô Liodoro! Tudo tão inesperado, e ela queria ajudá-lo, de algum modo, queria sentir-se válida. Seu espírito se dividia em punhados de minutos. Conversaram.

Se se podia dizer aquela fosse uma conversa — ele mal mencionava singelas coisas, nem perguntava; parecia precisar só de medir com uma palavra ou outra as porções de aliviado silêncio. E a satisfação que ela sentia: estava sendo prestimosa, acompanhava-o em sua insônia, e ele, via-o agora, era uma pessôa como as outras, sensível e carecido. Encaravam-se, sem cismas, era como se entre eles somente então estivesse nascendo uma amizade. Podia ser. Quanto tempo durou? Combatendo o silêncio, o monjolo, o monotóm do monjolo; e os galos cantaram. Só para contentar, a ele, ela tinha dito, simulando convicção: — "Irvino vai vir. Eu sei..." E ele respondera, amorável bondoso, como se quisesse tranquilizá-la: — "Ele vem, minha filha, não tenha dúvida..." Pausavam. Como se separaram, como se deram bôa-noite? Ela não atinaria dizer. Um deles se moveu na cadeira, o outro também, e estavam de pé, cada um receava estar já roubando do sono do outro. E Lalinha voltou para seu quarto, estava feliz, da felicidade mera e leve — a que não tem derredor nem colhe do futuro. Dormiu sendo bôa.

A siso todavia que, na seguinte manhã, e dias, o caso se derramara de significação — Lalinha assim a miúdo achava. Reteciam a vida no ramerro trivial a buliçosa ignorância das outras pessôas e o quotidiano das paredes do casarão, que negavam todo extraordinário. Mesmo, vez ou outra, quando ela quis acautelar o germe do encontro daquela noite, não conseguiu refazê-lo em alma. E tudo igual, no Buriti Bom, iô Liodoro como sempre distante, e era época de meximento com o gado, trabalhosas, pesosas boiadas prontas; nos currais se apartava.

Mas dias poucos, ligeiros. Sem contar que vieram os dois moços caçadores, se hospedaram de quarta a sexta, traziam frescos couros de onça e troféus outros, eram simpáticos. Um, o que se chamava nhô Gonçalo Bambães, pôs modos de namoro para Glorinha. — "Não posso, Lala" — depois ela disse — "só gosto de Miguel!" Tudo tão de recreio, a vitrolinha tocava muito tempo, até Maria Behú se distraíra, Tia Cló repetia que o Buriti Bom era o melhor lugar no mundo, mesmo o Chefe Zequiel ainda se reanimava para vir ouvir. Os caçadores partiram, iô Ísio deu um pulo à Vila, buscar remédios, o frio forte que se ameaçara cedeu a um sol bom, os vaqueiros cantando se tangeram com seus bois, a fora. Aquele Gonçalo Bambães tinha dito ao companheiro, em tom nem muito alto nem muito baixo: que ali era a casa das Deusas... Entretanto, educado, de apraz presença, sua apostura com a de Glorinha bem assentava. Nhô Gual, em chegando, esforçara-se e conseguira logo levá-los, predizendo-lhes caça farta numa brenha ao de lá da Grumixã; despediram-se; e tinham sido um divertimento. — "Lala, você não acha que eu fiz bem, gostando só do Miguel?..." — Glorinha ainda perguntava. Parecia incerta, meio arrependida? Como ela queria ser sensata, não mudada. Era um amor de moça esbelta. — "Por virtude da reza-forte daquela mulher de Angueretá, ele vai vir, Lala..." Por que não?

Por que não tornaria a ver-se com iô Liodoro, sós a sós, em sobra de hora, na calma da noite, mais uma vez, como fora, assim se dera, por um sossego de amizade? A tanto que amava o Buriti Bom — Lalinha suave soube — a Casa, todos: Glória, seu olhar acariciante, laçante; Maria Behú que recolhia para suas rezas os pecados de todos; Tia Cló trazendo risonho relato das conversas das Mulheres-da-Cozinha:

— O gato, eh ele tem tanto de comer aqui, e vai caçar coisas — lagartixa, passarim, morcego...

— Ele traz, mas é para oferecer à gente, para barganhar por naco de bôa carne. Ladino!

— É porque a cara dele é do mato, os olhos. Com esses olhos que tem, gato não divulga o dia da noite...

— Diz-se que Nossa-Senhora trouxe ele do Egito...

— Quando a Virgem foi lá, com São José e o Menino. Porque iam fugir, gente ruim do rei queriam matar o Menino. Ah, não sei porque que a Virgem não ficou morando todo o tempo lá, no Egito. Então, o centurião não pegava Jesus, não crucificavam...

— O que um dia eu queria era aprender a rezar decorada inteira a Salve-Rainha...

— Agora, é a moagem, os homens rezam, antes de principiar a moer. Quem há-de levantar mais cedo, coar café para eles?

— Aquele friinho, frio... Quando a noite principiou, já está sendo aurora...

— Eh, dias da moagem já estão chegando...

A Casa — vagarosa, protegida assim, Deus entrava pelas frinchas. O que Lalinha sentia. Um propósito, queria altruir, valer-se. Às vezes pensara. À noite, tardava-lhe a barra do sono. Abria a porta, olhava. Adiante, no corredor, bruxeava a candeia na parede, sob a imagem de um santo. Aquela luzinha, frouxamente; mas a sala-de-jantar estava às escuras. Todos dormiam. Iô Liodoro não tinha saído? Voltaria? Duas noites, desse modo. Lá ao fim, na treva da sala-de-jantar, nada se lobrigava. O que ela sentia: podia contribuir, ser amiga, confortar iô Liodoro. Tudo simples, tão franco, sendo sereno.

E havia luz, na sala. Seria ele? Lalinha se ajeitou, resoluta. Pegara a lâmpada. Ia. Caminhou, queria ter o ar de que não ia com intenção; fazia mal? Nada tinha a esconder, não trazia malícias.

Ele estava lá, na cadeira-de-pano, como da outra vez. Saudou-a com uma expressão de exata insurpresa, que acolhia-a melhor que um sorriso. — "Sem sono, minha filha?" Tinha a garrafa e o cálice, ali perto, no chão. "Mais tarde, aconselharei a ele que não beba, pedirei..." — ela se prometeu, contente — sabia assim dum começo. Deixara o lampeãozinho na mesa, no mesmo lugar da outra noite, ao pé do lampeão grande. Sentara-se, naturalmente, diante de iô Liodoro, na mesma cadeira. E tudo realizara de vezinha, tenuemente — como se temesse destruir um bom encanto. O que se sentia fruir, a mais, era o quieto agrado com que aquela noite recomeçava no ponto certo a anterior, como os momentos da vida sabiam bem emendar-se. Tudo? Não, de repente havia uma diferença, uma mudança no silêncio, ela percebia.

Notou-o, correita, quis duvidar, duvidou — de modo nenhum deixaria que ele reparasse em seu agudo sobressalto. E era. Ela compreendeu. Um tanto, atordoou-se, o sangue alargava-lhe o rosto, mas inclinou a cabeça, disfarçando. Iô Liodoro saía de seu caráter? — ela pensava. Tinha sido depois de um tempo, quando inutilmente conversavam. Iô Liodoro. Tomou-a de vista — foi súbito. Seus olhos intensos pousavam nela. Ela não temeu; se admirava. Sentia-o: que nada havia a temer; e o quente de prazer que de seu corpo subiu provinha-lhe de saber-se em toda a segurança, bôa parte. Como se para a aquietar, ou para se dar melhor direito de poder olhá-la livremente, ele agora falava, falava de coisas sempre simples, de nada, falas vãmente honestas. Baldado. Não a enganaria, a ela. A voz dele mudara, sobre trim de titubeio, sob um esforço para não tiritar. Iô Liodoro, o peito extenso, os ombros, seu rosto, avermelhado vinhal. "Ele me espia com cobiça..." Seus olhos inteiravam-na.

—Você tão delicadazinha, minha filha... Carece de tomar cautela com essa saúde...

Ele falou. E era um modo apenas de acariciá-la com as palavras. Ela sorriu, sorriuzinho. Estava com o *peignoir*, por cima da camisinha de rendas, vaporosa, de leite alva. Sabia-se bela. Gostaria de estar entre transparências de uma gaze. "Pobre iô Liodoro" pensou "ele precisa disso, de um pouco de beleza..." Sentia-se bôa e casta, dava-lhe alguma coisa, sem mal algum. O mais, o frêmito de escuso prazer, que ela já provava, era outro lado, seu, só seu, ele mesmo não saberia disso — e era como um mínimo prêmio, que ela se pagava. Sentia-se fitada, toda. Dar-se a uns esses olhos. E oscilou o corpo, brandamente. Quis sorrir, com ingênua benevolência. Ah, mas podia ver o ofego de suas narinas, a seriedade brutal como os lábios dele se agitavam. Gostaria de poder certificar-se de todos os efeitos que sua sensível beleza produzia no semblante, no corpo dele, o macho. Um macho, contido em seu ardor — era como se o visse por detrás de grades, ali sua virilidade podia inútil debater-se. Dele defendida ela se encontrava, como se ambos representassem apenas no plano esvaecente dum sonho. Assim, aquele momento, como tinha sido possível? Falavam. E ela admirava-o.

Nunca imaginara o acontecimento daquilo, que se inventava de repente — iô Liodoro, ele, tão verdadeiro, e gratamente enleado no real. E ela. Suspirou, por querer. Admirava-o. Numa criatura humana, quase sempre há tão pouca *coisa*. Tanto se desperdiçam, incompletos, bulhentos, na vãidade de viver. E iô Liodoro, enfreado, insofrido, só o homem de denso volume, carne dura, taciturno e maciço, todo concupiscência nos olhos. Aquela gula — e o compressivo respeito que o prendia — eram-lhe um culto terrível. Sonhava--o? Despertaria? E, por um relance, imaginou: como prolongar aquela hora? E como, depois, desfazerem-se do voluptuoso enlevo? Falava mentirosamente. Os pobres assuntos garantiam a possibilidade do deleite, preservavam-no.

— "Pois... Assim tão linda, a gente mesmo acha, faz gosto..." — ele disse, não se acreditava que sua voz tanto pudesse se mitigar.

— "O senhor acha? De verdade?" — ela respondeu: se apressara em responder, dócil, queria que sua voz fosse uma continuação, mel se emendasse com a dele.

— "Linda!" — ele confirmou. E mudara o tom — oh, soube mudá-lo, hábil: dissera-o assim, como se fosse uma observação comum, sã e sem pique. Quem o inspirara? A fino, que desse modo o diálogo podia ser uma bôa eternidade. Não, ela não ia permitir que aquelas palavras fenecessem:

— "O senhor acha? — Gosta?" — sorriu queria ser flôr, toda coqueteria sinuasse em sua voz: — "De cara?... Ou de corpo?..." — completou; sorria meiga.

— "Tudo!..." E com a própria ênfase ele se dera coragem. Mas ela, sábia, alongava a meada:

— "A boca...?" — perguntou.

— A boca... Todos os dentes bons, tão brancos, tão brilhando...

Sua admiração se dizia como a de uma criança. Lalinha descerrara o sorriso, exibia aqueles dentes, a pontinha da língua.

Riram juntos. E ele mesmo acrescentou:

— Os olhos...

— "E o corpo, o senhor gosta? A cintura?" — ela requestou.

Sim, a cintura, o busto, os seios, as mãos, os pés... Devagar, a manso, falavam de tudo nela, os olhos e as palavras dele quentemente a percorriam. Parecia um brinquedo. Ah, sim — ela se dizia: — tinha de ser como num brinquedo para que pudessem, sem pejo, continuar naquilo. Como riam, e demonstravam um ao outro estar achando pura graça naquele jogo, prevenindo-se de que dele não haveria temer consequências. Como inteligentemente tinham-se compreendido, e encontrado a única solução, Lalinha lúcida se admirava. E era um escoar-se, macio, filtrado, se servia apenas a essência de um desejo. Continuavam. Toda minúcia. Dada a tudo, ela fez questão de repetirem, recomeçando — a boca, o colo, os pés, as pernas, a cintura... Assegurava-se assim de que o brinquedo não precisasse de se esgotar, não tivesse fim nem princípio. E guiou-o a mencionar também as peças de roupa: a camisolinha filil e nívea, o fino *peignoir* de um tecido amarelo manteiga, os chinelinhos de pelica. E seus cabelos, os ombros, os braços...

Demorou nisso. Era preciso que iô Liodoro se firmasse, se acostumasse, guardasse tudo bem real na consciência, não duvidasse de haver ousado e cometido. Ela — ah, como queria ser um objeto dável — todas suas atitudes eram ofertadas, ela era para os olhos dele. Depois, recostou-se, tranquila, num desarme. Cedeu-se. Apenas, com medidas palavras, animava-o a insistir no falar, — ele devia tomar a diligência da conversa. Iam-se as horas, desvigiadas das pessôas. Por fim, porém, ela se impôs a interrupção, sentiu que dela devia partir, e em momento em que ele estivesse em estro levantado. Separaram-se, sem se darem as mãos, ela sorriu esquivosamente.

No leito, exultou. Borbulhavam-lhe afãs, matéria de pensamentos. Tudo excitava — inconcebível, arrebatador como se lido e escrito. Ela era bela, criava um poder de prazer; e nem havia mal, naquilo. Ela se disse: sua beleza se empregara, servira. Adormeceu assim. Muito.

E entanto cedo acordou, abriu a janela toda, o frio era bom, a madrugada mal raiava: sus roseozins de nuvens sufladas, de oriente, dedo a dedo, anjos, no desrol. Belo dia! Não obtinha dormir mais, não podia, tanto se governava lépida. Ouvia as vacas, grandes de leite, bondosas. Mugia-se. O mundo era um sacudido cheiro de bois, em que o canto dos pássaros se respingava. O touro, ora remugia o touro, e o jardinzinho estava ali, ao pé da janela, viçoso de verdes hastes. O dia custava a começar, a passar. Glória, Glorinha, saíra de um sono de beleza. — "Vamos montar, vamos passear, Glorinha, meu bem!" — e queria-o com ímpeto. Precisava de ser muitas, abrir largos abraços. Pudesse rever inteiro o Buriti Bom, terra tão terra. Ir até à Baixada, até ao instante de lá — o fim de brumas. Como os buritis nasciam vagarosos com seu verde da escuridão: o Buriti-Grande tinha ao pé um pano ainda caído de branca névoa, e como cintura, ao corpo, pelo terço, um móvel anel de neblina. Tudo era grande, e belo. Avançavam, de alto ar, as araras, suas cores, fortes vozes.

Depois, sob o pleno sol, bom e belo o Brejão — suas grandes dadas flores: a olímpia, a dama-do-lago, a gogoia, o golfo-da-flôr-branca, a borboleta, a borboleta-amarela, as baronesas. O brejo alegrava, se doava, dôce como o ócio e o vício. Uma hora, Glorinha disse:

— "Você sabe, Lala, uma mocinha daí do Caá-Ao, uma que dizem que se chama Dondola a mãe dela?" "— Não sei. E sim, meu bem?" "— Apareceu grávida..."

A mocinha, desvirginada, deflorada. Lalinha rira, ria. Glória olhava-a, espantada. Mas não poderia dizer-lhe porque se ria, nunca. O que pensara. Glorinha seguia explicando. Que quem fizera-mal à mocinha supunha-se certo o João Rapaz, filho do vaqueiro Estaciano. — "O Rapaz se autorizou dela..." Abusara-a. Não, não — o que ela pensava: iô Liodoro, só ele, violando, por força e por dever, todas as mocinhas do arredor, iô Liodoro, fecundador majestoso. Assim devia ser. "Apareceu grávida..." Sim, o dia tardava a passar. Ao almoço, ela gostou que iô Liodoro não estivesse presente, ele saíra por roça e pastos. O dia era uma dilação. O dia se acabou depressa. E chegou a hora do jantar. Iô Liodoro o de sempre, desassossego nenhum, nenhuma dúvida. E, depois, como não acontecia havia tanto tempo, convidou-a a jogar a bisca. Tudo igual, e calmo. Atentos só às cartas, jogavam. Enfim, ao se darem bôa-noite, ele a olhara, ah, com ansiosos olhos denunciados. Ela, como quem concede, então disse, baixinho: — "Até logo..." E foi para o quarto.

Ela se arranjou, demorara. Não, não queria pensar nada. Estava bela? Sua beleza não era uma devoção? Em tanto, esperou que a casa se aquietasse. Vestira outro *peignoir*, vinho-escuro. A camisola mais leve. As sandálias altas, que mostravam os pés, ah, tão pouco. Não estava bela? Veio.

Tudo escorria, sutil, escorregava. Ela mesma começou, nem falaram de outra coisa: — "E hoje? Me acha bonita?" Na mesa, o lampeãozinho junto do lampeão grande, as luzes agrandadas. Nem ouviam o bater do monjolo, isolados da noite, se ajudavam a armar um êxtase. As mãos... Os braços... Os tornozelos, tão finos... Tudo ela tinha lindo. Como iô Liodoro aprendia a repetir, como seus olhos de cada detalhe se ocupavam, com uma disciplinada avidez, num negócio. Podia oferecer-se mais: em palavras — as coxas, as ancas, o ventre esquivo. Tudo se permitia, dando o vagar, sob simples sorriso. Iô Liodoro, sem pejo, serviu-se do restilo, tomou um cálice. Então, ela pensou, ousou: mandou-o fosse a seu quarto, buscar-lhe os cigarros. Ele foi. Obedecia-lhe — aquele homem corpulento, poderoso, — e penetrava àquela hora, em seu quarto — quase uma profanação! Ah, nunca ele saberia, por Deus, o estremecimento de desgarrante delícia que lhe estava proporcionando. Recomeçaram. — "O senhor me acha bonita fumando?" Ele teria de dizer que sim, que achar bonito e bem tudo o que ela fizesse, tudo o que ela quisesse. Ele nunca diria não. — "Acho, Lala..." — ele respondeu. "Lala!?" — tinha dito? Assim, somente Glorinha a chamava; e ele ouvira, aprendera, não hesitava agora em usar. Lala! — "Os seios, tão produzidos, tão firmes..." — era como se a voz dele a pegasse, viesse-lhe ao corpo. Mas, não, não poderia nela tocar, disso não havia perigo. A curta distância — quase arfante — era adorável sentí-lo.

Foi ele quem primeiro se ergueu, dessa vez. Mas, só num meio gesto, soube dar a entender tão bem que não podia mais, que não se suportava de exacerbado, que foi mais dôce do que se tivesse querido ficar mais tempo, que tivesse implorado a ela para ainda ficar.

E, sim, no quarto, já deitada, ela compreendeu. Ele saía, montava a cavalo, ia ver a mulher baiana. Ia sôfrego, supremo, e era a ela, só a ela, que aquele impetuoso desejo se devia. Ah, Lala, terrivelmente desejada. De si, vibrava. Ouvia-o galopar, ao longe? Ela podia amar-se, era bela, seus seios, o ardente corpo, suas lindas mãos de dedos longos. Sentia-se os lábios úmidos demasiado, molhados, como se tivesse beijado, como se tivesse sugado, e era uma seiva inconfessável. Depois, um deixo amargo, na boca. Assim adormecia.

Aqueles dias! Saberia dizer ao certo como a levaram? Eram só as noites. Ela voltava à sala, os dois voltavam. Quantas vezes? À mesma hora, tudo o mesmo igual. E no sabido repetir-se residia a real volúpia, na cumplicidade daquela cerimônia. Só que a cada noite Lala se vestia de outro modo, mudava até na pintura, mudava o penteado. Estava de pijama, no pijama verde, de pantalonas à odalisca, sob o casaquinho de grande gola. Iô Liodoro fazia menção de apanhar a garrafa de restilo, ela se apressava, ágil e perfeita, queria se fingir de escrava, de joelhos servia-o. Não perdia o rápido e receoso olhar, com que ele vigiava se Tia Cló ou Maria da Glória não iriam de súbito aparecer, se não teriam suspeitado de algo na paz da noite. E nunca falavam de outra coisa — que não da desejável formosura de Lala, de seus encantos. Fora que, a uma variante, a uma novidade achada, uniam-se num estalo de rir. Sua beleza era pasto. E o apetite dele, a reto, no nunca monótono, parecia mais grosso, sucoso, consistente. Lala se ensinava, no íntimo: que estava se prostituindo àqueles olhos; ora se orgulhava: e contudo ele a olhava como a uma divindade. Como tinham chegado àquilo, encontrado aquilo? Parecia um milagre.

Nesse tempo, a intervalos, temia principiassem uns momentos de remorso. "Mas, ele me obedece, hei de levá-lo apenas a atos bons, para a felicidade de todos..." — se persuadia. Havia de estender em benefícios sua influência. Ià-Dijina, a companheira de iô Ísio, ah, para com ela tudo teria de mudar: haviam de recebê-la na Casa, seria tratada como filha e irmã, havia-de. E mais, iô Liodoro teria de mandar embora a mulher baiana, chamada Alcina. Então, tudo se alimpava, numa paz, numa pureza. O Buriti Bom ficava sendo um paraíso.

E, para ela, passava-se o mais, ali, como se em distantes margens. De novo houve que Maria Behú piorara um pouco, falou-se em vir outra vez o médico. Não, Maria Behú não queria, modo nenhum. — "Pudesse" ela dizia "queria o padre." Para confessar-se, comungar. E Lala ia a todo momento ver Maria Behú, acarinhava-a, lia-lhe orações. Que havia de ficar bôa, depressa, sarar, fazer passeios! — "Você me sara, Lalinha... Você tem essas mãos. Você é linda como uma santa..." — Behú repetia. Seu sorriso, agora, parecia o de uma menina. Sarasse Maria Behú, tão querida, a felicidade de todos se completava. O médico devia vir!

Também para o Chefe Zequiel, mais coitado. O estado dele desanimava. Não saía do moinho, senão chamado instantemente, mal se alimentava. Maria Behú pediu para vê-lo, trouxeram-no até ao começo do corredor. Mas não quis, por lei nenhuma, aproximar-se do quarto. Gemia, se debatia, pegava a tremer. — "Deixa, não faz mal..." — Behú disse. O Chefe, na desrazão do espírito, onde colocava o centro de seu pavor? Contaram que ele estava passando pior, no moinho, que todo se lastimava. Lala foi até lá, com Tia Cló e Glorinha, viu-o deitado na esteira, profuso de horror, de suor. Ao avistá-la, então pareceu melhorar, tomou um alento, para ela sorriu. Dava pena, de certo não ia viver muito? Não, não podia ser, ele também carecia de se curar, de recobrar confiança, no Buriti Bom carecia de não haver doença, nenhuma desdita.

E as Mulheres-da-Cozinha bisbilhavam seus sentidos:

— O padre vier, quem é que comunga também? Ele traz tanta partícula?

— Recado para minha irmã Anja, na Lapa, vir, para rezar junto...

— Se o frio não consegurar, logo, é ruim: diz que já estão por aí muita febre...

— Às vez, tenho medo de castigo.

— Sinhana Cilurina falou, tudo está regrado na História Sagrada...

— Pobre do Chefe pegou mania de fastio. Devia de comer lombo de anta nova, mor de desencaiporar...

— É o frio que não aprova. Tudo está pronto para a moagem, e estão demorando de moer...

Não entristecessem o Buriti Bom, Lalinha consigo suplicava. Só Glorinha, sim, imudada, conciliava o dom dos dias em equilíbrio. Glorinha — tê-la-ia relegado um pouco, desde havia semana, dês que tão pequeno e secreto novo interesse de viver a ocupava? Não, disso não merecia acusar-se. Sempre juntas não estavam? Em que haviam alterado? Queria-a, como queria, como antes; Glória tinha do sol, feita para ser amada. E, entretanto, diante dela, agora, de um modo se constrangia? Era como se, em frente da claridade de Glória, se envergonhasse. E soube que não acertava. Mas, não queria saber mais, precisava de uma penumbra, de desvãos. Glorinha, grande, bela, e filha de iô Liodoro — sua amiga, tão querida, e filha de iô Liodoro — o que agora acontecia Glorinha devia ignorar, sempre! Ah, ela nem pudesse, de longe, desconfiar. Desnorteava-se. O mundo era feito para outro viver, rugoso e ingrato, em vão se descobria um recanto de delícia, caminhozinho de todo agrado, suas fontes, suas frondes — e a vida, por própria inércia, impedia-o, ameaçava-o, tudo numa ordem diferente não podia reaver harmonia, congraçar-se. Então, ela preferia, por vezes, mesmo a companhia de Behú, no quarto, entre orações e santos, e paz, aquela virtude não a perturbava. Maria Behú, no centro de diversa região, também quieta, nunca poderia desconfiar de nada. E mais pensava: ainda que suspeitasse, mesmo que tudo um dia descobrisse, Maria Behú mais facilmente podia perdoar — em nome de Deus, que está mais adiante de tudo. A Maria Behú seria muito mais fácil pedir-se perdão: Maria Behú era uma *estranha*, sua doçura vinha de imensa distância. Maria Behú conheceria outros cansaços e consolos, e repouso, que a gente podia amenamente invejar, oh, às vezes.

Glória vivia demasiadamente.

Como falava. De repente, falara. Lala ouvia-lhe:

— ...O Gual é que não tem filhos, ele não pode ter...

Por que o dizia? Lala não prestara bem a atenção. Por causa da mocinha do Caá-Ao, que aparecera grávida?

— ...Com o Gual, não tem perigo...
— Que é que você está pensando, sonsinha, Glória?
— Eu? Oh, Lala...
Ela, doce, doce, se embaraçava.
— Sim, meu bem!?

Glória sungou os ombros. Sorriu se livrando. *Glória:* "Por quê?" Enrubesceu. *Lala:* "Sim. Que é?" *Glória:* "Oh, Lala, você... Está parecendo até exame, no Colégio..." Só agora Lala começava a conjecturar, a temer. *Lala:* "Que é que você está pensando de... a respeito do Gual, Glorinha?" *Glória:* "Tolice, Lala..." Subiu duas vezes os ombros. "O Gual, tão rejeitoso... Ele é mais feio do que o vaqueiro Leobéu..." Procurou Lala com um abraço; queria era ocultar o rosto?

Dissera, apenas. Valia atentar-lhe nas palavras? Chocarrice. Conversa que se dispersava. E Lala aguardava a noite, suas horas, sua noite; se via, assim, cada bater de seu sangue mais a acendia; tinha de ser, até ao fim; como a procura de um fim. A sorno modo, os assuntos outros ao lado se enevoavam; mesmo o que Glorinha agora lhe dissera.

Mas nhô Gualberto Gaspar tinha chegado, era como se Glorinha já o soubesse. Gual trazia para Maria Behú um unguento, de farmácia, um bálsamo. Ele ia falhar o dia lá, dormiria na Casa. Nhô Gual, ressaía dele um ar de todas as andanças. Um ar mentirosamente perplexo. Ele disso nem soubesse. Aquele homem não podia ser bom, ele ainda nem conhecia sua maldade. Comia com comportamento, não-de-menos a todo momento dizia alguma coisa por sua vantagem, e gabava iô Liodoro, seu compadre, sempre que caía a ponto. Por fortuna, Maria Behú pudera vir à mesa, e a Maria Behú ele respeitava, a simples presença dela diminuía nele o poder de falar prolongado. O jantar se passou assim. Tratavam do próximo início da moagem, e era um domingo. Falavam calma. Lala sabia que essa noite não poderia conversar a sós com iô Liodoro, a estada de nhô Gualberto Gaspar tolhia-os. Ela já se acostumara à ideia, nem se ressentia; e alegrava-a ver que Maria Behú de novo mostrara melhora, alegre beijou-a na testa, quando Behú já se retirava para o quarto. Aquela silenciosa concórdia. Maria Behú tinha uma recortada parecença com o pai: um e outra confiavam em todos à sua volta, não viam o mal, em redor, não o presumiam. "Sou má?" — Lalinha se perguntara.

Estava jogando. Iô Liodoro, diante dela, era um grande amigo estranho? Um peso, um respirar, uma forma. E, entanto, calado mesmo para si mesmo —

como se ele não pensasse por separado os atos de seu próprio viver, mas apenas cumprisse uma muito antiga lição, uma inclinação herdada. Ele mesmo não se conhecia. Ela, Lala, podia conhecê-lo! Olhasse-o com amizade, e era como se o entendesse, por completo, de repente. E os olhos dele assentavam nela, os olhos se saíam daquela forma, daquele peso. Forças que se redobravam, ali dentro, sacantes. Fitava-o com amor: e era como se tirasse faíscas de uma enorme pedra. Não, não queria ser má. Ousou: — "Acha bonitos os meus seios, vestida assim?" — sussurrou. E queria que seu sussurro tivesse dito também: — "Não é por vaidade minha, não é por vaidade minha..." Não, queria apenas dar-se àqueles olhos: que eles revolvessem e desfrutassem seu corpo, suas finas feições, e que então o espírito dos olhos dele sem cessar fluísse, circulasse, pairasse — sem cessar revelado, reavivado, transformado. Lala sorria.

E tudo o mais foi-se aliviando de importância: a conversa de Glorinha e nhô Gualberto Gaspar, ali perto, os risos de ambos, os modos. Tudo isso, que, ainda havia pouco, a perturbara — Lala chegara a temer. Glorinha, atirada, saída: — "Ô Zé Gaspar! ô zé-gaspar..." — burlona, como se dirigia ao homem; ela se delambia. E ele, nhô Gaspar, salaz, piscolho, homem que escancarava a boca e se coçava nas pernas. Parecia o impossível — um pecado. A ela, Lala, nem fazia falta os soslaiar, para ter a certeza: a leviandade dela, a senvergonhez dele. Como uma caricatura! "Será que penso, que sinto assim, por ser ação de outros? O pecado alheio, que vem sempre contra a ordem, como um perigo..." — ela ainda se interrogou. Assustavam-na. Devia advertir Glorinha com um olhar, censurá-la, detê-la? Tudo ali, a tão pequena distância, e ofendiam o Buriti Bom, ofendiam iô Liodoro. Devia separá-los. Enojava-a, aquilo, num súbito vexame. Mas não se movia. Segurava as cartas, jogava. Não havia mal — a presença de iô Liodoro protegia-os, a todos. Jogava. Queria rir-se da brincadeira de Glorinha, da tolice de nhô Gualberto Gaspar. E, de repente, murmurava: — "Assim, os seios, acha?..."

E vibrou, airosa, tanto ele imediatamente se entusiasmara, como seus olhos lhe agradeciam. Iô Liodoro pediu o restilo. Sorveram-no, ele e o compadre Gual, com palavras de gabo e estalos. Mas assim iô Liodoro, se alargando no contentamento, quis mais: fez o que nunca acontecia, no comum — mandou que Glorinha trouxesse também o vinho. O vinho-dôce, espesso, no cálice, o licor-de-buriti, que fala os segredos dos Gerais, a rolar altos ventos, secos ares, a vereda viva. Bebiam-no Lala e Glória. — "Virgem, que isto é forte, pelo muito unto — para se tomar, a gente carece de ter bom fígado..." — nhô Gual poetara, todos riram. Ria-se; e era bom. Bebia-o Lala, todos riam sua alegria, era a vida. Por causa dela, iô Liodoro mandara servir o vinho, era um preito. E o Gual, taimado, lambório, corçoou-se, os olhos dele baixavam em Glorinha, como para um esflôr. Suas mãos velhacas procuravam o contacto do corpo de Glória, os braços, quanto podia Não era a vida? Sobre informes, cegas massas, uma película de beleza se realizara, e fremia por gozá-la a matéria ávida, a vida. Uma vontade de viver — nhô Gaspar. Pedia para viver, mais, que o deixassem. E Glória, dada. Era infame.

No quarto, depois. Podia dormir? Agitava-se, não media sua angústia. Como surpreender, adivinhar, por detrás do silêncio, cada grão de som? O Chefe, o Chefe alucinado, espavorido, de atalaia no moinho, o Chefe Zequiel, que os ruídos da noite dimidiava, poderia ele dissociar cada rumor, do que se passasse lá dentro da casa? O que acontecesse — nhô Gaspar, maldestro, indestro, de certo, ante o milagre de Glória; Glorinha, vencida, como uma gata esfregadeira; estalo e tinido de risos... Revoltava-se. E seu espírito, pendido escravo, castigava-se com o imaginar aquilo. Como se tudo decorresse dela, de sua abjecta visão, ah, não imaginar, não pensar — dormir... Queria o sono, como quisesse o esfriar de uma ferida. Dormiu? Sonhava? Sonhou? Que batiam, à janela, leves batidas. "Lala!? Lala..." — chamavam. Glória? Glorinha — teria vindo, aquela hora, saíra, na escuridão, dera volta pelo oitão da casa, entrara no jardim, procurava a janela, chamava, batia? Ah, não acordar, não atender, não pensar — então, se o conseguisse, tudo estaria em repouso, não haveria sucedido nada. Não ouvir. E — não era à janela, era à porta? "Lala! Lala!"? Não acontecer... E tinha de ouvir, tinha de acordar. Aguçou-se. — "Lala... Lala..." Tateando, pegando-lhe um braço, era ela, Glorinha estava ali, à beira de sua cama. — "Glória!"

Já a abraçava. Não soube como acendeu a luz. E as duas estavam de pé. Glorinha, o bater de seu coração, um rubor, ela transtornada. — "Entrei, Lala... Sua porta estava aberta..." Ofegava. Escondeu as mãos. — "...Você deixou a porta aberta..." Ia chorar? As pupilas aumentadas, os olhos, grandes, claros, árduos. Os cílios, em, em, se molhavam? — "É horrível, Lala... É horrível..." As mãos tremiam-lhe. Arrimou-se, num abraço, e não podia chorar, ou não queria. Sentou-se na cama. — "Lala... Meus cabelos estão pesando..." Tinha taramelado a porta. Súbito, riu, baixinho, defendia-se do ansioso olhar de Lala, que lhe apertava fortemente o braço, que se debruçava para seu rosto, como se quisesse descobrir não sei que vestígios, farejasse-a, inquirisse. Ia bater-lhe? E Lala, encarniçada, soprou, sibilou: — "Glória... Não minta! Você esteve no quarto de nhô Gaspar!?..." E Glória, se tapando com as mãos, abrira vasto os olhos: — "Não, Lala, não! Não fui, não estive... Juro! Juro!... Que ideia..." Sorriu tristinha, ainda aflita. Lala recuara um passo. — "Oh, Lala, seja boazinha para mim... Não estive no quarto... Foi no corredor..." E, rápido, como se precisasse de coragem para logo explicar-se: "...Ele me abraçou, estava me beijando... Mas, depois, me apertou, parecia dôido... Oh, Lala, não judia comigo... Não aconteceu nada, juro, só ele me sujou... Só..." Lala recuara mais, mas se distendia — para vê-la melhor? — no semiescuro do quarto. Glória — o olhar quebrado, descalça, a camisolinha branca, o busto, os seios redondos, o homem bestial a subjugara... — "Diga, meu bem, Glorinha, diga: ele te sujou... Onde? Onde?!" "— Mas, Lala! Você está beijando... Você..." Oh, um riso, de ambas, e tontas se agarravam. — "Lala, imagine: ele estava de ceroulas..." ...Seus corpos, tão belas, e roçarem a borra de coisas, depois se estreitarem, trementes, uma na outra refugiadas... Mas — "Não!" — ela disse. Ouvira algum rumor? Não. O afago de um repente, que num frio tirito se dissipava. Sentiu seu coração, como se num galope se afastasse. Glorinha, nos seus braços, era uma menina, cheirava a menina. Suas meninas-dos-olhos, suas pálpebras, por metade. Meigamente, não sabia abraçá-la? E Glória agora se sacudia em soluços. Mas ela, Lala, não podia chorar. Descobria-se feliz, fortemente.

De manhã, as duas tinham medo.

Dia frio. Vindo pelo corredor, com o primeiro jarro de leite, Tia Cló cantarolava um mote; que, nascida em terra outra, em alto de morros, assim o fino da friagem alegrava-a. Vozes, fora, de fortes vaqueiros, soavam como uma garantia. Que temiam, Glória e Lala, que assim hesitavam? Consabiam-se, vigiavam-se, mal olhar a olhar, em curto enleio ansioso. Já avançava a manhã, as brumas desasadas. E o reviver de tudo, no Buriti Bom, que era o sólido diário, um estilo grôsso, rendia tranquilidade. Iô Liodoro saía, com seus campeiros a cavalo: soltava-se um gado. Maria Behú viera à varanda. Os aborrecidos pequeninos remorsos, o agudo que perturba, sumiam-se sob paina — como se eles mesmos, por si, cavassem e descessem. E todavia, à certa, elas, Lala e Glória, se sentiram desoprimidas, quando souberam que nhô Gualberto Gaspar partira ainda com o escuro, entre o amiudar dos galos e a barra do dia em vindo — como Tia Cló noticiava. O homem. Fora-se, meio fugido. Glorinha exultou. De repente, ela mesma cantava. — "Boi ladrão não amanhece em roça..." — rindo segredou. Mostrava a ponta da língua. Seu cinismo era um resto de inocência. Tinha-se de rir. E olhavam: arvoada poeira subia, aos dourados, aos vermelhos, pelo nascente — que era por onde aquele gado ia, que se soltava. Dia de sol.

Todos aqueles dias, de propósito, de belo inverno.

Como não fosse? Esperar. Lala se resumia. Todo um bem, um dôce escoamento de seu íntimo, e ela se renovava. Descobria tantas coisas. Como se só agora estivesse chegando ao Buriti Bom; tão demorado tempo estivera vivendo ali, e não tinha sabido reparar na simples existência das pessôas. Aquele dia.

Iô Liodoro. Os cães vinham com agrado ao pé dele, erguiam o focinho e os olhos, repousavam cabeça entre suas pernas. Ele passeava pelo curral, no meio das vacas, os vaqueiros tirando leite; se destacava. Levava, à noite, um copo d'água para o quarto. Punha a grande capa fusco-cinzenta, alargava-se seu vulto, não receava montar e sair, nos dias de chuva. Escovava o cabelo, demorava-se ainda um pouco na varanda, o chapelão ainda derrubado às costas, sustido pela jugular. Chegava, depois, seu sorriso sempre era franco, voltasse ele encharcado a gotejar ou empoeirado todo, um sorriso de fortes brancos dentes, com aqueles dentes podia cortar um naco de carne-seca, de golpe. Tinha pelos ruivos nas costas da mão, à mesa comia ligeiro, mas tão discreto — mesmo essa pressa não se notava. Bebia o café muito quente, quase sem o adoçar, dava estalidos com a língua, sempre a bondade do café ele elogiava. Esfregava as mãos, chamava os enxadeiros e campeiros, um por um, para o pagamento, no quartinho-de-fora, o quarto-da-varanda; não vozeava nunca, não se ouvia que se zangasse. Sua mulher, mãe de Glória e Behú, de Ísio e Irvino, se chamara Iaiá Vininha, diziam que sempre a tratava bem, carinhoso, ela fora linda. Os vaqueiros respeitavam-no e obedeciam-lhe com prazer, tão hábil quanto eles ele laçava e campeava. No quarto-de-fora guardava seu selim pradense, e a sela maior, tauxiada, seus apeiros ornados de prata; lá tinha os livros de escrita, e a pilha de cadernetas, na escrivaninha. E iô Liodoro se alegrava com as canções das filhas; às vezes, com palavras poucas, aludia a algum fato de sua meninice. Ele era meio dos Gerais e dali — de seus matos, seus campos, feito uma árvore. Tudo geria, com um silencioso saber, como se de tudo despreocupado. O espaço da testa, os lábios carnudos, suas grandes sobrancelhas. Era espadaúdo e grande, e forte, não, não era corpulento. Não se sentava no banco para afivelar as esporas, calçava-as mesmo de pé, num fácil e ágil curvar-se. Apoiado ao peitoril da varanda, num cotovelo, levava a outra mão em pala, ou acenava com largueza aos homens, apontava. Recuava uma perna — suas botas pretas, sempre limpas, era Tia Cló quem delas cuidava. Tomava um cálice de restilo, secava os lábios, ia ficando mais corado. Todas as peças de sua roupa cheiravam bem, arrumadas nos gavetões da cômoda, com feixes de raízes-de-cheiro, Tia Cló zelava-as com apreço. Na gaveta da mesa de seu quarto, guardava o relógio de ouro, um livro de orações que tinha sido de Iaiá Vininha, os óculos, dois ou três retratos amarelados, revólveres, uma faca com rica bainha e terçada de prata, um coto de estearina, um almanaque farmacêutico, e umas fichas coloridas, de jogo; guardava-as, àquelas fichas, não era como se conservasse um brinquedo, ele não parecia um menino grande? A cama, estreita, um travesseiro só, à cabeceira um tamborete, com o lampeão, a caixinha de fósforos. Apalpados, a cama, aquele travesseiro, o colchão, pareciam demasiadamente duros. Seria que ele ali dormisse bem, tivesse o conforto merecido? A janela dava sobre o poente, para o rumo dos Gerais, para as matas do rio. Iô Liodoro gostava de angú, de jiló com carne de porco, de palmito de buriti, de vinho-do-porto, de vinho-da-terra. E as mãos dele eram quentes. E qual seria, no mais, hora por hora, a vida dele? Quando no campo, quando percorrendo longemente os grandes pastos, as roças, perpassando pelo que possuía. A parte com aquelas mulheres — a dona Dioneia e a outra — como se queriam, o que conversavam, e o que ele encontrara nessas, por que as preferira: se incansável carinho, ou uma destreza de viciosas, uma experimentada ciência lasciva, ou por gostarem muito de homem. Aí como seriam, em todas as minúcias, as casas onde elas moravam, aonde ele ia, voraz, às noites, como a um assalto, contra que ninguém o pudesse conter. E por que precisava de uma Lala? Ah, ele a trouxera da cidade, fora buscá-la, tinha trazido, de trem, no caminhão forrado com couros de onças, no carro-de-bois, trouxe. Instara por que viesse, queria-a ali no Buriti Bom para sempre, retinha-a. Ela ali estava.

Todo o dia, não o viu.

Aquela noite não pôde vê-lo. Tantas vezes ela chegara à porta do quarto e espiara, a sala se marcava escura, lá ao fim, depois da luzinha mortiça no corredor. Sabia que não devia cismar, supor algum mau motivo para essa ausência. Tinha todo o tempo, no Buriti Bom pontual, e sua consciência concordava com uma pausa. O que esperava? Súbito, compreendeu que mesmo isso não queria imaginar; temia a própria lucidez. Mas — o que fosse um prosseguimento, frouxo, enrolante, tácito, levando-os — então tudo resultaria real, mais sem mancha que a inocência. Esperava. Também receou que Glorinha aparecesse em seu quarto, mas Glorinha não apareceu. A pausa; e o amanhã que se aproximava, vindo pelas costas de gente. Sabia-o.

Foi outro dia de aguarda calma. Iô Ísio chegara, imprevisto, na meia-tarde. Iô Ísio dormiu lá. À noite, demoradamente, a sala parava escura. Sobre insônia e sono, Lala se suspendia.

Novo dia. Tudo invariável. Todos tão em mesmo, até Maria da Glória; então não notavam o tempo? Sim — diziam: — "Depois-d'amanhã a moagem começa..." — Brincava o frio em roda, eram intensas as estrelas. Toda coisa pronta — os homens, o engenho, as tachas, os bois, os carros. Sairiam a cortar a cana madura nos canaviais, iô Ísio voltara para a Lapa-Laje. Mas Glorinha parecia esquecida do que se passara, de nhô Gaspar, das más horas, do arrependido espasmo em hediondos braços, do valor estremecente de sua nudez. E iô Liodoro assim como sempre soubera ser, cerrado na comum impenetrabilidade, entregue a providências e preparativos, num desempenho secreto. Ah, depressa eles se refugiavam no uso, ramerravam, a lidada miudez da vida retomava-lhes o ser! Dentro de cada um, sua pessôa mais sensível e palpante se cachava, se retraía, sempre sequestrada; era preciso espreitar, sob capa de raras instâncias, seu vir a vir, suas trêmulas escapadas, como se de entes da floresta, só entrevistos quando tocados por estranhas fomes, subitamente desencantados, à pressa se profanando. Glória, iô Liodoro, temiam que alguma coisa de beleza ali acontecesse, não queriam? E todavia estava para acontecer, disso aqueles dias falavam, o marejo dos silêncios, as quinas dos objetos, o denso alago de um aviso se pressentia. Ela queria. Não sofria de esperar mais. À noite, uma luzinha débil acesa, um recanto de calor diferente, um ponto. À noite, o Buriti Bom todo se balançasse, feito um malpreso barco, prestes a desamarrar-se, um fio o impedia. Ela ousava. Tarde, nessa noite, a luz se avistava outra vez na sala. Lala veio, feliz, pelo corredor. Ela se fizera linda, queria que sua roupa fossem véus devassáveis, se desvanecesse em espumas. Iô Liodoro lá estava, no lugar. Esperava-a.

No entanto, ela pressentiu — houve, havia, uma mudança! Captava-a, mal chegou, nem bem ainda se sentara. O outro silêncio que se estagnava ali tocou-lhe a boca, com o surdo súbito bater de um lufo d'água. Sentou-se, já estava entre os gelos do medo? Algo mudara, terrível, deabismadamente, sabia-o: como se o soubesse havia tempos, como se uma espécie esconsa de conhecimento nela se tivesse acumulado, para naquele instante deflagrar. E seus pensamentos subiram em incêndio. Ela estava avisada, se resilíu, lúcida, lúcida — seu sentir era uma lâmina capaz de decepar no espaço uma melodia. E teve medo. Um medo pavor, como se seu ser de repente não tivesse paredes. Vigiou.

— Minha filha...

Não pela voz, mansa, medida. Não que ele franzisse o cenho, severo se formalizasse. Mas ela via. Aquele homem não era mais o mesmo. Agora, estavam perdidos um do outro, era apenas uma linha reta o que os ligava. "Que eu tenha coragem!" — ela se disse, de seus dentes. E sorriu simplesmente. Assim esperava.

— Minha filha...

Absurdo. Desde um tempo, ele não quisera mais chamar-lhe assim, evitara. "Minha filha..." O que ele dizia era nada, uma fala. Ah, tomava vagar para desferir a pancada, mastigava sua dilação morna, e com isso sua decisão de proferir por fim algo importante se confirmava: ele primeiro precisava de anular o hábito sensual, que em tantas noites se repassara entre eles. Conseguia-o, sim! Ah, ela avaliava bem aquilo — um generoso desdém. Sabia-se afastada, despossuída. Apertou os lábios. Daí, rápida, sorriu, formava sua firmeza. Acudiu-lhe uma ideia de ódio. Aquele homem? Não, não eram mais os outros olhos, olhos forçosos — que premiam, que roçagavam. O homem que, ainda da derradeira vez, estudava em seu corpo, adivinhado, as nascentes do amor — como Deus a fizera — a beleza, a coisa. Da última vez, a um momento, ele exclamara: — "Você é tão mimosa, tão levezinha, Lala. Você dormisse e eu num braço podia te carregar para seu quarto..." Dissera-o não risonho — e ela tinha ofegado, desejado temer que aquelas mãos iriam empolgá-la de repente, levando-a, quase numa vertigem... Mas, agora, assim de uma vez, por que? Por que?! Desastravam-se em sua cabeça todas as conjecturas. Por causa daquela noite — com Glorinha e Gual, ela e Glorinha? Como ele poderia ter sabido? De novo receou. Ela era uma pedrinha caindo, à imensa espera de um fundo. Mas iô Liodoro se retardava, de propósito? — "Que é que você acha da moagem, minha filha?" — ele perguntou. Ríspida, ela retrucou: — "Nada. Nada. Nada." Por que tanta hesitação? Seria ele também um covarde? Não via que todo assunto que ali não soasse de ódio ou amor, de voluptuosidade ou violência, cruelmente a ofendia? Um homem!

Ferisse-a, batesse-lhe, gritasse-lhe infames acusações — mas violador, macho, brutesco. Como poderia chamar-lhe? "Prostituta!"? E ela, desabrida — "Sim, sou uma, sim! Pois então?! Você me quer, me agarre, me use!..." — ela responderia, bradaria, de pé, vibradamente desvestida, e bela... Um homem!... Sua saliva amargava. Ouvia o sangue golpear-lhe as fontes. Queria mostrar calma. Perdida, já perdida, podia ser corajosa. Ah, a maneira de ser calma era sorrir com desprezo. Olhá-lo, intencional. Provocava-o: nele enterrar os olhos, aquele desprezo, ia até à pedra porosa de seu esqueleto. Um homem! Ele desviava a mirada, fingia procurar no chão a garrafa de restilo — que ali não estava. Ela riu forte; riu serpentes.

Iô Liodoro volveu o rosto. Era outro. Ele escurecera? E disse. Baixo, brandamente, natural — querendo mostrar afeição? Disse:

— Leandra, minha filha... Minha filha, quem sabe você não está cansada daqui da roça, destes sertões? Não estará querendo voltar para o conforto da vida de cidade?

— "Cansada, não," — já ela emendava — "não é bem, pois gosto daqui, onde sou tão bem tratada... Mas preciso de rever os parentes, os amigos, olhar por minha casa, fazer roupas, tanta coisa... O tempo foi passando, adiei demais. Mas, agora, tenho mesmo de ir..."

Reagira, respondera lesta, ah, pudera! Respirou, uma onda de orgulho felizmente a levantava. "Que eu seja forte!" — ela mil-vezes instantes antes se reclamara, e agora tinha-o conseguido, tinha podido — tom a tom, aço em aço — contragolpear! Uma resposta trivial, serena, como se sobre assunto pronto, plano miúdo previsto. Seu íntimo em fina festa se felicitava. Forte, tinha sido. Bem poderia ter altercado: "Se vim, foi porque me pediram, me foram buscar..." ou "Só agora é que o senhor pensou nisso, no meu conforto?!..." Não. E — "Leandra" — ele dissera! Nunca ninguém jamais a chamara assim... Não. Uma lala, só... Sorria, sincera. Não, ele não haveria de saber o que ela sentia, o que ela pensava. Não havia de ver sangue às bordas da ferida!

E ele, ingenuamente, não a compreendia. Tinha o ar de entender falso. Tonto, tonto, tonto. Todo iô Liodoro.

Sim, ela se detinha. Podia se levantar, dar-lhe bôa-noite. Sabia de seus calcanhares; que seus joelhos estivessem firmes! Podia cuspir-lhe diante tudo o que fora uma amizade embebedada, um meigo vício. Mas, não. Queria ficar ali ainda algum tempo, despreocupada, falando de coisas sem importância, alacremente, de seus projetos na cidade, de tudo o que fosse alheio e fútil.

— "Se possível, eu gostaria de viajar nestes três dias... Para menos trabalho, levo só duas valises. O resto, me mandam depois..." De novo se reprimia, se dosava — podia ter dito: ... "Num carro-de-bois, com o carreiro Filiano, nada mais, como a outra, saída daqui para morrer..." Nunca! Podia surpreendê-lo agora com uma queixa, romper em pranto, perguntar: "Por que?!" —; e de tudo se proibia. Mas, que a simplória conversação continuasse, ainda por um tempo. Que ele visse e soubesse que ela era vã, e frívola e ventoinha, como as más mulheres, as que mais tentam. Falava. E ele contestava, compreensivo, mesmo com afeto, mesmo tristonho. Ela dava-se àquele disfarce. Agora, para fingir melhor, uma ou duas vezes indagara, rápida, como se apenas por exultar com a próxima partida e querendo acentuar fosse tudo por simples vaidade: — "O senhor me acha bonita assim? Gosta de meus braços?" — e não esperara resposta. E ele, sorrisse ou falasse amistoso, ela o sentia inabalável. Ali, retido. Mas, traíam-no os olhos: ele a desejava! Ela tinha a certeza. Mas, assim, pior — tudo era terrível, irremediável, o que ia separá-los? Oh, um invisível limite, o impossível: maldição imóvel, montanha. Ele obedecia àquilo, a uma sombra inexistente — mais forte que a verdade de seu corpo — e seriam precisos anos, séculos, para que aquilo se gastasse? Lala, Leandra, tremeu, supôs nova angústia subir-lhe à garganta, soube que ia não poder mais, que ia fraquejar, que chorava. Não! Não podia. Ele desejava-a, quem sabe não estava já andado a ponto de sucumbir, de cair de joelhos? Ela tinha de ser forte, tinha de ser bela, mais bela naquele momento — ah, perdesse aquele momento, e tudo estaria perdido para sempre, quem sabe. Tinha de ser bela, apenas. Sorrisse. Sorria, falava. Seu corpo se oferecia, desenhava-se mais capitoso a cada sutil movimento, a cada postura, dele voavam alegrias. No devoluto, no doível dos olhos dele, ela acompanhava os reflexos de seu desdobrar-se, dela, lala.

E então? Um homem. Pouquinho a pouco, aquele homem se torturava. Tremia, oh, sofria! Era a vitória dela. Preava-o, alterava-o, rodeava-o de outro ardente viver, queimava-o, crivava-o de lancinantes pontas, podia matá-lo. "Sou uma mulher-da-comédia, sim! E daí?!" Crispado, iô Liodoro, ansiosamente olhado, por detrás de fictos sorrisos. Aquele homem... Mas ele sofria, apenas. Ia chorar? Onde estava, então, o garanhão impetuoso, o deflorador e saciador, capaz de se apossar de qualquer desabusada mulher e dobrá-la a seu talante? Ah, não chorasse! — porque, então, seria outro. Para não desprezá-lo, ela não queria ver-lhe a mágoa, não queria ouvir pedidos de perdão, nem palavras sentimentais. Sabia: ele não ia ceder, nunca. Pois, bem, que não se lastimasse! Pelo menos, não fosse fraco. Não se despojasse, diante dela, da lendária compleição, da ardente dureza. Saberia ele, adivinhasse, que, se diminuindo assim, defendia-se dela: destruía nela o exato desejo? Sim, ele não se movia, e era enérgico, e se ameaçavam lágrimas em seus olhos de homem. — "Bem, bôa noite!" — ela disse. — "O sono me chegou de repente." Levantou-se.

Foi, sem se voltar, sabia que seu andar era simples, sob o solto.

Seu quarto. E tombou no leito, convulsa.

O que chorara! Levantava os olhos. Como era tarde ali! — que tristeza... Teve medo de seus frascos de perfumes. Lhe um ardor nas fontes, doía a cabeça toda, queimava. E Lala pensou: "Cão!" Sabia-se num acme. Todo o ódio que podia experimentar. Aquele homem, na sala, agora estaria bebendo. Uma vida inteira, bebesse! Talvez somente o álcool o iria um dia abrandar, corroer-lhe a absurda austereza, trazê-lo a ponto humano. Chorou mais. Queria que o ser não a sufocasse. Não, o que agora perdia era nada, fora apenas o molde incerto de uma coisa que podia ter sido. A dor na testa. Ela estava sem sua alma. Nada. Remorso e menos. Em si, um vazio brusco, oprimente como ela se envergonhava: violara sua raia de segurança. Quis chorar mais. Prostrara-se. Era uma palidez, um rosto que jazesse. Sonhou, no último sono da noite, obscura borra de agonias.

Mil mãos a transformavam.

À hora mais cedo da manhã, Leandra se levantava. Cerrou os dentes. Longamente se lavou — seu rosto não devia reter vestígios de frenesias. Seus cabelos eram coisa que se atirava para trás, com curto gesto. Sentia um prazer em dar de ombros. Queria mover-se, incitar-se, entregar-se aos preparativos. Se pudesse, vestir-se-ia de homem. Respirar mais. Queria em si uma rudeza. Nada temia, nada pensava. Ganhara um perceber novo de si mesma, uma indiferença forte e sã? De repente, estava separando suas roupas, em ideia já viajava. Desinteressava-se, densa, de qualquer futuro. O Buriti Bom, para ela, tivera fim.

— Lala, Lala, você não vem tomar café? — era Glorinha, buscando-a.

Glória, a amizade daquela voz — e amava-a, sim: um subsentir, fugidio. Mover-se. Não parar para pensar. Queria que seus pés fossem maiores, pisassem mais tomadamente o chão, e que seu corpo se achasse em suor, em qualquer atividade. Não queria saber se existia. E Glorinha estava junto dela.

— Que é, Lala? Que é?

Surpreendendo-a no arranjo, Glorinha não escondia seu espanto.

—Vou-me embora, querida. Tenho de ir...

— Mas, assim de repente, Lala? Assim?!

Não respondeu. Não deixara de andar pelo quarto, pegando uma coisa ou outra, tudo podia ser-lhe uma defesa. Sabia que seu sorriso podia ser mau. Sabia da comoção da amiga, e que, ela mesma, à beira de um rio de carinho, tremia para enternecer-se. Não. Ir, dali, partir, enquanto o Buriti Bom repousado mandava-a embora, quando tudo se nega e morrem folhas, várias, um tom de outono. Como amava Glória! Partir, fortemente.

— E eu, Lala?!

Sentiu-a, súbita criança. Se um dia, se agora, tinham de sofrer. Sentia-a, próxima, oh, muito criança, seu ser — suspiro que se alongou. Por causa de Glorinha, e contra todos, assaltou-a, picaz, uma revolta; já exclamava:

— E...*eu*?!... E *eu*, Glória? — ; disse, surdamente.

Ferira-a. Sentiu, fugaz como o frio. Mas assim não esperara uma resposta, sua agudez, a voz mudada, sardônica, ameaçante:

—Você queria ser minha madrasta?!...

Vivamente, voltou-se. Encarou-a. Apenas sorriu, ironia e dôr, meio-meio. Queria-a, assim, salva e transtornada, tirada de um fôgo. Apenas sorriu, apenas fitava-a. E — Glória — ainda havia desprezo nos lábios, mas, nos olhos, já e só amor.

— Lala, oh, Lala! Me perdoe...

Perdoar? Beijava-a. Glória disse pouco e muito num suspiro.

— Só por isso... Eu também estou muito triste, Lala, estou nervosa... Por causa de uma coisa... Todos estão transtornados... E ninguém disse a você, ninguém queria. A carta...

A carta? Havia uma carta? Tudo saía, de repente, de cavernas. Toda luz doía. Leandra segurava nas suas uma das mãos de Glorinha, ah, precisava.

— ...A carta, de Irvino. O Ísio recebeu, trouxe, mostrou a Papai... Oh, é horrível, Lala: a *mulher*, essa que virou a cabeça dele, teve um filho... Eles tiveram um filho! Eles agora têm um filho...

Aquilo. Lalinha ouviu, ouvia — uma porção de vezes — curva recuou, fugia de suas mesmas mãos; amparou-se a um móvel, perdera o poder de seu rosto, sentia-o alto demais, no meio de coisa nenhuma — "Oh, Lala, por que? Por que havia de acontecer isso?!" — escutava Glorinha, longa. A carta. Entendia, de uma vez. "...Ele vê Irvino em mim... Ele sabe que não sou mais de seu Filho..." As noites. A carta. Não sabia mais o que estava fazendo. Tinha apanhado um perfume, agora derramava-o, de repente, nas mãos, na roupa, e via, ela mesma, a insensatez desse ato, e temia que seus desesperados dedos partissem aquele vidro, ensanguentando-se, se ferindo. "...Só me quer, só me aceita, através do Filho!..." Sentara-se na cama. E refletia, contudo, relampejavam-lhe diante rasgadas lembranças, as cenas, as horas — que cabiam no oco de um grito. Todo o Buriti Bom, imudado, maior que os anos; o Brejão, os buritizais, o vento com garras e águas. Iô Liodoro: os olhos, que tomavam um veludo... Iô Liodoro — um pescoço grosso, só se um touro; e aquela falta de vergonha, só se um cão... Então, odiava-o? Não, não podia. Nem a si mesma odiava mais, não se culpava, não se desprezara. Tudo serenara, serenava, súbito, com um sussurro íntimo, como gota e gole. Amava-os, a despeito mesmo deles, devagarinho, guardadamente, e para sempre, por longe deles que fosse. Glória, iô Liodoro, Behú. Amava-os. E entendia: um despertar — despertava? E a vida inteira parecia ser assim, apenas assim, não mais que assim: um seguido despertar, de concêntricos sonhos — de um sonho, de dentro de outro sonho, de dentro de outro sonho... Até a um fim? Sossegara-se. O calado sussurro. Como se se dissesse: "Meu dever é a alegria sem motivo... Meu dever é ser feliz..." Sorria. Mas, suas feições traíam-na tanto, que Glorinha assim estivesse a olhá-la, visando demais, adivinhã de susto e espanto?

— Lala, que é, Lala? Que é que você está sentindo? Responde!

Glória, a deusazinha louca, que soluçava e falava, e se agarrava a ela, mais dada e doendo que num abraço, e implorava: — "Lala, pelo amor-de-deus, me leva com você, então! Eu vou, para onde você for, fujo se for preciso, vou junto... Fica comigo, Lala, vou morar com você, toda a vida, nós duas... Eu gosto de você, mais do que de todos, trabalho para você, mas não te deixo, Lala, não me manda embora..." Sorria, de repente, no meio das lágrimas, se oferecia num meigo insinúo: "...Você pode fazer comigo o que quiser, Lala... Eu sou sua..." Sorria. — "Eu vou com você, Lala! Eu vou."

Tinha de aquietá-la, murmurando-lhe um só conselho repetido incessantes vezes, e os dons de segredo que só no beijo e no afago mão a mão se traspassam. Era uma menina, e a beleza. Não dissesse mais. Um moço, o amor, um príncipe, viria buscá-la, estava a caminho. — "Você acha, Lala, que Miguel ainda vai vir?" "— Vem, querida. Vem. Há pessoas que estão vindo muito demoradas..." Sorriam-se. E Glorinha, por fim, ela disse, ela mesma:

— Não deixa a Behú notar nada, não, ela está não passando bem. Behú quer fingir de forte, mas sofre falta-de-ar, um cansaço... Amanhã o médico vai vir...

Foram para perto de Behú, falavam de coisas buliçosas. Tia Cló batia ovos numa terrina. Cresciam as horas do dia, margens. Tudo tão fácil preparado: a partida ia ser daí a três dias, iô Ísio levava-a. Iô Liodoro, triste talvez, passando para o engenho. Lalinha falava, ria, prometia tontas vezes voltar ali, não se esquecer do Buriti Bom, escrever muitas cartas. Colhia-se no continuar dum impulso, deixava-se ir quase sem esforço. Voltava, sim. Nunca atravessara o rio, desconhecia o ar enxuto dos Gerais, não fora nunca à Lapa-Laje. Levaria no coração a paz resumida do Buriti Bom. E antes de partir ainda ia beber da primeira garapa da moagem, gélida no escuro aberto da madrugada. E era um dia, uma tarde. O que a todos entristecia era o que estava acontecendo com o Chefe Zequiel: que pegara uma piora — jazia no moinho, só nos olhos e nos ouvidos consumia conhecimento — diziam que dessa noite não passava. Amanhã, viria o médico. Tudo era amanhã, naquele dia. No quarto, à noite, Leandra pôs o rosto no travesseiro. Não sabia se ia chorar. Esperou. Não soube.

Cedo, na manhã, todos se uniram em exclamações e soluços.

Maria Behú estava morta.

Meu Deus, e aquilo se dera, atroz, tenramente, na noite, na calada. E era possível! Maria Behú, sem perfil, os olhos fechados, nos lábios nem sofrimento nem sorriso, e a morte a embelezara. Partira, na aurora. Tia Cló, tão cedo, encontrara-a assim, o terço de contas roxas na mão, assim ia ser enterrada. A dôr de todos se fazia branda, falava-se no Céu. "Que é que se vê no Céu?" Ah, não sair de perto dela, ficar ali, escutando o murchar das flores e o lancear das velas, e era como se falasse com Maria Behú — que certo gostaria de poder responder-lhe: — "Eu sei, Leandra, eu sei..." Sim, amava-os, a todos eles, a Glorinha, iô Liodoro, Maria Behú. Até a Vovó Maurícia, que somente pelo amor delas conhecera. Mas a Maria Behú compreendia, mais que a todos. Behú: "Ela também dia a dia se afastava para longe de vocês, para muito longe..." — poderia agora dizer-lhes. Poderia dizer a iô Liodoro. Como os buritis bulhavam com a brisa — baixinho, mil vezes. O buriti — o duro verde: uma forma. Mas Maria Behú entendia: — "O buriti relembra é o Céu..." Ela se fora antes. Todos, enquanto vivendo, estão se separando, para muitos diferentes lugares. Maria Behú, também princesa. Morrera sozinha de todos, ninguém escutara nada no estado da noite. Nem o Chefe? Ah, o

Chefe agora estava são, de repente, aparecera à porta da cozinha, com seu caneco para o café e o leite, e sorridente, explicava: — "Deus é bom! Dôres... Daí, sem saber, eu adormeci conseguido, não aconteceu nada... Acho até que estou sarado..." O Chefe ainda não soubera da morte de Maria Behú; quando disseram a ele, então foi depositar o caneco num degrau, e chorou muito.

E vinham, todasmente, as Mulheres-da-Cozinha, rezavam junto ao corpo, entre si falavam cochichado:

— Bem dizia sempre o Chefe: que risadas, que corujas...
— Coitadinha, a lindeza dela!
— É santa. Não se cose mortalha?
— Ela vai vestidinha com vestido.
— É preciso ir recolher tudo o que é da roupinha dela, que está quarando no quintal, na corda...
— Carece de não passar a ferro, e guardar, bem antes do enterro ter de sair...
— Uma morta santinha, assim, até me dá vaidades...
— Muitos morrem na lua-nova...

Lalinha se lembrava — uma ideia, que na ocasião não criara sentido. E, agora, era capaz de não chorar por Behú — tanto a amava, tanto a compreendia, de repente. E aquilo, sem razão nenhuma nem causa, sim: — Morrer talvez seja voltar para a poesia...

As Mulheres-da-Cozinha esbarraram de sussurrar. Agora choramingavam, pranteavam baixinho, quase uma oração.

Maria Behú se enterrou na Vila. Aquele dia inteiro, aos dobres, os sinos mais tristonhos. Os moradores, todos vinham visitar iô Liodoro e Glória, iô Ísio e Lalinha, na vassalagem do consolo — miúdo em prolongadas conversas — a fim de amansar a morte de Behú, segundo as regras antigas. Todos achavam Lalinha e Glória muito belas, assim de preto vestidas. E na Vila ficaram os sete-dias, até à missa. Ali o andar do tempo era diverso, feito de modéstia e de inquietos bocejos. Às vezes, parecia que a saudade mais oculta de Maria Behú estaria guardada, à espera deles, na Casa, no Buriti Bom. Voltaram. A moagem não esbarrara: desde distância, se escutava a cantiga dos carros que avançavam, cheios de cana; e no pátio, no engenho, nos currais, tudo era o bagaço claro se amontoando ou espalhando, e o áspero cheiro dôce, dôce. Tia Cló, à porta, alto chorou, quase num ritual; mas era também como se chorasse de uma alegria, de rever outra vez reunidos ali os outros, os que a morte não levara. Lalinha procurou a expressão de iô Liodoro: ele piscava com ferocidade — refreado —em seus olhos sujos rios. Lalinha apreciou que aquela dôr de um modo mais largo não se movesse e que iô Liodoro saísse logo dali pelos trabalhos; parecia-lhe que assim ele estivesse sentindo mais por causa de Maria Behú — a que tão leve se fora, para um lugar que tinha de ser o amor-da-gente. O quarto de Behú foi trancado. E Glória, que ainda quis trazer para fechar lá dentro a vitrolinha e aquelas valsas sentimentais, soluçou abraçada a Lalinha: "Lala, eu não era que devia de ter morrido em vez dela? Behú vai fazer muito mais falta a Papai... E eu já tive tantas vantagens..." Glória achou que Lalinha estava muito pálida, sem pintura nenhuma. As duas se olharam no espelho, as lágrimas que choravam juntas faziam bem.

Aberto assim o tempo, que começos se formavam? Lalinha, de ter tudo pronto para a viagem, se apaziguara, indiferente. Sua partida apenas se adiara. Que ficasse ainda — Glorinha e Tia Cló pediram-lhe — só até à missa de mês, quando então todos tornariam à Vila, de lá iô Ísio a levava diretamente para a capital. "E Irvino, sabendo da morte da irmãzinha, não virá aqui?" — Lalinha pensava. Nem perguntou. Irvino viesse ou não, pouco mudava. Mas, por ora, iô Ísio se ausentara: tocava para o Peixe-Manso, aos Gerais, indo dar a notícia a Vovó Maurícia, e entregar-lhe o bonito crucifixo de Maria Behú, que tinha relíquias, de roxas florinhas secas da Terra-Santa. A tristeza por Maria Behú produzia espécie de liberdade. As pessôas estavam mais unidas, e contudo mais separadas. Glorinha se fazia selvagem: em galopar, passava bôa parte dos dias fora de casa; e iô Liodoro se sumia na lida. Se bem que ela, Lalinha, agora ali se sentisse adulada. Mesmo por iô Liodoro. "Ele está se livrando de mim, com essa cortesia me afasta... Quer que eu, mais e mais, deixe de ser parenta. Só uma estranha. No descostume, uma estranha..." Sorriu, disso. Preferia pensar em Maria Behú, no estilo de Deus, na porção de vida que a Behú em rezas lavava. "Deus nos dá pessôas e coisas, para aprendermos a alegria... Depois, retoma coisas e pessôas para ver se já somos capazes da alegria sozinha... Essa — a alegria que Ele quer..." — descobria, sonho salta sonho. A lembrança de Behú a fortificava.

Já por aí, marcava o tempo em seu simples passar. Adivinhava aonde, para ela e Glória; às vezes adivinhasse? Tudo tão claro. De repente, então, foi um dia. Todos os dias são de repente.

Elas conversavam, quando chegou Norilúcio, que tinha passado pela Grumixã e contou: — "Dois dias que a Dona-Dona adoeceu passando mal.

É das ideias... Hoje, o nhô Gual não está aguentando, ele topou com o transtornável..." Glória mais ouviu; como se sobressaltou — Lalinha viu o susto cedilhar-lhe os olhos, o arco da boca. Glória parara de tagarelar; suspensa num receio?

Sozinhas, ia saber. Achado o peso de um segredo, Glorinha, ah, nem se esquivou, nem tentava. *Glória:* — "Oh, Lala, você sabe... *Lala:* — Eu, meu bem?! Saber o que, se você não me diz? *Glorinha:* — Lala, você sabe. Então, você não sabe? *Lala:* — Glória! *Glorinha:* — Pois, agora, você sabe: é que eu, o Gual... Escuta, Lala: o Gual se autorizou de mim. *Lalinha:* — Glória! Glória! Não é verdade! Deus do Céu!... *Glória:* ("Sua voz tão clara, essa pureza no rosto... Era impossível...") — Não fala alto, Lala... É verdade, juro. Ele conseguiu tudo comigo... Que é que você tem? Eu não estou sã, não estou viva?! Ah... Agora, meu bem, não sou virgem mais: sou mulher, como você. Sabe, depois que conseguimos, ele já esteve comigo mais três vezes...

Mesmo sorria, realizado um brio, bem que se notava. Estava mais bela, afirmada, esplêndida. Mas estonteava — aquilo era penível? — amedrontava tão de repente: o mistério de tudo de que Glorinha era capaz — o de que, daqui por diante, fosse capaz, o de que sempre tinha sido capaz, e a gente não sabia! Ofuscava, perdiam-se os pontos de apoio — era como se, por causa dela, o mundo tivesse de ser aprendido de novo, de momento para outro alargado na claridade de uma extensão, que alterava o passado. Fosse mentira, por tudo, por Deus, fosse uma mentira!... *Glória:* — "Mas é verdade, Lala. Verdade, muito. O Gual..." O irreparável! E aquele sujeito! Um alarve, um parvo... *Glória:* — "Por que, Lala? O Gual? Às vezes ele não é feio... Só é rústico..." Glória, tão linda, e aquele homem se atrevera... *Glorinha:* — "Não, Lala. Fui eu que mandei. Quase o obriguei a fazer tudo, a perder o respeito, que ele tinha demais..." Aqui? No Buriti Bom? Aqui!? *Glorinha:* — "Não, aqui não, Lala. Foi num lugar escondido, bonito, no Alto-Grande... Agora, não tem mais remédio. Sossega. Isso não é para acontecer com todas?..." *Lalinha:* — "Mas, por que, assim, Glorinha, meu bem, por quê?! Você, logo você..." *Glorinha:* — "Que me importa?! Eu não quero casar. Sei que Miguel não vai vir mais... Antes, então, o Gual, pronto à mão, e que é amigo nosso, quase pessôa de casa..." Mas Glorinha empalidecera sem afogo, sentou-se na cama.

Sob a voz da outra, ela se enfraquecia em sua segurança. Silenciava. Seu olhar se arrependia? Lala apanhou-lhe as mãos. Meigamente, disse: — "Mas, meu bem, tudo é perigoso, é absurdo... Você não sente? Você não vê? Temos de ir embora daqui, eu vou, procuro Miguel, eu sei que ele gostava de você, ele gosta de você... Ou você casa com Miguel, ou com outro, você é linda, é deliciosa... Tudo, menos o agora, aqui, oh assim... Mas Miguel virá, eu sei!" — "Ele? Mas você não vai contar, não vai dizer que eu gosto dele tanto... Você não vai implorar, Lala!..." — "Não vou, meu bem. Você pensa que sou tola?" "— Eu sei, me perdôa... Mas, e se ele, a uma hora destas, já está casado, ou noivo de outra, Lala?" — "Não pode estar, não pode. Eu vou, amanhã mesmo, Norilúcio pode me levar, não preciso de esperar que o Ísio volte. Mas, a partir de hoje, você me promete, você vai jurar que não..." "— Se é por causa de Miguel, eu prometo. Mas você está me dando esperança atôa..."

— "Miguel há de vir!" Ir buscar Miguel. Livrar Glorinha! Falar com iô Liodoro. Esperava por iô Liodoro. Glorinha, desaparecida de propósito, se refugiara lá para dentro, com seu pensamento novo. Lalinha sentia as horas estarem. Ia falar com iô Liodoro, apenas aquilo: — "Tenho de ir, amanhã mesmo, amanhã..." Ia dizer, com tanta indiferença, ia, assim como estava, sem pintura nenhuma, sem refazer o penteado, apenas pusera um pouco de pó-de-arroz. O mais, tudo tão banal, tão decorrido, idiota. Apenas importava a salvação de Glorinha. E iô Liodoro chegara. Ele estava ali, na outra ponta da varanda. Difícil pensar que aquele homem já a perturbara, que algum dia pudesse ter querido dele o óleo de um sorriso, um ressalto de luz. E ele, mesmo, era um obstáculo, o ar entre os dois. Ele, como o Buriti-Grande — perfeito feito. Só por um momento, seguiu, mais que pensou: que iô Liodoro, em relação a ela, estava intacto, não-vivido demais, prometido. E que ele, sem o saber, precisasse dela; que tudo poderia, deveria ter-se passado de outro modo; que sempre estaria faltando uma coisa entre ambos, uma coisa mutuamente... Mas, leve, caminhou para ele, sem desejo nenhum, nem plano, sem necessidade da pessôa dele.

— "O senhor sabe, por motivo sério eu tenho de ir-me embora, já. No mais tardar, depois-d'amanhã..." — disse, com o maior sangue-frio. Iô Liodoro não a fitou. Respondeu, não traiu surpresa em sua entonação: — "Se é assim, lhe levo..." "— Não é preciso. Acho que o Norilúcio pode me levar..." — ela ripostou; por um mínimo, se irritara. Agora, estava tranquila. Glorinha salva... Tudo encerrado. Os dois, aí um rente ao outro, debruçados no parapeito da varanda, olhando os currais: além; tudo terminado. Um nada, um momento, uma paz. E — de repente, de repente, de repente — uma onda de viver, o viço reaberto de uma ideia. Lala sorriu, achou aquilo tão simples, tão belo... Seu corpo se enlangueceu, respirou-se fundo, por ela. O mais, que importava? Sim, ou não, nada perdesse. Devagar, voltou o rosto. Ele estava de perfil. Ela falou, mole voz, com uma condescendência, falava-lhe a princípio quase ao ouvido. Daí, continuando, se retomou também de lado, de longo, não queria ler-lhe nas feições o estupor. O que disse: — "Você, escuta: sou livre, vou-me embora. Na cidade, vou ter homens, amantes... Você gosta de mim, me acha bonita, você me deseja muito, eu sei. Pois, se quiser, se vale a pena, estou aqui. Esta noite, deixo a porta do quarto aberta..." Disse. E saíu dalí. Sua alegria era pura, era enorme. Gostaria de dansar, de rir atôa.

Oh, na hora do jantar, e naquele serão, nem Glória a entendia. Tudo o que falava, leviana, prazerosa — tudo era para mostrar, a ele, que ela já era mesmo uma estranha, uma *mulher*, prestes a deixá-los, sem perigo de comprometê-los, de contagiar o Buriti Bom com seu ser. Nem o olhava. Sabia que o corpo de iô Liodoro estava vivo ali, ouvindo-a, vendo-a; isso bastava.

Ainda era maio. Estrelava. Ali, o jardim, de Deus, o laranjal, a noite azulante. Lala fechou a janela. Toda se preparara, de estudo. Agora se despia. Sim, ia esperá-lo desse jeito, sobre as roupas do leito, em carne. Sim, pouco somava com o friozinho, que a arrepiava um tanto. Seus seios. Mas, ele, se viesse, teria de achá-la assim, dizendo de vencido pudor, de desejo e libertação. Já era tarde. A porta encostada, o lampeão acêso com a chama baixa. Ele não viria? Viria? Ela estava com as mãos quentes. Esperava tranquilamente vê-lo, no quadro da porta, quando seus olhos se levantavam. Num silêncio que vibrava, estreito. Um tempo sobre parado. O que ela recordou, nessa hora:

— "Alecrinzinho, é. O amor gosta de amores..."

— "Pois, todo patrão, que conheci, sempre foi feito o boi-touro: quer novilhas brancas e malhadas..."

— "Homem, homem... Não sei! Basta um descuido..."

— "Ora, vida! São só umas alegriazinhas..."

— "Mocinha virgem, na noite do dia, só quando deita na cama é que perde o bobo medo..."

— "Macho fogoso e meloso acostuma mal a gente..."

— "Andreza, no jornal eles determinam é a História-Sagrada?" — o que as Mulheres-da-Cozinha pronunciavam.

Aí, de repente, resvés a porta se abria. Era ele — o vulto, o rosto, o espesso — ocupava-a toda. Num aguço, grossamente — ele! Respirava, e vinha, para conhecê-la. De propósito, Lala riu e disse — o mais trivial, o mais sábia que pôde, o mais soezmente: — "Anda, você demorou... Temos de encher bem as horas..."

...

Tremia uma luz, na Grumixã. Miguel freou, para o rapaz abrir a última porteira. Não buzinou, quando esganiçaram os cães; e os faróis deram no curral, cheio de bezerros. Parou o *jeep* no lugar do eirado que lhe pareceu, debaixo do andrade deixado, coposo. Desembarcou, bateu as pernas. O rapaz, que desconhecia o arrumo dali, só teve que desceu e entreparou, em palpa. De razão, havia de haver um arejo de não-normal, a luz era de quarto, tresandava como que doença. E de lá de dentro veio um grito — de mulher, assombradamente, desses gritos que se ouvem só de noite e vão para alguma parte. Miguel se comediu, num átimo; apagara a lanterna, hesitou. Aquele gritado se dizia de loucura.

— "Nada não..." — tranquilizando o rapaz. Mas ainda esperou, com a pausa de quem molha as fontes e os pulsos, e deixa o corpo refrescar, antes de entrar num banho de poço. Daí, devagar, foram chamar à porta. Quase no escuro, entretanto nhô Gualberto logo o reconheceu. Tirou lágrimas nos olhos ao abraçá-lo: — "Ah, em dissabor ou perigo, Deus envia um amigo... Aindas que no meio desta dansação difícil, como ver que meu coração me afirmava um consolo. Mas o senhor chegar assim, nesta tristeza, nesta desordem, e decerto tão cansado da viagem... Ah, jantaram? Um café se tem, instante, ou chá de goiabeira..." Miguel estava entendendo, com surdo susto, como é que as casas às vezes mudam mais depressa do que as pessôas. Dona- -Dona? — "Ela é. Coitada. Esta desdita de acesso... Hora não dilata, vai ter um repouso. Tomou dormideira com raiz de alface, tomou cordão-de-frade; veio uma preta, rezou, repassou os raminhos verdes... Hoje, faz três dias. Está nisso, não retorna..." Contudo, tirante os destraços da fadiga, nhô Gualberto Gaspar semelhava mais desempenado, remoçado, quase em guapo.

A mulher punha um grito, ele se benzia discreto, alguma jaculatória bisbisava. Seu sentimento, dável de meio-remorso, era sincero. — "Há-de melhorar, mas Deus é grande. Teve isso doutra vez, faz muitos anos, só que não foi tão forte..." Como olhava, conquirindo cada ponto da roupa e das feições de Miguel, não seria apenas no modo do roceiro quando reencontra um conhecido, depois de ausência — qual boi que olfateia outro — por precisão de captar muito do que com o outro nesse tempo se passou. Nhô Gualberto recuava a cara, e piscava forte, com o rosto se desasia de assuntos que seriam para falar e contar. E era como se em receio de adivinhar também alguma surpresa, por Miguel acaso trazida. Nhô Gualberto ganhara uma astúcia. — "O que eu sinto é estar tudo deste jeito, para o senhor, casa triste, reboldosa..." "— Mas, não seja por mim, meu amigo..." — Miguel disse. — "Quero é ser útil, no que possa. Bem, minha ideia de vir, era de entrada-por-saída: tencionava amanhã seguir cedo para o Buriti-Bom..." "— A já?!" Nhô Gualberto retesara o recúo de passo, com que um simula estar recebendo ofensa amiga. Miguel se mordeu manso. Nem podia dar sua razão. A alegria da vinda, tinha de recolhê-la, como que mal fosse, mal soasse, fora de lugar e tempo. E censurou, em si, nhô Gualberto Gaspar, por tira-prazer; e censurou-se, sobreposto, de ser egoísta — vertiginosamente em seguida. Quis acender um cigarro e Dona-Dona rompeu num grito mais ameaçante. — "*Aiaia!*" Agora ela chamava pela mãe, havia já uma idade falecida. Entre os presentes, que no *jeep* estavam, Miguel tinha trazido para ela Dona-Dona uma garrafa-térmica ou um corte de vestido. — "A melhorar. Vou ver." Nhô Gualberto se levantava. — "Não levo o senhor, ela varêia mais, quando alguém de fora ela divulga..."

A casa da Grumixã datava de século. Agora ela consistia, mais ciente, mais, do que mesmo se houvesse grande luar e a gente visse e ouvisse uma coruja-grande ulúl, na estranha risadeira de pios, apousada sobre o meio de sua cumeeira. — "Cruz a gente sempre merece..." — nhô Gualberto proferia. No tom grave ele se alargava por consolo. — "Sei se melhora... Duas tias dela doidaram sem cura..." Estavam sentados, na sala de entrada, pitavam. — "Muito frio, por esses altos?" "— Fresquinho fresco. Viemos bem." Nhô Gualberto Gaspar pitava com amplas fumaças, e ainda tinha aquele capricho em escolher fumo do melhor, mais cheiroso. — "Primeira vez que alguém chega aqui de jípel, esses progressos..." Tirou uma pausa em três partes. Sestreava com uma mão na outra, moles dedos, moles palmas. Dizível de nhô Gualberto: como se quisesse, drede, um pouco se envelhecer, por um tempo, contra aquelas agruras da vida. — "É, ah... O que dana as mulheres é o ciúme.

Ciumeira..." Ele não trazia mais a cabeça rapada à máquina, deixara crescer pastinha de cabelo. Esquecera posto na orêlha o cigarro apagado, já ia enrolar outro. Aproveitava, para conversar, seus pensamentos mais frequentes de cada dia. — "A novilhada vai sã. Fabricação bôa, desse remédio..." Remédio? Ah, as vacinas, que tinham virtude. Miguel esperava. Mas seu próprio cansaço fez-lhe crer que nhô Gualberto fosse bocejar. — "E no Buriti Bom, como vão todos?" — por fim perguntou. Nhô Gualberto Gaspar tossiu, e com um gesto: ele pegaria um grande objeto, com as ambas mãos.

— "No Buriti Bom, como vão todos? Bem, bem. Consolados, como o possível. É que a Maria Behú morreu, lastimável isso, o senhor não soube?" "— Oh, Maria Behú?! Não sei, não diga..." "— Até pensei. Lastimável que se deu, foi quase de repente. Coração... Coração, com complicadas. Não tem um mês. Na Vila se enterrou... Lá estão todos de preto de luto..." Ia bater a binga. Completou: — "...Dona Lalinha, também..." Deixaram um silêncio que dava para uma ave-maria. Era como se a ideia da lembrança de Maria Behú estivesse sendo mandada embora. Os cigarros braseavam. — "E..." Miguel tenteava tom para o mais — "...tirante tal, no Buriti Bom não houve novidade?" Não houve? Não houve novidade? Nhô Gualberto levava horário despropositado, para daí responder. Acenou que não, com a mão e com a cabeça. Miguel arrumou um riso, que muito custava em sua ligeireza: — "A Maria da Glória ainda não arranjou noivado, sempre ainda está sem namoros?..." Guardou um momento o riso de fazer-pouco, mas sem graça; afinal fechou os lábios, e riu somente nas narinas, em assopro. Nhô Gualberto Gaspar sobrolhara? Certo se franziu, um tanto. Certo... O mole de seus olhos buliu de lado a lado, sem piscar, como os de uma má ave. Entre os dois homens o ar se turvou, aposmente, de baforadas de fumaça. Não! — "Não..." — nhô Gualberto tinha dito. Não, Maria da Glória não estava noiva nem namorada, de ninguém... — "Por oras, que não... Ao em menos que eu saiba..." — nhô Gualberto Gaspar repetiu. Tirou tudo nas palavras mais magras. Tudo que um homem cristão dissesse, num dia assim, com a mulher no arrepelo daquele estado, consumia seguro um arranco de esforço.

Miguel distendeu o corpo, se ajeitou melhor no assento, e esses ares eram bons, a gente, bôa a tosca terra do sertão mais oeste. Ele cruzou as pernas. Lá fora, maio, maio era um mês, os passarinhos de vizbico nos laranjais, no arrozinho dos capins maio maduros. — E foi e disse: — "Amanhã, vou, quero pedir a mão dela a iô Liodoro!" Desafogou em um suspiro. Malmal via: nhô Gualberto se assustou? Escuro. Nhô Gualberto se ensisara. Mexeu os joelhos, fez que ia falar, abriu a boca, fechou. Então? Nhô Gualberto forte falava: — "Casamento é destino!" De demora. Soprou. Disse. — "Ninguém pode saber certo se é faz ou não-faz..." E daí? — "Sei. Maria da Glória!..." Miguel se soerguera. Nhô Gualberto Gaspar chupava várias vezes no pito, que nem em travavalha. — "A bem..." disse. Ele estava em exatos. Miguel deixara de o olhar, media-o com os ouvidos. — "A bem..." As paredes da Grumixã continham velhices. No escuro do teto, além dos negros buracos no forro da esteira, deviam de se transalar morcegos. Aquela sala cabia umas quarenta pessôas com esporas. — "A bem..." Nhô Gualberto respirava seu ar. Ele tinha culpa de si mesmo. Miguel via sua cara se torcer. Dôr de homem. Era bom que agora Dona-Dona não bramia. Como se se torcesse uma alma comprida. Um caminho impedido — longe demais para a Grumixã; e nhô Gualberto Gaspar silenciara, dado de derrotado. Às vezes, um morre afundado, de vinda friez. Suspirar, mesmo, isso nem isso não podia. E engulia, dansadamente de gogó, se valia de sua saliva. Miguel demorou nele o olhar. Nhô Gualberto dava aspecto de quem temesse. Aquilo era aborrecido, e era para piedade.

    Miguel receou lágrimas, queixas, que não vieram; então prezou a dureza do amigo, sozinho em si — e não devia ter mencionado com tanto rompante sua tenção de felicidade, quando a miséria da vida do outro tudo ensombrava, parecia a má sina a que se vê condenado um irmão. — "Nhô Gualberto, tudo é destino..." Nhô Gualberto levou a ele os olhos. — "É sim..." — disse. E tornou, teso: — "Mas, não arreio!" Sorrira quase maligno; quanto mais afilado, mais mau — de se dizer. Tardou outro momento. Mas, não, seu suspiro veio, os traços se alisaram, foi como um alívio lavando suas feições. Nhô Gualberto Gaspar então estendeu mão em apontando, foi e disse: — "O senhor vai, meu amigo. O senhor gosta dela, casa. Compadre iô Liodoro concede liberal, ele dá assentimento..." Sorria. — "O amor é que vale. Em tentos o senhor vê: essas coisas... Tem segunda batalha! Merece de gente aproveitar, o que vem e que se pode, o bom da vida é só de chuvisco..." Seu cigarro ele saboreava, gemia um ahzinho. Recobrara o tenteio. Dona-Dona de comprido tempo não gritava mais, o sono com ela tinha podido. — "A gente chupa o que vem, venha na hora. É o que resolve... Às vezes dá em desengano, às vez dá em desordem... Acho, de mim: muito que provei, que para mim não era, gozei furtado, em adiantado. Por aí, pago! Ai-ai-ai, mas é o que tempera... A gente lucra logo. Viver é viajável..." Nhô Gualberto alargava o falar, agradado.

Ressabia o gozo de dar conselhos. Mas, em certo momento, mudou de tom, tinha decerto pensado. — "Eh, aquele moço caçador — nhô Gonçalo Bambães — se alembra? Esse, pois, esteve de volta por aqui, pousou no Buriti Bom..." Se revestia daquele meio-ar de astúcia, atilado em fé fina. — "No Buriti Bom? Como assim? Vindo só? E caçou?" Mas nhô Gualberto Gaspar, presto atento, moderava o sobressalto de Miguel: — "Três dias esteve. Aqui não caçou, não. Que tinha matado onças e antas, nas matas do Jucurutú, do do-Sono... Impagem! Se alembra, ele proseava poéto: demedia o justo tempo que capivara espera debaixo d'água?!..." Sorria, solerte. Disse, por fim: — "O amor tira ninhada de seus ciúmes... Mocidades..." Daí, nhô Gualberto Gaspar falava, falava, descrição de tudo no Buriti Bom, parecia apreciar saudades. A noite ia esfriando, nas mãos de ninguém.

Assim tinha sido. — "... Lucra logo..." — nhô Gaspar redissera, ainda na seguinte manhã, levantado desde a aurora. — "O senhor vá, é sua hora, sua..." — nhô Gaspar o animava, no Miguel entrar no *jeep*. Dona-Dona tivera melhora. Despediram-se de nhô Gualberto, saíram. Os campos se empoeiravam. O rapaz punha nova atenção nas formas do cerrado alto, por ermo daqueles tabuleiros. Com o sol equilibrado, dia maior calmo, em que o céu ganha em grau. — "Sabe? O Chefe Zequiel civilizou: diz-se que, de uns quinze dias para cá, não envigia a noite mais, dorme seu bom frouxo. Acho, de umas pílulas, que para ele da Vila trouxeram, ocasião do enterro de Maria Behú: símplice de cânfora, que parece..." — nhô Gualberto tinha noticiado. Transatos, resenha do Chefe Zequiel, morador no moinho. Tudo o que ele sabia. — "Tomou sossego..." Para trás, a Grumixã virava longe. O cerradão, as beiras, com as cambaúbas retrocadas, a estrada fofa de areia, vagarável. Uma areia fina clara, onde passarinho pode banho de se afundar e espenejar: todo ele se dá cartas. Mas, a vasto, do que o Brejão dá e do que o rio mói, a gente já adivinhava uma frescura no ar, o sim, a água, que é a paz dessas terras. E o Buriti Bom enviava uma saudade, desistia do mistério. O Buriti Bom era Maria da Glória, dona Lalinha.

Na última noite passada no Buriti Bom, na sala, os lampeões, a lamparina no meio da mesa, o que fora: Maria da Glória certamente o amava, aqueles belos braços, toda ela tão inesperada, haviam falado de menores assuntos, disto e daquilo, o monjolo socava arroz, com o rumorzinho galante, agora Maria da Glória não o poderia ter esquecido, e o amor era o milagre de uma coisa. Glória, Glorinha, podia dizer, pegar-lhe nas mãos, cheirar o cheiro de seus cabelos. A boca. Os olhos. A espera, lua luar de mim, o assopro — as narinas quentes que respiravam. Os seios. As águas. Abraçados, haviam de ouvir o arriar do monjolo, enchoo, noites demoradas. — "Você fala de coisas em que não está pensando..." "— Estou é pensando de outro modo em você, Maria da Glória..." As pessôas — baile de flores degoladas, que procuram suas hastes. Maria da Glória sorrira tão sua, sabia que ele a amava. Dona Lalinha e iô Liodoro jogavam cartas, estivessem jogando séria partida. O socó suscria queixa, vôa com sua fome por cima das lagôas. Os olhos de Maria da Glória tinham respondido que ela o esperaria, ele prometera voltar, seu olhar dissera a Glorinha que ele voltava. Ele falara do triste lindo lugar onde nascera, nos Gerais; e estava assegurando a ela que voltaria. Dito, o silêncio vem. Os braços de Maria da Glória eram claros, firmes não tirando do macio, e quentes, como todo o corpo dela, como os pezinhos, como a alma. O monjolo, a noite inteira, cumpria, confirmava.

*O jeep* rodava na Baixada. Os altos capins em flôr estendiam seu vinho, seu vogo. O gado pastando sob as árvores, se esfregando nelas. Pelos trilhos, iam em fila-índia, naturalmente. À vã, adiante, o extremo em ser do buritizal — os buritis iguais, esperantes, os braços fortes. O Buriti-Grande, a aragem regirando em seu cimo, um vento azucrim, que aqui repassava as relvas, como mão baixa. A mata. O Brejão — choco, má água em verdes, cusposo; mas belo. E o rio, relento. Mas: o Buriti-Grande — uma liberdade. Miguel desceu de pensamento. A vida não tem passado. Toda hora o barro se refaz. Deus ensina.

— Vigia: que palmeira de coragem! — ele apontou.

O rapaz espiava, queria mais olhos.

*O jeep* avançou, acamando a campina dos verdes, entre pássaros expedidos, airados. Para admirar ainda o Buriti-Grande, o rapaz se voltava, fosse aprender a vida. Era uma curta andada — entre o Buriti-Grande e o Buriti Bom. Chegariam para o almoço. Diante do dia.

# "Dão-lalalão" — assim é se lhe parece[*]

A novela "Dão-lalalão, o devente", integra o último volume de Corpo de baile denominado *Noites do sertão*. Obra lançada em 1956, no sumário da edição José Olympio, o conteúdo desse volume é identificado como "os poemas", o que institui um horizonte de expectativa para o leitor. De fato, "Dão-lalalão", já no título, extraído de conhecida parlenda infantil,[1] traz a marca do poético pelas aliterações e assonâncias, opondo a dureza do "d" à fluidez do "l" e o adentramento do "ão" à clareza do "a". Nesse clima de sugestão fônica, a alternância do duro e do macio, do profundo e das superfícies traça um programa de leitura para uma narrativa que se esboça como prosa poética, de ritmos envolventes, oscilações de clímax e anticlímax, fluências e detenções de linguagem, num processo de equivalência de rara execução entre o que se narra e o que é narrado.

Na aparência, trata-se de uma história singela, de paixão e ciúme. Constitui-se de quatro sequências narrativas, duas que se desenvolvem numa mesma viagem, no espaço físico da Serra dos Gerais e no plano psíquico da memória, e duas que ocorrem na terra do protagonista, ambas caracterizadas por impulsos instintivos e ações violentas. Na primeira, o sertanejo Soropita retorna para o lugarejo chamado Ão, vindo de outro, Andrequicé. Foi até lá para ouvir pelo rádio o capítulo de uma novela, que irá contar aos vizinhos. No caminho, ele vai "entrado em si" (p. 5)[2] auxiliado pelo trote seguro do cavalo Caboclim, e evoca a todo momento as qualidades sem par de sua mulher Doralda, ex-prostituta, cujo riso "parece chamar tudo para dentro de si" (p. 5).

---

[*] Texto do livro *Corpo de baile: romance, viagem e erotismo no sertão*, coletânea de ensaios sobre a obra *Corpo de baile*, de João Guimarães Rosa, coordenada por Regina Zilberman e Maria da Glória Bordini e publicada em 2007 pela editora EDIPUCRS (Coleção Literatura Brasileira. Grandes Obras; 3).

[1] *Dão-lalalão/Senhor Capitão/Espada na cinta/Ginete na mão.* A própria parlenda sugere o caráter guerreiro do protagonista.

[2] Indicaremos as páginas da seguinte edição: João Guimarães Rosa. *Noites do sertão (Corpo de baile)*. Rio de Janeiro: José Olympio, 1976.

Nessa volta ao lar, Soropita relembra fragmentos de sua vida, as matanças e os ferimentos sofridos, as paradas nos lugarejos em que ia procurar mulheres, e o momento embaraçoso em que falhou no ato sexual, indício que, associado à conquista da bela prostituta Sucena/Doralda, motiva as demais sequências.

Na segunda sequência, paralela à primeira, Soropita reencontra um amigo de anos, Dalberto, e outros tropeiros. Nesse trecho da jornada, o companheiro, mais jovem, conta histórias, como a do cego a quem deu suas botinas e que o reconheceu anos depois sem nunca ter ouvido sua voz, e louva suas façanhas nos bordéis, falando de uma moça, Analma, por quem se engraçou mais do que o de costume. De entremeio, os dois comentam suas tropeadas nos anos 1930, os roteiros relembrados ponto a ponto, as dificuldades vividas em comum. Numa súbita reviravolta do enredo, Soropita se dá conta de que o amigo pode ter conhecido Doralda em suas aventuras sexuais, e essa suspeita o invade com tal força, que se transforma em intento assassino. Para que o amigo não denuncie o passado de Doralda e não destrua a respeitabilidade que alcançou junto aos conhecidos, resolve matá-lo e passa o resto da viagem dividido entre a amizade de longa data e um ciúme feroz.

Na terceira sequência, Soropita convida os vizinhos e o amigo para jantar, observando atormentado cada gesto de Dalberto e Doralda. Nada ocorre para confirmar seu ciúme — Dalberto lhe confessa, diante do amor que testemunha entre o casal, que deseja casar com Analma, embora Soropita, partindo da própria incerteza, o aconselhe a pensar bem, dada a possibilidade de que ela não lhe seja fiel. Tendo-se retirado todos, na intimidade do quarto, naquela noite, ele põe à prova a fidelidade da mulher, exigindo-lhe um espetáculo erótico e contando-lhe que pretende negociar suas terras por outras em Goiás. Doralda, como a Ruth bíblica, diz que não se importa de mudar e que o seguirá para onde for. Tudo parece voltar ao normal.

Na quarta sequência, cujo paralelismo com a anterior se dá no plano do ciúme e da prova, na manhã seguinte, Dalberto se vai, mas Soropita está desinquieto. A calma do dia é rompida pelos companheiros que Dalberto deixara para trás, à procura dele. Um dos boiadeiros, o negro Iládio, resmunga qualquer coisa que Soropita interpreta como insulto. Como na viagem ele fantasiara cenas em que o grande negro teria conhecido carnalmente Doralda, o pistoleiro monta a cavalo, vai atrás do bando até Ão e desafia Iládio que, sem nada entender, mas temendo a fama do matador, se humilha, pedindo pela vida.

Soropita, "Numa paz poderosa" (p. 78), o respeito do povo à sua virilidade ainda garantido, volta para casa para recomeçar a vida outra vez, igual.

A história deve sua estrutura a dois grandes modelos da literatura ocidental. O retorno de Ulisses a Ítaca e a Penélope, e a matança dos pretendentes informa o quadro geral do enredo — Dalberto de certo modo figura Telêmaco. Por outra parte, a tragédia do Otelo shakespeariano ressoa a cada passo da cavalgada e culmina na noite de amor — e quase morte — entre Doralda e Soropita. É verdade que a função de Iago é substituída pela insegurança do boiadeiro quanto a sua potência sexual e sua capacidade de manter a amada junto de si enquanto envelhece. Sua preocupação com doenças e mezinhas, o repetido gesto de tocar na cicatriz da bala que lhe destroçou o rosto indicam que teme acima de tudo não ser homem o suficiente para Doralda, que conheceu tantos.

Impera no uso dos dois intertextos a necessidade viril de manter a honra conjugal, típica das sociedades patriarcais, como a brasileira. A novidade é que "Dão-lalalão", num contexto de embrutecimento e selvageria, faz o afeto e o amor sexual superarem a superioridade do macho. A mulher não pode ser mais ternamente descrita e amada não só no caso de Doralda — que cheirava "sassafrás, a rosa mogorim e palha de milho viçoso" (p. 9) — mas também no de Analma, apesar das incertezas que a cercam. O dar-se a qualquer um por dinheiro não é vilipêndio aos olhos desses homens carentes não só de sexo, mas de beleza e carinho. Quanto mais eficiente na profissão do sexo, mais valorizada a mulher e maior honra reside em sua conquista. Por isso, a psicologia de Soropita é tão clara: esses homens tão brutais, ao mesmo tempo em que subjugam suas parceiras, de certo modo as temem, pelo seu poder de sedução, que os rende indefesos: "Mel nas mãos, nem era possível se ter um mimo de dedos com tanto meigo." (p. 12).

O ímpeto do desejo, nesses homens habituados à violência dos caminhos, supera qualquer normatividade social. Incapazes de entender ou controlar o instinto que os move, assim como amam e se entregam, suspeitam e matam irrefletidamente. A eventual deficiência no desempenho sexual não lhes afeta apenas a autoestima. Torna-se marca de derrisão ante o grupo, legitimando reações desproporcionadas, como a de Soropita em relação ao Iládio. No polo oposto, o desejo ilimitado gera a necessidade de fantasiar relações para além da conjugal, por satisfatória que seja. Soropita se sente tentado a frequentar outras casas e outros corpos, mas seu amor não permite trair Doralda, determinando uma fuga por substituição fantástica, a criação da moça Izilda, mais perversa e excitante que a amada, porém inócua, pois apenas imaginada.

A novela igualmente visita, por um viés particular, intratextualmente o *Grande sertão: veredas*. Soropita partilha com Riobaldo três características básicas: a rememoração, a hombridade e a indecisão sobre seu amor. O universo em que ambos se movem é o mesmo. As vertentes dos Gerais, a flora e a fauna se igualam, e idêntico é o trabalho do gado, o companheirismo dos viajeiros e a situação mais abonada que a dos colegas — ambos os heróis possuem terras e deixaram a vida de tropeada e de cangaço. Assim como Riobaldo não entende o amor que sente por um presumido rapaz, Diadorim, Soropita se aflige pelo amor que sente por uma antiga prostituta. Em ambos os casos, se Diadorim for mesmo homem e se Doralda tiver seu passado devassado, a honra de Riobaldo e a de Soropita estarão perdidas. Na suspensão criada pelas peripécias de viagem, que ralentam os episódios finais de prova do herói — na memória, no *Grande sertão*, no presente, em "Dão-lalalão" — desenvolve-se um estudo muito pontual e delicado de subjetividades complexas, atormentadas pelas instabilidades da existência, que afastam a produção de Guimarães Rosa de um simples enquadramento regionalista ou que impedem quaisquer juízos ideologicamente orientados.

"Dão-lalalão", centrado o foco narrativo sobre Soropita, suas ânsias, seus terrores, suas fantasias e suas suspeitas, representa um feito de proporções muito mais que ordinárias, levando-se em conta a tradição das temáticas regionalistas no Brasil. Seja na descrição da paisagem dos Gerais ou na narração das práticas sociais sertanejas ou das oscilações íntimas do morador daquelas regiões agrestes, não há reducionismos, determinismo, tipificação ou mera cor local por si mesma. Empregando técnicas assemelhadas à construção por equivalência do poema, a novela articula a fluidez e as armadilhas do cenário natural, sempre movente e inseguro, às "meio-sonhadas" ruminações, aos quase delírios e súbitos sobressaltos do protagonista, e justapõe ações momentosas com estados de ânimo ora dolentes, ora profundamente convulsos. No plano das personagens, tudo se equivale: Doralda e Analma, Soropita e Dalberto, os vizinhos de um e os companheiros de tropa do outro, o cavalo Caboclim do matador e a mula Moça-Branca do jovem, a cegueira capaz de identificar, misteriosamente, o doador generoso e a cegueira que não percebe a doação incondicional da amada, a potência garantida pelas armas, mas instável ante o apelo do sexo, a inveja dos brancos ante a presumida potência sexual dos negros e a submissão desses ante a prepotência armada daqueles.

De tais semelhanças e contrastes se urde uma textualidade cuja linguagem avança no mesmo ritmo da cavalgada e da chegada, tranquila e intranquila, incorporando a fala dialetal da região à invenção sintática, num clima regulado de tensão e distensão, de conversa descansada e de interpelação insidiosa, de incompreensão de si e de excesso de pretensão sobre o outro, que figura linguageiramente um mundo indecidível, em que o que parece é tomado pelo que é, e o que é se vela e desvela, num jogo espelhado tão verdadeiro quanto o do que se chama realidade. Como pensa a personagem ao avaliar o que deveria fazer se Dalberto de fato conhecesse Doralda e tivesse de matá-lo para guardar o segredo em torno do qual gira sua felicidade: "então tudo o que ele Soropita tinha feito e tinha sido não representava coisa nenhuma de nada, não tinha firmeza, de repente um podia perder o figurado de si, com o mesmo ligeiro com que se desencoura uma vaca morta no chão de um pasto..." (p. 45).

Considerando o rigoroso arranjo dos fatos, desdobrados na viagem, nas memórias e fantasias a ela concomitantes, no encontro com Dalberto, na confrontação dos possíveis conhecidos no jantar, na ira acumulada e vertida sobre o inocente Iládio, Guimarães Rosa atinge a consecução plena da verossimilhança, tanto no plano da natureza das vertentes, quanto no da cultura sertaneja, sem violentar o à vontade da narração, sob a perspectiva do protagonista, e o impacto dos eventos mobilizados. Enquadrando a memória do passado e as percepções do presente na força do desejo e alinhavando esses componentes da subjetividade do protagonista através de uma imaginação compensatória e paranoica, alcança aquela proeza louvada por Paul Ricoeur de obter a congruência do incongruente, marca dos grandes narradores.

Miniatura de *Grande sertão*, a novela "Dão-lalalão, o devente" oferece um panorama enviesado, mas crítico, das relações históricas que formaram — e ainda formam — os próceres da sociedade interiorana destes Brasis afora. Não é sem motivo que são lembrados os anos 1930 no encontro entre Soropita e Dalberto. A ascensão do pistoleiro ocorre durante a ditadura do Estado Novo, um tempo em que a lei pode ser torcida por quem detém a força. Soropita, no presente narrativo um respeitado proprietário de terras, aposentou as armas que o fizeram rico, mas as mantém perto de si para qualquer eventualidade e assegura sua autoridade no lugarejo onde mora pela fama pregressa. Por outro lado, traz aos moradores o encanto das novelas, função que faz questão de preservar para si. Preenchendo as horas mortas dos vizinhos com entretenimento de cidade grande, reforça identidades ilusórias, que vivem vidas vicárias, enquanto resguarda um novo tipo de poder, o da informação, sinal da mudança dos tempos, de um Brasil rural para um país modernizado em que a força do Estado se estiliza através do rádio.

Importa, entretanto, é o retrato sutil, em que delicadeza e ferocidade se misturam, que a narrativa erige desses aventureiros sem lei, mas humanos. Graças ao ritmo das ruminações de Soropita, esses chefetes voluntaristas, de lealdades feudais, capazes de matar sem nenhum remorso, têm seus duros corações patriarcais abertos pela narração enlevada, cujos acentos poéticos os revelam imersos em afetos capazes de sobrepujar a aspereza das veredas. Nessa contradição ecoam as sonoridades duras e líquidas do título.

## *MARIA DA GLÓRIA BORDINI*

Maria da Glória Bordini (1945-) é professora colaboradora convidada no programa de pós-graduação em Letras da Universidade Federal do Rio Grande do Sul (UFRGS) e uma das editoras da revista binacional *Brasil/Brazil*. Tem experiência na área de Letras, com ênfase em Teoria Literária, atuando principalmente nos seguintes temas: Erico Verissimo, acervos literários, literatura brasileira e portuguesa, estudos culturais e lírica. É professora aposentada como adjunta IV na UFRGS e ex-professora titular de Teoria da Literatura da Pontífice Universidade Católica do Rio Grande do Sul (PUC-RS), com licenciatura em Letras pela UFRGS (1969), mestrado em Letras/Teoria da Literatura pela PUC-RS (1983) e doutorado em Letras na mesma área de concentração, também pela PUC-RS (1991).

# Cronologia

**1908**
A 27 de junho, nasce em Cordisburgo, Minas Gerais. Filho de Florduardo Pinto Rosa, juiz de paz e comerciante, e de Francisca Guimarães Rosa.

**1917**
Termina o curso primário no grupo escolar Afonso Pena, em Belo Horizonte, residindo na casa de seu avô paterno, Luís Guimarães.

**1918**
É matriculado na 1ª série ginasial do Colégio Arnaldo, em Belo Horizonte.

**1925**
Inicia os estudos na Faculdade de Medicina de Minas Gerais, em Belo Horizonte.

**1929**
Em janeiro, toma posse no cargo de agente itinerante da Diretoria do Serviço de Estatística Geral do Estado de Minas Gerais, para o qual fora nomeado no fim do ano anterior.
No número de 7 de dezembro da revista *O Cruzeiro*, é publicado um conto de sua autoria intitulado "O Mistério de Highmore Hall".

**1930**
Em março, é designado para o posto de auxiliar apurador da Diretoria do Serviço de Estatística Geral do Estado de Minas Gerais.
Em 27 de junho, dia de seu aniversário, casa-se com Lygia Cabral Penna.
Em 21 de dezembro, forma-se em Medicina.

**1931**
Estabelece-se como médico em Itaguara, município de Itaúna.
Nasce Vilma, sua primeira filha.

**1932**
Como médico voluntário da Força Pública, toma parte na Revolução Constitucionalista, em Belo Horizonte.

## 1933
Ao assumir o posto de oficial-médico do 9º Batalhão de Infantaria, passa a residir em Barbacena.
Trabalha no Serviço de Proteção ao Índio.

## 1934
Aspirando a carreira diplomática, presta concurso para o Itamaraty e é aprovado em 2º lugar.
Em 11 de julho, é nomeado cônsul de terceira classe, passando a integrar o Ministério das Relações Exteriores.
Nasce Agnes, sua segunda filha.

## 1937
Em 29 de junho, vence o prêmio de poesia da Academia Brasileira de Letras com um original intitulado *Magma*. O concurso conta com 24 inscritos e o poeta Guilherme de Almeida assina o parecer da comissão julgadora.

## 1938
Sob o pseudônimo "Viator", inscreve no Prêmio Humberto de Campos, da Academia Brasileira de Letras, um volume com doze estórias de sua autoria intitulado *Contos*. O júri do prêmio, composto por Marques Rebelo, Graciliano Ramos, Prudente de Moraes Neto e Peregrino Júnior, confere a segunda colocação ao trabalho do autor.
Em 5 de maio, passa a ocupar o posto de cônsul-adjunto em Hamburgo, vivenciando de perto momentos decisivos da Segunda Guerra Mundial.
Na cidade alemã, conhece Aracy Moebius de Carvalho, sua segunda esposa.

## 1942
Com a ruptura das relações diplomáticas entre o Brasil e os países do Eixo, é internado em Baden-Baden com outros diplomatas brasileiros, de 28 de janeiro a 23 de maio. Com Aracy, dirige-se a Lisboa e, após mais de um mês na capital portuguesa, regressa de navio ao Brasil.
Em 22 de junho, assume o posto de secretário da Embaixada do Brasil em Bogotá.

## 1944
Deixa o cargo que exerce em Bogotá em 27 de junho e volta ao Rio de Janeiro, permanecendo durante quatro anos na Secretaria de Estado.

## 1945
Entre os meses de junho e outubro, trabalha intensamente no volume *Contos*, reescrevendo o original que resultaria em *Sagarana*.

## 1946
Em abril, publica *Sagarana*. O livro de estreia do escritor é recebido com entusiasmo pela crítica e conquista o Prêmio Felipe d'Oliveira. A grande procura pelo livro faz a Editora Universal providenciar uma nova edição no mesmo ano.
Assume o posto de chefe de gabinete de João Neves da Fontoura, ministro das Relações Exteriores.
Toma parte, em junho, na Conferência da Paz, em Paris, como secretário da delegação do Brasil.

## 1948
Atua como secretário-geral da delegação brasileira à IX Conferência Pan-Americana em Bogotá.
É transferido para a Embaixada do Brasil em Paris, onde passa a ocupar o cargo de 1º secretário a 10 de dezembro (e o de conselheiro a 20 de junho de 1949). Nesse período em que mora na cidade-luz, realiza viagens pelo interior da França, por Londres e pela Itália.

## 1951
Retorna ao Rio de Janeiro e assume novamente o posto de chefe de gabinete do ministro João Neves da Fontoura.

## 1952
Faz uma excursão a Minas Gerais em uma comitiva de vaqueiros.
Publica *Com o vaqueiro Mariano*, posteriormente incluído em *Estas estórias*.

## 1953
Torna-se chefe da Divisão de Orçamento do Itamaraty.
Em carta de 7 de dezembro ao amigo e diplomata Mário Calábria, relata estar escrevendo um livro extenso com "novelas labirínticas", que será dividido em dois livros: *Corpo de baile* e *Grande sertão: veredas*.

## 1955
Em carta de 3 de agosto ao amigo e diplomata Antonio Azevedo da Silveira, comenta já ter entregue o original de *Corpo de baile*, "um verdadeiro cetáceo que sairá em dois volumes de cerca de 400 páginas, cada um".

Na mesma carta, declara estar se dedicando com afinco à escrita de seu romance "que vai ser um mastodonte, com perto de 600 páginas", referindo-se a *Grande sertão: veredas*.

## 1956
Em janeiro, publica *Corpo de baile*.

Em julho, publica *Grande sertão: veredas*. A recepção de *Grande sertão: veredas* é calorosa e polêmica. Críticos literários e demais profissionais do mundo das letras resenham sobre o tão esperado romance do escritor. O livro conquista três prêmios: Machado de Assis (Instituto Nacional do Livro), Carmen Dolores Barbosa (São Paulo) e Paula Brito (Rio de Janeiro).

## 1962
Assume o cargo de chefe da Divisão de Fronteira do Itamaraty.

Em agosto, publica *Primeiras estórias*.

## 1963
Em 6 de agosto, é eleito membro da Academia Brasileira de Letras.

## 1965
Em janeiro, participa do I Congresso Latino-Americano de Escritores, realizado em Gênova, como vice-presidente.

Publica *Noites do sertão*.

## 1967
Em março, participa do II Congresso Latino-Americano de Escritores, realizado na Cidade do México, como vice-presidente.

Em julho, publica *Tutameia — Terceiras estórias*.

Em 16 de novembro, toma posse na Academia Brasileira de Letras.

Em 19 de novembro, falece em sua residência, no bairro de Copacabana, no Rio de Janeiro, vítima de enfarte.

## 1969
Em novembro, é publicado o livro póstumo *Estas estórias*.

## 1970
Em novembro, é publicado outro livro póstumo: *Ave, palavra*.

# Conheça outros títulos de João Guimarães Rosa

*A hora e vez de Augusto Matraga*
*As margens da alegria*★
*Ave, palavra*★
*Campo Geral*
*Corpo de baile*★
*Estas estórias*
*Fita verde no cabelo*★
*Manuelzão e Miguilim*
*Melhores contos João Guimarães Rosa*
*No Urubuquaquá, no Pinhém*
*O burrinho pedrês*
*O recado do morro*★
*Primeiras estórias*
*Sagarana*
*Tutameia – Terceiras estórias*★
*Zoo*★

★ Prelo